(5. 5.)

본명은 박금이(朴今伊). 1926년 경남 충무에서 태어났다. 1955년 김동리의 추천을 받아 단편 「계산」으로 등단, 이후 『표류도』(1959), 『김약국의 딸들』(1962), 『시장과 전장』(1964), 『파시』(1964~1965) 등 사회와 현실을 꿰뚫어 보는 비판적 시각이 강한 문제작을 잇달아 발표하면서 문단의 주목을 받았다.

1969년 9월부터 대하소설 『토지』의 집필을 시작했으며 26년 만인 1994년 8월 15일에 완성했다. 『토지』는 한말로부터 식민지 시대를 꿰뚫으며 민족사의 변전을 그리는 한국 문학의 걸작으로, 이 소설을 통해 한국 문학사에 뚜렷한 족적을 남긴 거장으로 우뚝 섰다. 2003년 장편소설 『나비야 청산가자』를 《현대문학》에 연재했으나 건강상의 이유로 중단되며 미완으로 남았다.

그 밖에 산문집 『Q씨에게』 『원주통신』 『만리장성의 나라』 『꿈꾸는 자가 창조한다』 『생명의 아픔』 『일본산고』 등과 시집 『못 떠나는 배』 『도시의 고양이들』 『우리들의 시간』 『버리고 갈 것만 남아서 참 홀가분하다』 등이 있다.

1996년 토지문화재단을 설립해 작가들을 위한 창작실을 운영하며 문학과 예술의 발전을 위해 힘썼다. 현대문학신인상, 한국여류문학상, 월탄문학상, 인촌상, 호암예술상 등을 수상했고 칠레 정부로부터 가브리엘라 미스트랄 문학 기념 메달을 받았다.

2008년 5월 5일 타계했다. 대한민국 정부는 한국 문학에 기여한 공로를 기려 금관문화훈장을 추서했다.

토지

박경리 대하소설

토지

1부 1권

1

다산
책방

서문

『토지』를 쓰던 세월

시간은 각일각 태어나고 죽어간다. 그러나 시간은 우리 삶에서의 광활한 느낌이며 한편 편의를 위한 구분인데 그것이 있느냐 없느냐를 따진다는 것은 끝없는 문답이 될 것이다. 다만 모든 생명의 삶 자체가 끝없이 오는 것이며 가는 것이라는 사실, 한없이 나타났다가는 사라지는 느낌, 그런 것들과 궤도를 함께하고 있다는 것은 말할 수 있을 것 같다.

25년의 세월을 밀대로 밀어서 1969년 그쪽으로부터 1994년 이쪽에다 걸어놓고 분초로 토막 내어 그 길이를 재어본다는 것도 부질없는 짓이지만 설사 그 짓을 해 본들 실감할 수 있는 것은 유실이라는 깨달음일 것이다. 각일각 숨을 쉬고 살았다는 일이라든가 온갖 사물과 만나고 부딪치며 생존을 위하여 생명의 존엄을 위하여 치열하게 싸웠다는 것, 혈연과 친지, 수많은 사람과의 인연·사랑·이별, 그런 일조차 세월 저편으로 사라져 버린 신기루와도 같은 것으로 그 실체는 어디에도 없다. 사실 『토지』를 쓰던 세월을 얘기한다는 자체가 구름 잡는 행위가 아니고 무엇이겠는가. 추억이니 기억이니 하고 말들 하지만 그것은 우리가 인식하지 않으면 안 될 삶의 냉혹성을 외면하려는, 이를테면 따뜻하고 부드러운 곳으로 귀향하려는 인성 탓이나 아닐까. 그러나 의미와 가치가 그 어떤 것이든 활자로 가득 채워진 책의 부피로 남아 있는 것, 하나의 작품으로 남아 있는 것만은 우선 확실한 존재로 간주할 수 있고 가까스로 시간을 매달아 놓은 것이라 할 수 있을 것도 같다. 억조창생 모든 생명이 도도히 흐르는 강물처럼 시원도 모르고 당도하는 곳도 모르게 흐르고 흘러오는 이 삶의 터전은 알지 못할 공간이며 시간이지만 그 속의 생명과 생명의 집단들의 자취를 기록으로 남긴 역사만이 오늘 존재하듯…… 확실하게 존재하게 한다는 그 자체가 작가에게는 의미가 있는 것일까? 『토지』를 쓰던 세월은 마치 짙은 안개와도 같다. 안개 속에서 자맥질하듯 기억은 떠올랐다가는 가라앉곤 한다. 무수한 사건 무수한 사람들, 밀림과도 같은 생각의 넓이와 깊이.

『토지』가 완결되면서 많은 분이 글로 혹은 말씀으로 축하해 주셨다. 그중에서도 7년간의 수난(사위의 옥살이)에 대하여 위로해 주셨는데 내 자신 까맣게 잊고 있었던 일을 기억하고 글로 쓰신 분들이 계셔서 눈시울이 뜨거워지기도 했다. 그러고 보니 내 자신은 그때 일에 대하여 말한 적도 글로 쓴 적도 별반 없었던 것을 새삼스럽게 깨닫게 되었다. 『토지』가 끝나지 않았다는 이유를 들 수도 있겠으나 자신에 관한 일은 거의 말하지 않는 성미 탓도 있었을 것이다. 구질구질한 신세타령 같기도 했고 되살리기가 아팠기 때문인지 모른다. 일제 말기, 딸아이의 아버지가 일본서 항일운동인가 했다 하여 형무소에서 복역한 일이 있었지만 그 사실은 묻어두어 아무도 아는 이가 없었는데 난데없이 일본에서 자료가 나타나 보훈천가 어디에다 등록하라는 서신을 받은 적이 있었다. 그러나 6·25 때 형무소에서 사라진 사람이었기에 딸아이와 나는 침묵할 수밖에 없었다. 결국 무서운 세월이었기 때문에 딸아이와 나는 침묵을 했던 것인데 그 무서운 세월이 우리 모녀만의 것이었겠는가. 이쪽이든 저쪽이든 우리 겨레 모두가 무서운 세월을 질러서 여기까지 왔다. TV에서 본 것이지만 함께 징용 갔다가 죽은 친구의 무덤을 찾아 일본까지 건너가서 수풀을 헤치며 아무개야! 하고 친구 이름을 부르던 그 애절한 목소리를 나는 잊지 못한다. 그러나 한편 개인적 체험으로 말한다면 외로움의 심화를 나는 더 두려워했는지 모른다. 다른 분들도 체험했으리라 생각하지만 사실 자기 자신의 처지를 하소연한다는 것은 근본적으로 고독한 행위다. 듣는 사람은 부담스럽고 난처해 하기도 하지만 언어는 결코 완전한 것이 될 수가 없다. 듣는 사람은 진실을 파악할 수 없고 말하는 사람은 진실을 전달하기 어려운 것이다. 이와 같이 진실을 표현할 수 없는 외로움은 대개의 사람들이 겪고 있는 것이다. 그러나 지금 나는 지극히 편안하고 외로움 같은 것은 느끼지 않는다. 나는 이제 늙었고 자식들은 남과 같이 제법 순탄해졌기 때문에 하소연할 아무런 말도 없고 언짢은 일을 기억할 필요도 없으며 감사할 뿐이다. 그러나 기억해 두어야 할 일은 있다. 『토지』를 쓰는 동안 도움을 주시고 격려해주신 분들, 7년의 수난기에 우리를 따스하게 감싸주신 분들, 그런 분들이 적지 않았다. 정말 잊을 수가 없다. 사실 나는 지금 망연자실해 있다는 것이 정직한 고백이다. 내가 뭘 어쨌기에? 이렇게 단비가 내게 내리는가. 치열하게 살지 않는 목숨은 없다. 어떠한 미물의 목숨이라도 살아남는다는 것은 아프다. 끝없는 환란의 고개를 넘고 또 넘어야 하는 것이 아닌가. 그리고 어떠한 역경을 겪더라도 생명은 아름다운 것이며 삶만큼 진실한 것은 없다. 비극과 희극, 행과 불행, 죽음과 탄생, 만남과 이별, 아름다움과 추악한 것, 환희와 비애, 희망과 절망, 요행과 불운, 그러한 모든 모순을 수용하고 껴안으며 사는 삶은 아름답다. 그리고 삶 그 자체만큼 진실된 것도 없다. 문학은 그 모순을 극복하려는 의지의 표현 아니겠는가. 나는 지금 다시 원점으로 돌아온 기분이다. 문학에 대하여 나는 다시 나에게 물어야만 할 것 같다. 멀고 먼 피안에서 서성대는 진실을 위하여.

이 글은 『토지』 완결 후 처음 써보는 글이다. 처음 쓰게 되는 데는 이유가 있다. 그해, 그러니까 동아일보에 『단층』이라는 소설을 연재했을 무렵, 김병익 선생은 동아일보 문화부 기자였다. 사위는 형무소에 있고 손주는 내 등에 있었을 때, 원고 관계로 김병익 선생은 벌판만 같은 내 집에 들러 우리 생활을 목격하곤 했다. 따뜻하고 안쓰러워서 어쩔 줄 몰라 했던 그분의 눈빛을 우리는 잊지 못했다. 신문사에 돌아가서는 박 선생을 어떻게 하면 도와줄 수 있을까 했다는 말도 들려왔다. 그 무렵 같은 기자였던 홍휘자 씨가 오는 길이면 장을 보아 오곤 했다. 그때 그 따뜻한 마음들에 대한 보은 같은 기분이랄까, 결국 구름 잡는 것 같은 이 글을 쓰게 된 것이다.

《문학과사회》 1994년 겨울호(통권 28호)

박경리

2002년판 『토지』를 내며

서문 쓰는 것이 두렵다. 할 말을 줄이고 또 줄여야 하는 인내심에는 억압적 속성이 있으며, 부정적 성향에다 모순에서 헤어나지 못하고 늘 현실도피를 꿈꾸고 있기 때문인데 내게는 어떤 것도 합리화할 용기가 없다.

솔직히 말해서 그동안 나는 『토지』로부터 도망치고 있었다. 생각하는 것도 말하는 것도 지겨웠고 부담스런 짐을 부리고 싶었다. 심지어 〈토지문화관〉에 관해서도 소설과는 무관하며 '토지공사'에서 지었으니 토지라, 신경질적으로 주장하기도 했다.

또 그것은 사실이기도 하다. 어느 특정한 작가나 작품의 몫이 전혀 아니며 예술가, 학문하는 분들이 활용하는, 다만 그런 곳이기 때문이다. 그해, 그러니까『토지』를 끝낸 1994년 8월 15일, 그때도 나는 해방감 성취감을 느끼지 못했다. 그냥 멍청히 앉아 있었다. 방향조차 잡을 수 없었고 막막했던 길 위에서, 폭풍이 몰고 간 세월이 끔찍하여 그랬을까. 생각해 보면『토지』의 운명도 기구했다. 25년 동안 여러 지면을 전전했고 4부까지 출간되었으나 3년 동안 출판 정지, 절필한 일이 있었다. 완간이 된 뒤에도 출판계약이 끝나면서 3년간 책을 내지 않고 절판 상태를 애써 외면했다. 작품이 나간 이상 독자에게는 읽을 권리가 있고 이미 작가 손에서 떠난 거라며, 꾸지람을 하는 사람도 있었다. 그러나 구세대에 속하고 편협한 나로서는 문학작품이 자본주의 원리에 따라 생산되고 소비되는 오늘의 추세는 견디기 어려운 것이었다. 상인과 작가의 차이는 무엇이며 기술자와 작가는 어떻게 다른 것인가. 차이가 없다면 결국 문학은 죽어갈 수밖에 없다. 의미를 상실한 문학, 맹목적으로 존재할 수밖에 없는 삶, 우리는 지금 그런 시대에 살고 있다. 이제 책이 다시 나가게 되니 마음은 석연찮다. 자기 연민이랄까. 자조적이며 투항한 패잔병 같은 비애를 느낀다. 나는 왜 작가가 되었을까.

얼마 전에 하동 평사리에 최참판댁을 복원해 놓고 〈토지문학제〉라는 행사가 있었다. 허리를 다쳐 운신이 불편했던 것은 사실이지만 뒷전이 내 편안한 자리로 늘 치부했던, 숫기 없는 기질 탓도 있어 잔치에 참가하는 것이 영 내키지 않았다. 그러나 딸아이의 부축을 받으며 하동으로 내려갔다. 섬진강 강변 길을 따라가는데 지천으로 쌓아놓은 붉은 감이 오후 햇빛을 받고 있었다. 그 풍경을 바라보며 그때도 왜 나는 작가가 되었을까, 마음속으로 뇌었다.

해거름의 행사장에서 몸과 마음이 얼어버린 나는 자동인형처럼 연단으로 올라갔다. 지리산의 한에 대하여 겨우 입을 열었다. 오랜 옛적부터 지리산은 사람들의 한과 슬픔을 함께해 왔으며, 핍박받고 가난하고 쫓기는 사람, 각기 사연을 안고 숨어드는 생명들을 산은 넓은 품으로 싸안았고 동족상쟁으로 피 흐르던 곳, 하며 횡설수설하는데 별안간 목이 메이고 눈시울이 뜨거워졌다. 예상치 못한 일이 내 안에서 벌어졌던 것이다. 세월이 아우성치며 달려드는 것 같았다. 둑이 터져서 온갖 일들이 쏟아져내리는 것 같았다. 아아 이제야 알겠구나, 『토지』를 쓴 연유를 알겠구나 마음속으로 울부짖으며 나는 다시 말을 이어나갔다. 지도 한 장 들고 한 번 찾아와 본 적이 없는 악양면 평사리, 이곳에 『토지』의 기둥을 세운 것은 무슨 까닭인가. 우연치고는 너무나 신기하여 과연 박 아무개의 의도라 할 수 있겠는지, 아마도 그는 누군가의 도구가 아니었을까, 전신이 떨렸다. 30년이 지난 뒤에 작품의 현장에서 나는 비로소 『토지』를 실감했다. 서러움이었다. 세상에 태어나 삶을 잇는 서러움이었다.

악양 평야는 사방이 산으로 둘러싸여 외부에서는 넘볼 수 없는 호수의 수면같이 아름답고 광활하며 비옥한 땅이다. 그 땅 서편인가? 골격이 굵은 지리산 한 자락이 들어와 있었다. 지리산이 한과 눈물과 핏빛 수난의 역사적 현장이라면 악양은 풍요를 약속한 이상향이다. 두 곳이 맞물린 형상은 우리에게 무엇을 얘기하고 있는가. 고난의 역정을 밟고 가는 수없는 무리. 이것이 우리 삶의 모습이라면 이상향을 꿈꾸고 지향하며 가는 것 또한 우리네 삶의 갈망이다. 그리고 진실이다.

집으로 돌아와서, 지금 나에게 남아 있는 것은 『토지』에 나오는 인물 같은 평사리 마을의 할아버지, 할머니, 아주머니, 그리고 아저씨들의 소박하고 따뜻한 인간의 향기뿐 아무것도 없다. 충격과 감동, 서러움은 뜬구름같이, 바람에 날리는 나뭇잎같이 사라져 버렸다. 다만 죄스러움이 가끔 마른침 삼키듯 마음 바닥에 떨어지곤 한다. 필시 관광용이 될 최참판댁 때문인데 또 하나, 지리산에 누를 끼친 것이나 아닐까. 지리산의 수난은 아직 끝나지 않았다. 먹고살 만한 사람들에 의해 산은 신음하고 상처투성이다.

어디 지리산뿐일까마는 산짐승들이 숨어서 쉬어볼 만한 곳도 마땅치 않고 목숨을 부지하기 어려운 식물, 떠나버린 생명들, 바위를 타고 흐르던 생명수는 썩어가고 있다 한다. 도시 인간들이 이룩한 것이 무엇일까? 백팔번뇌, 끝이 없구나. 세사 한 귀퉁이에 비루한 마음 걸어놓고 훨훨 껍데기 벗어던지며 떠나지 못하는 것이 한탄스럽다. 소멸의 시기는 눈앞으로 다가오는데 삶의 의미는 멀고도 멀어 너무나 아득하다.

2001년 12월 3일

박경리

사정에 의해 1989년 가을부터 나는 인지를 발부하지 않았고 『토지』의 출판은 중단 상태로 들어갔다. 문학을 포기할 생각도 해 보았고 서점에 『토지』가 꽂혀 있는 것을 보면 심한 혐오감에 빠지기도 했다. 사람 사는 세상에 대한 절망감은 꽤 오랫동안 나를 침잠하게 했으며 내 문학이 얼마나 가벼운 존재인가를 깨닫게도 했다. 그리고 독자들도 책을 읽을 권리가 있다 하며 출판 중단을 비난하는 내 주변에 대해서도 개의치 않고 시간을 응시하며 겨울나무가 바람에 몸을 흔들며 고엽을 떨어뜨리듯 나 역시 새봄을 맞기 위하여 분노의 쓰레기를 떨구려고 호미를 들고 텃밭에 나가곤 했다.

산다는 것은 아름답다. 그리고 애잔하다. 바람에 드러눕는 풀잎이며 눈 실린 나뭇가지에 홀로 앉아 우짖는 작은 새, 억조창생 생명 있는 모든 것의 아름다움과 애잔함이 충만된 이 엄청난 공간에 대한 인식과 그것의 일사불란한 법칙 앞에서 나는 비로소 털고 일어섰다. 찰나 같은 내 시간의 소중함을 느꼈던 것이다.

작년 가을부터 종결 편인 『토지』 5부의 연재를 시작했으며 주변의 비난을 수용하여 『토지』 출판의 재개를 결심했다. 젊고 맑은 감성들이 모여서 하는 솔출판사를 선택하여 이 책이 나가게 되었는데 바라건대 조약돌처럼 이 강산 사방에 깔려 있는 문화라는 허상 속에서 진정한 문화에의 회귀에 성과 있기를 빈다.

1993년 6월 8일
박경리

[自序]

　『토지』 제1부를 《현대문학》지에 연재 중이던 1971년 8월, 암이라는 진단에 의해 수술을 받은 일이 있다. 수술 전날 병실 창가에서 동대문 쪽으로부터 남산까지 길게 걸린 무지개를 보았다. 참 긴 무지개였었다. 아마 나를 데려가려나 보다, 하고 나는 혼자 무심히 중얼거렸다. 그날 회진 온 의사에게 물었다. 수술은 몇 시간이나 걸리느냐고. 세 시간쯤 걸린다는 대답이었다. 대수술이군요, 하고 뇌었다. 삶에 보복을 끝낸 것처럼 평온한 마음이었다. 휴식으로 들어가는 기분이기도 했다. 야릇한 쾌감

비슷한 것도 있었다.

정작 죽음의 공포, 암이라는 병에 대한 불안은 가을, 회복기에서부터 시작되었다. 언덕길이 보이는 창가에 앉아서 아이들이 뛰어가고 시장바구니를 든 주부가 지나가는 풍경을 바라보며 세상은, 모든 생명, 나뭇잎을 흔들어주는 바람까지 더없이 소중하게 느껴졌다. 살고 싶다고 생각했다. 아름다운 것들, 진실이 손에 잡힐 것만 같았고 그것들을 위해 좀 더 일을 했으면 싶었다. 고뇌스러운 희망이었다.

글을 쓰지 않는 내 삶의 터전은 아무 곳에도 없었다. 목숨이 있는 이상 나는 또 글을 쓰지 않을 수 없었고, 보름 만에 퇴원한 그날부터 가슴에 붕대를 감은 채 『토지』의 원고를 썼던 것이다. 백 매를 쓰고 나서 악착스런 내 자신에 나는 무서움을 느꼈다. 어찌하여 빙벽에 걸린 죄인인가. 내게서 삶과 문학은 밀착되어 떨어질 줄 모르는, 징그러운 쌍두아였더란 말인가. 달리 할 일도 있었으련만, 다른 길을 갈 수도 있었으련만……. 전신에 엄습해오는 통증과 급격한 시력의 감퇴와 밤낮으로 물고 늘어지는 치통과, 내 작업은 붕괴되어가는 체력과의 맹렬한 투쟁이었다. 정녕 이 육신적 고통에서 도망칠 수는 없을까? 대매출의 상품처럼 이름 석 자를 걸어놓은 창작 행위, 이로 인하여 무자비하게 나를 묶어버린 그 숱한 정신적 속박의 사슬을 물어 끊을 수는 없을까? 자의로는, 그렇다. 도망칠 수는 없다. 사슬을 물어 끊을 수도 없다. 용기가 없는 때문인지 모른다. 운명에의 저항인지도 모른다. 마지막 시각까지 내 스스로는 포기하지 않으리. 그것이 죽음보다 더한 가시덤불의 길일지라도.

악마의 간계에 의해 '우스'의 정직한 한 사내를 전능자 하나님이 악마의 손에 넘겨준 『구약』「욥기」를 독자들은 기억하리라 믿는다. 악마에게 시험을 당하게 된 그 불운한 사내는 일시에 모든 것을 잃고 자식도 가산도 다 잃어버리고 끝내는 그 자신 발바닥에서부터 정수리까지 악창에 시달리며 신음하는데, 환부에서 흐르는 고름을 사금파리로 긁어내는 욥의 그 모습을 생각하면 부끄럽다. "결코 내 입술이 불의를 말하지 아니하며 내 혀가 궤휼을 발하지 아니하리라 나는 단정코 너희를 옳다 하지 아니하겠고 죽기 전에는 나의 순전함을 버리지 않을 것이라" 하고 말한 욥을 생각하면 그의 발아래 꿇어앉고 싶어진다. 시험은 끝나고 모든 잃은 것을 찾은 욥을 염두에 떠올리며 위안을 받을 적에 나는 슬프고 내 자신이 가엾어진다. 이 미물 같으니라구.

승리 없는 작업이었다. 끊임없이 희망을 도려내어 버리고 버리곤 하던 아픔의 연속이 내 삶이었는지 모른다. 배수의 진을 치듯이 절망을 짊어짐으로써만이 나는 차근히 발을 내밀 수가 있었다. 아무리 좁은 면이라도 희망의 여백은 두렵다. 타협이라는 속삭임이, 꿈을 먹는 것 같은 무중력이, 내가 나를 기만하는 교활한 술수가, 기적을 바라는 가엾은 소망이……. 희망은 이같이 흉하게 약화되어 가는 나를, 비천하게 겁을 먹는 나를 문득문득 깨닫게 한다.

나는 표면상으로 소설을 썼다. 이 책은 소설 이외 아무것도 아니다. 한 인간이 하고많은 분노에 몸을 태우다가 스러지는 순간순간의 잔해다. 잿더미다. 독자는 이 소설에서 울부짖음도 통곡도 들을 수 없을 것이다. 소설일 따름, 허구일 뿐이라는 얘기다. 진실은 참으로 멀고 먼 곳에 있었으며 언어는 덧없는 허상이었을 뿐이라는 얘기다. 마찬가지로 진실은 내 심장 속 깊은 곳에 유폐되어 영원히 침묵한다는 얘기도 되겠다. 칠팔 년 전에 나는 어느 책에다 언어가 지닌 숙명적인 마성에 대해 얘기한 적이 있다. 진실이 머문 강물 저켠을 향해 한 치도 헤어나갈 수 없는 허수아비의 언어, 그럼에도 언어에 사로잡혀 빠져날 수 없는 것은 그것만이 강을 건널 가능성을 지닌 유일한 것이기 때문이라고, 나는 전율 없이 그 말을 되풀이할 수가 없다.

사람들은 수월하게 행과 불행을 얘기한다. 어떤 사람은 나를 불행하다 하고 어떤 사람은 나를 행복하다 한다. 전자의 경우는 여자의 운명을 두고 한 말이겠고 후자의 경우는 명리를 두고 한 말이 아니었나 싶다. 혹은 잡사에서 손을 떼고 일에 전념하는 것을 두고 한 말인지 모르겠다. 그들 각도에서 본 행, 불행에는 각기 타당성이 없는 것은 아니다. 그러나 때론 노여움을, 때론 모멸감을 느끼며 그런 말을 듣곤 한다. 애매모호하기 때문이다. 무궁무진한 인생의 심층을 상식으로 가려버리려는 짓이 비겁하기 때문이다. 그렇게 분류되는 불행, 그렇게 가치 지어지는 행복이라면 실상 그 어느 것과도 나와는 별 인연이 있을 성싶지 않다. 분명 환난을 겪는 욥에게는 행복의 비밀이 있었을 것이기 때문이다.

이상이 『토지』 제1부를 쓰던 삼 년 동안의 내 심경이며 그것을 적어본 것이다. 앞으로 나는 내 자신에게 무엇을 언약할 것인가. 포기함으로써 좌절할 것인가, 저항함으로써 방어할 것인가, 도전함으로써 비약할 것인가. 다만 확실한 것은 보다 험난한 길이 남아 있으리라는 예감이다. 이 밤에 나는 예감을 응시하며 빗소리를 듣는다.

1973년 6월 3일 밤

作者

차례

어둠의 발소리

서(序)

1897년의 한가위.

까치들이 울타리 안 감나무에 와서 아침 인사를 하기도 전에, 무색옷에 댕기꼬리를 늘인 아이들은 송편을 입에 물고 마을 길을 쏘다니며 기뻐서 날뛴다. 어른들은 해가 중천에서 좀 기울어질 무렵이라야, 차례를 치러야 했고 성묘를 해야 했고 이웃끼리 음식을 나누다 보면 한나절은 넘는다. 이때부터 타작마당에 사람들이 모이기 시작하고 들뜨기 시작하고—남정네 노인들보다 아낙들의 채비는 아무래도 더디어지는데 그럴 수밖에 없는 것이 식구들 시중에 음식 간수를 끝내어도 제 자신의 치장이 남아 있었으니까. 이 바람에 고개가 무거운 벼이

삭이 황금빛 물결을 이루는 들판에서는, 마음 놓은 새떼들이 모여들어 풍성한 향연을 벌인다.

"후우이이— 요놈의 새떼들아!"

극성스럽게 새를 쫓던 할망구는 와삭와삭 풀발이 선 출입옷으로 갈아입고 타작마당에서 굿을 보고 있을 것이다. 추석은 마을의 남녀 노유, 사람들에게뿐만 아니라 강아지나 돼지나 소나 말이나 새들에게, 시궁창을 드나드는 쥐 새끼까지 포식의 날인가 보다.

빠른 장단의 꽹과리 소리, 느린 장단의 둔중한 여음으로 울려퍼지는 징 소리는 타작마당과 거리가 먼 최참판댁 사랑에서는 흐느낌같이 슬프게 들려온다. 농부들은 지금 꽃 달린 고깔을 흔들면서 신명을 내고 괴롭고 한스러운 일상(日常)을 잊으며 굿놀이에 열중하고 있을 것이다. 최참판댁에서 섭섭잖게 전곡(錢穀)이 나갔고, 풍년에는 미치지 못했으나 실한 평작임엔 틀림이 없을 것인즉 모처럼 허리끈을 풀어놓고 쌀밥에 식구들은 배를 두드렸을 테니 하루의 근심은 잊을 만했을 것이다.

이날은 수수개비를 꺾어도 아이들은 매를 맞지 않는다. 여러 달 만에 소증(素症) 풀었다고 느긋해하던 늙은이들은 뒷간 출입이 잦아진다. 힘 좋은 젊은이들은 벌써 읍내에 가고 없었다. 황소 한 마리 끌고 돌아오는 꿈을 꾸며 읍내 씨름판에 몰려간 것이다.

최참판댁 사랑은 무인지경처럼 적막하다. 햇빛은 맑게 뜰을 비춰주는데 사람들은 모두 어디로 가버렸을까. 새로 바른 방문 장지가 낯설다.

한동안 타작마당에서는 굿놀이가 멎은 것 같더니 별안간 경풍 들린 것처럼 꽹과리가 악을 쓴다. 빠르게 드높게, 꽹과리를 따라 징소리도 빨라진다. 깨깽 깨애깽! 더어응응음—깨깽 깨애깽! 더어응응음— 장구와 북이 사이사이에 끼여서 들려온다. 신나는 타악 소리는 푸른 하늘을 빙글빙글 돌게 하고 단풍 든 나무를 우쭐우쭐 춤추게 한다. 웃지 않아도 초생달 같은 눈의 서금돌이 앞장서서 놀고 있을 것이다. 오십 고개를 바라보는 주름살을 잊고 이팔청춘으로 돌아간 듯이, 몸은 늙었지만 가락에 겨워 굽이굽이 넘어가는 그 구성진 목청만은 늙지 않았으니까. 웃기고 울리는 천성의 광대기는 여전히 구경꾼들 마음을 사로잡고 있으리. 아직도 구슬픈 가락에 반하여 추파 던지는 과부가 있는지도 모른다.

"쯔쯔…… 저 좋은 목청도 흙 속에서 썩을란가?"

"서서방이 죽으믄 자지러지는 상두가(喪頭歌) 못 들어서 섭운을(섭섭할) 기요."

"할망구 들을라? 들으믄 지랄할 기다."

"세상에 저리 신이 많으믄서 자게 마누라밖에 없는 줄 아니 그것이 보통 드문 일가?"

"신줏단지를 그리 위하까? 천생연분이지 머."

"소나아(사나이)로 태이나가지고 남으 제집 한 분 모르고 지내는 것도 벵신은 벵신이제?"

나이 듬직한 아낙들은 그런 말을 주고받는지 모른다.

목수가 본업이요 섬진강의 강태공인 곰보 홀아비(정확히는 총각) 윤보는,

"이 사람들아! 사랑도 품앗이라 안 하더나?"

"머라 카노? 자다 봉창 뚜디리네."

"타작마당에서만 이럴 기이 앙이라 강가에도 가서 한 마당 굴리자!"

"그는 또 와?"

"용왕님네 심사도 풀어주어야 안 하겠나? 그래야 개기도 풍년이 들제."

"제상에도 못 오르는 민물개기가 어디 개기가! 당산에 가자! 당산에!"

누군가가 팔팔하게 반대하고 나서면 너희들이야 그러거나 말거나 두만아비는 느릿느릿 징을 칠 것이다. 봉기는 헤죽헤죽 웃으며, 구경하는 아낙들 보고 부끄러워하며 고깔을 흔들 것이다. 이들은 한창 일할 나이, 살림의 기틀을 잡고 있는 삼십 대 중간쯤의 장정들이었고 나이 좀 처지는 축으로는 장구 멘, 하얀 베수건 어깨에 걸고 싱긋이 웃으며 큰 키를 점잖게 가누어 맴을 도는 이용(李龍)이다. 그는 누구니 누구니 해도 마을에선 제일 풍신 좋고 인물 잘난 사나이, 마음의 응어리

를 웃음으로 풀며 장단을 치고, 칠성이 북을 더덩덩! 뚜드리
면 무같이 미쭉한 영팔이는 욱욱 헛힘을 주어 춤을 추고 있을
것이다. 아낙들은 노인들 아이들 틈새에서 제 남편 노는 꼴을
반쯤은 부끄럽고 반쯤은 자랑스러워 콧물을 훌쩍일 것이다.
타작마당에서 한마당 벌이고 나면 시장기가 든 농부들은 강
가도 당산도 아닌 마을 길을 누비다가 삽짝 큰 집에 밀고 들
어 한바탕 지신(地神)을 밟고 그러고 나면 갈고리 같은 손으로
땀을 닦으며 술과 밥을 먹게 될 것이다.

팔월 한가위는 투명하고 삽삽한 한산 세모시 같은 비애는
아닐는지. 태곳적부터 이미 죽음의 그림자요, 어둠의 강을 건
너는 달에 연유된 축제가 과연 풍요의 상징이라 할 수 있을
는지. 서늘한 달이 산마루에 걸리면 자잔한 나뭇가지들이 얼
기설기한 그림자를 드리우고 소복 단장한 청상의 과부는 밤
길을 홀로 가는데— 팔월 한가위는 한산 세모시 같은 처량한
삶의 막바지, 체념을 묵시(默示)하는 축제나 아닐는지. 우주 만
물 그중에서도 가난한 영혼들에게는.

가을의 대지에는 열매를 맺어놓고 쓰러진 잔해가 굴러 있
다. 여기저기 얼마든지 굴러 있다. 쓸쓸하고 안쓰럽고 엄숙한
잔해 위를 검시(檢屍)하듯 맴돌던 찬 바람은 어느 서슬엔가 사
람들 마음에 부딪쳐와서 서러운 추억의 현(絃)을 건드려주기
도 한다. 사람들은 하고많은 이별을 생각해보는 것이다. 흉년

에 초근목피를 감당 못하고 죽어간 늙은 부모를, 돌림병에 약한 첩을 써보지 못하고 죽인 자식을 거적에 말아서 묻은 동산을, 민란 때 관가에 끌려가서 원통하게 맞아 죽은 남편을, 지금은 흙 속에서 잠이 들어버린 그 숱한 이웃들을, 바람은 서러운 추억의 현을 가만가만 흔들어준다.

"저승에나 가서 잘 사는가."

사람들은 익어가는 들판의 곡식에서 위안을 얻기도 한다. 그러나 들판의 익어가는 곡식은 쓰라린 마음에 못을 박기도 한다. 가난하게 굶주리며 살다 간 사람들 때문에…….

"이만하믄 묵을 긴데……."

풍요하고 떠들썩하면서도 쓸쓸하고 가슴 아픈 축제, 한산 세모시 같은 한가위가 지나고 나면 산기슭에서 먼, 먼 지평선까지 텅 비어버린 들판은 놀을 받고 허무하게 누워 있을 것이다. 마을 뒷산 잡목 숲과 오도마니 홀로 솟은 묏등이 누릿누릿 시들 것이다. 이러고저러고 해서 세운 송덕비며 이끼가 낀 열녀비며 또는 장승 옆에 한두 그루씩 서 있는 백일홍나무에는 물기 잃은 바람이 지나갈 것이다. 그러고 나면 겨울의 긴 밤이 다가오는 소리를 들을 수 있다.

해가 서산에 떨어지고부터 더욱 흐느끼는 듯 꽹과리 소리는 여전히 마을 먼 곳에서 들려오고 있었다. 밤을 지샐 모양이다. 하기는 마을 처녀들의 놀이는 이제부터, 달 뜨기를 기다려 강가 모래밭에서 호작거리는 물소리를 들으며 시작될 것이다.

"진짓상 올릴까요."

방문 앞에 계집종 귀녀가 와서 묻는다. 벌써 두 번이나 물어보는 말이다. 방 안에서는 아무 기척이 없다.

"등잔에 불을 켜야겠습니다."

하며 귀녀는 방문을 열고 들어온다. 최참판댁 당주(當主)인 최치수(崔致修)는 책에서 눈을 떼지 않는다. 오래 묵은 한지(韓紙) 같은 저녁 빛깔이 방 안에 밀려들고 있다. 등잔불이 흔들리면서 밝아온다. 어둑어둑한 방에서 정말 글을 읽고 있었는지. 최치수 콧날에 금실 같은 한 줄기 불빛이 미끄러진다. 수그러진 그의 콧날이 날카롭다. 이 세상 온갖 신경질과 우수가 감도는 옆모습, 당장에라도 벌떡 일어서서 눈을 부릅뜨고 고함을 칠 것 같은 위태위태한 분위기가 방 안 가득히 맴돈다.

"자리나 깔아."

"예."

거들떠보는 것도 아니었건만 귀녀는 눈웃음치며 도토롬한 입술을 오므린다.

병약한 치수로서는 번거로웠던 명절날 집안 행사에 어지간히 시달리어 피곤했던 것 같다.

"저녁은 안 드시겠습니까?"

아랫목에 자리를 깔아놓고 다시 확인하려 했으나 귀녀는 대답을 듣지 못하고 방에서 물러난다. 대청을 지나 건너편 방으로 해서 그 방에 잇달린 골방으로 들어간 귀녀는 품속의 면경을 꺼내어 얼굴을 비춰본다. 치수 방에 들어가기 전에도 이 방에서 면경을 보았었는데. 머리를 쓰다듬고 한 번 더 꺼무꺼무한 자기 눈을 들여다보고 나서 면경을 품속에 넣는다. 뒤뜰로 향해 난 장지문에서는 아직 엷은 빛이 스며들고 있다. 골방 문을 열고 뒤뜰 신돌 위의 신발을 신으려다 말고 귀녀의 눈이 맞은켠으로 쏠린다. 사랑 뒤뜰을 둘러친 것은 야트막한 탱자나무의 울타리다. 울타리 건너편은 대숲이었고 대숲을 등지고 있는 기와집에 안팎 일을 다 맡는 김서방 내외가 살고 있었는데 울타리와 기와집 사이는 채마밭이다. 그 채마밭을 질러서 머슴 구천이가 지나가는 것이었다. 냉담한 귀녀의 눈이 구천이의 옆모습을 따라가다가 눈길을 거두며 실뱀이 꼬리를 치는 것 같은 미미한 웃음을 머금는다. 귀녀는 신발을 신고 치맛자락을 걷으며 안채를 향해 돌아나간다.

무 배추를 심은 채마밭이 아슴아슴한 저녁 안개에 싸여 들어가고 있고 부스스한 옷매무새의 김서방댁이 부엌을 들락거리며 부산을 떨고 있다. 닭장에 들어갈 때가 되었는데 닭들은 배춧잎을 쪼아먹고 있었다.

땅바닥에 눈을 떨구고 느릿느릿한 걸음으로 당산 누각 앞에까지 올라간 구천이는 자신의 발부리를 오랫동안 내려다보고 서 있었다. 다시 느릿한 보조로 누각에 올라간 그는 난간을 짚으며 걸터앉는다. 달 뜨기를 기다리는가. 마을엔 아직

불빛이 보이지 않았고 최참판댁 기둥 귀에 내걸어놓은 육각
등이 뿌윰한 빛을 발하고 있었다.

얼마 되지 않아 달은 솟을 것이다. 낙엽이 날아내린 별당
연못에, 박이 드러누운 부드러운 초가지붕에, 하얀 가르마 같
은 소나무 사이 오솔길에 달이 비칠 것이다. 지상의 삼라만상
은 그 청청한 천상의 여인을 환상하고 추적하고 포용하려 하
나 온기를 잃은 석녀(石女), 달은 영원한 외로움이요 어둠의 강
을 건너는 검은 명부(冥府)의 길손이다.

구천이는 눈을 반쯤 감고 마을을 내려다보고 있다.

지난 정월 대보름날에는 당산에 달집을 지었었다.

"워어이이— 달 나왔다아!"

아이들이 달을 향해 소리치면 강아지도 덩달아서 짖어대었
다. 저마다 한 가지씩 소망을 품었을 마을 사람들이 달집 둘
레에 모여들면서 불을 질렀었다. 훨훨 타오르는 불길, 아낙들
은 손을 모아 수없이 절을 했었다. 불빛을 받은 사내들 얼굴
은 짙붉게 번들거렸으며 눈은 숯덩이처럼 짙게 빛났었다. 순
박하고 경건한 소망의 기원이 끝났을 때 마을 사람들은 장날
에 모여든 장꾼처럼 떠들기를 시작했었다. 사내들은 곰방대
를 꺼내들며, 아낙들은 코를 풀고 치맛자락을 걷어 불빛에 윤
이 나는 콧등을 닦으며 새삼스럽게 서로 인사를 나누고 친지
들의 소식을 물어보고, 씨받은 암소 얘기며 떡이 설어서 애
를 먹었다는 얘기며 노친네 수의(壽衣) 걱정이며, 이윽고 달집

은 불길 속에 무너지고, 무너진 자리에서 불길마저 사그러지면은 끝없이 어디까지나 펼쳐진 은빛의 장막, 그 장막 속에서 노니는 그림자같이 마을 사람들은 뿔뿔이 흩어져 갔던 것이다. 달이 떠오른다. 강이 굽이쳐 돌아간 산마루에서 달이 얼굴을 내비친다. 까맣게 찢겨진 나뭇잎들의 흔들리는 모양이 뚜렷해지고 밋밋한 나뭇가지는 잿빛, 아니 갈빛을 띠기 시작한다. 꽹과리 징 소리가 먼 곳에서 흐느껴 울고 강가에서 부르는 처녀 아이들의 노랫소리는 좀 더 가깝게 들려온다.

달은 산마루에서 떨어져나왔다. 아직은 붉지만 머지않아 창백해질 것이다. 희번덕이는 섬진강 저켠은 전라도 땅, 이켠은 경상도 땅, 너그럽게 그어진 능선은 확실한 윤곽을 드러낸다.

난간에 걸터앉아 달 뜨는 광경을 지켜보는 구천이의 눈이 번득하고 빛을 낸다. 달빛이었는지 눈물이었는지 아니면 참담한 소망이었는지 모른다.

1장 서희(西姬)

김서방이 떠들어댔다.

"해마다 애를 믹이는 사람들은 딱 정해져 있다 말이다!"

"누가 애믹이고 싶어서 믹이오."

"말 마라. 소가 죽었심다. 다리를 뿌라서 일 못했심다. 혼사가 있어 도지 빚*을 냈심다. 나중에는 무슨 핑계를 댈 긴고?"

그러나 김서방을 넘보고 있는 상대는,

"내가 핑계를 댄다믄 벼락 맞일 기요. 그런 애멘(억울한) 소리는 안 하는 기이 좋겠구마."

볼멘소리로 대꾸했다.

"이래가지고는 못 해묵는다 못 해묵어. 양새 낀 나무*매양 어디 사람이 할 짓이가."

저마다 이러고저러고 통사정해오는 작인(作人)들을 상대하다 보면 유순한 김서방도 짜증이 나는 모양이다.

며칠 전부터 최참판댁은 안팎이 시끄러웠다. 늘비하게 이어진 고방에는 끊임없이 볏섬이 들어갔다. 한편 읍내로 곡식을 실어내는 바람에 하인들도 지치지만 근력 좋은 마구간의 말과 외양간의 살찐 황소도 몸살이 날 지경이었다. 행랑은 행랑대로 먼 곳 가까운 곳에서 모여 온 마름과 작인들이 득실득실 판을 치고 있었으며 그들을 위해 큰 가마솥은 쉴 새 없이 밥을 삶아내야만 했다.

"여보시오. 내 말 좀 들어보라니께!"

"들으나 마나 뻔하지. 축이 난 것만은 틀림이 없인께."

"아 그러매 하는 말 아니오."

"만 분 해봐야 그 말이 그 말이지 머."

"이런 딱할 데가 있나. 돌 하나라도 들어가는가 싶어서 올빼미같이 눈을 크게 뜨고."

"크게 뜨믄 소용 있소? 눈이 봬야 말이지."

"그래. 그라믄 우리가 거부지기(거웃)를 쑤셔 넣었겠소? 축이 날 리가 없단 말이오!"

담장 밖에서 다투는데 막걸리 사발이나 들이켠 걸걸한 목소리였다.

"봉순아 흐흐흐…… 흐, 나 여기이 있다아!"

볏섬을 져 나르는 구천의 다리 뒤에 숨어서 살금살금 걸어오던 자그마한 계집아이가 얼굴을 내밀었다. 앙증스럽고 건강해 보이는 아이의 나이는 다섯 살. 장차는 어찌 될지, 현재로서는 최치수의 하나뿐인 혈육이었다. 서희는 어머니인 별당아씨를 닮았다고들 했으며 할머니 모습도 있다 했다. 안존하지 못한 것은 나이 탓이라 하고 기상이 강한 것은 할머니 편의 기질이라 했다.

서희를 찾아서 두리번거리고 있던 봉순이 건너오려 하는데 서희는 맴돌아 구천이 앞으로 달아나며 끼룩끼룩 웃는다.

"넘어지믄 큰일 난다 캤는데, 애기씨!"

봉순이 울상을 지었으나 날갯짓을 배우기 시작한 새 새끼처럼 서희는 이리 뛰고 저리 뛰어다니며 좀체 봉순이에게 잡히려 하지 않는다. 유록빛에 꽃 자주의 선을 두른 조그마한 꽃신은 퍽이나 날렵하다.

"애기씨!"

일꾼들 발에 걸려 넘어지지나 않을까, 이 광경을 마님한테 들키면 큰일 나겠다 하며 조마조마하는 봉순이를 골려주려고 서희는 다시 구천이 다리를 방패 삼아 뒤에 숨는다.

"애기씨, 이러심 안 됩니다."

이번에는 걸음을 멈춘 구천이가 말했다.

"넘어지지 않아!"

깡충 뛰며 구천이의 땀에 젖은 잠방이 뒷자락을 심술궂게 잡아당긴다.

"이러심 안 됩니다."

나지막한 소리로 타이른 구천이는 볏섬을 진 채 몸을 돌리며 봉순이에게,

"애기씨 뫼시고 별당,"

한참 만에 다시,

"별당에 가서 놀아라."

하고 말을 끝맺었다. 서희는 구천이의 잠방이를 잡고 늘어지며 오도 가도 못하게 방해를 한다.

"애기씨, 가서 사깜(소꿉) 사입시다."

꾀듯이 봉순이 손을 잡는데 뿌리치고,

"나 여기 놀 테야."

"일질*에 넘어지십니다."

구천이의 목소리는 역시 나직했다.

"싫어. 안 갈 테야!"

"마님께서 보시면 꾸중하시지요."

"나 할머니 무섭지 않다!"

잠방이 자락을 겨우 놓아준 서희는 구천이를 노려보면서 제 주장을 뚜렷이 나타내었다. 그러나 할머니가 무섭긴 무서웠던 모양으로,

"구천이는 바보 덩신! 중놈!"

욕을 하며 달아난다. 봉순이 그 뒤를 쫓아 뛰어간다. 짧은 저고리 도련 밑에 늘어진 빨강 댕기가 할랑할랑 그네를 뛰더니, 아이들의 모습은 사라졌다.

볏섬을 짊어진 채 아이들 뒷모습을 우두커니 바라보던 구천이는 고방 쪽으로 걸음을 옮긴다.

"으윽!"

힘주는 소리와 함께 볏섬은 고방 바닥에 나동그라졌다.

"장골이 나락 한 섬을 지고 맥을 못 추니 우찌 된 일고."

들여다 주는 볏섬을 돌이하고 함께 맞잡아서 고방에 쌓아 올리던 삼수는 갈구리를 볏섬에 걸며 말했다.

"땀 좀 닦아라."

이번에는 돌이가 딱해하며 말했다. 구천이는 먼지, 지푸라기가 엉겨붙은 잠방이 소매를 끌어당겨 땀을 닦는다. 얼굴빛이 푸르고 눈은 움푹 패여 있었다.

갈구리를 걸어놓기는 했으나 돌이는 땀 닦는 구천이를 쳐다보고만 있었으므로 삼수는 코를 힝 풀고 나서 콧물 묻은 손을 옷에 문지르며,

"니 그라다가 몸 베릴라?"

동작을 멈춘 구천이는 삼수의 입매를 쳐다본다. 삼수는 다시,

"무슨 짓을 하는가 우리도 좀 알고 싶구마."

멀리서 무슨 소리가 나는구나 하듯 멍해 있던 구천이의 눈이 다음 순간 거칠게 빛났다.

삼수는 더 이상 말을 걸지 않았다. 돌이도 말하지 않았다. 그들은,

"영치기!"

볏섬을 들어 올린다. 그러고는 날씨 이야기며 부춘서 벼 싣고 온 박서방의 혹이 금년에는 더 커졌더라는 둥 돌이 편에서 무관심하려고 애를 썼다. 삼수는 곁눈질로 구천이의 기색을 살피면서,

"어서 가서 나락 져 오라고. 아무도 해를 잡아매 놓지 안 했인께."

했다. 등받이로 쓰는 마대를 고방 바닥에서 주워 어깨에 걸치고 구천이는 긴 팔을 늘어뜨리며 돌아서 나갔다.

"싫대두, 싫어! 아버지가 싫단 말야."

서희가 발을 동동 구르고 침모 봉순어미는 옷고름을 여며주며 달래고 있다. 구천이는 눈을 내리깔며 그들 옆을 지나간다.

"마님께서 말씀하시있습니다. 나으리께 문안드리라고."

중년으로 살빛이 희고 좀 비대한 봉순네 치맛자락을 잡으며 서희는,

"두만네 집에 강아지 보러 갈 테야."

"마님께서 아시믄 큰일 나지요. 꾸중하십니다. 봉순아, 어서 애기씨 뫼시고 사랑에 가거라."

서희 등을 도닥거리며 봉순네는 딸에게 일렀다.

"아버진 싫다는데두, 고홈! 고홈! 하고."

목을 뽑고 기침하는 치수의 시늉까지 낸다. 봉순네는 웃음을 참는다.

"큰일 날 소리, 봉순아, 어서."

"애기씨, 가입시다."

봉순이도 싫은지 부시시 말했다.

"그라믄 사랑마당에까지 지가 데리다 디리지요."

봉순네는 병아리를 몰듯 뒤에서 아이들을 몰아낸다. 서희는 민적민적하면서도 가기는 간다.

"이제 가시지요?"

고개를 끄덕이고 봉순네를 올려다보는 서희 눈에 겁이 잔뜩 실린다.

사랑의 앞뜰에는 햇빛이 화사하게 비치고 있었다. 돌담 용마루 높이만큼 키를 지닌 옥매화, 매초롬한 회색 가지를 뻗은 목련, 삼화에 석류나무, 치자나무는 마치 봄날의 햇빛을 받아 노곤한 것처럼 보였으나 이미 순환은 멈추어졌을 것이며 메말라버린 나뭇잎도 얼마 남아 있지 않았다. 잎을 추려버린 파초 역시 누릿누릿 시들고 있는 것 같았다.

긴장하여 땀이 나는 손을 잡고 마주 보고만 있던 아이들은 결심을 하고 치수가 기거하는 방 앞에까지 간다. 목소리를 가다듬은 봉순이,

"나으리마님. 애기씨께서 문안오싰습니다. 마님께서 문안드리라 하시어 오싰습니다."

몇 번이나 입 속으로 굴려보았던지 줄줄 외듯 나왔다. 방 안에서 밭은기침 소리가 났다. 기침이 멎은 뒤,

"들어오너라."

음산하게 울리었다.

신돌 위에 작은 신발을 나란히 벗어놓고 서희는 마루로 올라갔다. 서희의 얼굴은 해쓱해져 있었다. 봉순이 열어주는 방문에서 서희가 방 안으로 들어갔을 때 방금 일어나 마주했는지 치수는 서안(書案) 앞에 앉아 있었다. 아랫목에 깔아놓은 이부자리는 반쯤 걷혀져 있었으며 벼룻집의 벼루랑 연적, 붓, 두루마리에 먼지가 뿌옇게 앉아 있었다. 문갑 위의 상감청자 향로와 아무렇게나 쌓아올려 놓은 서책 위에도 먼지는 뿌옇게 앉아 있었다.

"바깥 날씨가 차냐?"

길게 찢어진 눈이 서희를 응시하며 물었다. 서희는 그 말이 귀에 닿지도 않았던 것처럼 붉은 치마를 활짝 펴면서 나붓이 절을 한다.

"요즘에는 아버님 병환에 차도가 있으신지 문안드리옵니다."

봉순이가 그러했던 것처럼 목청을 가다듬고 외는 투의 억양 없는 소리를 질렀다.

"괜찮다. 서희도 밥 잘 먹고 감기는 안 들었느냐?"

갈기갈기 갈라진 여러 개의 쇠가 서로 부딪칠 때 나는 것 같은 목소리는 여전히 음산했다. 그는 서희의 공포심을 충분히 알고 있는 것 같았다. 그러면서도 그것을 풀어주려는 노력이 없는 싸늘하고 비정한 눈이 서희를 응시하고 있는 것이다. 서희는 아버지의 눈을 피하기만 하면 당장에 천둥이 치고 벼락이 떨어질 것처럼 애처롭게 그를 마주 본 채 고개를 저었다. 치수는 웃었다. 그 웃음은 도리어 서희의 마음을 얼어붙게 했다. 서희로부터 시선을 돌린 치수는 서안 위에 펼쳐놓은 책의 갈피를 넘긴다. 허약한 체질에 비하면 뼈마디는 굵은 편이었다. 그러나 가엾을 만큼 여위고 창백한 그의 손이 책갈피를 누르면서 눈은 글자를 더듬어 내려간다. 손뿐인가, 뜰 아래 물기 잃은 목련의 앙상한 가지처럼, 그러나 동정을 받을 수 있는 비참한 느낌이기보다 도리어 상대에게 견딜 수 없는, 숨이 막히게, 견딜 수 없어 결국은 공포심을 불러일으키게 하는 강한 분위기를 그는 내어뿜고 있었다. 어떤 일에도 감동되지 않을 눈빛, 철저하게 스스로를 소외시키면서 인간과의 교류를 거부하는 눈빛, 눈빛에서만 그랬던 것이 아니다. 뼈만 남은 몸 전체가 거부로써 남을 학대하는 분위기의 응결이었다.

일단 방에 들어온 뒤에는 나가도 좋다는 말이 떨어지지 않는 이상 서희는 일어설 수 없다. 숨소리를 죽이며, 그래서 가날픈 가슴이 더 뛰고 양어깨로 숨을 쉴 수밖에 없었는데 움직이지 못한다는 것은 어린것에게 얼마나 큰 고통인가.

이따금 책장 넘기는 소리가 났다.

"길상아!"

별안간 귀청을 찢는 것 같은 고함에 서희는 용수철같이 앉은자리에서 뛰었다.

"길상아!"

"예에!"

대답과 함께 급히 뛰는 발소리가 들려왔다. 뜰 아래서,

"나으리마님 부르셨습니까."

앳된 소년의 목소리였다.

"방이 왜 이리 차냐!"

"곧 불을 지피겠습니다."

"내가 지금, 방이 왜 이리 차냐고 묻지 않았느냐!"

푸른 정맥이 이마빡에서 부풀어 올랐다. 서희의 얼굴이 질린다.

"예, 지금 곧, 곧 불 지피겠습니다."

"이놈! 방이 왜 이리 차냐고 물었겠다! 고얀 놈!"

"잘못했습니다, 나으리마님."

소년은 겁을 먹은 소리를 냈으나 매양 당하기 때문인지 길든 사냥개처럼 뒤쪽으로 달려가서 장작 한 아름을 안고 뛰어

온다.

"으흐 컥!"

신경질은 심한 기침을 유발했다. 치수는 수건을 꺼내어 입을 막았으나 기침은 멎지 않았다. 눈이 활짝 벌어지면서 붉은 눈알이 불거져 나온다. 기침은 잠시의 틈도 용납지 않고 그에게 달려든다. 입을 막고 상체를 흔든다.

고독한 모습이었다.

"나, 나, 나가거라."

질식하는가 싶더니 기침은 멎고 가래가 끓어 분간하기 어려운 목소리로 간신히 치수는 말했다.

방문을 열고 마루에 나왔을 때 서희는 토할 것처럼 헛구역질을 했다. 마루에서 기다리고 있던 봉순이는,

"애기씨."

감싸듯이 서희를 안았다. 헛구역질은 딸꾹질로 변했다. 눈에 눈물이 그렁그렁 돌았다.

"애기씨."

치마를 걷어서 봉순이는 서희의 눈물을 닦아준다.

2장 추적

눈코 뜰 사이 없이 바빴던 하루해가 저물었다. 오늘이 고

비었던가. 행랑에 묵고 있던 마름들은 해 떨어지기 전에 나귀를 타고 대부분 돌아갔다. 절간의 주방만큼 넓은 최참판댁 부엌은 한산해졌다. 간조(干潮)의 바닷가처럼 집 안은 휑뎅그렁했다. 어젯밤만 해도 행랑과 부엌 쪽은 밤늦게까지 붐비었다. 상전의 성미도 성미려니와 가족이 적은 적적한 집안이어서 많은 하인들의 행동거지는 조용하게 길들여져 있었으나 워낙 어수선하여 객식구들이 떠난 뒤에도 밤늦게까지 일은 끝나질 않았다. 겨우 고방 문들이 닫혀지고, 쇠통이 채워지고, 열쇠꾸러미가 안방으로 들어가고 이리하여 하루 일이 끝난 것이다. 부엌일은 다소 더디었다. 몸살이 난 찬모는 먼저 방에 들어가고 연이가 혼자서 달그락거리며 뒷설거지를 하더니 한참 후 달그락거리던 소리는 멎고 부엌의 불이 꺼졌다. 다음은 계집종들 방의 불이 꺼졌다. 마지막에 윤씨가 거처하는 안방, 봉순네 방에서 거의 동시에 불이 꺼졌다. 집 안은 쥐 죽은 듯 괴괴해졌다. 시월 중순의 달은 한쪽이 조금 이지러져서 뎅그렇게 떠 있었다. 그늘이 짙은 집채 모퉁이마다 무섬증 나는 냉기가 돈다. 행랑 구석진 방에서 죽을 날을 기다리는 늙은 종 바우의 앓는 소리가 간간이 들려온다. 그러면 역시 늙어서 꼬부라진 간난할멈이 남편 곁에서 슬퍼하는 넋두리가 들리곤 했다.

불 꺼진 지 오래된 머슴방에 불이 켜졌다.

"불은 와 키노."

누워 있던 돌이 머리를 쳐들며 화난 소리로 물었다.

"담배 한 대 꾸울라고."

삼수가 대꾸했다.

"또 나갔나?"

"나갔구마."

담배 한 대 굽겠다던 삼수는 어중간한 자세로 그냥 앉아 있었다.

"돌아!"

"와."

"구천이가 어디 가는가 우리 한분 따라가보까?"

"보나 마나 어디 가씨나하고 눈이 맞아 나갔일 긴데 머한다고 싱겁이겉이 따라가노."

"그렇게만 생각할 기이 아니라고. 아무래도 구천이 지 말마따나 산에 가는 눈친데 산에는 머하러 가는지 모르겠다. 한분 따라가보자."

"산신(호랑이)을 만나믄 우짤라꼬."

"호식으로 태이났다믄 방구석에 앉아 있다고 성하까."

"잡히묵힐 때는 잡히묵히더라 캐도 내사 내 발로 걸어가서 잡히묵히는 건 싫구마."

"그라믄 니는 그만두라모. 정상(경상)감사도 지 하기 싫으믄 그만*이지, 나 혼자 가볼라누만."

"가리 늦기, 나가봐야 헛일이다."

49

삼수는 방문을 열고 툇마루 밑의 짚세기를 찾아 신는다. 돌이 벌떡 일어났다.

"못 가라 카믄 가보고 싶은 기이 사람으 심사라. 갔음 벌써 많이 갔을 긴데 허탕할 셈 치고."

안 가겠다던 돌이 허겁지겁 따라 나섰다.

"갈라 카믄 등잔불이나 꺼라."

돌이는 툇마루에 바싹 다가서며 방 안으로 몸을 뻗쳐 불을 불어 끈다. 땅땅한 몸이 이때만은 늘어나는 것 같았다.

"저눔으 늙은이, 자갈을 물리든지 해야겄다. 머 얻어묵을라고 안 죽노."

바우할아범의 앓는 소리에 침을 탁 뱉으며 삼수가 지껄였다.

"명을 인력으로 하는가. 니는 천년만년 살 것 같나?"

돌이 쏘아붙인다.

그들은 별당의 높은 담을 따라간다. 발소리에 마음을 쓰며 간다. 별당의 사잇문은 굳게 닫혀져 있었다. 문짝에 박힌 쇠붙이가 꺼무꺼무하게 떠 보인다. 고방 앞을 지나 사랑의 뒤뜰로 나온다. 탱자나무 울타리에 말뚝을 박아서 만들어진 쪽문은 열려진 채였다.

무슨 까닭이 있는지 요즘 구천이는 한밤이 되기만 하면 당산 숲속을 헤매다 돌아오곤 했다. 어떤 때는 멀리 더 고소성을 거쳐 신성봉을 넘나들며 아주 깊은 산속까지 다녀오는 일도 있었다. 지리산에서 기어 내려온 산짐승들의 울부짖음이 숲속을 흔드는 그런 험한 골짜기를 미친듯이 헤매다가 새벽녁에 지쳐서 돌아오는 구천이를, 그러나 머슴방에서는 아무도 그가 산을 쏘다녔다고 생각하질 않았다. 실성한 사람이 아니고서는 야밤에 짐승들이 우글거리는 산속을 헤매어 다닐 까닭이 없기 때문이다. 최참판댁 하인들은 바람이 났을 거라고 생각들 했다. 이웃마을의 어느 행실 나쁜 과부가 아니면 읍내 근방 어느 양반댁 계집종과 눈이 맞아 만나러 다닐 거라 생각했다.

"간밤에 어디 갔다 왔노."

하고 물으면,

"산에."

구천이는 짤막하게 대꾸했다. 거짓말한다 싶으면서도,

"그러다가 호랭이 밥 될라."

하면 대답이 없었다.

"아무래도 구천이 니 여시한테 홀린 것 아니가. 큰일 났구마, 큰일 나아. 뼈도 못 추릴라."

그 정도로 이야기는 겉돌았지 여자 집에 가지 않았느냐고 다그쳐 물어보지는 못했다.

객인들에게 방을 내어주고 하인들이 몰려서 새우잠을 자던 그저께 밤, 그날 밤에도 구천이는 나가지 않으려고 무던히 애를 쓰는 것 같더니만 끝내 일어나 앉고야 말았다.

"잠이 와야지……."

혼자 중얼거렸다. 우리 속에 가둔 짐승같이 그는 괴로운 것 같았다.

"무슨 심화가 나서 잠을 못 자노."

잠든 줄 알았던 수동이 어둠 속에서 물었다.

"심화는…… 무슨 심화……."

혼자 중얼거렸을 때와는 달리 구천이는 냉랭하게 말했다.

"공연한 생각이지 공연한 생각."

"……."

"우리네 같은 신세는 그저 일이나 꿍꿍 하고 배 안 곯고 잠 이나 자믄 그만 아니가."

"……."

"공연히 쓸데없는 생각 마라. 사람이란 지 분복대로 살아야 지 안 그러믄 멩대로 못 산다. 못 살고말고. 될 법이나 한 일 이건데? 어서 잠이나 자거라."

사연을 조금 알고 있는 모양으로 나잇살이나 먹은 수동이 타일렀던 것이다. 구천이는 많이 쇠약해져 있었다. 육신이 쇠 약해지는 대신 정신력은 강해가는지 그의 태도는 전보다 더 가라앉고 걸음걸이는 오히려 확실해 보였으며 핏발 섰던 눈 은 맑게 개어져 갔다. 다만 아무도 없는 호젓한 고방 뒤에서, 혹은 우물가에서 경련하는 것 같은 미소를 혼자 띠곤 했다.

삼 년 전, 그러니까 재작년의 몹시 추운 어느 겨울날, 최참 판댁에 괴나리봇짐을 든 남루한 차림의 젊은 사내가 찾아왔다. 스물한두 살쯤 되어 보이는 젊은이는 차림이 누추하고 허기진 것 같았으나 준수한 용모였으며 알맞은 몸집이 어딘지 슬기로움을 지니고 있었다. 저녁 한 상을 대접받은 그는 추위와 굶주림에 떨면서도 베푸는 음식을 생각 깊은 자세로 천천히 들었다. 저녁상을 물리고 한참을 묵묵히 앉아 있던 그는 하룻밤의 잠자리를 청할 줄 알았는데 뜻밖에 머슴살이를 부탁하는 것이었다.

"막일이 몸에 밴 것 같지 않은데 머슴살이를 할라고?"

딱하다는 시늉으로 김서방은 고개를 저었다.

"몸은 실합니다."

젊은이는 짤막하게 말했다. 타관 사람을 붙이려 하지 않는 마님 윤씨의 성미도 성미려니와 더 이상 일손이 필요한 것도 아니어서 김서방은 거절하려 했으나 이상스럽게 마음이 끌렸던 것이다. 어딘지 깊은 곳에 영혼의 불길을 밝히고 있는 듯한 젊은이에게 동정 이상의 감정이 움직여 윤씨한테 말을 건네보았는데 한마디로 거절할 줄 알았던 김서방은 뜻밖에 그 젊은이를 한번 보자는 분부를 받았다. 윤씨는 젊은이를, 그의 얼굴을 유심히 바라보다가 아무 소리 없이 눈을 감았다. 젊은이는 고개를 꼿꼿이 세우고 눈만 내리깔고 있었다. 무슨 생각을 했던지 윤씨는 한참 만에 있고 싶으면 있어보라 하고 젊은이의 이력이나 근본 같은 것은 묻지를 않았다. 그가 바로 지금의 구천이다. 그러니까 구천이는 문서에 있는 종이 아니었으므로─고종 31년, 지금으로부터 사 년 전에 이미 공사노비의 제도를 없이함으로써 오랜 노예의 멍에로부터 노비들은 해방되었다고 하지만 끈질기게 내려온 제도가 빚은 기습이 일조일석에 없어질 리는 없고 특히 서울과 멀리 떨어진 지방에서는 사실상 아무런 변동이 없었다─원하기만 한다면 언제라도 어느 곳으로든 떠날 수 있는 자유의 몸이었다. 그는 글을 읽고 쓸 줄 알았다. 읽고 쓸 줄 안다는 것을 남에게 알리기를 좋아하지 않는 것 같았으나 사랑의 최치수 밑에서 잔심부름을 하는 길상에게 남몰래 글을 가르치다가 알려져 버린 일이었다.

그의 학식이 어느 정도인지 알지 못하면서 삼수를 제외한 하인들은 모두 그를 썩 유식한 사람으로 단정하고 그런 면에서 존경심을 갖게 되었다. 말수가 적은 사내였다. 힘이 좋은 편은 아니었으나 머리를 써서 일을 하기 때문에 남에 뒤지는 일이 없고 그 자신 머슴의 신분임을 똑똑히 자각하여 책임의 한계를 명백하게 지키어나갔다.

드물게, 어쩌다가 싱긋이 웃는데 그것이 감정표시의 전부인 듯, 그러나 미소는 따스하고 다정스러웠으며 때론 천진한 동심이 상기도 남아 있는 것처럼 보이기도 했다. 이런 구천이에게 최참판댁 계집종들은 말할 것도 없고 사내끼리인 동료까지 이상하게 애정 같은 것을 느끼었다. 하인이라는 같은 신분이면서 구천이의 귀한 풍모나 인품이나 유식하다는 점이 자랑스러워 그랬을 것이다.

누가 발설을 했는지, 아마 추측에서 나온 말이겠지만 근거가 될 만한 것이라고는 무주 구천동에서 왔다는 구천이의 말뿐이었는데, 그래서 그를 구천이라고 부르기도 했었지만, 그 구천동에서 절 머슴을 살았느니 구천동 골짜기 어느 암자에서 글공부를 했느니 따위의 뒷공론이 없었던 것은 아니다. 그러나 그 자신은 절 머슴도 글공부도 다 부정했으며 다만 성이 김가라는 말 이외 내력이나 부모 형제에 관해서 일체 말이 없었다. 주책없고 비위 좋고 신경이 무디면서 남의 열 배 호기심은 강한 김서방의 마누라가,

"고향이 어디고?"

하며 물었을 때 구천이는 싱긋이 웃었을 뿐 대답하지 않았다.

"어디서 낳노 말이다."

김서방댁이 바짝바짝 다가서며 캐듯 다시 물었었다.

구천이는 여전히 웃기만 했다.

"사람으로 났으믄 그래 안티[胎盤] 버린 곳이 있을 거 아니가. 안티 버린 곳도 모르나?"

"……"

"이거 참 별일일세? 샐인죄인도 아닐 긴데 와 고향을 숨길꼬? 말 못할 사정이라도 있는가 배?"

구천이 얼굴에서 미소는 걷어졌다. 눈에 칼날 같은 것이 번득 섰다. 그쯤 해두었더라면 좋았을 것을,

"까막까치도 고향이 있는 법인데, 아 그러지 않던가 배? 객리에 가믄 내 땅 까마귀만 봐도 반갑더라고, 고향이 어디고?"

하며 다그쳤다.

"그걸 낸들 알겠소!"

구천이의 눈에는 살기가 등등하였다. 그는 입을 헤벌리고 올려다보는 김서방댁 앞에서 돌아섰다. 우물가로 간 그는 물을 길어 얼굴을 씻는데 목덜미에서 귀뿌리까지 온통 벌겋게 물들어 있었다.

돌이하고 삼수는 채마밭을 질러 누각으로 가는 길에 나섰다.

"그림자도 안 뵈는데 어디 가서 찾노. 그만 돌아가자."

허리 말을 추키며 돌이 말했다. 낮에는 햇볕이 포근했었지만 밤바람은 덜미에 써늘했다. 말라버린 덤불이 바람에 소리 내어 흔들렸다. 사람이나 짐승이 숨어 있기라도 하듯.

"기왕지사 찬 바람 쐬고 나온 거니께 당산에나 한분 올라가 보자."

삼수는 앞장서 걸었다. 긴 그림자가 앞서서 먼저 간다.

"춥네. 가을도 끝장인가 배."

돌이 따라가며 중얼거렸다.

"가을이 인지 있어?"

"그러기 세월 참 빠르다 카이."

"저, 저, 저기 간다!"

삼수가 낮게 외쳤다. 그새 구천이는 어디를 싸돌아다녔던지, 흰 무명 옷자락을 너풀거리며 누각을 향한 오르막길을 가고 있었다.

"허 참, 정말 산으로 가구마. 산에는 머하러 가는고? 내사마 한기가 들어서 턱이 덜덜 까불린다."

삼수는 지껄이는 돌이를 내버려두고 급히 구천이를 쫓아 달려간다. 돌이도 뒤따라서 달려가기는 한다. 누각 앞에까지 간 구천이는 누각 옆에 좀 내려앉은 곳, 그러니까 누각 앞의 평퍼짐한 공지에서 돌계단 세 층으로 내리막이 된 곳인데 그곳을 내려다보는 것이었다. 달빛이 밝아서 선명치 않으나 그곳 초당에 불이 켜져 있는 것을 흐미하게 볼 수 있었다.

"그늘에 들어가자. 보일라."

삼수를 따라 그늘진 곳에 몸을 숨기며 돌이는,

"나으리가 기신 모양 아니가?"

했다.

"불이 켜져 있구마."

"아직 몸이 성하시지 않을 긴데 초당에는 머하러 올라오싰을꼬?"

"언제 그 양반이 하고 싶은 대로 안 하는 일이 있었으까?"

구천이의 동태를 지켜보면서 삼수는 시큰둥하게 뇌었다. 초당을 내려다보고 서 있는 구천이는 이켠에서 옆모습으로 보였다. 옷자락은 바람에 나부끼는데 구천이의 몸뚱어리는 돌부처가 되었는가 끄덕도 않는 것같이 느껴졌다.

"우짤라꼬 저기 서 있는고? 내사 영문 모르겠네."

"소리가 크다."

삼수는 팔굽으로 돌이를 쥐어박았다. 구천이는 몸을 이켠으로 돌렸다.

"들킸나?"

"아가리 좀 다물고 있어라!"

천천히 물러난 구천이는 누각 정면에 가서 층계 한가운데 이쪽을 향해 우뚝 섰다. 달빛을 바로 받은 구천이의 얼굴은 제법 거리가 있었는데도 은색 가면을 쓴 것처럼 딱딱하게 보였다. 누각의 현판을 등지고, 양켠으로 치올라간 처마 끝, 그 중심에 있는 구천이의 입상(立像)은 누각의 무게를 감당하고 있는 하나의 지주(支柱) 같은 착각을 일게 했다.

다음 순간 구천이는 몸을 날렸다. 삼수는,

"따라가보자, 간다!"

흰옷은 당산 숲을 향해 움직여갔다. 바람이 찬 데다 이상한 느낌이 들었던지 돌이 덜덜 떨었다.

숲속으로 접어든 구천이의 걸음은 빨라졌다. 바람을 탄 솔 잎들이 넋 들린 것같이 소리를 냈다. 그늘과 빛이 요란하게 움직이며 스쳐 간다. 술렁거리는 산의 기척 사이사이로 부엉이 울음이 끊겼다가 이어진다.

"무작정 이리 가믄 우짤 것고."

숨을 헐떡이며 돌이 물었다.

뒤쫓던 삼수의 걸음이 멎었다. 숲이 엉성한 곳이었다. 개울을 건너뛰어 바위 위로 구천이 쫓아 올라갔다. 물소리는 자그맣게 났다. 삼수는 돌이를 끌고 둥치가 큰 참나무 뒤에 몸을 붙인다. 눈앞에 마른 덤불이 흔들리고 있었다. 덤불 사이에서 바위에 앉은 구천이의 모습이 보였다. 아까 누각에서처럼 구천이는 나무 뒤에 숨은 두 사내 쪽을 향하고 있었는데 숲속에는 가려주는 것들이 많아 거리가 가까웠지만 들킬 위험은 오히려 적었고 얼굴은 한층 뚜렷이 볼 수 있었다. 짙은 눈썹 아래 푹 파인 눈의 깊이까지 보일 것만 같았다.

이제는 부엉이 울음이 끊기지 않고 말할 수 없는 적막 속에 계속되고 있었다. 바람이 잔 것 같지도 않은데 부엉이는 무척 가까운 곳에 있나 보다.

구천이의 고개가 아래로 꺾이어졌다. 두 팔을 뻗어 바위를 짚는다. 참으로 괴상한 일이 벌어졌다.

"으으으흐흐…… 흐…… 흑!"

울음소리였다. 심장을 찢어내는 것 같은 울음소리였다. 세상에 사나이가 저리 울 수 있는지. 소리는 크지 않았으나 구천이의 통곡은 참나무 뒤에 숨은 두 사나이를 망연자실케 했다. 그들은 전율을 느꼈다.

"으흐흐흐 으으으흑…… 흐흣……."

사방을 둘러싼 시커먼 산봉우리, 중천에 뜬 달은 얼음조각 같이 싸늘하다.

얼마나 오랜 시간이 지나갔을까. 울음이 뚝, 끊기고 흰 옷자락이 그들 눈앞에 알른 하고 지나갔을 때 넋을 잃었던 두 사나이는 제정신을 찾았다. 구천이는 미친 듯 산길을 향해 내닫기 시작했다. 반사적으로 삼수, 돌이 뒤쫓는다.

'이거 도깨비한테 홀린 것 아닌가? 내가 꿈을 꾸는가.'

무조건 뛰는 돌이 머릿속에 그런 생각이 지나갔다. 구천이는 날듯 달리고 있었다. 산길은 끊어지고, 길 아닌 길을 달리면서 방해가 되는 나뭇가지를 우지끈우지끈 꺾으며, 그래도 힘이 남아나서 천 길 낭떠러지에라도 뛰어내릴 것 같은 기세로, 구천이는 완전히 무엇에 들린 사람 같았다.

"허흑! 허흑! 아이고 허흑 헉! 숨차 죽겠다!"

이미 그들 시야에서 구천이의 모습은 빠져나가고 없었다. 허둥거렸으나 방향조차 잡을 수 없게 되었다.

"제기럴!"

"허허, 기막힐 노릇이네. 세상에 축지법을 쓰지 않고서야, 날아갔지 걸어갔다 할 수 있나."

땅바닥에 주질러 앉아 가쁜 숨을 쉬며 돌이는 감탄해 마지않는다.

"빌어묵을 자식 니 땜에 놓쳤다! 따라옴서 내내 방정을 떨더마는."

혀를 두들기며 삼수는 화를 낸다.

"장사 났네 장사 났다. 어디서 그런 힘이 솟을꼬? 보기는 깔락깔락해서(날씬해서) 힘쓸 것 같지 않더니만."

화를 내거나 말거나 돌이는 감동해서 지껄였다. 멀리서 여우 우는 소리가 났다.

"할 수 없다! 내리가자!"

"숨 좀 돌리고."

"네놈 땜에 놓쳤다! 도모지 발길에 걸리서 뛸 수가 있나. 돼지같이 살이 쪄가지고 이놈아! 제발 배때기 좀 줄이라! 제에기!"

삼수는 오던 길을 횅하니 되돌아간다.

"지랄하네, 이봐라! 혼자 가나? 같이 가자!"

엉덩이를 털고 일어선 돌이 뒤쫓아간다. 누각까지 왔을 때,

"아무래도, 아무래도……."

삼수는 고개를 저었다.

"한이 많은 기다."

"한?"

업신여기듯 되물었다.

"골수에 맺힌 한이 없고서야 사내자식이 그리 울 수 있겠나?"

"우는 거사 머 그렇다 하고, 구천이 그놈, 아무래도 동학당이……."

"생사람 잡지 마라!"

돌이는 어성을 높였다.

"도망쳐 댕기본 놈 아니믄 그리 산을 잘 탈 수 없을 긴데?"

"절 머슴 살았다 칸께 산이사 잘 타겠지. 발 없는 말이 천리 간다고, 그런 말이 사람 때리잡는 기라."

"동학당이믄 어떻노? 윤보도 동학당 했는데. 다 생각는 일이 있인께, 아마 내 생각이 틀림없을 거로?"

"틀림이 없어? 머 가지고 그리 도장을 찍노."

"이상 안 하나? 와 구천이는 지 근본을 말 안 하노."

3장 골짜기의 초롱불

읍내에 가까운 화심리에서 세상을 등지고 사는 장암 선생(丈庵先生)의 병세가 매우 위중하다는 기별을 받은 최치수는 반나절이 조금 지났을 무렵 수동이를 거느리고 집을 나섰다. 근반년 만에 처음 나들이였다. 몸이 완쾌되었다고 할 수는 없지만 장암 선생은 최치수가 다만 한 사람 존경하는 스승이었으므로 몸에 무리하다는 것쯤 헤아릴 겨를이 없었던 것이다.

날씨는 꽤 쌀쌀하였다. 섬진강을 건너서 불어온 바람은 잡목숲을 흔들어놓고 지나간다. 평사리에서 강을 따라 삼십 리가 넘는 읍내 길을 달구지가 가고 나무꾼이 간다. 나무꾼과 농부는 뒤에서 들리는 말발굽 소리에 돌아보다가 얼른 길 옆으로 비켜서며 마상에 앉은 최치수에게 인사를 했다. 쏘는 듯한 치수의 눈은 어름어름 피하면서.

강 위에는 화개장을 향해 장배가 물살을 거슬러 올라가고 있었다. 우중충하게 짙푸른 강물에 하늘이 나직이 내려오고 투박한 잿빛 구름은 약한 빛을 던져주는 해를 가리려 하고 있었다.

흰 도포 자락을 나부끼며, 전*이 넓은 갓의 갓끈을 나부끼며 말에 흔들리는 최치수의 모습이 마을을 벗어나 두 마장이나 갔을 이 무렵 최참판댁에서는 윤씨가 침모 봉순네를 불렀다.

저고리 섶에 바늘을 꽂으며,

"부르싰습니까."

방문 앞에서 봉순네는 허리를 굽힌다.

"서희는 어디 있느냐."

"별당아씨 곁에 기시는갑십니다."

한참 말이 없다가,

"서희를 어디 데리고 나갔으면 좋겠는데…….."

"예?"

"별당에서 데리고 나갔으면 좋겠는데…….."

허리를 굽히고 있는 봉순네 낯빛이 변한다.

"바람이 붑니다."

"바람이 불어?"

"예. 날씨가 차서, 감기라도 드시믄……."

옷섶에 꽂은 바늘을 뽑아 얹은머리에 옮겨 꽂는데 봉순네 손이 부들부들 떤다.

"감기쯤…… 그러면 봉순이를 불러서 서희를 사랑에 데려 가게 하여라. 별당에 들여보내서는 안 되느니라."

"예."

물러난 봉순네는 봉순이를 찾는다기보다 발이 제자리에 놓이질 않아서 허둥대는 것 같았다. 머리에 꽂은 바늘을 다시 옷섶으로 옮기고 가슴 밑에 처지는 치맛말을 끌어올리고 하며 침착을 잃은 그는 집 밖에 나가 봉순이를 부르다가 되돌아왔다.

"큰일 났고나. 일이사 언제 벌어져도 벌어질 기다마는 사대부댁에서 이 무슨 변인고? 사주는 속여도 팔자는 못 속인다 카더니 부치가 까꾸로 섰지*, 까꾸로, 어이 불쌍해라. 그 나이가 아깝다!"

미음 그릇을 받쳐 들고 오던 삼월이가 시부렁거리는 봉순네를 보았다.

"멋을 혼자서 시부리고 있소?"

"내가 멋을 시부렀다고?"

"혼자 중얼중얼하더마는."

"간난할매는 어떻노?"

"간난할매사 괜찮겠소만 바우할배가 큰일이네요. 이자는

사람도 못 알아보고, 미음을 떠 넣어도 보굴보굴 괴내어버리네요.”

“노벵인께. 우리 봉순이 못 보았나?”

“못 봤소. 무슨 일이 있소? 얼굴이 쌍그러요.”

“무슨 일.”

하다가 봉순네는 간다 온다 말 없이 헛간 쪽으로 횡하니 가버린다.

복이 장작을 패고 있었다.

“봉순이 못 보았나?”

“못 봤소.”

헉! 하고 장작을 찍고 나서 무뚝뚝하게 대꾸했다.

“구천이는 어디 갔노?”

갈라진 장작을 집어던지려다 말고 복이는 고개를 비틀듯 하며 긴장한 눈초리로 봉순네를 돌아본다. 헛간에서 부스럭거리고 있던 돌이 움찔하며 얼굴을 내밀고 봉순네를 쳐다본다. 세 사람 사이에는 꽤 긴 침묵이 흘렀다. 침묵하는 동안 그들 얼굴에는 다 같이 동정과 할 수 없다는 체념의 빛이 돌았다.

“구천이도 어디 갔는지 내사 모르겠구마요. 퉤!”

복이는 손바닥에 침을 뱉고 도끼를 고쳐 들었다.

“제엔장! 까마귀떼가 와 저리 지랄을 하노!”

헛간 속으로 얼굴을 집어넣으며 돌이 내뱉었다.

“날이 궂을라 카누마.”

복이 대꾸했다. 잿빛 구름이 몰려드는 하늘에 갈가마귀가 무리를 지어 날고 있었다. 외양간에서 황소의 여물 씹는 소리가 갑자기 들려온다.

"이 가씨나가 어디 갔노."

봉순네는 별당 쪽으로 걸어간다.

"옴마!"

타닥타닥 발소리를 내며 봉순이가 뒤에서 뛰어온다.

"와 날 찾노? 응? 복이가 찾는다고 가보라 카데."

"어디 갔더노."

"뒷집에, 김서방댁이 오라 캐서."

"너 봉순아, 이리 오나라."

아이의 팔을 덥석 잡고 구석으로 끌고 간다.

"멋고?"

긴장한 어미 얼굴을 본 봉순이 겁을 먹으면서 잡힌 팔을 뿌리친다.

"나 김서방댁에 안 가께. 다시는 안 가께."

지레 빈다.

"애기씨 어디 기시노. 별당에 기시제?"

어미의 표정과 무관한 말에 봉순이 어리둥절한다.

"아까 별당아씨 옆에 기싰는데."

"가서 뫼시고 나오니라."

"와."

안심하고 되묻는다.

"사랑에 가서 놀아야 한다."

"나으리께서 벼락 내리시믄 우짤라꼬."

"안 기시다. 애기씨 뫼시고 어(서) 가거라."

"안 기시어?"

"사랑 골방에 가서 사깜 살고 놀아."

"그라믄 가께."

"그런데 말이다? 옴마가 오니라 할 때까지 오믄 안 된다. 알겠제?"

"와 그래야 하노."

"시키는 대로 하믄 된다."

"애기씨가 가자고 울믄 우짜꼬?"

"음…… 그래도 안 되지. 별당에…… 별당에 말이다. 으음음, 그, 그래 별당 연못에 구렁이가 있어서, 그거 잡을라 카거든."

말을 꾸며대다가,

"내 말 알아들었나!"

봉순네는 버럭 역정을 냈다.

방으로 돌아온 봉순네는 팔짱을 끼고 앉아서,

"일이 손에 잡히야제……."

팔짱을 풀고 인두로 화롯불을 쑤신다.

밖에서는 삼월이 김서방을 찾고 있었다. 화롯불을 쑤시다가 인두로 도닥거려놓고 봉순네는 바깥 기척에 귀를 기울인다.

그것은 어릴 적의 일이었다. 운봉에 살았을 때 본 일을, 사십이 다 된 지금까지 봉순네는 똑똑히 기억하고 있다. 보리가 필 무렵이었던 것 같다. 마을 사람들이 뒷산으로 몰려가기에 봉순네도 따라갔었는데 구경거리는 염진사댁 종의 시체였다. 거적을 씌워서 보이지 않았으나 거적은 피에 젖어 있었고 땅바닥에도 선지피가 흥건히 괴어 있었다. 어른들 사이를 비집고 얼굴을 디민 봉순네 눈에 거적 귀퉁이에서 불거진 송장의 발이 보였다. 짚세기를 신은 큰 발이었다. 푸르딩딩하게 썩은 것 같은 발이었다. 피 묻은 거적에 쉬파리가 닝닝거리고 있었다. 무슨 죄를 지었는지 맞아 죽었다고 했다. 푸르딩딩하고 큰 그 발을 생각하면 봉순네는 지금도 입맛이 떨어진다.

바깥 기척에 귀를 기울이면서 봉순네는 그 큰 발의 환상을 지우려고 고개를 흔들어댄다.

"마님 부르셨습니까."

윤씨의 목소리는 들리지 않았다. 이따금 예, 예, 하고 대답하는 김서방의 목소리만 들려온다. 한참 후 허둥거리는 김서방의 발소리가 봉순네 방 앞을 지나갔다. 행랑 쪽이 술렁거렸다. 오랫동안 술렁거렸다. 고방 문이 닫히고 쇠 잠그는 소리가 났다. 그러고 난 뒤 담장 안에 담장이 있고 또 담장이 있는 크고 넓은 집 안에는 무시무시한 침묵이 빅 둘러쌌다.

별당 담장 밖에까지 달래어 데리고 나오기는 했는데 서희는 여느 때와 달리 시무룩하더니 별당에 도로 가서 소꿉질을 하자고 졸랐다.

"나으리는 안 기시오. 안 기시다고 아까 말 안 했습니까."

"거짓말!"

"아입니다. 울 옴마가 그랬습니다."

소꿉 광주리를 든 봉순이하고 서희가 옥신각신하는데,

"봉순아, 여기서 뭘 하고 있느냐."

아이 둘이 동시에 돌아본다. 윤씨의 가라앉은 눈이 서희를
바라보고 있었다. 큰 키였다. 상체는 곧았으며 양어깨의 뼈대
가 무명 겹저고리 밑에서 솟은 듯했다. 오십오 세의 나이보다
겉늙은 것 같았으나 긴 눈매가 아름다웠다. 여자답기보다 선
비 같은 모습이다.

"어서 사랑에 가서 놀아라."

아이들은 예! 대답하고 두말없이 손목을 잡으며 뛴다. 사랑
의 뒤뜰로 나가서 아이들은 골방으로 들어갔다.

"봉순아, 방 따시나!"

밖에서 길상이 소리 지르며 물었다.

"따시다!"

봉순이도 소리 질러 대답했다.

화심리에서 하루 묵고 오리라 했으나 언제 어떻게 변경이
될지 몰라서 최치수 방에 군불을 지피고 있던 길상은 아이들
이 소꿉 광주리를 들고 골방으로 들어가는 것을 보았던 것이
다. 봉순이 광주리 속에서 길상이 오동나무를 깎아서 만들어

준 살림살이를 꺼내어 차리고 있는 동안 길상이는 소꿉 양식을 얻어왔다. 분명 무슨 일이 일어나고 있는데 길상이는 아무것도 모르는 모양이다. 항상 그랬던 것처럼 그의 얼굴은 즐거워 보였다.

"밤은 굽어다 다오."

봉순이는 안방마님같이 의젓한 투로 길상에게 명령했다.

"그래라."

길상이는 밤이 든 함지박을 가지고 아궁이 쪽으로 갔다. 봉순이는 따로, 바가지 속에 든 잣이랑 대추, 곶감을 꺼내어 장도로 잘게 썰어서 음식상을 차리는데 서희는 오종종한 꼴을 하고서 구경만 하고 있다. 이 아이에게 어떤 불안이 일었을까?

"봉순아, 어머니한테 가자."

하고 다시 졸랐다.

"안 됩니다. 연못에 이만한 구렁이가."

일손을 멈추고 팔을 벌리며 구렁이의 크기를 설명한다. 서희는 잠자코 말았다. 아버지는 싫고 무서웠고, 할머니는 싫지 않지만 무서웠고, 그러나 무엇보다 무서운 것은 구렁인가 보다. 길상이는 장작불이 타는 아궁이 앞에서 함지박을 무릎 위에 놓고 주머니칼을 꺼내어 밤 눈을 따고 있었다.

"객구(객귀)부터 물리겠소. 애기씨는 아야 아야 하고 누워 기시오."

봉순이는 서희를 모로 뉘고 나서 바가지를 들고, 장도를 휘

두르며,

"성주구신도 아니고, 부리제석도 아니고, 가다오다 배고파 죽은 구신아! 다섯 살 묵은 최씨 방성한테 눈을 거들떠봤거든 함박에 쪽박에 짠물하고 밥하고 받아가지고 썩 물러가라! 어허! 썩! 물러 안 가믄 장내 국내도 못 맡는 대동강에다 무쇠 가마 씌우고 띄울 것이니……."

밖에서, 그러니까 골방 왼편 벽 쪽인 듯하다. 나직한 소리가 들렸다. 물론 방에서는 봉순이 떠드는 바람에 아이들 귀에 이야기 소리는 들리지 않았다.

"일이 터졌다."

흥분을 나타내는 일이 없는 나직하고 부드러운 귀녀의 목소리였다.

"머가 터졌다 말고."

뾰루퉁한 삼월이의 반문이다.

"구천이를 도장(창고)에 가두었거든."

"……."

"어떻노. 삼월이 니 마음이? 고소하나? 씨원하나? 아니믄 가슴이 아프나?"

"신둥겅둥* 그 말투가 멋고? 어디서 경사났나?"

"경사라 칼 수는 없지만 니 마음이 어떨꼬 싶어서 물어보는 거 아니가."

"흥 고맙고나. 파리가 말 꼬리에 붙어서 천 리 간다 하기는 하더라마는 마음보 고치라, 고쳐."

"귀도 안 먹었는데 말귀 못 알아듣겠다. 머라 캤노."

"칭찬할 일은 아니다마는 남은 죽고 살고 사생결단이 날 판인데 니는 와 그리 좋노? 함박 같은 입 찢어질라."

"흥!"

봉순이는 객귀 물린다고 방바닥에 쏟아놓은 잣이랑 대추를 주워 담는다.

"애기씨, 이제는 머리 안 아프지요? 구신이 달아났소."

서희는 선하품을 하며 또다시 별당에 가자고 졸랐다. 봉순이는 구렁이 이야기를 다시 꺼내지 않을 수 없었다.

"남의 눈에 눈물나게 하믄 지 눈에도 눈물날 일이 생긴다고, 내가 다 안다. 니가 구천이를 꾀어서 아씨하고 면대 안 시킸나. 아씨 위하는 척하믄서."

"벼락 맞을 소리 하네."

"말 마라. 그래 놓고 마님한테 일러바치는 거는 무슨 심보고?"

"사람 잡네, 사람 잡아. 내가 일러바칠 것 머 있노. 마님께서는 해경(거울)같이 환하게 다 알고 기시는데. 어디 그뿐인가? 삼수가 먼지 알고서 동네방네 소문내고 댕깄는데 내가 이르고 자시고 할 것 머 있노."

장작이 타는 아궁이 앞에서 길상이는 알맞게 구우려고 부지깽이로 불 속의 밤을 뒤적이고 있었다.

"삼월이 니 실개(쓸개)가 있나?"

"빌리도라 안 할 기니 걱정 마라."

"설마 소나무 죽은 구신은 아니겠지? 구천이 땜에 잠도 못 자고 눈물을 바가지, 바가지 쏟더마는 이 마작 해서(이 마당에 와서) 그 사람들 편역을 들어?"

"남의 걱정은 마라. 눈물을 동으로 쏟았거나 와 니 등이 타노 말이다. 병 주고 약 주고, 네년 심보 누가 몰라서?"

"내사 아아무것도 모르구만. 떡이나 묵고 구겡이나 하고…… 본시부터 잠충이가 돼서 해만 지믄 업어가도 모르누만."

"그렇기도 하겠다. 커다란 올빼미 눈깔, 그건 밤에만 보인 다 카더라."

골방 밖의 대화도 맹랑하지만 골방 안의 풍경도 맹랑하다.

"배고파 죽은 혼신아! 손님(마마)에 죽은 혼신아! 임병에 죽은 혼신아! 괴정에 죽은 혼신아! 칼 맞아 죽은 혼신아! 목매 죽은 혼신아! 가다오다 죽은 혼신아!"

거리굿 한다고 음식을 차려놓고 수없이 혼신을 불러대는 봉순이, 영신이 실리기라도 한 듯이 목소리는 낭랑했으며, 눈은 흥분에 번쩍번쩍 빛나고, 손짓 몸짓이 단순한 아이들 소꿉놀이라고만 할 수가 없다. 너무 진박(眞迫)하여 처연(凄然)한 귀기마저 느끼게 한다.

봉순이의 이런 장난은 어미에게 큰 근심거리였다. 무당놀이뿐만 아니라 광대놀음도 혀를 내두를 만큼 기막히게 잘하는 봉순이는 서희보다 두 살 위인 일곱 살이다. 가녈가녈하게 생긴 모습이나 성미도 안존한 편인데 어떤 내부의 소리가 있었던지 광대놀음, 무당놀음이라면 들린 것 같은, 한번 들은 것이면 총기 있게 외는 것도 그러려니와 이 아이의 목소리는, 매우 아름다웠다. 아마도 그것은 숙명적인 천부의 자질인 성싶고 슬픈 여정의 약속인 듯도 하다.

"이년아! 사당 될라고 이러나! 무당 될라고 이러나!"

봉순네가 머리를 쥐어박고 등을 치면,

"와 그라노. 그것도 한 가지 재준데 아아를 와 때리노."

하며 김서방댁은 언제나 역성을 들고 나왔다. 그뿐 아니라 심심하면 곧잘,

"어데 우리 봉순이 노래 한판 안 할라나? 우리 명창 소리 한분 들어보자."

추켜만 주면 봉순이는 반짝반짝 눈을 빛내고,

"몹쓸 년의 팔자로다. 이팔청춘 젊은것이 님 이별이 웬일이냐아."

목청을 뽑는다. 이럴 때 어미에게 들키면,

"다 늙어감서 철부지 아아하고 장단이 잘 맞소. 이년아! 용천지랄 그만 못하겠나."

봉순이는 매도 맞고 야단도 듣는다.

지금도 봉순이는 연신 선하품을 하는 서희를 뒷전으로 하고 제 넉살에 도취되어,

오구님아 본을 받자

오구님아 앉절 받자

오구님아 기 어디가 본일런고

하고 있는데,

"또 지랄하네. 니 그러다가 정말 무당 되겠다."

밤을 구워 온 길상이 나무란다. 봉순이는 뚝 그치며,

"니 울 옴마한테 일러주믄 직일 기다."

"일러줄란다, 와."

봉순이는 함지박을 들여다보며,

"밤을 다 까 왔고나. 와 깠노."

"묵기 좋으라고."

"싫어!"

마침 짜증 부릴 일이 생겼다 싶었는지 서희가 팩 소리를 질
렀다.

길상이 의아해하며,

"왜 그럽니까, 애기씨."

"껍질 왜 벗겼어!"

"손 버리실까 하고."

"더러워. 난 싫어. 안 먹을 테야!"

"깨끗이 했는데."

"길상이 손이 더럽단 말이야!"

두 손을 펴보면서 길상이는,

"안 더러운데……."

낭패한 듯 슬픈 듯 눈을 들어 서희를 쳐다본다.

"애기씨, 그러시믄 이제 길상이가 업어드리지 않을랍니다."

"그럼 내가 때려주지. 이놈! 종아리 걷어, 하구 말이야."

서희는 졸음도 오고 짜증도 나는 눈으로 길상이를 노려본다.

"잘못했습니다. 또 얻어가지고 굽어 오지요."

그러나 아이들은 따스한 아랫목에서 잠이 들었다. 밖은 어둑어둑했다. 밤을 구워 오겠다던 길상이는 오지 않았고 아무도 아이들을 찾아오지 않았다.

한밤중에 봉순네가 방에 들어와 아이들이 깨지 않게 살그머니 이불자락을 덮어주고 옆에 쭈그리고 앉았다.

삼경이 넘었을 때 최참판댁에 초상이 났다. 바우할아범이 죽은 것이다.

"제기럴! 새는 날에 송상 무더기 나겠다."

삼수가 내뱉었다. 그러나 초상이 나서 집 안에 불이 온통 켜졌을 무렵 고소성(姑蘇城) 골짜기를 지나가는 초롱불이 있었다.

4장 수수께끼

사방을 팽팽하게 메운 진한 어둠과 울부짖으며 달려드는

섬진강 쪽에서의 바람이 맞부딪쳐 무시무시한 격투를 벌이는 것만 같던 밤에, 가랑잎에 발목이 묻히는 잡목숲을 헤치고 구천이와 별당아씨가 어디론지 종적을 감춘 뒤 사흘 만에 최참판댁에서는 바우할아범의 상주 없는 장례가 있었다. 며칠 동안 상식(上食) 때면 뒤꼍에 마련한 빈소에서 목이 쉰 간난할멈이 풀무 젓는 소리로 곡을 하였으나 그가 운신을 못하게 되면서부터, 상식이야 아무나가 했을 테지만 가엾은 노파를 대신하여 슬피 울어주는 사람은 아무도 없었다.

납덩이같이 덮쳐 씌운 침묵 속에서 집안 하인들은 물밑을 헤엄치는 고기떼 모양 조용히 움직이고 있었다. 그날 밤 누가 도장 문을 열어주었는지, 풀리지 않는 수수께끼였다. 무표정한 윤씨부인이나 사랑에 도사린 최치수의 속마음도 도무지 짚어볼 수 없었고 누가 도장 문을 열어주었느냐고 추달이 있을 법했으나 불문에 부치는 저의(底意) 역시 심상한 일은 아니었다. 당주인 최치수나 집안의 유일한 기둥이며 어른인 윤씨부인 사이에 어떤 수습책의 상의가 있었던 것인지, 그런 기미도 하인들은 눈치채질 못하였다. 다만 하인들 사이에 귓속말이 오고 갔는데 나으리마님이 사방에 사람을 놔서 가문에다 구정물을 끼얹고 간 불륜의 남녀를 찾고 있다는 것이다. 그것도 사실인지 아닌지 알 수 없는 일이었다. 한편 온 집안이 죽음같이 조용한 데 반하여 별당만은 주야로 난리판이었다. 봉순네 모녀와 길상이, 삼월이는 매일 난리를 겪는 심정이었다.

"엄마 데려와! 엄마 데려와아!"

발광하고 울부짖고 까무러치고 아무거나 잡히는 대로 집어
던지고, 그칠 줄 모르는 서희의 패악은 참으로 감당하기 어려
운 것이었다. 봉순네는 넋 빠진 것 같았고 비대했던 몸이 홀
쪽해졌을 지경이다.

'말귀를 알아야 타일러보제. 내가 이거 무신 할 짓인고.'
하다가 봉순네는 불쌍한 서희 때문에 눈물을 훔치곤 했다. 서
희는 거의 날마다 꼭 같은 말을 되풀이하여 물었다.

"어머니 어디 갔어?"

"서울 가싰지요."

"뭐 하러?"

"할아버님 뵐라꼬요."

"할아버님이 어디 있는데?"

"서울 기시오."

"그럼 나는 왜 안 데리고 가는 거야?"

"질(길)이 멀어서 애기씨는 걸을 수가 없인께요."

"가마 타고 가면 되잖아."

"질이 여간만 멀어야제요. 산을 넘고 내를 건너고 또 산을
넘고 내를 건너고 하자믄."

"길상이가 업고 가믄 되잖아."

"그, 그렇기는 하겠소만…… 산에는 호랭이가 있십니다. 생
이(상여) 틀 같은 호랭이가 두 눈에 화덕 같은 불을 키고 얼라

(아기)만 보믄 어흥! 하고 잡아묵을라 안 캅니까."

잠시 질리다가 다시,

"그럼 어머니는 언제 와?"

"······."

"몇 밤 자면 와?"

"······."

"몇 밤 자면 오느냐고 내가 물었단 말이야!"

무릎을 꼬집다가 서희는 주먹을 쥐고 봉순네 가슴을 쥐어
박는다.

"애기씨가 어른이 되시믄······ 어른이 되시믄 오실 기요."

봉순네는 손수건을 꺼내어 코를 홍! 하고 푼다.

"어른이 될려면 몇 밤이나 자야 해?"

"······."

"응? 몇 밤 자면 어른이 되는 거야!"

그래도 대답이 없으면 영근 박같이 팡팡하고 잘생긴 서희
이마빡에 정맥이 나돋고 부풀어 오르며 기어이 뒹굴기 시작
하는 것이다.

얼음이 얼기 전의 초겨울은 바람이 없고, 햇빛이 나기만 하
면 남쪽 이 고장은 봄날같이 따습다. 온종일 뿌윰하고 두터운
햇살이 별당 뜨락에 가득히 들어차더니 해가 지고 밤이 된 후
에도 포근하였다. 낮에는 햇빛을 따라 수면 가까이까지 와서

붕어들이 노닐던 연못 위에 간혹 나뭇잎 떨어지는 소리가 아슴푸레 들려오곤 한다. 적막한 밤이다.

서희 곁에서 시달리어 지친 봉순이는 별당 건넌방에 삼월이와 함께 깊이 잠들었고 봉순네는 서희에게 팔베개를 해준 채 깜박거리는 등잔불을 멍하니 바라보고 있었다. 스며드는 바람도 없는데 심지를 태우며 제물에 깜박거리는 등잔불 아래 서희는 고르고 낮은 숨소리를 내며, 그도 지쳐서 비둘기같이 잠들어 있었다.

'일어나서 일을 해얄 긴데…….'

하지만 몸이 무겁고 의식이 노곤하게 풀어져서 봉순네는 몸을 일으킬 수 없었다. 자려고 해도 잠이 오지 않는다. 노곤하게 풀어진 의식 속에 온갖 일들이 어지럽게 맴돌고 쫓아오고, 떨쳐버리려면 다시 새로운 생각이 거미줄같이 얽혀드는 것이다. 그날 밤에 일어난 일들이 꿈같이, 거짓말같이 느껴지는가 하면 아주 생생하게, 바로 엊그저께 일어난 일 같기도 했고 그런가 하면 바우할아범의 쓸쓸한 상여가 고개를 넘어갈 때 일던 흙바람이 지금 방 안에 가득 밀려와서 눈이 아물거려지는 착각을 느끼기도 한다. 등잔불에서 번져나는 빛과 그늘이 빚은 조화의 착각이다.

'간난할매한테 가봐얄 긴데…… 숨이나 붙어 있는지 모르겠다.'

역시 몸을 일으킬 수 없었다. 봉순네는 지팡이를 짚은 바우할아범이 어디서 나타날 것만 같았다. 어질디어진 그 눈이 자기를 바라보는 것만 같았다.

'봉순어매, 고맙소. 이 늙은것이 수의는 무신, 과람해서 죄받겠소.'

음성이 들려오는 것 같았다.

'바우할배 그 눈이 우찌 그리 슬프게 보이던고……. 집안 헹펜이 이 지경인데 마님께 여쭐 수도 없는 일이고, 아랫사램이 마음대로 문의원을 모시올 수도 없는 일이고, 간난할매를 우찌 했이믄 좋을꼬. 두만네가 약을 댈이오는 눈치더라마는 지도 병든 시어마씨 모시고 헹펜인들 넉넉하다 말가…….'

갑자기 봉순네 의식 속에 헤실헤실 웃는 귀녀의 얼굴이 뛰어든다. 낮에 있었던 조그마한 사건이 헤실헤실 웃는 얼굴에 이어져서 찜찜하게 되살아난다. 체증이 내린 듯 후련한 것 같기도 하고 그러나 역시 어딘지 개운찮은 뒷맛이 남는다. 천장 위에 구렁이가 든 것처럼 마음이 편치 않다.

'음흉스럽고 심술궂은 가시나…… 꼭 해꼬지하고 마는 심성이 좋잖아.'

귀녀의 웃던 얼굴을 아무리 좋게 생각하려 해도 섬뜩하기만 하다. 귀녀의 노하던 얼굴을 아무리 동정하려 해도 역시 섬뜩하기론 마찬가지다.

아직은 소리 없이, 결말이 어떻게 날 것인지 아무도 예측할 수 없는 사태를 관망할밖에 없는 최참판댁 하인들은, 그

러나 다 같이 미묘한 갈등 같은 것을 느끼고 있는 것을 숨길
수 없었다. 주가(主家)에 대한 충성심을 말할 것 같으면 사위에
그 존재가 당당하였던 오랜 가문에 오욕의 역사를 만들어놓
고 떠난 불륜의 남녀를 증오하고 분노를 느껴야만 마땅한 일
이거늘 물론 증오와 분노를 느끼지 않는 것도 아니긴 했으나
증오와 분노 한곳으로만 감정을 밀어붙이기에는 뭔가 석연찮
은 아픔이랄까 근심이랄까, 그런 것이 남는 이유는 무엇일까.
그들은 명명백백한 죄인들이요, 용서받을 수 없는 패륜자들
인데, 그것을 누구 하나 부인 못하면서 그들에게 닥칠 앞날에
비상한 관심이 모여지는 이유를, 그들 스스로도 알지 못하였
다. 그러나 그것은 자각 못하는 속에 있었던 무상의 사랑 같
은 것, 보호의식 같은 그런 것이 아니었는지. 어질고 아름다
운 여인은 그 존재 자체만으로도 남자들의 행복이요 여자들
은 동경하게 되는데, 남자의 경우에서도. 아무튼 최참판댁 하
인들은 상전댁을 위해 우울하고 그들 남녀를 위해선 암담해
지는 갈등을 느끼고 있었는데 유독 귀녀의 행동거지만은 그
렇지가 않았다. 불난 집에 부채질하는 것 같은 의기양양한 언
동은 자연 눈에 거슬릴밖에 없고 노골적인 따돌림을 당할 수
밖에 없다. 그러나 귀녀는 외톨이가 되어 미움을 받으면 받을
수록 누구 약이라도 올려주려는 듯 눈 밑으로 사람을 내리떠
보며 얕잡는 품을 재는 것이었다. 세차게 치면 세차게 돌아오
는 공 같은 여자였다. 그것도 신경질적이 아닌 찐득하게 물고

늘어지는 그런 집요한 반격…… 해서 귀녀를 두고 이러쿵저러쿵하던 치들도 차츰 기분 나쁜 그 압력에 눌리어 면전에서는 입을 봉하게 됐는데 수동이만은,

"저년은 건디리믄 더한다니께. 독새[毒蛇] 대가리맨치로 더치키든다니께."

하며 뒤통수에다 대고 사정없이 욕지거릴 했다. 한편 이상한 것은 구천이를 사모하던 삼월이가 어느 누구보다 종적을 감춘 두 사람에게 동정이 깊은 일이다. 자신이 사모했던 사내가 규중에 있는 아름다운 아씨를 잡아챘다는 그 사실이 그에게 어떤 자긍심을 갖게 한 모양이다.

"잘한 짓이라 할 사람이야 없겠지요. 죽어 마땅한 죄를 저질렀지요. 그걸 누가 모릅니까? 그러나 사람의 정리는 그렇지 않다 그 말 아닙니까. 귀녀 그년 해쌓는 꼴을 보믄, 세상에 인심이 그리 야박할 수 있겄십니까? 무신 오광대 구경이라도 난 것맨치로, 앞뒤를 댕기믄서 히히덕거리쌓는 꼴, 참말이제 앵이꼽아서(아니꼬아서) 못 보겄소. 이러니저러니 해쌓아도 지는 아씰 모시던 처지 아닙니까? 근심하는 빛이라고는 약을 할라캐도 없고…… 그라믄서 마님 앞에 가믄 이 태산 겉은 근심을 어이하리, 그런 얼굴이 된단 말입니다."

"구렝이제. 아아가 어릴 적부터 그랬네라. 심청이 많았지. 이분에도 일이사 그 아아가 고자질해서 터진 기고."

삼월이와 찬모 연이어미가 주고받는 말을 듣고 있던 봉순

네는,

"무신, 그럴 리가 있겠나. 고자질하는 거를 누가 봤다 카더나?"

"그거는 봉순어매가 모리는 얘기요."

"시끄럽다. 애멘 소리는 안 하는 기다. 그 아아 심성이사 나쁜 거는 알지마는 마님께서 고자질을 받을 성미도 아니고."

확실한 근거 없이 맞장구칠 수 없어 나무라기는 했으나 그런 의심은 봉순네에게도 짙었고 그들보다 귀녀에 대한 감정은 더 좋지 못했다. 그럴 것이,

"옴마, 귀녀가 말이다. 나보고 술청에 나가라 안 카나. 술청이 머엇고?"

어느 날, 그리 좋은 말은 아닌 듯싶었던지 봉순이 시뿌뚝해 가지고 말했다.

"머라꼬?"

전 같으면 이놈의 가시나야 니가 광대짓을 하니께 안 그렇낫! 하며 아이의 머리를 쥐어박았을 텐데.

"와 나보고 술청에 나가라 카노."

다시 물었으나 봉순네는 대답할 말이 없었다. 서희가 울부짖고 새파랗게 질리고 눈을 까집으며 까무라칠 지경에 이르면,

"우짜꼬! 아이구 이 일을 우짜노!"

땀을 뻘뻘 흘리며 뱅뱅이를 도는 판국에 봉순이 성주굿을 하건 광대굿을 하건 그저 아무 탈 없이 하루해가 넘어가기를

바라는 봉순네로서는 딸의 머리를 쥐어박기는커녕 도움을 청할 형편이었다. 봉순이는 그에게 귀한 딸이었다. 어쩌다가 느지막이 꿈결같이 생긴 자식이다. 아비의 얼굴도 모르는 유복자, 어미 된 마음에 어린것이 온종일 서희 곁에서 시달리는 꼴이 측은하지 않았을 리 없었다.

'니는 에미가 있인께.'

흔한 말로 지랄도 멍석 깔아놓고 하라면 아니하더라고 죽일 년 살릴 년 하며 어미가 으르렁대었을 때는 숨어서라도 신명풀이를 하던 봉순이, 이제는 어지간히 지쳤던지 서희를 상대로 놀이하는 것을 기쁘게 여기지 않았다. 제 어미가 죽일 년 살릴 년 할 적에는 매만 무서워했지 말은 귀담아듣지도 않던 아이가 번번이 놀려대는 귀녀의 말에는 예민한 반응을 보였고 조롱의 뜻도 어렴풋이 깨닫게 된 눈치였다.

"흥, 넋이야 신이야 하는고나. 천생으로 타고났다 타고났어."

"성주굿 한다고 틀어진 조상이 돌아앉을까? 넋 들인다고 간 사람이 돌아올까. 하하핫…… 하하하흐흐……."

"발톱만 한 기이 인지부터 저래가지고 예삿일 아니구마."

"열두 굽이굽이 청승스럽게도 넘어가는구나. 아무래도 명산대천 찾아가서 동우로 피를 흘려야겠다. 명창이 될라 카믄."

"흥, 봉순어매 딸 하나 두었지마는 사위는 뭇으로 생기겄네. 바느질쟁이, 목수 잘사는 것 못 봤다마는 봉순어매는 딸덕에 호강하겄구마."

킬킬 웃으며 놀려대던 귀녀의 말을 봉순네도 들었다.

'저년을 그만, 쫀쫀히 따져봐야겠다!'

그래서 한번은 일부러 불러세운 일이 있었다.

"니 나한테 무신 유갬(유감)이 있나."

"머라 캤소?"

"니 나한테 무신 유갬이 있는고 물었다. 유갬이 있이믄 나를 보고 따질 일이지 그래 아직 머릿골도 안 여문 어린것을 보고 머 우짜고 우째?"

"아아니 자다가 봉창 뚜디린다 카더니 무신 소리요?"

눈도 깜박이지 않고 봉순네를 빤히 쳐다보았다.

"니 정말로 그럴 기가?"

"그러고저러고 무신 말인지 내사 통 모르겄소."

"어멍(의뭉) 떨지 마라. 니 마음보가 그래가지고 쓰겄나? 자식 편역을 들어서 하는 말이 아니라 어린것이 멀 안다고 이러니저러니 하노 말이다. 앞날이 구만리 같은 아아를 두고 막말을 하는 것은 또 무신 심보제?"

"세상에 별소리를 다 듣겠소. 사램이 인덕이 없일라 카이 앉아도 말이고 서도 말이고, 우째서 나만 보믄 아이 어른 할 것 없이 잡아묵을라 카는지 모르겄구마. 사램이 버부리(벙어리)가 아닌 바에야 말 안 하고 우찌 살 기요. 시답지도 않는 말 가지고 꼬타리를 잡을라 카믄 한이 있겄소?"

하는 품도 침착하거니와 이야기의 내용도 조리가 있었다. 냉랭하게 바라보는 눈빛은 봉순네를 위압했다.

"머, 머? 머라꼬?"

봉순네 쪽에서 당황하여 말을 더듬었다. 적반하장도 분수가 있지, 기분은 그랬으나 봉순네는 입 밖에 말이 나오지를 않았다. 마음이 급하고 분한 생각이 들면 들수록 입술만 실룩거릴 뿐 말이 막힌다. 말다툼이라고는 해본 일이 없는 봉순네가 그도 귀녀 같은 여자를 상대했으니, 이 판에 주책바가지 김서방댁이 어디선지 풀쑥 나타나서 두 사람을 가르고 들어서며,

"시끄럽다! 멀 한 솥에 밥 묵으멘서 다투노. 아아들 말 듣고 배 째더라고 봉순네 니도 안 그래 뵈더마는 용렬하고나."

"머, 머라꼬요?"

"내가 못할 소릴 하나? 귀녀 편역을 들어서가 아니라 사리가 그렇다 그 말 아니가. 아아들이사 욕도 묵고 매도 맞아가믄서 크는 거 아니가. 니한테는 귀한 자식이다마는 귀한 자식일수록 천둥이(천더기)로 키우야 하니라. 그래야 멩이 길제."

귀녀는 코웃음을 치며 그 틈에 가버리고 말았다. 최참판댁에서 봉순네 처지가 의젓한 것은 종의 신분이 아니라는 것과 윤씨부인이 그를 우대한다는 데 원인이 있었으나 예절이 바르고 마음씀이 공평한 인품에 존경을 받는 까닭이 있다. 성질이 거친 사내종들도 봉순네만은 한 수 놓고 대하는데 다만 귀녀만은 전부터 봉순네를 대단찮게 여겼으며 봉순네도 뚜렷한

이유 없이 귀녀를 달갑잖게 여겨왔고 결국 따진다는 것이 귀녀에게 당하기만 했다. 그런 참에 오늘 낮에 그 귀녀가 서희에게 당한 것이다.

아이들은 연못가에서 놀고 있었다. 길상이는 죽은 나무를 베어낸 둥치에 걸터앉아 밀짚으로 새 둥주리 같은 작은 광주리를 만들고 있었다. 봉순네는 별당 건넌방의 방문을 열어놓고 아이들의 노는 양을 살피면서 바느질을 하고 있었다.

"웬 겨울 날씨가 이렇겠소? 봄이 오는 것 같네요."

삼월이 별당 뜨락에 들어서며 말했다. 그는 건넌방 툇마루에 걸터앉으면서 눈살을 모았다.

"큰일이오."

"머가?"

"간난할매 말이오. 미음도 안 잡술라 카고, 우짜믄 초상 두 번 나겄소."

"영 차도가 없더나?"

"야. 불쌍해서, 머니 머니 해도 자식 없는 늙은이가 제일 딱하구마."

어하가련 어하가련

이 무삼 인연인고

봉순이는 연못 속에 풍당풍당 돌을 넣으면서 흥얼거리고

88

있었다. 하늘은 유리알같이 맑게, 햇빛이 그 속에서 흔들리고
있었다.

"삼월아! 나 업어주어."

서희가 쫓아왔다.

"그러지요, 애기씨."

삼월이는 얼른 툇마루에서 일어나 서희에게 등을 내밀었
다. 삼월이는 서희를 업고 뜨락을 왔다 갔다 하면서 봉순이를
따라 흥얼흥얼하더니 뚝 끊는다. 봉순이는 더늠으로 심청가
중의 걸유육아(乞乳育兒)의 대목을 부르고 있었다.

아가아가 우지마라

너의모친 먼데갔다

낙양동촌 이화정에

숙낭자를 보러갔다

황릉묘 이비한테

회포말을 하러갔다

너도너의 모친잃고

설움겨워 우느냐

우지마라 우지마라

너팔자가 얼매나좋면

칠일 만에 어미잃고

강보중에 고생하리

우지마라 우지마라

해당화 범나비야

꽃이진다 설워마라

명년삼월 돌아오면

그꽃다시 피나니라

"봉순아, 사람 울리지 마라. 우찌 그리 슬프노."

삼월의 눈에 눈물이 가득 고였다. 봉순네 눈에서도 눈물이 날 뻔했다. 이때 뒤에서 깔깔대는 웃음소리가 났다. 돌아보는 삼월의 젖은 눈에 날이 선다. 귀녀가 할랑할랑 상체를 흔들며 다가왔다.

"아아들이 선잠을 깨믄 운다 카더마는 이 아아는 웃네? 서천 서역에 가서 불로장수 선약이라도 구해 오는 꿈을 꾸었나?"

목소리에도 날을 세우며 삼월이는 빗대었다.

"삼월아."

"와 부르노. 동티 날라. 내사 니가 정다워지믄 겁나더라."

부딪치기만 하면 입씨름을 벌이는 이들은 벌써 이력이 나서 수작의 수가 여간 높지 않다.

"과부 설움은 과부가 안다 안 카더나?"

하면서 귀녀는 봉순네 쪽을 힐끗 쳐다본다. 봉순네는 안중에도 없다는 듯. 그러나 은근히 봉순네를 약 올려주려는 저의가 숨어 있다.

"그렇다더라. 그거는 안다마는 나는 니하고 동사(同事)하기 싫구마."

"누가 나하고 동사하자 카나. 내가 멋이 답답하고 기럽어서 (그리워서), 나는 아무 서럴 것도 없다. 어매 사랑 넘우 사랑 잃어부린 너와 애기씨가 업고 업히고 해서 이별노래를 듣고 있으니께 가련키는 하다마는 우짠지 우습기도 하고, 삼월아? 니 마음 내가 아니라."

"주둥이를 문디러주까 싶으다마는 손 씻을 물이 없일까 싶어서 그만둔다. 어 가서 서방님께 세숫물이나 떠 올리라."

"배가 좀 아픈가 배?"

"운냐. 배가 좀 아프다. 좀 만지도고."

삼월이 귀녀 앞으로 다가서는데,

"퇴!"

"아니!"

귀녀가 소리를 질렀다. 삼월이에게 업혔던 서희가 귀녀 얼굴에 침을 뱉었던 것이다.

"애기씨!"

봉순네가 큰소리로 불렀다. 귀녀는 치맛자락을 걷어 급히 얼굴을 닦고 삼월이 큰 소리를 내어 웃었다. 봉순이도 웃었다. 길상이는 웃다 말고 민망한 듯 엉거주춤 일어선다.

"깨소곰같이 꼬시구나. 호호호…… 싸지 싸아. 객쩍은 소리 하믄 그리 당하는 법이니라."

봉순이는 신이 나서 연방 웃는다.

"머가 우숩노!"

귀녀의 얼굴은 새파랗게 질려 있었다.

"머가 우숩노!"

봉순이의 머리를 쥐어박은 귀녀는 한 번 보면 영원히 잊지 못할 것 같은 원한과 저주가 이글이글 피어오르는 눈길을 서희에게 쏟더니 별당 뜰에서 총총히 사라졌던 것이다.

"애기씨!"

바늘을 옷섶에 꽂으며 뜰로 내려서는 봉순네의 눈빛은 매우 엄격했다. 서희는 봉순네의 전에 없는 눈빛이 조금은 두려웠던지 삼월이의 목을 두 손으로 꼭 껴안으며 비스듬히 얼굴을 누이고 피시시 웃었다.

"나쁜 짓입니다. 짐승한테도 침은 뱉어서 안 되는데 마님께서 아시믄 버릇없다고 봉순네가 야단맞겠십니다."

"안 그렇게. 귀녀 그년 미운걸."

낮에 잘 놀더니 지금 서희는 입을 꼭 다물고 건강한 숨소리를 내며 잔다.

'사램이란 천 층에다 구만 층이라 하기는 하더라마는 우찌 귀녀 그 아아는 성미가 그럴꼬.'

봉순네는 등잔불을 끄기 위해 서희에게 베어준 팔을 살그머니 뽑으려 한다. 서희는 몸을 옴지락거린다. 봉순네는 빼내려던 팔을 잠시 그대로 두고 서희의 기색을 살핀다. 작은 손이 와서 봉순네의 앞가슴을 마구 더듬어댄다. 작은 손은 옷섶을 헤치고 유방에 와서 닿았다. 잠결에도 감촉이 달랐던지 서희는 부시시 일어나 앉았다. 그는 눈을 비비며 봉순네를 내려다본다. 제 어머니가 아닌 것을 확인한 서희는 조용한 밤을 찢어발기듯 울음을 터뜨렸다.

"끄치시오, 애기씨!"

봉순네는 서희를 안고 흔들었으나 아이는 몸을 뻗으며 두 다리를 버둥거리고 악을 쓰는 것이었다.

"봉순네."

방문 밖에서 바로 소리가 들려왔다. 봉순네는 소스라치게 놀란다.

"예."

급히 서희를 내려놓고 방문을 열었다. 방 안에서 새어난 불빛을 받고 서 있는 사람은 윤씨부인이었다. 넓은 이마는 더욱 넓어서 온통 이마뿐인 것 같았다. 두 눈은 훔푹 패여 조용한 빛을 띠고 있었으나 흡사 그는 허깨비같이 보였다.

"마님!"

봉순네는 우는 아이를 버리고 툇마루로 나가 뜰 아래 내려섰다. 몸채 안방에까지 울음소리가 들렸을 리는 없다. 윤씨는 별당 근처를 배회하고 있었던 모양이다.

"끄치지 못할까?"

윤씨는 낮은 목소리로 서희를 꾸짖었다. 서희는 방바닥에 엎어진 채 울음을 그치지 않았다. 그렇게 무서워하던 할머니였는데도.

"끄치지 못할까?"

"엄, 엄마 데려와아! 엄마아아—."

윤씨는 몸을 돌렸다. 삼월이도 잠이 깨어 옷매무새를 고치며 급히 뜰로 내려왔다. 윤씨는 연못 옆에 한 그루 서 있는 버들의 좀 굵은 가지를 골라서 꺾는다. 흰 저고리의 소매는 어둠 속에서 학이 날개를 편 것같이 보였다. 발가벗은 나무들은 여기저기 우뚝우뚝 서서 윤씨의 동작을 지켜보고 있었다. 봉순네와 삼월이 제가끔 앞으로 손을 맞잡고 서서 전신을 부들부들 떨며 윤씨를 바라보고 있었다. 윤씨는 천천히 걸음을 옮기어 신돌 위에 하얀 당혜를 벗어놓고 방으로 올라간다.

"끄치지 못하겠느냐?"

서희는 더욱 악을 쓰며 엎어진 채 두 다리를 버둥거리며 울부짖었다. 윤씨 손의 회초리가 버둥거리는 서희 다리를 내리친다.

"마님."

뜰 아래서 봉순네가 울먹거렸다. 한 번, 두 번, 세 번, 연한 종아리는 이내 붉은 줄이 그어졌다.

서희는 빨딱 몸을 일으켰다. 그는 웃목에 놓아둔 반짇고리에서 손에 잡히는 대로, 그것은 실꾸리였으나 실꾸리를 집어 팽개쳤다. 순간 윤씨의 얼음장 같은 눈에 놀라움이 떠올랐다.

이윽고 윤씨 입가에 경련 같은 미소가 번진다.

"그년 고집도."

윤씨는 만족한 듯 뇌더니 방에서 나왔다. 마당 귀에 회초리를 버린 윤씨는 아무 말 없이 별당에서 나가버렸다. 방 안으로 쫓아 들어온 봉순네는 파아랗게 까무러친 서희를 안았고 삼월이는 냉수를 가져와서 아이 얼굴에 뿜는다.

"애기씨! 애기씨!"

봉순네는 서희를 흔들어대었다. 서희는 눈을 떴다. 울지는 않았다. 그러나 이 집념의 덩어리 같은 아이는,

"엄마 데려와!"

쨍! 하게 울리는 소리를 한 번 질렀다.

5장 장날

모지러진 수수비로 마당을 싹싹 쓸고 있던 강청댁이 발을 탕 굴렀다.

"이눔의 닭우 새끼!"

땅바닥을 쪼으며 모이를 찾고 있던 닭은 보슬보슬하게 부푼 깃털 속에서 목을 길게 뽑아내고 뒤로 나자빠지며 달아난다. 저만큼 도망간 닭은 꼬꼬대! 꼬꼬…… 꼬꼬대! 꼬꼬…… 하며 울어젖힌다.

"이눔의 살림살이 탕탕 뽀사버리고, 내사 그만 머리 깎고 절에나 가서……."

강청댁은 몽당비를 든 채 누구 들으란 듯 씨부렸다. 자그마한 몸집에 까무잡잡하고 다부지게 생긴 강청댁은 성깔깨나 있어 뵌다. 마누라의 푸념을 들었는지 안 들었는지 용이는 뒤안에서 김이 무럭무럭 나는 쇠죽을 여물통에 퍼 넣으며 목덜미에 감긴 지푸라기를 목을 흔들어 떨군다. 외양간의 배고픈 소는 쇠죽 냄새를 맡았던지 다리를 꺾고 앉았다가 후둑 일어선다. 땡그랑땡그랑 요령이 흔들리고 요령 소리를 따라 눈을 꿈벅꿈벅하며 새삼스럽게 새김질을 한다.

아침나절의 마을은 조용했다. 솜옷 입은 아이들같이 오묵하고 따스하게 이엉을 갈아 씌운 황금빛 초가지붕이 꼬막조개 모양으로 옹기종기 모여 앉은 마을은 이제 평화스럽고 한가한 겨울을 맞이한 것이다. 강가, 울타리 없는 윤보의 외딴 오두막과 투전판이라면 이마빡에 신짝을 붙이고 달려가는 김평산의 삼간(三間) 초가지붕만은 해를 묵혀서 회갈색의 누더기 꼴이 되어 있었다.

까대기, 외양간이 있는 아래채와 기우뚱한 위채가 마주 보는 용이 집 지붕은 햇빛을 받아 한결 싱그럽게 보인다. 바람에 견디게끔 새끼로 엮어 단속이 잘되어 있었다. 다만 돌과 진흙으로 친 울타리의 용마름이 너절했다. 지난가을, 아니 그전의 가을에도 이엉을 갈아 씌우지 않았던 모양으로 용마름의 짚이 썩어서 문적문적 무너지고 그 용마름 위에 마른 박넝쿨이 얽혀서 바람에 흔들리고 있었다. 용이 게을렀던 탓이었던지 아래위채 지붕을 덮다 보니 짚이 모자라서 그랬던지, 그 정도의 짚이라면 이웃에서 꾸어다 집 단장을 끝맺을 수도 있었겠는데. 부엌 쪽의 흙벽 역시 뼈대로 친 수수깡이 앙상하게 드러난 것을 보면 아무래도 용이의 무관심한 탓인 듯싶다. 부엌 벽에는 마른 약쑥이랑 무청 말린 것이 걸려 있다. 그것도 울타리 용마름에 얽힌 박넝쿨처럼 바람에 흔들리고 있었다.

"용이이— 장에 안 갈 것가아—."

삽짝 밖에서 커다란 소리가 울려 퍼진다.

"와 안 가아! 들어오게."

쇠죽을 뒤적이던 용이는 주걱을 솥전에 던지고 여물통은 들어다 외양간에 디밀어 넣는다.

"아이구매, 일 많이 하싰구마. 밤에는 잠도 안 잤는가 배요."

강청댁이 허리를 펴며 삽짝을 들어오는 칠성이에게 말을 건넸다.

"할 짓 다하고도 요새 밤이사 오뉴월 엿가락맹쿠로 얼매든지 늘어지더마."

시큰둥하게 대답하며 칠성이는 둥그스름하게 삼줄에다 뀐 짚세기 꾸러미를 내려서 절구통에 걸쳐놓는다.

"제기럴, 실속도 없는 기이 덩어리만 커서, 몇 푼이나 줄란고."

혀를 찬다.

"열 길 땅속을 파보소. 쇠전 한 푼이 나오는가. 놀믄 머할 기요."

강청댁은 짚세기 꾸러미를 가만히 쳐다본다. 칠성이는 곁눈질을 하며 허리춤에서 곰방대를 뽑는다.

"좀 기다리게."

어슬렁어슬렁 마당을 질러가며 용이 말했다.

"벌써 해나절(저물녘)이 다 돼간다. 파장되기 전에 어서 가자고."

"그러지."

마룻장이 노는 야트막한 마루를 질끈 밟고 올라간 용이는 댓살로 엮은 방문을 열고 큰 키를 반이나 접듯 허리를 꾸부리며 안으로 들어간다.

마루를 질러 세운 통나무 기둥에는 공이가 울퉁불퉁했다. 그 통나무 기둥에는 글귀를 알아볼 수 없게 된 단구(短句) 조박지가 붙어 있었다. '父母千年壽'니 '子孫萬代榮', 아니면 '天下太平春, 四方無一事' 따위다. 용이 모친이 살아 있을 적에 신행 오는 외며느리를 위해 집 손질을 하면서 마을 김훈장한테 부탁하여 써붙인 것인 듯싶다. 그러니까 십 년이 넘은 옛날의 일이겠다.

마당을 쓸면서 강청댁이 씨부렸다.

"임이아배는 저리 부지런한께, 임이네가 와 안 편하겠소."

칠성이는 둘째 마디에서 잘려져 없는 오른편 가운뎃손가락을 교묘하게 감추면서 곰방대에 넣은 담배에다 부싯돌로 불을 붙여 한 모금 빨아내고,

"오뉴월 개 팔자 아니오."

"입 안의 쇠(혀)같이 매사를 다 처리한께 무신 근심이 있겄소. 그런께 임이네는 피둥피둥 살이 찌제."

"요새사 머 배애지(배)가 불러서 제 몸도 못 가누마요."

"제집이란 매이기 탓이고, 야물고 안 야문 것도 남자 하기 탓인께."

"삼신이 눈까리가 멀었지, 새끼는 와 그리 많이 내지르는지 모르겄소."

제가끔 이야기는 따로따로다.

"복에 과해서 그려요. 하낫도 없는 사람은 안 생각하요!"

드디어 강청댁은 울화통을 터뜨린다. 칠성이는 실실 웃으며,

"아따 그놈의 복 누가 좀 떼어갔음 쓰겄소, 제발."

"해 나는 데는 해만 나고 비 오는 데는 비만 온다 카이. 우찌 세상일이 이리 고르잖는고."

강청댁은 마당의 시든 풀을 뽑아내어 쓸어모은 쓰레기더미에 집어던진다.

"해도 나고 비도 와야지요. 재물 따라 자손도 있어얄 긴데 없는 놈의 집구석에 새끼만 우굴우굴해가지고 어느 시울(세월)에 허리 피고 살겄소."

그 말 대꾸는 없이 강청댁은 딴전을 피웠다.

"세상에 우리 집 남정네 같은 게을뱅이가 있을까. 모두래야 두 식군데 신발 밑창 빠지는 것도 모르구마요."

"꼴값하노라고 안 그렇소. 개 훑은 죽사발맹쿠로 매꼬름해 논께, 아지마씨는 그놈 면판만 보고 사소."

칠성이의 곧은 콧대 위로 담배 연기가 스물스물 올라간다.

"도모지 내 살림이다 하는 생각이 없인께."

"그거사 아지마씨 수단이 모자라는 탓도 있소."

"어떤 년은 팔랑개비 재주 가졌답디까? 손바닥 하나 가지고는 시상없어도 소리는 안 나니께."

망건을 쓰고 옷을 갈아입은 용이 들어갈 때처럼 허리를 반으로 접듯 방에서 나왔다.

"멋을 그리 속닥거리노."

"와요? 이녁 칭찬했구마!"

"흠, 이제 살림 잘되겄네. 임자가 내 칭찬을 다 해준께로 해가 서쪽에서 돋을라."

용이 피식 웃었다.

"눈이 있음 좀 보소!"

밑 빠진 제 짚세기를 쳐들어 보이며 강청댁이 남편을 노려본다.

"칠성이댁네같이 이뻬고 야물기만 하다믄 짚세기만 삼아줄까, 깔진(가죽신)도 지어주지."

"팔자에 없는 갓바치 제집 되겠소! 맙소사! 내사 백정네하고 사돈 맺기 싫구마!"

얼굴이 벌개져서 강청댁은 소리를 질렀다.

"사돈 맺을 자식이나 있어야 말이지."

"어디 세상 다 살았소! 늙어서 허리뼈가 굳었소!"

"그리여. 백정이 싫으믄 무당 사돈 삼지."

용이는 강청댁의 부아를 돋우었다.

"흥, 철천지한이겠소! 누가 무당 년하고 혼인 못하게 했나!"

비질을 세차게 한다. 칠성이 버선등에 흙먼지가 날린다.

"어, 이러지 마소. 마당에 무신 죄가 있다고 이러요."

비켜서며 칠성이 또 실실 웃는다.

용이는 닭 두 마리를 망태 속에 잡아 넣고 망태를 어깨에 걸머졌다.

"가세."

칠성이는 곰방대를 허리춤에 찌르고 그 역시 딱 바라진 어깨에 짚세기 꾸러미를 울러메었다.

"이놈의 살림살이 탕탕 뽀사버려야지. 이래가지고는 못 산다. 못 살아! 닭 판 돈 허탕에 쓰기만 해보제!"

앙칼진 강청댁의 목소리를 뒤통수에 들으며 용이는,

"허 참, 서천 쇠(소)가 웃겠구마. 내가 언제 돈을 허탕했다고 저럴꼬?"

칠성이 강청댁 들으라는 듯,

"장날이 원수지, 장날이 원수라!"

논둑길을 따라 그들은 강변 쪽을 향한다.

"보소! 참빗하고 베틀 북하고 사오소오! 잊으믄 안 될 기요!"

삽짝 밖으로 쫓아 나오며 강청댁이 소리를 질렀다.

"조선 팔도 다 댕기봐도 저리 강짜 심한 여자는 첨 봤다."

칠성이 내뱉었다. 아까 강청댁의 약을 바싹바싹 올려줄 때와는 달리 용이는 아무 소리도 하지 않았다.

회갈색으로 변한 들판은 허무하고 황량했다. 그러나 햇볕은 포근한 편이었고 논바닥에 고인 물은 아직 얼지 않았다. 쭈빗쭈빗한 논둑의 마른풀이 논물에 그림자를 내리고 있었다. 얼마 전까지만 해도 이곳에 그것이 있었는데? 달콤한 열매 맛을 못 잊은 도둑 까마귀가 감나무 꼭대기에 앉아 주둥이를 나뭇가지에 문대고 있었으며 농가 울타리 밖에 쌓인 보리짚단 위에 잠새들이 모여 앉아 햇볕 맞이를 하고 있었다. 조무래기들은 타작마당에서 팽이를 돌리고 과부 막딸네가 팔짱을 끼고 어깨를 움츠리며 마을 가는 모습이 보인다.

강변길로 나간 두 사나이는 장꾼들이 끊어진 것을 보고 장길이 늦어진 것을 깨달으며 걸음을 빨리하는데 뒤에서 이들을 부르는 소리가 들려왔다. 강둑길을 윤보가 걸어오고 있었다.

"장에 가나아ㅡ."

솜을 듬뿍 두어 누덕누덕 기운 누비옷을 입은 윤보는 둥글고 부피 있는 목청을 내질렀다.

"장에 가거들랑 미역 한 손 사다 도라. 돈은 갔다 오믄 줄 기니."

낚싯대와 다래끼를 든 윤보는 멈추어서 기다리는 용이 가까이 다가와서도 목청을 줄이지 않았다.

"돈이 자랄 긴가 모르겠소. 미역은 어디다 쓸라고 그러요?"

용이 물었다.

"곰보딱지가 세상에 나온 날이 내일인가 배."

강바람에 그을린 얼굴이 검붉게 번질거렸다. 마맛자국은, 수포가 컸었던지 여러 개가 모여서 얽혔던지 콩알만큼씩 널찍 널찍하게 패여 험상궂게 보인다. 목은 퉁겁고 길었다. 한창이던 시절에는 장사 소리를 들었고 씨름판의 황소는 늘 그의 차지였다니. 윤보의 체구는 박달나무같이 탄탄하고 늠름했다.

엉거주춤 서 있던 칠성이,

"나믄서부터 곰보였으까."

말했다. 윤보는 곁눈질만 하고 용이에게,

"까매기같이 잊어부렀더마는 용이 니 장에 가는 걸 본께 생각이 나누마. 객리에 있다믄 모르되."

"객리고 자시고 혼자 살믄서 무슨 정에 미역국이오."

칠성이 다시 말허리를 꺾으며 이죽거렸다.

"이놈아, 누가 아아 선다 카다나! 누가 미역국 묵고 싶다 카더나!"

귀청이 떨어지게 고함을 지르며 윤보는 팔을 휘둘렀다.

"이놈아! 잘 들어라! 생일이라는 것은 열 달 배 실어서 낳 아주신다고 고생한 어매한테 정성 바치는 날이라 말이다! 니 같은 불효막심한 놈은 지 배애지 부른 것만 알았지, 이놈아! 사램이 사람의 근본을 알고 아가리에 밥 처넣으란 말이다!"

더 이상 뭐라 한다면 윤보의 주먹이 날아올 판이다. 칠성이 도 약질은 아니었지만, 외면해버리는 것으로 그친다.

"돈이 모자라거든 그만두고."

용이를 향한 윤보의 목소리는 부드러웠다.

"사오지요. 붕어나 낚아놓으소."

용이 선선히 말하며 돌아섰다. 윤보는 흥얼거리며 강둑에 서 모래밭으로 내려간다.

"꼴값하네. 저런 추물 낳아놓고도 지 에미가 미역국 퍼묵었 이까."

길섶에 침을 뱉고 칠성이는 소매로 입가를 문지른다.

"되지 못하게 돌아간 부모는 와 들먹이노. 그 형님 말이야 옳지."

"흥, 못난 주제에 천하 장안의 호걸맹쿠로 날뛰는 꼬라지 배기 싫어서."

"……."

"생각해보믄 인생이 불쌍하지마는 개뿔도 없는 기이 큰소 리만 떵떵 치고 그런께 저 나이 해가지고 부평초 같은 신셀 못 면하지."

"이녁 멋에 사는데 걱정할 것 있나. 할라고만 했이믄 기와
집도 지었일 기고 땅도 장만했일 기고 자네가 생각는 만큼 박
복한 사람은 아니다."

용이 말이 못마땅하여 칠성이는 입을 다물었다. 모래 실은
바람이 얼굴을 쳤다. 널찍한 들판은 끝났다. 돌을 쌓아 층층
이로 올라간 산비탈의 천수답이 계속된다. 섬진강은 굽어져
길켠에서 멀어졌다 가까워지곤 했다.

"거지 바짓말에 이 백이듯이 산산골골 최참판네 땅 없는 곳
이 없는데 장차 누가 다 묵을 긴고."

칠성이 혼자 중얼거렸다.

"세상이 하도 바삐 돌아간께 그런가, 상놈들이 날친께 그런
가. 요새야 양반들도 어디 체통 채리던가? 상투도 먼지 짜르
고, 서울 양반들은 홀태바지를 입는다 칸께 세도도 다돼가는
가 비여."

"……."

"안 그렇나, 용아."

"머를……."

"아 그러세, 양반인가 소반인가 개나린가 미나린가 최참판
네 그 나으리 말이다."

용이는 망태를 추스른다. 망태 구멍 사이로 비어져 나온 푸
르죽죽한 닭의 볏이 흔들린다.

"남사스런 일이 있었으믄 마을 사람 눈을 봐서라도 집구석에 죽치고 있을 일이지. 아 그러세, 당산에는 와 벌렁거리고 댕기는지 모르겠더라고. 그 꼴 보니 계집이 샛서방하게도 됐더라 그 말이구마."

"입정이 와 그리 더럽노."

"나라 금상님도 안 보는 데서야 무슨 말을 못할꼬."

"......"

"우리네 상놈들이사 본시 못 배웠으니께 예의범절 안 차린다고 무슨 죄가 되나."

"상놈은 사람 아니가. 사람우 도리는 상놈 양반 다 마찬가지다."

"마찬가지라고? 고대광실에서 고기반찬 씹어내는 놈하고 게딱지 같은 오두막에서 보리죽 묵는 놈하고 우예 같노."

"나보고 묻는다고 내가 자네보다 더 잘 알겄나? 최참판댁 은덕으로 살믄서 헐뜯는 거 아니다."

"허허, 허파에 바람 들겄네. 무신 은덕고?"

칠성이는 용이 켠으로 바싹 얼굴을 돌리며 눈을 깠다.

"조상 적부터 그 댁 땅 부쳐 묵고살믄서 헐뜯어 쓰겄나."

"야아야! 성인군자 같은 소리 마라. 고방에 쌀이 썩어나는 기이 뉘 덕고? 응? 말 한분 해봐라."

"......"

"흥 머지않았다, 멀지 않아. 종놈이 상전 기집 뺏는 판국인

데, 아 국모도 머리끄뎅이 끌고 가서 개같이 죽있다 카는데,
정승이랑 높은 벼슬아치들도 서울서는 몰죽음을 당했다 안
카던가? 또 민란이 나야……."

"부질없는 소리."

"부질없는 소리라니? 다 같이 세상에 나와가지고 사대육
부가 남만 못해 우리는 평생 등 빠진 적삼에 보리죽*이란 말
가?"

"그리 원통커든 삼신할매보고 물어보라모. 비렁땅(척박지)에
뿌린 씨는 비렁땅에서 자라기 매련이지."

용이는 강 쪽으로 시선을 돌린다. 칠성이도 한동안 말이 없
다가 한숨을 푹 내쉬며,

"그 많은 땅때기, 터럭지 하나만 뽑아주는 셈 쳐도 우리네
는 평생 허리끈 끌러놓고 한분 살아볼 긴데."

"내 거 아니믄 개똥같이 볼 일이지. 재물 많다고 속 편한 것
도 아니더마."

"깨목 같은(같잖은) 소리 마라! 재물이믄 육도벼슬도 한다.
니 그 잘난 소리 마라! 이 칩운 날에 멀쩡한 사내놈이 짚세기
몇 키레 닮우 새끼 몇 마리 짊어지고 우죽우죽 장에 가는 꼴
좀 생각해보란 말이다!"

별안간 칠성이는 미친 듯 소리를 지르고 하늘을 향해 삿대
질을 한다.

"내사 아둑바둑해볼라누만. 머 최참판네도 옛날 옛적 고랫

107

적부터 만석꾼이더나? 조상 적에 백성들 피 빨아 모은 재물 아니가. 흉년에는 보리 한 말에 논 뺏어서 모은 재물 아니가. 옛적에는 선비들이 이 마을을 지날 때 부채로 얼굴 가리고 최 참판네 고래 등 같은 집 외면하고 갔다 카더라. 돈 있인께 도 둑놈도 양반이구나. 돈 있인께 종놈도 마부 부리더라. 죄 안 짓고 우찌 돈을 모우노. 하늘에서 땅덩이가 뚝 떨어지나? 땅 에서 금덩이가 솟아오르나? 도리? 사람우 도리? 도리를 지키 서 부자가 되나 양반이 되나. 얼매나 남의 등을 쳐서 간을 꺼 내 묵는가, 그 수단에 따라 부자도 되고 양반도 되고. 아 김평 산일 안 보건데? 양반 꼴 좋지. 개다리출신*이긴 해도 양반은 양반 아니가. 그 꼴 좀 보지? 이 마을에서 슬개 빠진 놈 아니 믄 그 사람을 양반 대접할 놈 하낫도 없다. 와 그렇노? 돈이 없인께 그렇지."

"말이 와 그리 돌아가노. 평산이 그 양반이 도리를 지키기 땜에 재물을 못 잡았다 그 말이가? 재물이 없어 양반 대접 못 받는다 그 말이가? 아무래도 내 생각에는 가난해서 양반 대 접 못 받는 게 아니고 도리를 안 지켜서 대접을 못 받는다 싶 은데?"

용이는 어이가 없다는 듯 웃으며 말했다.

"그, 그거사 머 그 사람 운이 없어서……."

얼버무려놓고,

"최참판네도 이제 망조 들었지, 망조 들어. 내가 그놈의 집

구석 종놈한테 뺨따구를 맞아서가 아니라 사대독자에다 이제
는 비리갱이* 겉은 딸아아 하나니께 절손 아니가? 아무리 삼
신당을 뫼셔봐야 무신 소용 있을꼬."

"서방님 눈에 흙 덮었나?"

"내가 빈말하는 성싶나? 다 그럴 까닭이 있지."

"내가 모르는 까닭을 자네가 안다?"

"아암 알고말고…… 그건 구신 탓이다!"

칠성의 말은 앞뒤가 맞지 않았다. 재물을 쌓기 위해서는 어
떤 비행이나 악행도 허용될 수 있는 것같이 말하는가 하면 또
그 악행을 저주하고 비난하고.

"젠장! 자손이야 우찌 되든 나하고 무슨 상관이고. 꺼꾸러
지든 나자빠지든, 내 당대에나 한분 소리치고 살아봤으믄 좋
겠다!"

결국 자기 자신만을 위해 잘사는 수단이면 비록 죄악일지
라도 찬양할 만한 값어치가 있다는 심보인 모양이다.

"제엔장! 그 빌어묵을 년의 과부만 급살을 안 맞았이믄……."

"……."

"그년의 과부만."

등 빠진 적삼에 보리죽 먹는 농사꾼은 되지 않겠다고 칠성
이 고향을 등지고 나간 것은 그의 나이 이십 세 전의 일이었
다. 몇 해 후 마을로 되돌아온 그는 장가를 들고 자식을 낳고
원치 않았던 농사꾼으로서 고향에 주질러 앉고 말았는데 마

을 사람들은 돌아온 칠성이의 가운뎃손가락이 잘려진 것을 두고 뒤에서 쑥덕거렸다. 등짐 장사할 무렵, 수절하는 어느 마을 과부를 겁탈하려다 물어뜯긴 거라는 것이다. 본인은 손가락 잘린 내력은 말하지 않고 떠돌아다닐 무렵, 어떤 돈 많은 과부하고 정이 통할 판이었는데 그만 과부가 급사하는 바람에 한밑천 잡아보려던 꿈이 산산조각이 났다는 이야기는 곧잘 했다.

"놓친 가오리가 덕석(명석)만 하더라고, 이마빡에 피도 안 마른 놈이 계집 주머니 털 생각만 했으니 네놈 앞길도 빤하고나."

칠성이의 실망과 자랑 섞인 말을 들으면 윤보는 얼굴을 모로 돌린 채 가자미같이 눈을 흘기며 말했었다.

"허 못 묵어서 배 아프지. 형님이사 묵어라 칼 사람도 없을기요만."

하며 칠성이도 응수했었다. 낙천가인 윤보는 웬일인지 칠성이라면 밤중에도 몽둥이 들고 나올 만큼 미워하여 그럴 때마다 누우런 이빨을 드러내어 욕설을 퍼붓고 주먹질을 하려고 덤벼들었다.

망건에 두루마기 입고 키가 훤칠한 용이는 망태기를 어깨에 걸친 모습으로, 머리에 베수건 동여매고 솜바지에 동저고리 바람인 칠성이는 떡 바라진 어깨에 짚세기 꾸러미를 걸머진 모습으로 어기정어기정 장터로 들어섰다. 와글와글하는 장바닥에 쭈그리고 앉아서 죽을 먹고 있던 봉기가 그들을 보고 헤죽이 웃었다.

"에키, 이 사람들아. 시사니* 나흘장 간다 카데마는 파장에 통지기 손목 잡아볼라꼬 이자 오나, 장바닥에 떨어진 은전 줏을라꼬 이자 오나."

"비리(비루) 오른 강아지맨쿠로 꼭두새벽에 와서 오들오들 떨고 있는 니 꼬라지 안 볼라꼬 이자 온다! 와?"

형님뻘 나이인 봉기에게 공대는커녕 심히 업신여기는 마음을 칠성이는 감추려 하지 않았다.

"아아니 이눔우 자석아, 아재비보고, 허 참, 저놈우 말버르장머리 보게? 오냐오냐한께로 손자가 할애비 수염 어짠다 카더마는, 다 철이 없이 하는 짓을 셈 찬(수염 난) 아재비가 참아야제. 요기는 좀 안 할라나? 죽이 누구름(누그름)하고 달다."

검버섯이 피어서 얼룩덜룩한 봉기 얼굴에 비굴한 웃음이 떠올랐다.

"죽값 니가 낼라나?"

봉기 얼굴에서 웃음이 싹 걷혀진다. 흰자위가 많은 눈을 희뜨며,

"나한테 무신 돈이 있다고."

"좋다. 그라믄 말이다. 니 돈은 없다 칸께 그만두고 오늘은 내 돈 좀 받아보자."

칠성이 바싹 다가섰다.

"돈이 있음사 안 갚았으까."

"세상에 내 돈 떼어묵는 놈은 없다. 난생 땡전 한 푼 뗀 일이 없는 내 돈을 묶어? 어림 반 푼이나 있는 일이건데? 이제 나저제나 하다가는 배 속에 든 아이 늙히겠고 농짝이든 궤짝이든 들고 올 수밖에 없고나."

봉기는 죽사발을 놓고 후닥닥 일어섰다. 하늘이 낮다고 뛰면서 엉성하게 난 수염을 흔들며,

"니, 니, 니 맘대로! 어, 어, 어림도 없다! 누, 누 누가 주, 죽는가, 사 사는가 보자!"

바로 눈앞에서 농짝을 들어내기라도 하는 것처럼 거품을 물고 소리를 질렀다.

이들이 다투는 동안 용이는 저만큼 떨어진 곳에서 청암에 사는 사돈뻘의 중년과 인사를 나누고 있었다.

"지난가슬에는 천하없이도 혼살 할라 했지라우. 그랬는디 지 에미가 벵이 나지 않았단가? 살림이란 그저 우환이 없이야 할 것인디."

"비키소! 비키! 여기가 이녁들 집 마당이 아니란 말이오!"

등이 휘게 해물을 짊어진 짐꾼이 받침작대기로 사람을 쿡쿡 찌르며 악을 썼다.

"아니 말이믄 그만인디 사람을 쳐야?"

용이 사돈은 얼굴이 벌게져서 짐꾼한테 삿대질을 한다. 용이도 거들어서,

"보소. 본께 젊은 사람인데, 어른한테 그래 쓰겄소?"

"바빠 죽겄는데 어른 찾고 아아 찾을 새가 어디 있소. 비좁은 장바닥에서, 글안해도 해가 그렁그렁 넘어갈라 캐서 속이 타 죽겄는 판에."

"저런 후레눔우 자석 보란께?"

짐꾼은 이미 무리 속으로 사라지고 없었다.

"떡 사소! 떡, 시월상달 개피떡 못 사 묵으믄……."

"와 이러요! 안 사믄 고만이지 천하없이 모진 시엄씨도 소매 밑은 안 나무란다요!"

제가끔 떠들고 씨부리고 왕왕거리는 속에 거지떼 장타령이 어울리고. 칠성이는 어디 갔는지 없었다. 용이만 발아래 닭이 든 망태를 내려놓고 우두커니 서 있었다.

"떠리미요, 떠리미! 이렇게 싼 물건은 난생 못 봤을 기요. 봤이믄 봤다 카소! 몽땅 갯값으로 던지고 갈라누마. 아 서울 자식 놈 찾아갈라누마. 누구든지 몽땅 가지믄 수 터지요! 갯값이요오……. 갯값!"

깡마른 늙은이가 떠들어대는 것이었다. 여름이면 뜨거운 자갈길을 신발 벗고 가던 방물장수였다. 겨울이면 해장국 한 그릇에 찬밥 한 덩이 말아 먹고 주막집 처마 밑에서 해 뜨는 하늘을 바라보던 늙은이, 이 장에서 저 장으로, 이 마을에서 저 마을로 떠돌아다니면서 지난해에도 그랬었고 그 전해도, 아마 십 년 전에도 그랬으리라. 서울 자식 놈 찾아갈라누마, 누구든지 몽땅 가지믄 수가 터진다고. 앞으로, 세상을 하직하는 날까지, 장사를 끝내는 날까지, 고생스런 방랑길을 끝내는 날까지 때 묻은 잡화를 펴놓고 그는 떠들어댈 것이다. 몽땅 갯값으로 던지고 갈라누마, 서울 자식놈 찾아갈라누마 하고. 우락부락하게 생긴, 닭의 벼슬같이 우둘투둘한 목 가죽이 벌건 사나이는 장꾼들 사이로 누비고 다니면서 매 같은 눈을 번뜩이며 장세를 받아내고 있었다.

이윽고 파장의 어수선한 바람이 인다. 파장 무렵에 용이는 장돌뱅이한테 닭을 팔아치우고 먼저 윤보가 부탁한 미역 한 손을 사고 강청댁이 말한 참빗과 베틀 북을 사 들었다.

"일 다 봤나?"

어디를 싸돌아다녔던지 칠성이 풀쑥 나타나 물었다.

"자네는?"

"인지 있어? 내사 벌써 끝났구마."

그는 자루 없는 낫과 괭이를 새끼에 묶어 들고 있었다. 대장간에서 갓 나온 것 같은 푸른 빛깔의 쇠붙이는 아마 명년 여름쯤 산비탈에 조그마한 밭뙈기 하나쯤 이룩할 것이다. 칠성이는 간고등어 한 손도 함께 들고 있었다.

그들은 장터에서 빠져나와 삼거리 주막으로 들어간다.

"최참판님댁 마님께서는 안녕하시오."

주모 월선이 물었다. 여자의 눈은 용이 어깨 너머, 만 리나 먼 곳을 바라보는 것 같았다. 푸르스름한 눈동자는 어쩌면 노란 빛깔로 변하기도 했다. 용이는 짚세기를 벗으며,

"여전하시구마."

하고 대꾸했다. 월선이는 눈길을 걷고 술판에 행주질을 한다. 내리깐 눈이 조는 듯 보였다. 술판 앞에 앉은 칠성이는 싱겁게 웃었다. 용이는 성난 것 같은 얼굴을 하고 있었다. 장돌뱅이풍의 중년 사내가 책상다리를 하고 앉아서 술을 마시다가 새 손님을 위해 월선이 내놓은 안주를 힐끔 쳐다본다.

"봉순어매도 별일 없겠지요?"

월선이 물었다.

"아따 올 때마다 꼬박꼬박 물어도 쌓는다."

칠성이 말에 이어,

"애기씨 땜에 애먹는갑더마는,"

용이 대꾸했다. 사람들은, 어미같이 무당이 되어야 할 터인데 그러질 않아서 월선이는 가끔 가다 넋이 빠진 꼴이 된다고들 했다. 영신이 머리 위에 와서 해코지를 하기 때문이라는 것이다. 아닌 게 아니라 월선이는 멍청이같이 우두커니 앉아 있을 때가 많았다.

안주 접시를 말끔하게 비운 중년 사내는 술이 묻은 수염을 문지르고 코를 만지고 별일도 없는 것 같은데 우물쩍거리더니 겨우 떠날 차비를 하며 일어섰다.

"요담 장날에 셈하겠네. 이거 염치없어서 우짜노. 헤헤헤……."

입을 벌리고 힘없이 웃다가 얼른 떠나지는 못하고 방바닥에 떨어진 것도 없는데 찾는 시늉을 한다.

"밤낮 다음 장에 하믄 우쩔 기요. 밀린 것도 수울찮을 긴데……."

했으나 월선이는 그러려니 생각하고 있는 눈치였다.

술을 마시다 말고 용이 사내를 빤히 쏘아본다.

"요담 장날에는 시상없이도, 객줏집에서 돈만 받아내믄……."

중년 사내는 슬금슬금 주막에서 빠져나갔다.

"어디 흙 파다 장사하나? 받을 건 따지고 받아야제."

용이 퉁명스럽게 말했다.

"없는 걸 우쩌겄소."

"저런 걸 두고 하는 말이지. 절 모르고 시주한다고."

용이 못내 마땅찮아하니까 칠성이도 덩달아서,

"방 봐감서 똥 싸더라꼬 사람이 물러서 그런 기다. 바싹 치키들어야제."

했다.

"늙고 병들믄 누가……."

그 말은 용이 입 속에서 꺼져버리고 말았다. 그는 한동안 술판을 내려다보고 앉았다가 엽전 몇 닢을 놓고 벌떡 일어섰다.

"가세!"

"허, 어느새 날이 저물었네."

그들이 신발을 신고 나서려 할 때 월선이는 다시 물었다.

"최참판님댁 서방님은 좀 어떠시오?"

"노상 그러시지."

용이는 돌아보지 않고 나갔다.

그들은 나루터에서 올라가는 장배에 올랐다. 장배는 강구를 등지고 물살을 거슬러 올라간다. 사방에 어둠이 밀려오는가 했더니 어느새 둥근 달이 강물 위로 둥실 떠오른다.

6장 마을 아낙들

늦게 갔으니 늦게 돌아올 것은 뻔하다. 알면서 강청댁은 저녁 지을 생각보다 삽짝 밖 내다보기에 정신이 빠져 있었다. 초겨울의 엷은 해가 떨어지고 사방이 어둑어둑해오는데 강청댁은 여전히 삽짝 앞에 지키고 서서 강변 쪽을 바라보는 것이었다.

"그년 술청에 눌어붙어 있겠구나. 못 산다 못 살아!"

칠성이 말대로 강청댁은 질투가 강한 여자였다. 한평생을 사람 기리는 것이 무엇인지, 일 속에 파묻혀 사는 농촌 아낙들, 그중에서 과부라든가 내외간의 정분이 없는 여자들에게 야릇한 심화를 일게 하는 만큼 용이는 잘난 남자였고, 그 같은 잘난 남자를 지아비로 삼은 강청댁은 불행할 수밖에 없는 여자였다. 질투는 이 여자에게 영원한 업화(業火)였으며 사나이의 발목을 묶어둘 만한 핏줄 하나가 없었다는 것도 노상 불

117

붙는 질투에 기름이었던 성싶다. 강청댁은 여자라면 모조리 용이를 노리는 요물쯤으로 생각했었고 병적인 적개감 때문에 마을에서도 외로운 존재가 되어 있었다.

"그까짓 뜬 계집."

월선을 두고 내뱉었으나 마음이 편할 리 없었다. 나는 새가 아닌 다음에야 용이와 월선이 만나서 정을 나눌 수 없다는 것을 뻔히 알면서 잠시 동안 주막에 들르는 것조차 용납할 수 없는 강청댁으로서는 장날이야말로 원수일밖에 없다. 옛날, 강청댁이 용이에게 시집오기 전 용이와 월선이 헤어진 사연을 강청댁은 귀가 아프도록 들어왔던 것이다. 마을의 말 좋아하는 아낙들에게서.

"머 살 것이 있다고 장에는 가요! 핑계가 좋지. 장날만 되믄 그눔의 구신이 불러내는가 환장한다니까. 핑계가 좋지!"

안달복달하지만 그런다고 장에 안 갈 용이는 아니었다.

"그년 개 눈깔 같은 눈깔! 멋이 좋다고!"

겨우 삽짝에서 떠난 강청댁은 관솔불을 켜놓고 저녁을 짓기 시작한다.

"간에 천불이 난다! 사람 기다리기 못하겠네!"

강청댁은 보리밥 한 그릇과 아침에 먹다 남은 된장뚝배기, 짜고 맵기만 한 김치 한 보시기를 상에 올려 방으로 들어간다. 마치 용이가 아랫목에서 저녁을 기다리고 앉아 있기라도 하듯 밥상을 메치듯 놓았다.

"간에 천불이 나서 못 살겠다. 와서 퍼묵든가 말든가 내가 아나! 이놈의 살림살이 탕탕 뽀사버리고 내가 머리 깎고 중이 되든가 해야지."

집을 나선 강청댁은 텅 비어 있는 채마밭을 지나 두만네 집으로 간다.

"소나아들은 말짱 복장이 시꺼멓지. 남의 제집이라 카믄 도구(절구)에 치매만 둘러도 미친다 카이."

칠성이댁네같이 야물고 이쁘면은 짚세기만 삼아줄까 깔진도 지어주지, 하던 용이의 말이 생각났다.

"소나아들이란 말짱……."

하는데 웅덩이였던가, 강청댁의 한쪽 발이 푹 빠지면서 나머지 한쪽 발이 허공에 뜨는 동시 밑 빠진 짚세기 한 짝이 저만큼 나가떨어진다.

"소나아들이란 말짱 도둑놈 보짱이라 카이."

그는 벗겨진 짚세기 한 짝을 찾아 신고 다시 까치걸음을 바쁘게 떼놓는다.

"흥 이쁘고 야물믄 머하노? 화냥기 있는 제집년이 부모 제상 받들 긴가?"

환한 달빛 속에 팽나무가 우뚝 나타났다. 강청댁은 돌 하나를 주워 팽나무 둘레에 쌓인 돌무덤 위에 얹고 손을 모아 수없이 절을 한다.

"영특하신 목신님네 소원성취 비나이다. 자식 하나 점지하소서."

경건한 기원은, 그러나 발길을 돌리는 순간부터 강청댁의 마음은 원상으로 돌아가고 만다. 두만네 집에 들어섰을 때 우리 안의 돼지가 코를 불었다. 우우— 짖으며 개가 쫓아 나왔다.

"복실아, 나다, 나아."

개를 쫓고 한 손으로 마룻바닥을 짚으며 마루에 올라간 강청댁,

"일이 우찌 됐는고 모르겠네, 성님?"

방문이 안에서 털거덕 열렸다. 등잔불 아래 아낙들이 옹기종기 앉아 있었다. 두만네가 얼굴을 내밀었다.

"어서 오니라, 동생아."

"할 일 없이 바빠서…… 일은 끝났소?"

방 안으로 들어간 강청댁이 방문을 닫았다. 등잔불이 흔들리고 아낙들의 얼굴도 흔들린다.

"일찍이 오네."

"꼭두새벽에 오니라고 욕본다."

"새벽달 보자고 초저녁부터 오나."

한마디씩 핀잔이 날아왔다. 두만네 시어머니의 수의 짓는 날이었던 것이다. 일은 다 끝난 모양으로 야무네만 벽을 비스듬히 등지고 앉아서 과식한 탓인지 가슴 밑을 주무르고 있을 뿐 아낙들은 모두 입을 모으고 앉아 있었던 것이다. 강청댁은 옆구리를 긁적이며 그들 사이를 가르고 들어앉는다.

"방이 참 따숩네요."

"점심하고 저녁 했더마는 방이 짤짤 끓네."

두만네는 강청댁을 섭섭하게 대하지 않았다.

"뻔히 알믄서 못 와보았구마. 할 일 없이 와 그리 바쁜지."

"강청댁 속을 내가 알지. 오늘이 장날 아니가. 온종일 속깨나 탔을 기다. 바가지는 몇 개나 뽀샀노?"

과부 막딸네가 약을 올렸다.

"그까짓, 뜬 계집, 무당년을 두고 내가 새(질투) 볼 성싶은가?"

빌어묵을 제집년, 밤새도록 뚜디린 징짝 같은 낯짝 해가지고 소나아도 없는 년이 그런 일이라 카믄 바지 한 가랭이에 두 다리 넣고 나선다 카이, 하며 강청댁은 속으로 욕지거리를 했다.

"어매가 무당이지 월선이가 어디 무당이건데?"

"에미가 무당이믄 딸년도 무당이지. 오리 새끼 물로 가지 어디로 갈꼬?"

강청댁의 눈꼬리가 바싹 치올라간다.

"이 사람들아, 시비 나겄다. 아서라. 강청댁 국시 묵을라나?"

두만네가 말린다.

"있으믄 주소. 밤참 했구마."

"염치도 좋다. 바늘 실 간 데도 모르고 국실 묵어?"

칠성이 아낙 임이네가 오금을 박는다. 이쁘고 야물고, 하는 바람에 방을 들어서는 순간부터 외면해버린 임이네였다.

"임이네 니가 와 배가 아프노?"

조금은 악의도 있었겠지만 늘 하는 말투였는데 강청댁은 임이네 말을 걸고 들며 무섭게 다그친 것이다.

"너거 밑 양식 성님네 집에 갖다 맽기서 그거 축날까 봐 그러나? 아니믄 성님네 집에 도지 빚 받아낼 기라도 있어서 그러나?"

"아아니 무신 쇠 뺄 말을 했다고 이러노? 장에 가서 매 맞고 집에 와서 제집 친다 카더마는."

부엌으로 나간 두만네 대신 제일 연장인 함안댁이 말렸다.

"좋은 일 끝에 싸움 안 하는 법이니라."

임이네와 막딸네는 서로 눈짓을 하며 입을 비죽거린다. 야무네는 트림을 하며 가슴 밑만 쓰다듬고 있었다.

강청댁이 임이네를 싫어하는 만큼 평소 임이네 역시 강청댁을 달가워하지 않았다. 스물여덟 살의 강청댁보다 세 살이나 아래인 임이네가 강청댁에게 공대하지 않는 것을 보아도 알 수 있었다. 임이네는 매우 건강하고 이쁘게 생긴 여자였다. 눈에 띄게 배는 불렀으나 지붕 밑에 있는 시간이 많은 겨울철이어서 그런지 피부는 희고 윤기가 흘러 임신부 같지가 않았다. 그 자신 자기 미모에 자만심을 갖고 있는 것은 말할 것도 없고 마을 사람들도 임이네의 인물을 마을에서는 제일로 치는 데 이론이 없는 것 같았다.

강청댁은 두만네가 말아다 주는 국수를 훌훌 소리 내며 먹는데 을씨년스럽게 보였다.

"성님은 베틀 맸지……."

말을 하다 말고 두만네는 아뿔싸 했다. 막딸네한테 물어본 다는 것이 아옹다옹하는 방 안 분위기 때문에 실수를 한 것이 다. 함안댁은 어리둥절해서,

"베틀이야 일 년 열두 달 매는 거구, 우리 거라면 아직 미영 씨(목화씨)도 앗아두지 않았네."

"그, 그럴 기요. 미영은 많이 거뒀소?"

"실찮어."

"참말이지 동지섣달 삼베 잠뱅일 입었음 입었지 그놈의 쇠 기(목화씨 빼는 연장) 소리 듣기 싫지."

가슴 밑을 쓸고 있던 야무네가 화제에 끼어들었다.

"누가 아니래?"

임이네가 맞장구를 쳤다.

함안댁은 오늘 밤도 집에 돌아가면 새벽닭이 울 때까지 베를 짤 것이다. 길쌈 품을 드는 그의 신세는 여간한 기적이 없고서는 면하기 어려운 처지였다. 칠성이 개다리출신이라 했으나 영락한 양반 출신의 김평산은 함안댁의 남편이었고 지금은 시정잡인배 못지않게 타락한 인간이었다. 가장 낡아빠진 옷을 깨끗하게 손질하여 방 안의 어느 누구보다 단정한 모습의 함안댁은, 김평산이 낙혼(落婚)한 중인 계급 출신이었다. 이

여자가 무서운 가난과 남편의 포악을 견디어내는 끈질긴 기둥은 아마도 양반이라는 그 권위의식이 아니었던지. 그는 나이보다 늙어 보였으며 깻잎같이 좁다란 얼굴은 항상 병적인 홍조를 띠고 있었다. 그는 이마에 배어난 땀을 손등으로 닦아내며 두만네에게 말했다.

"오늘 아침에는 못 갔지?"

"못 갔소."

"머 말이오."

막딸네가 물었다.

"오늘이 보름인데 못 갔구마."

"아아 바우할배? 머 성님 안 가믄 상식 못할까 봐서. 늙어 꼬부라져도 할멈이 있인께 챙갔일 기요."

"두만네 자네들하고 촌수가 가까운가?"

함안댁이 물었다.

"팔촌이 넘었일 기요. 돌아가신 시아부니하고 팔촌이었다니께."

"한 정기(부엌)에서 팔촌 나더라고 촌수 멀어지는 것도 잠시니라. 그러면 붙이라고는 자네들뿐인가?"

"먼 일가사 더러 있겄지마는 제남제북으로 모두 갈리서 어디 사는지도 모르고……."

"자식이 없으니……."

"초하루에는 두만아배가 참례했는데…… 날을 받다 보니께 오늘하고 겹치누마요."

"하기는 한 다리가 천 리라고 이녁 일 놔두고 참례하겠나. 자네 씨엄씨는 자식 둔 덕분에…… 자식이라고 할 짓 다 하는 건 아니더라만."

"참판님댁의 아지매도 수의야 해놨지요. 말이 노비지 마님께서는 그 양주를 믿고 사셨으니께. 아재씨도 그럴 때 돌아가시지만 않았으믄…… 복이 없어서……."

"무슨 경황이 있었겠노. 그 난리가 벌어졌는데."

"참 그랬지요. 그날 밤에 초상이 났인께. 참 살다가 별 희한한 일을 다 보지. 멋이 기립어서 그랬겠소. 서방 없는 나 같은 년도 보리죽 두 끼 묵고 자식새끼 거나리고 살아가는데 대가댁 며느리가 종놈하고 미쳐났으니."

등잔의 심지를 돋우던 두만네는 막딸네의 투가 마땅치 않아서인지 눈살을 찌푸리며,

"세상일이 어디 인력으로 되던가? 전생의 업보지."

"본시 내외간의 사이가 나빴던가요?"

임이네가 물었다.

"금실이 좋지는 않았던갑더라."

"성님은 잘 아시겠구마요. 그라믄 죽은 사람하고도 금실이 나빴소?"

"돌아가신 아씨하고는 두 날비둘기같이 의가 좋았지. 원체 나이가 어리서, 아씨가 열네 살 서방님이 열세 살 적에 혼인

했인께."

"인물이 좋았던가요?"

"그러기…… 옛말에 일색 소박은 있어도 박색 소박은 없더라*고 덕기는 있었지마는 잘난 인물은 아니었지. 별당아씨하고는 비할 바도 못 되고…… 십이 년을 사시다가 혈육 하나 없이…… 돌아가싰지. 살아 기시믄 내 나이 또래나 될 기다."

"그러니께 이번 애기씨 어마님하고는 나이 차가 많이 지겄네요."

"그렇지. 스물셋인가 그러니께 서방님하고 십여 세나 차가지지."

"새파랗구마. 그러나저러나 불쌍한 거는 구천이네. 맞아 죽었다 카던가?"

임이네 입에서 구천이 이름이 나오자마자 국수를 먹고 있던 강청댁이,

"남의 소나아 불쌍할 것 머 있노. 임이네는 정이 많아 탈이더라. 제집이 정이 많으믄 소나아한테 꼬리 치는 법이고 파계 망신하게 매련이라."

"별소리를 다 듣겄다. 그래 내가 정이 많아서 어떤 놈을 홀렸단 말가, 화냥질을 했단 말가."

얼굴이 벌게져서 대어든다.

"이치가 그렇다 그 말이지."

"그렇다니!"

"별당아씬가 그 여자 말인데 니가 와 야단고? 제집이 인물이 매꼬름하믄 그것도 죄라니께. 인물 좋은 제집치고 소나아 안 망치는 것 못 봤다."

쌈이 될 뻔했다. 그러나 구천이 화제가 워낙 흥미 있는 것이어서 아낙들은 제가끔 왈가왈부하는 바람에 임이네와 강청댁의 팽팽해진 감정은 뒷전에 밀리고 만 것이다. 아낙들은 구천이 맞아 죽었느니, 그게 아니고 코를 잘렸느니, 그게 아니고 귀가 짤린 데다 삭발을 당했느니, 귀신같이 여자를 데리고 달아났느니, 달아난 뒤 비로소 집안이 발칵 뒤집혔느니, 제가끔 상상한 대로 혹은 주워들은 뜬소문을 토대로 지껄여대는 것이었다. 두만네만은 상전댁에—오래전, 조부 대부터 면천(免賤)을 하여 최참판댁 땅을 부쳐먹는 농사꾼이 되었으나 두만네와 최참판댁 사이에는 주종(主從)이라는 정신적 유대를 그대로 지켜오고 있었던 것이다—누를 끼칠까 보아 조심스럽게 입을 다물고 있었다. 그는 이네들보다 조금은 더 정확한 내막을 알고 있었으나.

"구천이도 그냥 상사람은 아니라 카더마는. 무주 구천동 암자에서 글공부를 했다 카기도 하고."

강청댁한테 수모를 당했음에도 임이네의 관심은 여전히 구천이에게 있었다. 비워버린 국수 대접을 윗목에 후딱 밀어붙인 강청댁은 끈덕지게도 다시 시비를 걸어왔다.

"글공부는 무슨 놈의 글공부, 절에서 절 머슴 살았다 카던데. 죽은 자식 고추 만지더라고 지금 이 마당에 글공부했이믄 머하고 안 했이믄 머하노."

아낙들 생각에도 하는 짓이 심하다 싶었던지 상대하지 말라는 듯 임이네게 눈짓들을 했다. 아무네는,

"무신 내력이 있기는 있는 사램인데 머 동학당 했다는 말도 있고."

이번에는 구천이 근본에 대하여 이러니저러니, 지레짐작과 뜬소문을 밑천 삼아 이야기는 얼마든 불어나기만 했다. 서울 어느 대가댁의 서출이라느니, 어느 고을 원님한테 수청을 든 기생 몸에서 난 자식이라느니, 인물이 그만하고 사대가 분명한데 그냥 상사람이겠느냐, 잘한 짓이라 할 수는 없으나 있을 수는 있는 일 아니겠느냐, 가문도 좋고 재물도 좋기야 하지마는 여자치고 여간한 주모 없이는 선골(仙骨)풍 같은 남자가 명을 떼어놓고 덤비는데 마음이 동하지 않겠느냐, 새파란 나이에 말이 서방님이지 지척에 두고 딸 하나 낳은 뒤로는 만리성을 쌓고 살았다니 그럴 수도 있겠고 서방님만 하더라도 안 그렇던가? 우리네 눈에도 그 양반 어디 볼 구석이 있으며 버마재비(사마귀)처럼 옷이 걸어갔지 사람이 걸어가는 것 같더냐? 그 눈을 보면 독사가 풀숲을 헤치고 지나가는 생각이 들어 등골이 오싹해지고, 그러니 사람의 마음이나 눈은 다 마찬가진데 젊고 양귀비 같은 여자가 팔자 한탄인들 얼마나 했겠느냐,

"여자란 아이 낳을 시기가 되믄 눈에 보이는 기 없어진다

카더라마는."

아무네 말에 과부 막딸네는 얼굴 넓이에 비하여 조그만 눈을 깜박거렸다. 이야기가 별당아씨에 대한 동정으로 기울어지자 임이네와 강청댁은 반대를 하고 나섰다. 이때만은 서로 으르렁거리던 두 여자의 마음이 동성(同性)에게 무자비한 점에서 일치했다. 한 여자는 자기 미모에의 자부심을 부수려 드는 상대에 대한 증오심 때문이었고 한 여자는 아름다운 여자라면 무조건 원수로 간주하는 슬픈 본능 때문이었다. 임이네는 별당아씨가 꼬리를 쳤기 때문에 죄 없는 구천이가 당했으니 죽일 년이라 역설했으며, 강청댁은 어떤 일이 있다 하여도 설령 하늘이 무너지고 땅이 솟는 한이 있더라도 한 번 맺은 부부의 인연은 풀 수 없는 것이니 여자 편이 백번 나쁘다는 것이다. 그것에는 다분히 남편을 믿지 못하는 데서 오는 방폐(防弊)의 기분이 있었고 눈앞에 아른거리는, 씨암탉같이 매초롬한 임이네에 대한 엄포도 있었다.

"사주는 속이도 팔자는 못 속이더라고 그거 다 전생의 업 아니겠나."

더 이상 이야기가 깊어지는 것을 원치 않는지 두만네가 말했다. 함안댁은 팔짱을 끼었다.

"이런 얘기가 있지."

침을 한 번 삼켰다. 이렇게 되면 함안댁 입에서는 긴 얘기가 나오기 마련이다.

"옛적에 어느 재상가에 사기장수가 하룻밤을 묵어 갔더라네. 그런데 다음 날 사기장수가 떠난 뒤 재상 부인도 온데간데없어지고 말았지. 사기장수를 따라 도망을 친 거라. 재상은 망신스럽기도 했으나 그보다 더 이상한 생각이 들어서 식음을 전폐하고 생각했으나 세상에 기러울 게 없는 재상 부인이 사기장수를 따라간 연유를 알 간이 없었더라네. 그래서 재상은 벼슬을 내어놓고 부인을 찾아 그 연유나 알아보아야겠다고 팔도 방랑길을 떠났는데, 어느 날 깊은 산골에 이르러 해는 떨어지고 길은 더 갈 수 없고 해서 마침 외딴 수숫대 움막집을 찾아 들어갔더라네. 하룻밤을 묵고 다음 날 아침이 되어서 아낙 하나가 밥상을 들고 들어오는데 이게 웬일인가, 바로 그 아낙이 재상의 부인이 아니었겠나? 하도 기가 차서 재상이 부인 고개를 드오, 나를 모르겠소? 하고 말하니까 부인은 얼굴을 숙인 채 알면 뭐 하고 모르면 뭐 하겠느냐, 다 인연이 한 짓이라 아무 말씀 마시고 돌아가달라고 대답을 하더라네."

"그래 그 연놈을 가만히 두었는가요?"

강청댁이 말티를 넣었다.

"이 얘기나 들어라. 그래 수숫대 움막집을 하직하고 나선 재상은 그 곱던 손이 갈구리가 되고 옷은 살만 가렸다 뿐이지 남루하기가 거렁뱅이 꼴이요 재상댁에서는 말도 못 먹는 험한 음식을 마다 않고, 화전을 일구어서 사는 부인을 생각하며 눈물을 흘렸다는데, 재상은 그렇게 살 수밖에 없었던 부인의 팔자, 인연을 되새겨 생각해보았더라네. 집에 돌아온 재상은 전생록을 펼쳐보고 처음으로 모든 것을 깨닫게 되었다는데 전생록에 재상은 중이었고 사기장수는 죽은 곰이었고 부인은 이였더라네."

"저런!"

"어느 날 중이 산길을 가다가 제 몸에서 이 한 마리를 잡았는데 살생을 못 하는 중은 잡은 이를 어쩔까 망설이는 판에 마침 죽어 자빠진 곰 한 마리가 있어서 거기다 이를 버리고 길을 떠났다네. 그러니 인연이라는 것도 그렇고 잘 살고 못 사는 것도 모두 전생에서 마련된 것 아니겠나?"

아낙들은 멍해서 함안댁을 바라보고 있었다.

'나는 전생에 멋이었을꼬?'

그런 눈들이었다. 함안댁은 깻잎같이 솔밋한* 얼굴의 땀을 닦아내며 미소 지었다. 두만네는 가물가물한 등잔의 심지를 돋우었다.

"옴마!"

개 짖는 소리와 함께 아이의 목소리가 들려왔다.

"임이가?"

임이네는 방문을 열고 내다본다.

"아배가 왔는데."

"왔나? 가자."

임이네는 부른 배를 싸안듯 일어섰다.

"아배가 간개기(간고기) 사갖고 왔다."

"간개기 사왔다고? 성님 나 먼지 가요."

두만네는 마루에까지 나와 돌아가는 그들을 보다가 방에 되돌아왔다.

"강청댁은 안 가나?"

막딸네가 놀려댔다.

"왔임 왔지. 누가 임이네 같을까 봐? 저녁 채리놓고 왔인께 퍼묵겄지."

"저놈의 버르장머리 보게."

함안댁이 혀를 찬다.

"기생첩 년맨쿠로 내사 서방 보비유(시종) 못하요. 여염집 지어미가 서방 왔임 왔지 걸신 들었다고 쫓아가아?"

"시끄럽다. 니도 성질 좀 삭후고 살아라."

두만네가 나무란다. 강청댁 얼굴에는 완연히 화색이 돌아와 있었다. 들판에서 노는 짐승을 몰아 우리 속에 가두고 난 뒤 안심한 목동이 주막에서 술을 마시는 것처럼 강청댁은 이제부터 마음 놓고 마실 온 재미를 누릴 눈치였다.

그들은 최참판댁의 자손이 귀한 내력 이야기를 두만네에게 들으면서 날고구마를 깎아 먹다가 밤이 깊어서 제가끔 집으로 돌아갔다.

강청댁이 집에 돌아왔을 때 용이는 목침을 베고 누워서 천장을 멍하니 바라보고 있었다.

"안 자요?"

"음."

용이는 다소 당황하여 일어나 앉더니 곰방대를 찾았다.

"두만네가 수의 짓는다고 해서 거기 갔다 오누마."

"수의?"

"노망든 시엄씨 수의 말이오. 두만아배는 알뜰하고 부지런 어서 할 짓 다 하누마."

"할 짓 다 하고 싶어도 집안에 수(壽)하는 사램이 있어야제. 임자 수의나 한다믄 모르까?"

용이 담뱃불을 붙인다.

"그렇기도 하겄소. 나 죽는 날만 고대하소. 그래야 깔진 지 어줄 년이 생길 거 아니오."

"임자도 부지런히 길쌈하라고. 그라믄 내가 임자 죽으믄 수 의 입혀 묻어줄 것이니."

"흥, 비양 치누마. 수의 지었다 칸께 두만네가 길쌈해서 수 의 지은 줄 아는가. 금쪽 같은 돈 주고 장에 가서 삼베 끊어다 가 했답디다!"

담배를 빨면서 강청댁의 얼굴을 바라보는데 용이는 다른 생각에 붙잡혀 있는 것 같았다.

7장 상민 윤보와 중인 문의원

윤보는 뻣뻣하게 서서 솔가지를 툭툭 분질러 동강이를 내고 있었다.

"용이 니 머하러 오노?"

우렁우렁한 목청이 납작하게 엎딘 초가지붕을 넘어 울려 퍼졌다. 술병을 들고 두벅두벅 걸어온 용이는 풍수쟁이같이 집 둘레를 한번 둘러본다.

"옳거니, 니 내 생일이라고 술 받아왔고나."

"야."

"글안해도 속이 허추해서* 주막에 갈라 캤더마는."

"미역국은 우찌 됐소."

용이 빙그레 웃는다.

"우찌 되기는, 방바닥에 이마방아 몇 분 찧고 묵었지러."

윤보는 기분이 좋아서, 입술은 다물려 있었으나 양쪽 눈꼬리가 아래로 처지면서 연신 웃는 얼굴이다. 읍내나 이웃 마을에서뿐만 아니라 타도(他道)에까지 그 기량을 인정받은 대목수 윤보가 사는 집은 툇마루조차 없이, 마당에서 곧장 방문을 열게 되어 있는 방 한 칸에 부엌 하나, 울타리도 없는 막살이였다. 대장간에 식칼 없다는 말이 있고 밤낮 자르고 끊고 하기 때문에 바느질쟁이 목수 잘사는 것 못 본다는 말이 있듯 찢어지게 가난한 살림이었다. 식구라고는 강아지 한 마리 없이 객지를 떠돌다가 철새같이 돌아와서 강가에 낚싯대를 드리우는 그의 말에 의할 것 같으면 천지간에 혈혈단신, 집이 무슨 소용일까마는 부모의 기일(忌日)을 알면서 그냥 넘길 수 없는 일이며 물이라도 떠놔야겠으니, 다만 그 일 때문에 막살이나마 집은 있어야 한다는 것이다.

"그러믄서 후사는 와 생각 안 허는고?"

담뱃대를 두드리며 마을 노인들이 말할라치면 그는 어김없이,

"임우(임의)로 되는 일이오?"

하고 되묻는 것이었다.

"하늘을 봐야 별을 따제. 혼자서 자식 만든다는 말은 못 들었구마."

"아따, 죽은 입에 밥 묵겄소. 눈어덕(눈두덩)에 흙 들어가믄 고만이라요. 구신이 어디 있소. 물이라도 떠놓는 것, 그거 다 자식 된 도리고 생전의 부모 은공을 생각해보는 짓 아니오? 내 당대믄 고만이지, 머할라고 이 풍진 세상을 내 자손보고 또 살아달라 하겠소."

하며 허허 웃기가 일쑤였다.

윤보는 나머지 솔가지를 무더기로 모아쥐고 우지끈우지끈 분질러 부엌 바닥에 던지고 나서 강 너머 맞은켠 산을 바라보다가 마맛자국이 한층 심한 굵은 콧망울을 벌름거린다.

"바람이 좀 일겄다마는, 아 들어 안 가고 머하노?"

우두커니 서 있던 용이는 기어들다시피 방 안으로 들어간다. 어두컴컴한 방 안에는 퀴퀴한 냄새가 났다. 실하게 짠 궤짝이 먼지가 폭신폭신한 윗목에는 하나, 때 묻은 이부자리는 개켜서 궤짝 위에 얹혀 있었으며 연장망태는 윗목 구석자리를 차지하고 있었다.

"빌어묵을, 간밤에 멧돼지가 내리왔던가 배."

뚝배기랑 고추장 보시기를 을씨년스럽게 들고 들어오면서 윤보가 말했다.

"뒤안에다가 감자(고구마)를 좀 묻어놨더마는 낭태질*을 해놨구마."

"울타리가 없인께 안 그렇소."

윤보는 퍼질러 앉아 손에 든 것을 방바닥에 내려놓더니 궤짝 사이에 끼워둔 북어 한 마리를 낚아채 대가리를 비틀어버리고 쭉쭉 찢는다.

"이 동네는 그래도 밥술이나 묵은께 그렇지, 기찹은(가난한) 농사치기들 울타리 있이믄 머하노. 시장스럽다*. 하기사 짐승들도 묵어야, 그래야 강포수도 살 거 아니가."

용이는 뚝배기에 철철 넘게 막걸리를 부었다.

"형님 잔 드시오."

받아 단숨에 들이켠 뒤 뚝배기를 내밀며,

"니도 마시라."

술을 부어주고 윤보는 찢어놓은 북어를 고추장에 꾹 찍어 입에 넣는다.

"천상 겨울은 여기서 날 긴데, 우찌 견딜 만합니까."

입 속의 것을 우물우물 씹으며 윤보는,

"와, 양식 없일까 봐? 설이나 쇠고…… 발씨가 상그럽어서*
어디 멀리 가보까 싶다마는……."

"여전히 시끄러운갑소. 머 소문 들은께 서울서는 또 역적모
의를 하다가……."

미처 말이 끝나기도 전에 윤보는,

"그거 다 실없는 소리제. 머가 그리 대단한 일이라고."

핀잔과 불만 섞인 소리를 내질렀다.

"대국이 왜눔한테 항복을 했으니, 그게 망조라 말이다. 왜
눔들이 개미떼맨쿠로 기어올 긴데, 벌써 항구에는 왜놈들 장
사치들이 설친다 카는데, 허수애비 같은 임금 있으나 마나,
총포 든 놈이 제일 아니가. 흥, 동학당이 벌떼같이 일어서도
별수 없었는데 몇 놈이 쑥덕거리서 우짤 기라?"

비웃었다. 올해 들어 서울서는 정부 전복을 모의하다가 발
각된 사건이 두 번인가 있었다. 하나는 전 중추원참서관(中樞
院參書官) 한선회, 친위연대(親衛聯隊) 대대장 이근용이 중심이
되어 계획했다가 실패했고 다시 칠월에는 전 총순(總巡) 송진
용, 전 시독(侍讀) 홍현철 등의 음모가 폭로되어 처형되었다.
거년에도 있었던 비슷한 사건이었다. 용이는 그 소문을 어떤
나그네한테서 들은 모양이다.

갑신년 시월, 터무니없이 배짱 좋고 호탕한 김옥균이 박영효와 더불어 믿어서는 안 될 일본 세력을 등에 업고 개화당이라는 기치 아래 주먹구구식 정변을 일으킨 이후 굵직한 사건만 대충 추려본다면 동학란과 동학란으로 인한 청일전쟁, 옥호루(玉壺樓)에서 일본 잡인들에 의해 민비가 시살된 사건, 친일내각의 총리대신(總理大臣) 김홍집과 농상공부대신(農商工部大臣) 정병하가 광화문 앞에서 군중과 순검들 손에 타살되고 탁지부대신(度支部大臣) 어윤중이 난민에게 살해된 사건이다. 이같은 간헐적 변란의 밑바닥은 또한 끊임이 없는 소요와 불안과 혼돈의 도가니였다. 단발령과 국모 살해에 반발하여 도처에서 들고 일어난 유림들은 의병을 이끌고 일인들과 지방 관헌을 습격하고 살해함으로써 한사코 저항했으며 민란도 여기저기, 남은 채 있는 불씨가 언제 바람을 타고 일어날지 모르는 일이며, 전봉준, 김개남을 위시하여 수많은 지도자를 잃은 동학당 역시 그 조직이 지하에 숨었다고는 하나 신앙과 억압에 대한 반항으로 묶어진 완강함을 경시할 수 없었다. 한편 오랜 후견국 청나라가 패하고 물러간 뒤 노다지의 땅, 조선을 도마 위에 올려놓고 이미 임자가 안중에 없는 신흥의 소위 대일본제국은 제정러시아를 상대하여 취득권을 위한 축각전을 벌이는 그 틈새에서 다른 열강들은 이권을 노리며 군침을 삼키고, 이와 같은 양상의 측면에서는 또한 서로 외세를 업고 혹은 왕실을 인질 삼아 그칠 줄 모르는 권력투쟁을 일삼았으며, 연달은 새 법령과 법령의 개정, 혁파가 발포되는, 그야말로 조령모개의 정치적 혼란을 빚게 한 새로운 문물제도는 오백 년 세월 동안 쌓아올린 가치관을 뒤죽박죽으로 만들어놓고야 말았다. 모든 것이 뒤죽박죽이었다. 상층에 이를수록 그 것은 심하였고 중앙에 가까울수록 급격한 것이었다. 이와 같은 판국에, 백주 대로를 도깨비의 무리가 우왕좌왕하는 이와 같은 판국에 왕권이 그리 대단했을 것도 없고 몇몇 어리석은 야심가, 혹은 우둔한 애국자, 양복 입고 갓 쓴 광대 같은 인물이 설혹 정부를, 왕실을 엎어버리고자 모의를 했다 한들 윤보의 말대로 그것은 대단치도 않은 일이었을 것이다.

"그깟 놈의 일이사 아무것도 아니고, 대국이 넘어졌으니께 이자는 왜눔하고 노국눔이 또 대가리가 터질 기다. 그눔아아 들이 먼지 개멩[開明]했다고 해서 그래 상투 짜른 양반들이 업 고 지고 지랄들 하는가 본데 개멩이라는 기이 대체 머꼬?"

"······."

"개멩이라는 기 별것 아니더마. 한 말로 사람 직이는 연장이 좋더라는 거고 남우 것 마구잡이로 뺏아묵는 짓이 개멩 아니가, 강약이 부동하기는 하다마는 그 도적눔을 업고 지고 하는 양반나리, 내사 무식한 놈이라서 다른 거는 다 모르지마는 옛말에 질이 아니믄 가지 말라 캤고, 제 몸 낳아주고 키워준 강산을 남 줄 수 있는 일가? 어느 세상이라고 천민인 우리네, 알뜰한 나라 덕 보지도 않았다마는······ 세상이 하도 시장스

럼아서 이자는 일도 하기가 싫고 사시장철 푸른 강가에 앉아서 붕어나 낚아 묵고 살았이믄 좋겠는데 그것도 어렵게 될 긴갑다."

그들은 다시 술을 부어 나누어 마신다. 윤보의 말을 알아듣지 못하는 것은 아니었으나 마을 밖의 고장을 모르는 용이는 윤보만큼 세상을 보는 눈이 없다. 한동안 잠자코 있던 용이 입을 떼었다.

"형님도 생각 좀 달리해얄 기요."

윤보는 용이를 힐끔 쳐다본다. 용이 입에서 동학당 얘기가 나올 줄 생각한 모양이었다.

"언제꺼정 심(힘)만 믿고 살겄소."

"언제 내가 심 믿고 살았더나? 심을 믿었이믄 벌써 뒤졌든가 했겠지."

"자리를 잡고 앉아얄 기요."

"그럴 뜻 눈곱만치도 없구마. 머니 머니 해도 젤 좋은 건 날라댕기는 새라. 알겄나?"

윤보는 눈을 부릅떴다.

"모르겄소."

일부러 시치미를 뗀다.

"사람 사는 기이 풀잎의 이슬이고 천년만년 살 것같이 기틀을 다지고 집을 짓지마는 많아야 칠십 평생 아니가. 믿을 기이 어디 있노. 늙어서 벵들어 죽는 거사 용상에 앉은 임금이

나 막살이하는 내나 매일반이라. 내사 머엇을 믿는 사람은 아니다마는 사는 재미는 맘속에 있다 그 말이지. 두 활개 치고 훨훨 댕기는 기이 나는 젤 좋더마."

"좋다고 좋은 대로 살 수 있소? 그렇게 살 수는 없지요."

"그런께 자리 안 잡는 거 아니다. 나도 니맨치로 개 핥아놓은 죽사발맨치로 생깄이믄 버얼써 장가들어서 계집자식 덕에 낙도 보고 고생도 했일 기다마는 이런 낯짝 해가지고 어느 계집년이 날 섬기주겄노. 허나 살아본께 다 이런 대로 홀가분해서 좋고…… 욕심이 사람 잡더라고 이펭이 그눔 보지? 멩태맨치로 삐삐 말라가지고 일에 환장한 눔 아니가."

"따른 식구가 많은께요."

"그런께 내가 하는 말 아니가. 지아무리 나부댄다고 농사치기가 자게(자기) 전답 자식 눔한테 물리겄나?"

"아 형님은 홀가분해서 좋고 그 형님은 식구 땜에 일하는 낙으로 사는 거 아니오."

이번에는 용이 쪽에서 놀려대듯이 말하고 실쭉 웃는다.

"하기사 모두 나같이 산다믄 그것도 큰일이제. 씨가 마를 긴께. 강포수하고 내나 이리 살아주지."

자기와 비슷한 텁석부리 강포수를 들먹이며 윤보는 태평스럽게 웃어젖혔다.

"속 편하겄소."

"하모 편하고말고."

윤보는 정말 속 편한 사내였다. 훌륭한 목수의 기량을 지녔으면서도 돈을 탐내어 하고 싶지 않은 일을 맡아본 일이 없었다. 그러다가 마음이 내켜 일자리로 떠나게 되면 이번에는 설마 목돈 쥐고 와서 땅뙈기 한 마지기라도 사겠지, 이번에야말로 돈 좀 남겨다가 집 손질이라도 해서 어디 불쌍한 여자 얻어 살지 않을런가 하며 남의 일이나마 이웃들이 기대를 걸어보는데 마을로 돌아오는 그는 언제나 빈털터리였고 다음 날부터 낚싯대를 울러메고 강가로 나가는 것이었다. 돈은 벌어서 어디다 쓰는지 도무지 알 수 없는 일이었다. 술은 과한 편이지만 여자에게 돈을 쓰는 것 같지는 않았고 투전판에 드나드는 일도 없었다. 그런가 하면 온다간다 말 없이 연장망태 짊어지고 훌쩍 떠나는데 낯선 마을에 가서 삽짝을 고쳐주기도 하고 외양간을 지어주기도 하여 밥술이나 얻어먹으며 떠돌아다니다가 돌아오곤 했다. 윤보가 동학당 했다는 것을 마을에서는 모르는 사람이 별로 없다. 윤씨부인도 윤보가 동학당에 가담한 것을 알고 있었다. 그러나 그런 인식은 사실과 좀 차이가 있었다. 윤보는 동학교도가 아니었고 농민도 아니었다.

갑오년 정월, 고부(古阜)에서 탐관으로 악명 높았던 군수 조병갑이 수탈하기 위한 목적으로 농민들을 사역하여 멀쩡한 만석보(萬石洑)를 개축해놓고 사역비는커녕 과중한 수세(水稅)를 영세농민들에게 부과함으로써 오랜 세월 수탈만 당해온

농민들의 원한과 무서운 탄압에 견디어온 동학교도들의 분노는, 이때 고부의 동학교 접주(接主)였던 전봉준이라는, 지략에 능하고 담이 찬 지도자에 의해 폭발되었던 것이다. 때마침이 고장에 머물러 있던 윤보는 새벽의 말목장터로 달려가 죽창에 흰 수건을 동여매고 첫 계명을 기다리는 천여 명의 군중속으로 뛰어들었다. 고부에서의 거사는 조병갑이 축출됨으로써 일단 농민들의 승리로 끝이 났으나 그러나 정부의 그릇된사태판단의 미봉책은 안핵사(按覈使) 이용태에 의해 터지고 말았다. 새로운 탄압과 무모한 횡포는 사태를 역전시켰던 것이다. 다시 일어난 전봉준은 보다 조직적이며 대규모의 인원을동원하였으며 각처에서 많은 무리가 호응해왔고 김개남, 김덕명, 손화중을 위시한 거물급 동학 접주들은 그들의 병력을이끌고 전봉준과 합류했다. 고부 백산(白山)에 거점을 둔 이들동학당은 탐관오리를 응징하는 데서 한걸음 나아가 '보국안민', '척왜척양'이라는 뚜렷한 혁명의 명분을 세워 폭동으로부터 전쟁의 양상으로 바꾸어, 그리하여 전주성을 점령하기에이르렀다. 민중봉기가 전쟁의 양상으로 발전되어가는 동안윤보는 줄곧 그 대열에서 우레 같은 소리를 지르며 박달나무같이 건장한 몸을 날려 무리들을 선동하고 사기를 돋우며 언제나 앞장섰다. 일자무식의 어림짐작과 직감으로 철통 같은집을 짜 세우던 대목수 윤보에게는 싸움에서도 어림과 직감으로 민병을 모아 철통같이 뭉치게 하고 움직이게 하는 능력이 있었던 것 같다. 그는 과격하고 정열적으로 날뛰는 것처럼 보였다. 그러나 실상 그는 전봉준과 버금가는 위세를 떨친 가장 투쟁적인 접주, 태인(泰仁)의 김개남을 마음속으로 그리 좋게 생각하지 않았다. 그는 정상의 지휘자요 윤보는 말단의 병졸에 불과하나, 잘하는 바느질쟁이는 조각을 내지 않고 옷을 마르며 기량 좋은 목수는 동가리를 내지 않고 재목을 다루듯 싸움도 역시 그와 같아서, 목표를 향해 가는 도중 다급하지도 않은 살생이나 방화 같은 자투리를 내는 것을 윤보는 꺼려했던 모양이다. 농부도 교도도 아닌 윤보에게 그들과 공통점이 있었다면 그것은 신분이었고 직접적인 이해관계가 없을 뿐만 아니라 야심이 없었던 만큼 그네들보다 여유가 있었다면 있었다 할 수도 있겠고 순수했다면 순수했다 할 수도 있을 것이다. 그러나 무식한 윤보가 혁명에 대한 자각을 가졌었던지 그것은 의심스럽고 그의 행동을 일종의 협기(俠氣)로 보는 편이 더 정확하지 않을는지.

동학군이 관군에게 전주성을 내어주었을 때, 애당초 무엇을 신봉하고 누구의 지시를 받고 하는, 조직이 싫은 윤보는 마치 집 한 채를 지어주고 나면 연장을 챙겨서 떠나는 것처럼 담담하게 그 대열에서 떨어져 나왔다.

그해 구월 다시 일어난 동학군은 싸움의 목표를 항일구국(抗日救國)에 두고 배수의 진을 쳤으나 산야는 피로 물들고 참담한 패배, 재기할 수 없는 비극으로 전쟁은 끝이 났다. 이 싸

144

움에 윤보는 참가하지 않았다. 전봉준도, 김개남도, 손화중, 그 밖의 많은 지도자들은 지금 죽고 없다. 윤보는 이곳저곳을 쫓기기도 하고 숨어 다니기도 하면서 떠돌다가 지난봄에 마을로 돌아왔는데 마을은 윤보에게 발붙이기 어려운 곳은 아니었다. 동학당 했다는 막연한 소문 이외 윤보의 행적을 소상하게 아는 사람은 없었고 무슨 까닭인지 최참판댁 윤씨부인은 동학당에 대해서 퍽 동정적이라는 말이 있었다. 동학군을 도와주었다는 소문도 얼핏 지나갔고 그것은 아마 동학군이 휩쓸고 지나가면서 숱한 인명을 살상하고 파괴, 방화를 했으며 읍내에서만 해도 강변 솔밭에서 토호, 아전, 군교, 이들과 결탁한 향반들을 처형했을 때 최참판댁에서는 도망치려는 하인들이 몇 명 붙잡혀 매를 맞았을 뿐 별 피해가 없었다는데서 나온 말인 성싶었다. 군자금을 댔느니 어쩌니 하는 말은 쉬쉬하고 곧 지워지고 말았지만, 그렇다고 해서 윤보가 윤씨부인의 두호를 받은 것도 아니었고. 윤보는 윤보대로 최참판댁에 경의를 표하는 일은 결코 없었다.

술을 함께 마시고 잡담을 좀 더 하다가 용이는 낚싯대를 든 윤보를 따라 강둑길로 나왔다.

"저기 읍내 문의원 아니가?"

윤보가 먼저 보고 말했다. 말고삐를 잡은 돌이 강 쪽으로 한눈을 팔며 걸어오고 나귀를 탄 문의원의 도포와 흰 수염이 강바람에 흩날리고 있었다.

"서방님이 편찮으신가, 또?"

용이 말을 윤보는 들은 척하지 않았다.

"아아 참, 간난할매 땜에 오시는가 비여."

"평생 니는 매이살아야 할 인재밖에 못 되겠다, 용아."

내뱉으며 용이 얼굴을 물끄러미 쳐다보던 윤보는 강가 모래밭으로 내려간다. 터벅터벅 모래를 밟고 가는 윤보의 뒷모습을 바라보며 용이는 입술을 꾹 다물었으나 노엽게 생각하는 것 같지는 않았다.

'최참판님댁 마님은 안녕하시오.'

월선의 목소리가 바람을 타고 용이 귓가를 스쳐 지나갔다.

최참판댁 문전에 이르러 말에서 내린 문의원은 집 안으로 들어갔고 돌이는 마구간에 말을 넣은 뒤 길상이를 찾는다.

"기상이 없소."

김서방의 아들 개똥이 녀석이 입가에 침을 질질 흘리고 오면서 말했다.

"어디 갔노."

"모이겄소. 히히힛……."

덮어놓고 입을 헤벌리며 웃는다. 길상이보다 네 살 더한 열일곱인데 개똥이는 김서방 가슴에다 못을 박아놓은 천치였다.

"아나. 그라믄 니가 봉순어매한테 갖다 주어라. 읍내 월선이가 주더라 카고, 알겠나?"

하며 돌이는 조그마한 꾸러미를 건네준다. 삼수가 곁을 지나

가면서 곁눈질을 했다. 개똥이는 연신 히히힛 웃으며 뛰어간다. 이때 길상이는 도장 안에 있었다. 술독이랑 멍석, 사닥다리, 못 쓰게 된 연장따위가 아무렇게나 쌓여 있는, 일 년 내내 응달진 도장의 공기는 냉엄하면서도 습했다. 길상은 독을 등지고 앉아서 열심히 무엇인가를 만들고 있었다. 주머니칼로 깎고 문지르고 다듬고 하는 손길은 조심성스럽고 섬세하게 보인다. 그가 손질을 하고 있는 것은 탈바가지였다. 아직 채색은 하지 않았으나 모양으로 보아 하나는 소무(小巫)인 성싶고 다른 하나는 샌님 탈인 것 같았다. 도장 안의 희미한 광선을 받은 두 개의 탈은 채색이 되지 않은 탓이기도 하겠으나 윤곽과 생김새가 정묘하여 괴기한 느낌을 준다. 보통 탈을 만들 적에는 나무나 박, 송피 같은 것 혹은 부피 있는 종이 같은 것이 재료가 되는데 길상은 생각을 달리하여 가늘디가늘게 깎아 만든 댓살로 이리저리 대충 모양을 엮은 뒤 초배를 한번 하고 나서 못 쓰게 된 한지, 찢어내어 버린 장지 종이를 모아 풀에 으깨어 살을 붙이고 그것을 여러 날 걸려 말린 뒤 다시 살을 붙여 모양을 다듬고 해서 지금은 주머니칼로 마지막 손질을 하고 있는 것이다. 길상은 절에 있을 적에 금어(金魚,탱화를 조성하는 승려)인 혜관스님한테 그림 그리기를 익혔고 탈바가지는 동구 밖에서 묵고 간 사당패들이 가진 것을 구경한 일이 있었다.

　길상은 구례(求禮) 연곡사(燕谷寺)에서 온 아이였다.

"저놈 상호(相好)를 보아하니 중 될 놈은 아닌 듯싶소이다. 돌보아주시는 것도 공덕이 될 것이오."

연곡사 우관선사(牛觀禪師)가 절에 온 윤씨부인에게 말했던 것이다.

떠나올 때 윤씨부인 가마 뒤에 서서 울먹울먹하는 길상에게,

"이놈 길상아, 개천에서 용 났다고 했느니라."

굵은 불덩이 같은 눈망울을 굴리며 노스님은 호통치듯 말했다. 구례에서 평사리까지 그리 긴 도정은 아니었으나 길상은 왜 노스님이 자기를 최참판댁에 보내는지 알 수 없었다. 그러나 절 밖의 세상을 모르는 길상은 모든, 눈에 띄는 것이 다 신기했다. 아름다운 섬진강이 어디를 향해 흘러가는지 궁금하였고 뗏목을 타고 가는 뗏목꾼, 장배의 사공이 강물을 따라 강물이 흐르는 곳으로 내려가는 것도 신기스러웠다. 하늘 끝간 데가 어디멘지 세상은 넓고 또 넓은 것 같아 가슴이 설렜던 것이다.

구천이보다 몇 달 앞서, 윤씨부인이 탄 가마를 따라 최참판 댁에 왔을 적에 사랑의 뜰에는 절보다 앞서 분홍빛 석산화(石蒜花)가 흐드러지게 피어 있었다. 길상이는, 서방님의 눈은 노스님의 눈보다 더 무섭다고 생각했다. 낯선 집에서 길상이 둘레둘레하고 있을 때 간난할멈이 와서 물었다.

"니가 절에서 왔다믄?"

"예."

"대사께서는 편안하시고?"

"예."

묻는 간난할멈 곁에 바우할아범이 눈을 꿈벅꿈벅하며 길상의 대답을 함께 듣고 서 있었다.

"원체 기골이 좋으신 어른이니께."

늙은 내외는 서로 마주 보며 눈으로 얘기하듯 하더니,

"말 잘 듣고…… 서방님이 꾸중하시더라도 맘에 끼지 말고 여기 있으믄 중 되는 것보다 안 낫겠나."

간난할멈은 치맛자락을 걷어 코끝을 닦고 눈을 비벼대었다. 지금도 길상이 머릿속에 그때 그 광경이 왠지 생생하게 남아 있다.

최참판댁에 와서 여러 날이 지난 어느 날 서방님을 찾아온 선비 한 사람이,

"고놈 참, 꼭 통인(通引)감이군그래."

하며 침을 삼킨 일이 있었다. 밀꽃같이 반들반들 윤이 나는 진사립(眞絲笠)을 쓴 허우대가 헌칠한 선비였다. 길상은 통인이 무엇인지 그 말을 잊지 않고 있다가 간난할멈에게 물어보았다.

"사또 옆에서 잔심부름하는 머시매 말 아니가. 니가 하도 잘생기서 그랬는갑다."

길상에게 또 하나 잊을 수 없는 것은 그해 겨울 거지 꼴을 하고 이 집에 찾아온 구천이의 모습이었다. 객식구만 같은 생

각이 들어 외로웠던 길상은 처음부터 구천이를 정답게 느끼었다. 해나절쯤 먼 산을 바라보며 언제까지 우두커니 서 있기를 잘하는 구천이를 멀리서 숨어 보는 길상은 왠지 가슴이 미어지는 아픔을 느끼기도 했다. 서방님이 출타 중이었던 어느 날, 길상이 땅바닥에 퍼질러 앉아서 숯덩이로 그림을 그리고 있었다. 왼손에 병을 들고 오른손은 버들가지를 든 관음상이다. 관음상 아래쪽을 그려 내려가다가 무심결에 눈길을 돌렸을 때 버선발에 큼지막한 짚세기가 보였다. 길상의 눈이 저도 모르게 거슬러 올라간 곳에 구천이의 어두운 눈빛이 있었다.

"자비상이구나."

"야."

길상이 기뻐서 얼른 대답했다.

"어디서 배웠노."

"절에서 맨날 그맀소."

"절에?"

"연곡사 혜관스님이."

구천이의 눈빛은 더 얘기할 것을 바라는 것 같았다.

"장차 지도 금어가 될 기라 하심서 맨날 초화를 그리게 했심다."

"글공부를 했느냐?"

말씨가 달라져 있었다.

"예, 조금."

저도 모르게 길상이 역시 '야'에서 '예'로 말이 달라져 있었다.

"안 하면 잊어버린다."

"노스님께서도 그리 말씀하십습니다."

구천이 눈이 순간 흔들렸다.

"세상이 달라질 거라 하시믄서."

흔들리고 있던 눈에 조소가 지나갔다. 그 후 구천이는 틈이 날 때마다 길상을 손짓하여 불러다가 남몰래 글을 가르쳐주었다. 혜관스님은 성미가 급하고 변덕이 심해서 꾸짖기를 곧잘 했으며 잘못도 없는데 쥐어박곤 했는데, 그러나 길상은 글을 가르칠 적에 말이 적고 엄격해 보이는 구천이가 혜관스님보다 더 두려웠다.

길상이 물감을 챙겨내어 탈에 채색할 준비를 하는데 밖에서 그를 찾는 소리가 났다. 귀녀가 마님이 부른다고 했다. 길상이 뛰어갔을 때 문의원은 막 대청에서 신돌 위에 내려서고 있었다. 엉겁결에 길상은 절을 꾸벅 했다. 문의원은 연곡사의 노스님하고는 죽마고우로서 길상은 문의원을 절에서 여러 번 뵌 적이 있었던 것이다. 문의원은 절을 하는 길상에게 고개를 끄덕여 보였다. 깐깐하게 마른 늙은이, 백설 같은 수염에 묻힌 얼굴은 밝고 인자하게 보였다. 윤씨부인은 두 손을 맞잡고 대청에 서 있었다. 언제나 다름없이 딱딱하게 굳은 얼굴이었다. 그러나 태도는 사부를 모시는 것 같은, 일찍이 뉘에게도 보인 적이 없는 태도였었다.

"사랑에 뫼셔라."

목소리는 딱딱한 얼굴과 마찬가지로 억양이 없었다.

문의원의 모습이 사랑으로 사라진 뒤에도 윤씨부인은 손을 맞잡은 자세로 그냥 서 있었다.

"나으리마님, 읍내 의원님께서 오십니다."

"드시라 하여라."

음산한 목소리가 울렸다. 길상이 마루로 올라가 방문을 열었다. 문의원이 방 안으로 들어서며,

"안녕하시오."

했을 때 책을 읽고 있던 최치수는 비로소 돌아보았다. 그 눈은 생소했으며 윤씨부인의 정중한 태도와는 달리 앉은 채,

"앉으시오."

했다. 그들은 서로 맞절을 하였다. 문의원은, 최치수의 신분을 인정해주는, 그러나 여유가 있는 정중한 태도로, 최치수는 주치의(主治醫)에 대한 약간의 사의(謝意)를 나타내는 지극히 관례적인 태도로 인사를 끝낸 문의원은 도포 자락을 뒤로 젖히며 정좌했다.

늘씬한 몸매에 치렁치렁 땋아내린 머리채를 흔들며 귀녀가 상을 보아 내어왔다. 전과 같이 문의원은 서방님의 진맥을 하러 온 것 같지 않다고 길상이는 생각했다. 그동안 최치수는 앓지 않았던 것이다. 무슨 심부름을 시키지 않나 하고 사랑

앞을 서성거리는 길상은 그러나 마음이 도장에 가 있었다. 채색만 하면 탈은 끝이 난다. 어서 끝내야지 하는 생각에만 가득 차서, 기어이 길상은 도장으로 뛰어가고 말았다. 두 손을 모아 호호 입김을 쐬고 부비고 하다가 그는 마지막 완성의 즐거움을 가만가만 누르고 물감을 풀었다. 이제 죽어 있는 두 개의 탈은 살아날 것이다. 길상은 혀를 반쯤 내물고 붓을 움직인다.

소무와 샌님, 두 개의 탈이 다 되었을 때 해는 반나절이 훨씬 지나 있었다. 길상은 두 개의 탈을 추켜들고 밖으로 달려나간다.

"길상아!"

"야."

길상이 걸음을 멈추고 보니 그곳은 부엌 뒷문 쪽이었다. 봉순네가 팔짱을 끼고 부엌 뒷문을 향해 서 있었다.

"문의원께서는 아즉 안 가싰제?"

"야."

"머하시노."

"사랑에서 말씸하고 기십니다."

봉순네는 팔짱을 낀 채 초조한 안색을 띠고 바깥쪽을 한 번 내다보듯 하더니,

"간난할매 진맥이나…… 마님께 말씸디리야겠는데…… 길상아."

"야."

연이네는 부뚜막에 걸터앉아 전을 부치고 있었다. 연이하고 마을의 드난꾼 여치네가 생을 다듬고 있었다. 고뿔이 들었는지 여치어매는 자꾸 손등으로 코를 훔쳤다. 봉순네는 길상을 부르기는 불러놓고 마땅한 생각이 떠오르지 않았던지,

"니 어디 가노."

하고 새삼스레 물었다.

"봉순이한테요. 별당에 가요."

"거긴 와."

"이거."

하며 길상은 탈을 추켜들어 보인다.

"그기이 머꼬?"

봉순네는 눈을 깜짝깜짝한다.

"탈이오."

"어디 보자."

길상은 부엌 문 가까이 가서 그것을 내밀었다.

"아이구 정말이구마. 이기이 어이서 났노."

"맨들었소."

"니가?"

"야."

"이 사람들아, 이거 좀 보래? 참 희한치도 않다."

연이하고 여치네가 일손을 놓고 왔다.

"니가 정말 맨들었나?"

여치네가 다짐했다.

"야."

"니 참 희한한 재주 가졌구나. 얼래? 이 샌님은 째보(언청이)도 아니고 너무 이뻐서 남자라 카겠나."

연이는 소무탈을 지 어미에게 가져다 보인다. 연이네는 전을 부치다 말고 혀를 끌끌 찬다.

"청승스럽게도 맨들었다. 너무 재주가 있어도 빌어묵는다 카는데 이 머시마야, 이자 이런 것 맨들지 마라."

초조했던 것도 잊었는가 봉순네는 아주 감동을 한 모양이었다.

"그런 말 안 하네라. 복 없이믄 재주라도 있어야제."

길상이 편역을 들고 나왔다. 찬모보다 침모인 봉순네의 감정이 훨씬 더 화사했던 모양이며 제 자신이 손끝 재주로 살아가는 신세이고 보면 재주에 대해 변명하는 감도 없지 않았다.

"애기씨가 좋아라 하시겠다. 내 니 공딜이 맨든 심덕이 고마워서 상 하나 주께. 올 설에는 말이다, 읍내 오광대 구겡시켜주꾸마."

"야?"

"너거들도 욕봤인께, 봉순이하고 함께 보내주꾸마."

"정말이지요?"

"하모. 와 내가 니보고 헛말 하겠노."

봉순네는 별생각 없이 즉흥으로 길상에게 약속을 하고 말았다.

8장 오광대(五廣大)

장지문 쪽으로 몸을 기울이고 바늘에 꿴 실을 물어 끊은 강청댁은 실꾸리를 반짇고리에 내동댕이치며 용이 하는 양을 사나운 눈초리로 본다. 용이는 바짓가랑이를 발목에 꼭 쪼여 쥐고 복숭아뼈 쪽으로 넘겨 접더니 옥색 대님을 친다.

"집구석에는 땔나무 한 단 없이해놓고."

실밥이 툭툭 불거져 나올 만큼 엉성하게 버선볼을 붙이면서 강청댁이 씨부렸다.

"오광댄가 팔광댄가 구겡할라고 가나? 누가 그 속을 모를 줄 알고? 참말이지 내 간장이 썩어서, 이눔으 살림 그만 탕탕 뽀사부리고 절에 가든지."

용이는 일어서서 두루마기를 입는다. 올이 고르잖은 데다 파리똥 같은 딱지가 붙은 열새 무명 두루마기는 그러나 입은 사람의 풍신이 좋아서 번치(맵시)가 났다. 이미 망건은 쓰고 있었고, 벽에 걸린 갓을 내려서 용이는 입김으로 먼지를 턴다.

"세상에 무신 낙으로 내가 살꼬? 앵앵거리는 자식새끼가 있다 말가. 내외간의 정분을 믿고 그 낙으로 산다 말가, 남들겉이 살림 모이는 그 재미로 산다 말가. 남의 집은 삽짝에 들어서믄 따신내가 나는데 헌 살강 같은 이눔우 집구석에는 냉 바람만 돌고, 울타리가 썩어 자빠지니 그거 손볼 생각을 어디 한분 하까. 남들은 나무를 해서 집채만큼 쌓아놓고, 그 나무만 봐도 절로 땀이 나는데 이 집구석에는 강아지가 지나가도 때릴 나무 한 가치 없다 카이. 나무가 뚝 떨어져야 지게를 지고 나가는 그런 게름뱅이가 천하에 또 있을라고."

집채만큼 나무를 쌓아놨다는 말이나 강아지가 지나가도 때릴 나무 한 개비 없다는 말이나 다 호들갑이지만 용이가 겨울에 땔나무를 충분하게 준비 못한 것은 사실이다. 장지문 틈새로 새어든 광선이 뿌옇게 먼지 앉은 숭늉 대접을 거쳐 강청댁 치맛자락에 닿을락 말락 한다. 대접을 밀어내고 두루마기 자락을 걷으며 앉은 용이는 곰방대를 꺼내어 담배를 넣는다.

"이럴 줄 알았이믄 내 머할라꼬 시집왔일꼬? 남들이 풍신 좋고 심 세고 심덕 곱다고 부럽다 해쌓더마는, 시집 잘 간다고 입에 춤이 마르게 부럽다 해쌓더마는 풍신 좋으믄 머하노, 심세믄 머하노. 마음속에 보짱이 따로 있는데, 쪽박을 차도 마음이 맞아야 사더라고, 남은 한 해 사는데 나는 백 년 살 기든가?"

용이는 담배 연기만 뿜어낸다. 조랑조랑 매달아놓은 씨앗 주머니 사이에 쳐놓은 거미줄을 스쳐 담배 연기가 빠져나간다. 문틈 사이, 햇빛 줄기 뻗친 속으로도 담배 연기는 뒹굴면서 얽혔다가 밖으로 빠져나간다.

"참말이지 자나 깨나 이녁 가슥*, 이녁 자식밖에 모르는 두만아배 볼 적마다 그 성님은 무신 대복을 지고 나왔이까 싶어서, 옷 밥이 그리 부러우믄 참말이지 도둑년 될 기다."

깁고 있는 버선 위에 눈물방울이 떨어진다. 강청댁은 눈물방울을 닦을 생각도 않고 맹맹해진 코만 들이마신다. 비로소 용이는 곁눈으로 마누라의 우는 꼴을 살폈다. 얼굴에 당황하는 빛이 지나갔다.

"내가 머 가고 싶어서 가는가. 봉순어매가 아아들 좀 데리고 가돌라 카이, 그러라고 했지."

"실없는 여핀네! 와 해필이믄 이녁보고 가라 캅디까!"

"······."

"그년 어디 볼 구석이 있다고 최참판네는 우천자천[右請左請]하는고? 그 개 눈깔, 어디 볼 구석이 있다고."

기어이 월선이를 걸고 나왔다. 강청댁이 그러는 데는 그럴 만한 까닭이 있었다. 월선이 어떤 타관 남자에게 시집간 후 여러 해가 지나서, 죽었는지 살았는지 소식조차 없더니 재작년 가을에 가랑잎같이 마을로 굴러들어왔던 것이다. 이때는 무당이던 그의 어미가 이미 세상을 떠난 지 두 해였었고 잡초가 우거진 빈집에 보따리를 하나 겨드랑에 끼고 월선이는 울고 있었다. 옛날, 월선네가 최참판댁을 드나들었을 무렵, 어미 치마꼬리를 잡고 따라다니던 월선이를 동생같이 귀여워했던 봉순네는 돌아온 월선의 소문을 듣고 그를 찾아 빈집에 왔었다.

"아이구 이 무상한 계집아, 어매 죽은 것도 모르고. 살아 있음서 우찌 그리 소식 하나 없었노. 그래 니 꼴은 와 이렇노?"

월선이는 울기만 했다. 밤에 봉순네하고 함께 자면서도,

"살아볼라 캤더마는……."

하다가 월선이는 흐느꼈다. 결국 간난할멈이 윤씨부인에게 이야기하여 얼마간의 돈을 얻어 월선이는 읍내 삼거리에 주막을 차렸다. 강청댁이 최참판댁에서 월선이를 우천자천한다 한 것은 그 일을 두고 한 말이었다.

"어디 마님께서 그러싰나. 봉순어매가 아아들,"

말이 끝나기도 전에,

"싱거운 여핀네. 간을 쳐도 소금이 한 말은 들겠다. 새끼 사당 만들라꼬 오광대 구겡인가? 중놈 붙어묵는 구겡이 새끼들한테 무신…… 본보기가 될 기라고. 정 그렇거든, 지가 데리고 가지 와 남보고 가라 마라 하노. 별수도 없는 기이 최참판네 세만 믿고."

울고불고, 행패를 부린다고 읍내행을 중지할 용이는 아니었다. 다만 그는 여자의 눈물이 싫은 것이다. 아니 여자의 눈물이 두려웠던 것이다. 웬만치 바가지를 긁어도 말이 없고 심하다 싶으면 슬쩍슬쩍 농으로 돌려버리는 용이를 마을 사람들은 모두 그 이름같이 사람이 용해서 그렇다고들 했다. 그러

나 실상은 강청댁이 뭐라 하건 용이는 자기 고집을 꺾은 일이 없었다. 장날이면 어떤 일이 있어도 읍내에 나가서 월선의 주막에 들렀고, 술 한잔을 사먹고 돌아오는 그 짓을 일 년이 넘게 계속했으니 누구보다 강청댁 자신이 남편의 고집을 잘 알고 있었다. 그럼에도 여느 때와 달리 눈물까지 짜는 것은 오광대놀이로 설레는 밤, 그 밤이라는 게 탈이었고 아이들을 데리고 가니만큼 하룻밤을 묵고 올 수밖에 없는 형편이 불안했던 것이다. 이번만은 한사코 말리고 싶은 생각이 목구멍까지 차올랐고 용이 두루마기를 갈기갈기 찢어서라도 가지 못하게 말리고 싶은 간절한 마음이었으나 그러나 강청댁은 그러질 못했다. 힘이 부쳐서 못하는 것이 아니요 최소한 지어미로서의 도리를 지켜 못하는 것도 아니었다. 용하게 보이지만 밑바닥에 깔려 있는 남편의 요지부동한 고집 때문이었다. 볼품도 없고 알뜰한 살림꾼도 아니며 산골짜기, 강청(江淸)에서 본 바 없이 자란 강청댁을 이러나저러나 데리고 살면서 여자에 관한 뜬소문 한 번 없이 지내온 것도, 죽은 모친에 대한 효성과 아울러 맺어진 인연을 지키어나가겠다는 용이 나름의 고집 탓이라는 것을 강청댁은 어렴풋하게나마 알고 있었다. 그런 성미가 한 번 방향을 달리하고 보면 돌이킬 수 없다는 것을, 그것은 강청댁의 지혜로운 직감이며 자신의 행동을 다소나마 자제하는 이유이기도 했다.

해가 서편으로 많이 내려갔는가, 방 안에 비쳐든 광선은 강청댁 무릎에까지 뻗쳐 들었다. 홈질하는 손이 바늘을 뽑아낼 때마다 엄지손가락 사이에 돋은 하얀 무사마귀가 보송하게 솟아올라 보이곤 한다.

"초록은 동색이더라고 화냥기 있는 년들이 새끼들까지."

강청댁은 말을 끝맺지 못했다. 곰방대가 재떨이를 힘껏 쳤기 때문이다. 놀란 강청댁은 힐끔 쳐다본다. 용이는 곰방대를 한 번 더 두드리고 나서 훅 하고 빨아보더니 허리춤에 찔렀다. 그의 얼굴은 벌게져 있었다. 이때 삽짝 밖에서 뛰는 발소리가 났다. 언 땅 위의 발소리는 맑고 튕기듯 울렸다.

"아재요!"

계집아이의 목소리 역시 맑고 튕기듯 울렸다.

"아재씨!"

이번에는 신나 하는 사내아이의 목소리, 발소리는 바로 마당 안을 어지럽힌다.

"왔나."

방문을 털거덕 열고 용이 내다본다.

"숨차라! 개똥이가 따라올라 캐서 막 뛰어왔소."

봉순이는 새된 소리를 질렀다. 강청댁이 눈을 희뜨고 아이들을 본다. 설빔을 입은 아이들은 낮은 마루 끝에 정강이를 바싹 붙이고 몸을 내어밀며 입이 찢어지라고 웃었다. 봉순이는 노랑 명주 저고리에 남치마, 빨간 염낭을 찼으며 어미의 명주수건인 듯 눈이 불거질 만큼 턱을 감싸서 머리 꼭대기 쪽에 질끈 동여맨 모습이었다. 길상이는 무명 바지저고리를 입고, 차고 있는 염낭은 수박색인데 연두색과 노랑색의 수술 두 개가 달린 염낭끈이 그의 인물을 돋보이게 했으며 검정 갑사 댕기를 드린 머릿결이 부드러워 보였다. 아이들의 저고리는 다 같이 햇솜을 두어 푹신푹신했다.

"어서 가입시다."

봉순이 팔짝 뛰며 말했다.

"그러자."

용이 말과 거의 동시에,

"숨이 걸떡 넘어가는구나."

강청댁이 내뱉었다. 용이 허리를 꾸부리고 방에서 나가며,

"안 춥나?"

"안 춥소."

길상이 대꾸했다.

"그러믄 갔다 오겄는데⋯⋯."

강청댁을 돌아본다.

"사또 덕에 나발 부누만."

성미를 못 이긴 강청댁의 눈까풀이 파들파들 떤다.

"가자. 날씨가 과히 차지는 않네."

용이는 성큼성큼 발을 떼놓는다. 아이들은 강청댁 눈길에 쫓겨 미처 인사도 못하고 달음질치듯 용이 뒤를 쫓는다.

색동같이 울긋불긋 물을 들인 봉순이 꽃신[紙鞋]이 삽짝 밖

으로 사라진다.

"구정(舊情)이 있는데, 도투마리 잘라서 넉가래 만들기*보다 쉬운 일 아니가. 돌아올 때 다리나 댕강 부러져라! 앉은뱅이가 돼서 다시는 못 가게."

강청댁은 반짇고리를 냅다 던진다.

"아재요, 우리 읍에서 자고 올 기지요."

봉순이 물었다.

"음."

아이들의 걸음을 가늠하지 못하는가, 용이는 보조를 늦추지 않고 여전히 성큼성큼 걷고 있었다. 아이들은, 특히 봉순이는 뛰다시피하며 따라간다. 마을 길에는 자갈이 많았다. 말라서 딱딱해진 쇠똥도 여기저기 굴러 있었다. 길상이는 하늘을 올려다본다. 가을 하늘같이 푸를 수는 없지만 맑았다. 겨울에 비가 오실 리도 없다.

"아재요. 나룻선 타고 갈 기지요."

숨을 할딱이며 봉순이 또 물었다.

"음."

술병을 들고 아래쪽에서 올라오는 임이네와 마주친다.

"읍내 가시오?"

"야."

자줏빛 옷고름과 끝동을 물린 흰 무명 저고리의 옷섶 앞이 벌어져 있었다. 검정 치마도 불룩하게 솟아 있었고 몸 풀 때가 얼마 남지 않았을 것 같은데 임이네 얼굴은 좋았다. 뭣인지 불사조 같은, 물가의 잡초 같은 끈질긴 것을 느끼게 하는 이 여자는 어떤 경우에도 건강하고 생명이 넘쳐 있는 것 같다.

"임이오매, 우리 오광대 구겡 가요."

자랑하는 봉순이 옆에서 바로 그렇다는 듯 길상이 우쭐댔다.

"좋겠구나."

건성으로 말해놓고 임이네는 용이에게 웃는 낯을 돌렸다.

"설 지난 지가 벌써 이레나 되는데 무신 술이 있을 기라고…… 사람을 오복같이 쪼우는* 바람에 술 받아오누마요."

"지 발로 걸어가지 머할라고 아지마씨가 받아오요."

"우짤 깁니까. 사램이 다른데."

여자는 염치 불고하고 용이의 눈을 더듬어본다. 풍만한 정기(精氣)를 풀어서 용이 얼굴에다 설설 뿌리는 것 같은 웃음을 머금고, 그는 임신한 여자였을 뿐 어미가 아니었다. 음탕한 것도 아니었다. 그것은 자연이었다.

"꼭 새신랑 같십니다."

"어서 가보이소."

용이는 노기를 띠고 말한 뒤 발길을 옮긴다. 아이들은 또 뛰었다. 뛰면서 길상이 뒤돌아본다. 임이네는 술병을 땅바닥에 내려놓고 우두커니 서 있었다.

"보리밭에 거름 내나?"

이번에는 용이 쪽에서 소리를 질렀다. 저쪽 밭둑길을, 거름 장군을 진 영팔이 앞서가고 있었다.

"읍내 가는가 배. 니 갈 줄 알았이믄 나도 따라붙이는 건데."

장군을 진 채 얼굴이 무같이 길쭉한 영팔이는 멈추어 섰다. 반쯤 헤벌린 입술에서 하얀 입김이 새어 나온다.

"섣달그믐날가. 멀 그리 서두노."

"농사꾼이 일 안 하고 우찌 사노. 그새 편했던가 몇 짐 져본 게 등이 뻐근하구마."

"일 다 해놓고 죽을라 카믄 죽을 날이 없다네. 산 입에 거미줄 치까."

"말이사 숩지. 사는 기이 어디 그렇나. 어서 가봐라. 저기 나릿선 온다."

강가에 이르는 길이 왼편으로 꾸부러졌다. 영팔이 가는 밭둑길은 오른편으로 꾸부러지고 그들의 거리는 멀어졌다.

나루터에는 낯선 나그네 한 사람만 서서 기다리고 있었다. 놀기 좋아하는 마을 젊은이들은 모두 육로로 벌써 떠나버린 것이다. 용이는 화개 쪽에서 내려오는 나룻배가 하얗게 얼음이 언 물 가장자리, 모래 위에 삼판을 걸자 봉순이를 안고 배에 오른다. 길상이 따라 오르고 나그네도 올랐다. 사공은 모래밭을 떠밀어내며 강심 쪽으로 배를 뒷걸음질 시켜 방향을 잡은 뒤 노를 젓기 시작했다. 방향을 잡을 때까지 조용했던 나룻배 손님들이 제가끔 이야기를 끄집어낸다. 해는 네댓 뼘이나 남아 있었으며 최참판댁의 둥실 솟은 기와지붕 뒤 대숲은 석양을 받아 서리 빛을 띠고 있었다. 봉순이는 들고 온 보자기 속에서 깎은 날밤을 꺼내어 오독오독 씹는다.

"길상아, 주까?"

"응."

길상이 날밤을 받아 오독오독 씹는다.

"아재요, 문어 다리 드릴 기요?"

용이도 문어 다리를 받아 질겅질겅 씹는다. 산 그림자에 가려진 강물은 암록색, 짙은 비취빛깔이었다. 노 젓는 소리에 따라 마을 모습은 꾸부러져가는 물에 가려 차츰 보이지 않게 되었다.

아이들과 용이 주막에 당도했을 때 서편 산기슭에는 노을이 조금 남아 있어서 용이 잔등을 비쳐주었다.

"우리 강아지가 왔고나. 손이 꽁꽁 얼었네."

계집아이의 두 손을 감싸 쥐는 월선의 눈에 눈물이 그렁그렁 돌았다. 옥색 명주 저고리를 입은 그의 얼굴은 파아란 것 같이 보였다.

"어서 들어가자, 길상아."

월선이 아이들의 등을 밀고, 아이들을 따라 용이 미투리를 벗는다.

"가게 문을 와 닫았일꼬?"

"아이들이 온다 캐서."

말끝을 맺지 않은 채 월선이는 아랫목에 깔아놓은 자리이 불을 걷히고 봉순이를 담싹 안아 앉힌다. 봉순이는 서희애기 씨가 된 것 같은 기분이었던지 여간 우쭐해진 게 아니었다. 윗목에 무릎을 꿇고 앉은 길상에게, 그럼 내가 때려주지 이 놈! 종아리 걷어, 하고 서희 투를 흉내 내어 꾸짖기라도 한번 해보고 싶은 얼굴이었다.

　"아이들은 아이들이고 장사는 장산데."

　용이 중얼거렸다.

　"하루 더 벌어서 머. 길상아, 거기 참다. 이리 내리오너라. 그래 마님께서는 안녕하시나."

　"야."

　"애기씨도."

　"애기씨는…… 늘 우시오."

　"우시어? ……어서 떡국 끓이 올 기니."

　월선이 일어섰다.

　"폐스럽게 떡국은 무신."

　그 말에 월선은 처음으로 용이를 쳐다본다. 홀로 사는 계수집에 아이들을 앞장세워 들러보러 온 시아주버니같이 서로 내외하며, 민망해하며 눈길을 피하더니 마주친 것이다.

　월선이 행주치마를 두르고 나갔다. 미리 마련해놨던지 별 지체 없이 김이 나는 떡국을 들고 월선이 들어왔다.

　"불을 키야겠소."

"내가 하지."

용이는 등잔에 불을 켰다. 불꽃은 한 번 자지러졌다가 밝아왔다. 광대놀이가 벌어질 장터 쪽에서 술렁거리는 소리가 들려온다. 아이들은 마음이 달떠서 떡국은 먹는 둥 마는 둥. 엉거주춤한 꼴이 되어 앉아 있던 길상이 말했다.

"구겡…… 저 자릴 못 잡으믄."

"걱정 마라. 광대패에 아는 사램이 있어서 자리 잡아달라고 부탁했인께."

"맨 앞자리, 우린 키가 작은께요."

다짐 두듯 길상이 다시 말했다.

"하모, 앞자리지. 걱정 말고 마저 묵어라."

말하는 월선이 입매를 쳐다보고 있던 봉순이 꾸짖듯 길상에게 눈을 흘긴다.

'울 옴마하고 친한 아지맨데 어렵할까 봐서?'

용이는 남기지 않고 떡국 한 그릇을 다 먹고 상을 물리었다. 놀음마당에서 꽹과리 장구 소리가 들려온다.

"아지매, 이자 가입시다."

이번에는 점잔을 빼던 봉순이 졸랐다.

"아직 멀었다. 이자부터 막을 치고 장작불 피우고 할 긴데 미리 가서 떨라고?"

"아지매도 갈 기지요."

"너거들 데리다 주고……."

"아지매는 구겡 안 할 기요?"

"옛적에 많이 봤다."

용이의 눈과 월선의 눈이 지남철에 끌리듯이 합쳐진다. 월선은 울상을 지었다.

'우찌 니는 나한테 원망이 없노.'

용이 눈을 내리깐다. 남들은 식구끼리 모여 앉아 인절미를 빚던 섣달그믐날 밤, 어느 절간에 혼자 가서 죽은 어미의 명복을 빌었을 월선이, 뼈에 스며드는 법당의 냉기보다 더 사무치는 설움에 울었을 여자, 어릴 때도 겁이 많고 눈물이 많아서 누가 큰소리만 질러도 울었고 망태영감이 온다고 해도 울었다. 치수도련님이 그런 말을 할 때는 더욱더 질겁을 하며 울었다.

아이들은 장터 쪽의 소리에만 정신이 팔려 무시로 몸을 옴지락거린다.

"그라믄 가자."

몸을 옴지락거리는 아이들을 보고 웃으며 월선이 일어섰다. 행주치마를 풀어놓고 명주 수건을 찾아 얼굴을 싼다. 아이들은 먼저 뛰어나갔다. 밤기운은 맵고 사방은 캄캄했으며, 연방 장터를 향해 사람들이 줄지어 가고 있었다.

"용이형님도 오싰습니까?"

저만큼 오던 마을 젊은 치들이 물었다. 그들은 어디서 한잔들 한 모양으로 길을 헤갈듯(헤매듯) 걸어온다. 용이는 아이들과 월선이 곁에서 비켜섰다.

"대낮부터 무신 술고."

"야, 한잔했심다. 이런 날 아니믄 언제 술 먹겠소 제에기, 어음……."

그들은 주기(酒氣) 이상으로 거친 분위기를 뿜으며 야비한 시선을 월선에게 보냈다. 용이 옆을 스쳐서 지나간 젊은 치들은 저희끼리 무슨 말을 했는지 킬킬 웃더니 주먹으로 서로의 옆구리를 쥐어박고 또다시 킬킬하며 웃었다. 용이는 눈살을 찌푸린다. 월선이는 고개를 떨구며 걷고 있었다. 흰 명주 수건이 조금 나부꼈다.

'요새 젊은 놈들은 염치가 없어서, 망하는 세월 탓인가…….'

걷잡을 수 없이 울적했다. 마을 젊은 애들에게보다 용이는 자기 자신에 대하여 노여움을 느낀다.

"월선아."

"야."

"나는 아무 데서나 구겡할 것이니 아아들 자리 자네가 잡아 주고."

자네라는 말에 월선이 놀란다. 그러나 용이의 난처한 심중을 헤아렸던지,

"야."

하고 다만 대답만 했다. 용이는 이내 사람들 속에 묻히고 말았다.

아이들을 앞세운 월선이는 말뚝에다 낡은 포장을 이리저리 둘러친 개복청(改服廳)으로 가서 황노인을 찾는다.

"꺼적대기 깔아서 자리 잡아놨인께."

장고잡이 황노인은 이가 몽땅 빠져서 합죽이가 된 입을 벌리고 사람 좋게 웃었다.

"이놈들을 앉힐라꼬? 허 이건 누구 딸내민고? 이건 또 누구 아들내민고? 거 인물들 좋다."

황노인은 아이들에게도 이 빠진 잇몸을 드러내고 웃었다.

월선의 모친이 살아 있을 때 서로 허물없이 지내던 황노인은 지난날 다소 이름이 알려진 장고잡이였다. 열 살 적부터 북채를 잡은 그는 이 길을 터득하여 명창들의 소리를 빛내준 장년 시절은 그에게 황금기였다. '수[雄] 고수(鼓手) 암[雌] 명창(名唱)'이라는 말이 있듯이 장고잡이가 시원찮거나 혹은 심통이라도 부리면 아무리 명창일지라도 소리는 죽게 마련이다. 광대 장단으로는 평타령, 중모리, 진양조, 엇모리, 휘모리는 물론 춤 장단에도 능했던 그는 매우 자부심이 강하여, 그 자부심 때문에 한 번 비윗장이 틀어지면 명창 광대의 소리를 망쳐놓거나 북채를 집어던지는 행패를 부려 이 길에서 내리막을 걷게 되었던 것이다. 성미를 달래느라 술과 여자를 가까이하여 그는 내리막길을 더욱더 재촉했다. 지금은 오광대의 일개 장고잡이로 늙어버렸으나 세월은 그를 온화한 인품으로 닦아주었다. 그러나 개복청 안을 비춰주는 관솔불 아래 주름진 얼굴에는 돌아갈 집도 자식도 없이 북채 하나만 믿고 살아온 서러운 이력이 물결치듯 일렁이고 있는 것 같았다.

애들을 보며 연신 벙긋벙긋 웃고 있는 합죽이 황노인을 멍청히 바라보고 있던 월선이가,

"아재씨, 옷이 엷소."

했다. 황노인은 고개를 돌리며,

"머 칩울 것 없다. 이력이 나서."

"그래도 나이가 나인데,"

순간 황노인의 얼굴에서 그 유한 표정이 싹 가셔졌다.

"월선아!"

"……?"

"니 참말로 니 에밀 닮았구나. 꼭 옛적 월선네가 내 앞에 서 있는 거 아닌가 싶어서 놀랬구마. 눈알까지 우찌 그리 노오랗노."

죽어 없어진 것으로만 생각했던 삼십 년 가까운 지나간 세월이 벌떡 몸을 일으켜 눈앞에 다가오기라도 하듯 황노인은 월선을 자세, 자세히 들여다보는 것이었다.

"낮에 볼 때는 그렇지도 않았는데,"

"아재씨도…… 어매 자식, 어매 안 닮고 뉘 닮겄소."

"허허, 그렇긴 그렇겄다. 우찌 세월이 그리 빠른구. 어제 청춘이 오늘 백발이라 하기는 하더라마는…… 월선네는 저승에서도 삼지창 들고 살풀이를 하는가 몰라."

"그런 말 마소. 이승서 받은 천대를 저승까지 가서 받겠소."

월선이 눈에 눈물이 핑 돈다. 황노인은 꿈을 깬 듯 헤설프게 웃었다.

"그러기…… 섭하게 생각지 마라. 그보다 낼 아침에 따끈따끈한 해장국이나 부탁하자."

"야."

그들이 얘기를 주고받는 동안 아이들은 개복청 안을 살펴보느라고 정신이 없었다. 쌓인 의상이랑 탈바가지랑 갖가지 악기, 그리고 무시로 들락거리며 떠들어대는 광대들, 이 신기하고도 도깨비 나라 같은 분위기에 아이들은 말할 수 없이 마음이 끌리는 모양이었다.

맨 앞자리에 거적을 깔아놓고, 광대 일행 중 심부름꾼인 머슴아이가 지키고 있는 곳으로 월선이는 아이들을 데리고 갔다.

"여기 가만히 앉았거라. 나 가서 화닥불 가지고 올 기니."

하고 간 월선이는 숯불을 묻은 질화로를 안고 이내 돌아왔다.

"구겡하다가 잠 오거든 오고."

월선이는 아이들에게 먹을 것을 쥐여주고 제 머리에서 수건을 끌러 이미 수건은 쓰고 있었는데 봉순의 목에 한 겹 더 감아주고 일어섰다. 굿마당에는 이제 구경꾼들이 꽉 들어차서 소란을 피우고 놀음판 가까운 곳에서는 장작불이 훨훨 타오르고 있었다. 시커먼 밤을 삼킬 듯이 불길은 늘럼늘럼 혀를 내두르고 있었다. 이윽고 타령장단이 울리었다.

동방청제장군(東方靑帝將軍)이 푸른 탈을 쓰고 나타났다. 서방백제장군(西方白帝將軍)이 흰 탈을 쓰고 나타났다. 북방흑제장군(北方黑帝將軍)이 검은 탈을 쓰고 나타났다. 남방적제장군(南方赤帝將軍)이 붉은 탈을 쓰고 나타났다. 중앙황제장군(中央黃帝將軍)이 노랑 탈을 쓰고 나타났다. 이들은 각자 제 탈바가지 빛깔에 따라 철릭을 입었는데 위괴(偉魁)한 모습은 눈부시었다. 굿거리로 넘어간 음악에 따라 오신장(五神將)이 춤을 춘다. 신나게 춤을 춘다. 청포 황포를 입은 악공은 북, 장고, 해금, 피리, 필률을 치고 불었다. 다섯 신장은 서로 자리를 엇바꾸어가며 본령산(本靈山)에서 타령조(打令調)로 가락이 빨라짐에 따라 춤은 더욱 화려해져갔다. 길상은 넋을 잃고 바라보고 있었으나 봉순의 눈은 초롱초롱 빛이 났다. 구경꾼들은 여전히 시끄럽게 떠들고 있었다.

탈놀음은 두 번째 마당으로 접어들었다. 다섯 신장이 차례로 물러가고 대신 청, 백, 적, 흑, 황, 오색의 문둥이 탈을 쓴 광대가 들어섰다. 곰배팔에 절름발이 까치걸음으로 우쭐거리며 병신춤을 추는데 황황히 타는 장작불이 비쳐주는 이 기괴하고 익살스러우면서 슬프기까지 한 춤추는 괴물들, 구경꾼들은 웃고 재미나 하다가 어느덧 춤 속에 빨려들어 조용해지곤 했다.

이때 용이는 굿마당에서 빠져나왔다. 빠져나오는 순간 그는 칠흑 같은 어둠이 안겨오는 것을 느낀다. 새까만 어둠, 헤쳐나갈 수 없을 것 같은 어둠이었다. 용이는 장터에서 과히 멀지 않는 주막을 찾아 들어갔다. 졸고 있던 주모는 인적기에 벌떡 일어섰다.

"탈놀음 끝났소?"

"이제 겨우 두 마당째 들어갔소."

도로 주질러 앉은 주모는 몽롱한 채 머리를 긁적긁적 긁었다. 그동안 명절이라 장사도 못했던 이들 주막에서는 오광대 놀음 끝판에 한몫 보자고 쩔쩔 끓는 순댓국에 막걸리도 몇 동이씩 준비를 해놓고 기다리는 판이었다.

"놀래라. 나는 놀음판이 끝난 줄 알았구마."

"끝은 안 나도 술손님은 왔인께 술이나 주소."

가겟방으로 올라간 용이는 막걸리 한 사발을 쭉 들이켠 뒤 안주를 집을 생각은 않고 술잔만 내밀었다. 두 잔, 석 잔, 넉 잔을 마시고도 술사발을 내밀었다.

"천천히 잡소. 사레들겠네. 안주도 안 묵고 맨술을,"

주모는 새삼스럽게 잘생긴 용이를 힐끔힐끔 쳐다본다. 다섯 잔을 들이켠 용이 얼굴은 붉기는커녕 새파랗게 질리고 말았다. 눈이 가라앉은 얼굴은 무섭기까지 했다.

셈을 끝내고 매운 밤바람 속으로 나온 용이는 휘청휘청 걷는다. 이가 빠진 것처럼 인가가 듬성듬성한 길을, 쓸쓸하고 매정한 것 같은, 아무도 없는 길을 걷다가 용이는 길컨에서 소변을 본다. 피리 소리, 장고 소리가 무척 먼 곳에서 울리고 있는 것 같았다.

"흥, 살이 썩어서 뭉개진 문둥이도 양반은 양반이라 말이제? 천하일색 양귀비라도 무당은 무당이라 말이제? 흥."

바짓말을 추켜올리고 허리끈을 동인 뒤 용이는 휘청거리면서 월선의 주막 앞에까지 왔다.

"월선아!"

고랫땅 같은 소리를 질렀다.

"문 열어라!"

용이는 문을 주먹으로 쳤다. 문은 주먹바람에 열리었다. 월선이는 마당에 우뚝 서 있었다.

"술을."

너무 마시지 않았느냐고, 그러나 월선이는 그 말을 하지 못한다.

"술 마시믄 안 되나? 가난뱅이 농사꾼은 주색에 빠지믄 안 되제?"

얼굴을 바싹 들이대며 용이는 속삭이듯이 말했다.

"니는 내 목구멍에 걸린 까시다. 우찌 그리 못 살았노. 못 살고 와 돌아왔노."

하다가 용이는 울었다. 월선이는 비실비실 도망치려 했다. 매를 치켜든 아버지 앞에서 달아나려는 계집아이처럼. 울음을 죽이려고 이를 악무는 용이 이빨 사이에서 괴상한 소리가 났다. 그는 월선의 손목을 낚아챘다. 손목을 끌고 방으로 들어온 용이는 갓을 벗어 던지고 등잔불을 불어 껐다. 그리고 나머지 한 손으로 여자의 나머지 한 손을 꼭 잡고 방바닥에 주질러 앉는다.

"어느 시 어느 때 니 생각 안 한 날이 없었다. 모두 다 내 죄다. 와 니는 원망이 없노!"

끌어안아 여자 얼굴에 얼굴을 비벼댄다. 남녀의 눈물이 한 줄기가 되어 흘러내리고, 또한 그들의 몸도 하나가 되어 높이 높이 떠올라가서 영원히 풀어헤칠 수 없는 처절한 사랑의 의식을 올리는 것이었다.

9장 소식

한창 추웠을 때는 강물 가장자리에 두께가 제법 되는 얼음이 얼었었는데, 날씨가 풀리면서 깨진 얼음덩이는 햇빛에 희번득이며 둥둥 떠내려가더니, 그것마저 다 녹아버리고 강물은 물거품을 몰고 와서 강변 모래밭에 찰싹대고 있었다. 끝이 누우렇게 옹그라붙은 보리와 붉은 흙이랑에 봄서리가 내리고, 논바닥에는 거름과 부토 더미가 군데군데 놓여져 있었다. 게 다리같이 앙상하게 꾸부러진 뽕나무를 보아서는 아직 봄이 먼 것 같지만 그러나 최참판댁 별당과 사랑 뜰에는 옥매화가 방금 열릴 것같이 봉오리를 물고 있었다. 조금 있으면 까

맣게 그을려놓은 강둑 잔디에, 우뚝우뚝 서 있는 키 큰 버드
나무에 푸른 새잎이 돋을 것이다.

행랑의 뜰은 텅 비어 있었다. 아니 간난할멈이 행랑 툇마루
앞에서 우물 쪽을 향해 보행연습을 하는지 입술을 달싹달싹
하며 걷고 있었다. 회심곡을 뇌면서 천천히 걸어보는 것이다.
집안은 괴괴했다. 아무도 오가는 사람이 없다. 우물가를 돌아
서 툇마루까지 되돌아온 간난할멈은 지팡이에 힘을 주며 툇
마루에 걸터앉는다. 별당 쪽에서도 아무런 인기척이 없었다.
그러니까 어제, 윤씨부인은 서희를 데리고 연곡사를 향해 떠
났던 것이다. 가마 조군[轎軍]으로 몇 명의 하인이 같이 갔고
삼월이, 봉순네 모녀가 따라간 데다가 나머지 하인들은 들판
에 나가고 없었다. 연이 모녀는 뒤채에서 김서방댁과 잡담을
하고 있었고 김서방만은 최치수가 무엇인지 지시하는 말을
들으면서 개똥이가 사랑 울타리 밖으로 돌팔매질하는 것을
조마조마한 표정으로 쳐다보곤 한다. 귀녀는 아침부터 어디
갔는지 없었다. 사람들이 없는 기미를 알았던지 쥐들이 행랑
뜰을 쏘다니다가 간난할멈 가까이까지 와서 구경이라도 하는
것처럼 늙은이를 쳐다본다.

"서생원, 니도 사람 괄시하나. 늙고 병들었다고 니까지 나
를 산송장 치부하나."

쥐를 말벗 삼아 간난할멈은 중얼거렸다. 가죽과 뼈만 남은
모습은 밭 가에 한 그루 선 뽕나무, 봄이 와도 게 다리 모양으

로 앙상히 꾸부러진 뽕나무의 마른 가쟁이 같았다. 햇볕을 못
본 얼굴은 시래기 빛이었으며 빠지고 망가져서 겨우 조금 남
은 반백의 머리는 어떻게 얹을 수도 쪽 쪄볼 수도 없어 그냥
마음대로 헝클어진 채였다. 칠순이 다 되었다고는 하지만 노
쇠보다 병고가 더한층 가차 없고 냉혹했던 것 같다. 한 번도
생산을 해본 일이 없는 할멈은 아명을 붙여서 간난할멈인데
옛적에는 김서방댁이라 불렀었다. 머리칼이 희어지면서 현재
김서방이 김서방이라는 칭호와 임무를 바우할아범한테서 물
려받은 뒤 어느덧 늙은 종의 내외는 바우할아범 간난할멈으
로 불리게 된 것이다. 지난해 초상이 두 번 나겠다고 걱정들
을 했는데, 겨울을 나면서 간난할멈은 이상하게 조금씩 회복
이 되어왔다.

　"철은 어김이 없이 찾아오건마는, 강물도 풀리고 나무에도
움이 트건마는 사람우 목숨맨치로 무상한 기이 또 있이까. 괘
씸한 늙은이, 내 후사는 우짤라고 자게 혼자 먼지 갔노. 살았
일 적에는 할망구 내 손으로 꽁꽁 묻어준다 카더마는,"

　개똥이 행랑 마당을 기웃이 들여다보다가 간난할멈은 못
보았던지 한 손으로 바짓말을 치키며 밖으로 나간다.

　"인생 칠십이 잠깐이다. 지난 일이 엊그제 같은데, 아씨를
따라서 백련암에 간 일이 엊그제만 같은데…… 아씨도 늙으
시고……."

　대면했을 때는 마님이라 했지만 간난할멈에게 윤씨부인은 언

제나 아씨였다. 마음속에는 꽃같이 젊고 고운 아씨인 것이다.

한동안 멍하니 앉아 있던 간난할멈은 지팡이를 짚고 일어서서 자기 걸음을 가늠해본다. 몇 발짝 걸어보고는 멈추고 다시 걸어보고, 그렇게 되풀이하면서 행랑 문밖으로 나간다. 내리막길을 기다시피 반쯤 내려온 할멈은 지팡이를 놓고 땅바닥에 퍼질러 앉는다.

"이러다가 짚불 잦아지듯 내가 갈 기다. 어이구 숨이 차고."

멀리 미나리밭에 들어서서 미나리를 캐고 있는 마을 아낙들의 모습이 보인다. 맨발에 스미는 흙탕물의 냉기, 장딴지를 간질여주는 미나리의 부드러운 잎새, 겨울을 견디어낸 푸른 잎새는 연하고 향기도 짙으다. 간난할멈은 바우할아범 생전에 봄미나리 설칫국을 즐기던 생각이 불현듯 난다.

"보는 것마다 그 늙은이 생각이네."

다시 일어나서 남은 내리막길을 내딛는다. 땅을 더듬는 지팡이 끝이 허하게 보이지만 그는 기를 쓰고 걷는다.

등 뒤에서 소 방울 소리가 났다. 소가 부는 콧김 소리도 들려왔다.

"비키소! 비키요오."

노성이 뒤통수를 친다. 간난할멈은 엉겁결에 길바닥에 주질러 앉는다.

"누구라고? 할매 아니오?"

"……."

"거 주는 밥이나 얻어묵고 방 안에 들엎우져(들엎드려) 있지 머할라고 나왔소."

칠성이 왜가리 같은 목소리로 말했다.

"사램이 기럽어서 나왔더마는, 논갈이 가나."

"야."

쟁기를 등에 엱고 멈춘 소를 보며 간난할멈이 묻는다.

"너거들 소가?"

"흥, 우리 어매도 최참판댁에 드난살이라도 했이믄 모를까 무슨 소가 있겠소. 용이 소요."

"용이 소라꼬? ……사램이 기럽어서 나왔더마는,"

"이자 살 만하요?"

"살 만하기는, 그만 갔이믄 좋을 긴데."

칠성이는 어릴 적에 최참판댁 참외밭을 망쳤다 하여 바우할아범에게 매 맞은 생각이 났다.

"그러기요. 오래 사는 것도 죄라니께."

칠성이는 소 엉덩이를 때리며 가라고 재촉한다. 소는 허연 혓바닥을 드러내며 움머어 하고 발을 내디뎠다. 간난할멈은 쩍 벌어진 칠성이 뒷모습을 원망스럽게 바라본다. 가야지, 가야지 하며 말로는 그러지만 칠성이의 동정심 없는 말이 고깝게 들렸던 것이다.

'저 꼴 되믄 고레장[高麗葬]을 시키버리는 거라.'

자기에게만은 결코 늙음이나 질병이 찾아오지 않을 것처

럼, 칠성이는 똥이 말라붙은 소 엉덩이를 다시 한번 갈겼다. 임자도 아닌 주제에 왜 이러냐고 악다구니를 하듯이 소는 움 모오, 하고 운다.

솜뭉치 같은 구름이 뭉게뭉게 피는 하늘은 더없이 평화스럽다. 들판을 오가는 농부들의 모습에서도, 강을 따라 흘러내려가는 뗏목, 개천가에는 어미소를 따라다니는 송아지, 모든 것은 다 평화스럽다.

아무것도 더 원하지 않고 아무것도 더 잃지 않으려는 농부들은 또한 아무것도 더 원하지 않고 아무것도 더 잃지 않으려는 자연과 더불어 이 한때는 평화스런 것이다.

두만네 집 앞에까지 온 간난할멈은 삽짝에 기대어 숨을 돌린다. 개가 쫓아 나왔다. 개 짖는 소리와 함께 맷돌 돌리는 소리가 마당에서 났으며 삽짝에 가까운 까대기 겸 외양간에서 거름 썩는 냄새가 풍겨왔다. 집 안은 맷돌 돌리는 소리뿐 아이들도 없는가, 개는 꼬리를 내리고 후퇴했는데, 그래서 그런지 아무도 내다보는 사람이 없다. 응석 부리는 어린애같이 누가 나와서 부축해주기를 바라던 간난할멈은 할 수 없이 잔기침을 하며 마당에 들어섰다.

"어멈 없나?"

싸리로 엮은 장독 울타리 옆에서 맷돌질을 하고 있던 두만네는 눈이 휘둥그레져서 일어섰다.

"숙모님! 우찐 일이십니까."

쫓아와서 간난할멈의 지팡이를 받아들고 그를 부축하여 마루까지 데리고 가서 앉힌다.

"휴유우잇, 사램이 기럽어서 나와봤더마는 숨이 차고 어지럽고……."

"가본다 가본다 함서도……."

"머하노?"

"어무이 미음 쑬라고 쌀 한 호쿰 담가서 갑니다."

"욕본다."

"무신 말씀을,"

"아범은 어디 갔노?"

"봄갈이한다고."

"아이들은."

"나무하러 갔십니다."

"선이 년은 어디 가고?"

"지 아배 점심 갖고 안 갔십니까."

"에미 애비 닮아서 새끼들도 여새 같고나. 되는 집구석이다."

"가만 누워 안 기시고 우찌 이리 오싰십니까."

"밤도 길고…… 해도 길고."

"그래도 기동을 하신께 얼매나 좋은지 모르겠십니다."

"머어…… 이러다가 짚불 잦아지듯 안 가겠나. 살 만큼 살았인께. 성님은 요새 좀 어떻노."

"노상, 그저 그러시지요. 어무이! 어무이! 숙모님 오싰십니다!"

방문에 입을 바싹 갖다 대며 귀청이 떨어지게 두만네는 소리를 질렀다. 방 안에서,

"므으야고? 비가 오다고? 하므, 비는 으야제."

뭐라고 비가 온다고? 하모 비는 와야지, 그 말인데 두만할매는 노망이 들고 귀가 멀었을 뿐만 아니라 혀가 굳은 것이다.

간난할멈은 두만네 부축을 받아 두만할매가 누워 있는 방으로 들어간다. 방 안은 어둡고 고약한 냄새가 났다. 두만네는 시어머니가 누워 있는 아랫목의 이불자락을 걷어 간난할멈을 앉힌다.

"숙모님, 그라믄 지는 나가서 얼른 미음 쒀오겠십니다."

야아야, 나 땜에 그런다믄 그만두어라 하며 간난할멈이 말했으나 두만네는 급히 밖으로 나갔다.

서로가 병자였기에 간난할멈은 고약한 방 안 냄새에 익숙한 듯하다. 두만할매의 희멀끔한 눈이 간난할멈을 쳐다본다. 그러나 사람을 알아보는 것 같지는 않다.

"성님!"

두 주먹을 불끈 쥐고 간난할멈은 목청껏 소리를 질렀다.

"아아."

하며 두만할매는 대답하는 시늉을 했다.

"성님은 더 살아도 될 긴데 벼루박(벽)에 똥칠을 하게 생깄인께 말이오!"

하다가 목소리를 낮추었다.

"소자(孝子)가 있어도 그 낙을 모르고 쯔쯔쯧······."

소리를 지를 기력도 없거니와 질러봐야 소용이 없는 상대였으니까.

"비가 으야제······ 거녀으는 우도니으고 무싸무해으, 페으아이가 허이 뿌우 새가하 하므······."

비가 와야제. 거년에 웃동네하고 물싸움하면서 우리 펭이 아배가 허리 뿌룬 생각하믄, 그 말이다.

"거년이라니? 성님, 그기이 언제 일인데 그러요? 삼십 년도 더 된 일 아니오. 명님[銘念]도 좋소······ 하기사 우짜다가 문뜩 어제맨치로 지난 일 생각난게. 정신은 없어도 영감 일은 안 잊혀지는가. 나무아미타아불······."

한숨 대신 염불을 뇐다.

"어서 해오니라고 죽에 머들이 생깄심다."

머리에 불티를 뒤집어쓰고, 생 솔가지를 지폈는가, 두만네는 땀을 뻘뻘 흘리며 상을 들고 들어왔다. 깨죽 두 그릇과 연하게 데쳐서 갖은 양념을 넣어 맛나게 무친 산나물 한 보시기가 상에 올려져 있었다.

"야아야, 내 걱정은 마라. 내사 입이 마다캐서 그렇지 묵는 기사 어디 기럽나."

"맨입으로 가시믄 됩니까. 어서 좀 드시이소."

굳이 권하여 간난할멈이 숟가락을 드는 것을 본 뒤 두만네는 시어머니를 안아 일으켜 애기에게 그러듯이 뜨거운 깨죽을 입으로 호호 불어 식혀가며 떠먹인다. 정신이 다 나가고 목숨만 붙어 있는 노파의 식욕은 왕성했다. 한 대접을 말끔하게 비운 뒤 두만네는 시어머니를 자리에 눕혔다.

"더 잡수믄 설사를 하신께요."

하다가 상 위의 사발에 죽이 많이 남은 것을 보고,

"와 그라십니까?"

"많이 묵었다. 집에서는 이만큼이나 묵건데?"

"그래가지고 우찌 기동하실라꼬…… 자주 가볼라 캐도 삼월이랑 봉순어매가 모두 잘하는데, 참견이라도 하러 가는 것 같고 해서."

"별걱정을 다 한다. 살림 사는 가모가 무시로 올 수 있나. 삼월이나 봉순어매는 너거들 칭찬이 자자하다. 친조카도 안 그럴 기라고 함서."

"별말씀을."

두만네는 비죽이 웃으며 그 듬직한 몸을 꾸부려 시어머니 입가에 묻은 죽물을 닦아준다.

상을 들고 두만네가 방에서 나가는 순간 개가 죽는소리를 하고 울부짖었다.

"아니 저기이! 아서라! 개를 와 때리노! 저 미친년이!"

두만네가 악을 썼다. 마당이 한참 시끄럽더니 잠잠해졌고 두만네가 들어왔다.

"머꼬?"

"또출네가 왔구마요. 그새 안 보이더마는 어디서 뒤진 줄 알았는데,"

"그기이 미친년치고는 엄전한 편인데 와 그리 지랄하던고?"

"봄이 되든 병이 더 동하는갑데요."

"그렇다더마."

"참 숙모님."

"와?"

"며칠 전에 말입니다."

두만네는 이맛살을 잔뜩 찌푸렸다.

"강청댁이 친정엘 갔는데,"

"친정에는 와?"

"아 그러세 월선이가 말입니다."

"월선이가? 그 가이나(가시나) 읍내에서 주막 안 차렸나."

"와 아니라요. 그런데 이서방이,"

"용이 말가."

"야."

간난할멈은 당장 알아차린다.

"불쌍한 가이나. 지 에미 심덕을 봐서 잘 살 줄 알았는데 우찌 그리 박복한고."

윤씨부인을 지금도 아씨라 하는 것과 마찬가지로 간난할멈에게는 삼십이 다 된 월선이도 역시 계집아이 적 그대로 가이

나였었다.

"박복할 수밖에 더 있겠습니까. 잘못 태이났이니."

"그렇고나. 옛적에 용이에미가 식음을 전폐하고 혼인을 말린 것도 허긴 그 탓이지. 그래 용이댁네가 친정에 가서 우찌 됐노."

"안 산다고 보따리 싸가지고 친정에 갔는데 법으로 만난 부배(부부)가 갈라설 수 있십니까. 성미가 그래서 지랄 한분 부리본 기지요. 그래 친정에 갔다오는 길에 머라 카던가? 무슨 고갯마루에서 구천이를 보았다 안 캅니까."

"머라꼬!"

간난할멈은 자리에서 뛸 것처럼 놀란다. 흐릿했던 눈이 크게 벌어졌다.

"강청이 산청 너머 함양 땅 아닙니까."

"그렇지러!"

"거기서 지리산이 아니 멀지요."

"그렇지러!"

"그러니께 아무래도 지리산에 숨어 있는가 비요."

"행색이 어떻던고? 별당아씨는?"

바싹 다가앉는다. 갈쿠리 같은 손을 꼭 쥐면서.

"벵이 들어 그랬던지 별당아씨를 업고 가더랍니다. 두 사람이 다 거지 중의 상거지가 돼서,"

"거지 중의 상거지라……."

"별당아씨는 등에 업히서 얼굴을 숨기고 있었인께 또 봤다 캐도 강청댁을 모르겠지만, 구천이는 분명히 강청댁을 보았답니다. 부끄러워하는 기색도 없고 피해가는 기색도 없고 눈 한분 깜짝하지 않고 똑바로 앞만 보고 지나가더랍니다."

"그랬일 기다……."

간난할멈 눈에 눈물이 핑 돌았다.

"강청댁 말이 별당아씰 업고 가는 구천이 뒤 꼴을 보고 서 있이니께 눈물이 나더랍니다."

"거지 중에 상거지라…… 거지 중에…… 환이."

"야?"

"아무것도 아니다."

"그 소릴 들은께 사람 사는 기…… 대가댁 외며느리가 자식 낳고 살다가 거지 신세가 될 줄 누가 알았겠십니까."

"어멈아, 내가 어지럽네. 누워야겠다."

"야, 눕우이소."

두만네는 안방에 가서 베개를 가져다 간난할멈 머리를 괴어준다.

"거지 중의 상거지라……."

"친정에서는 그 후 아무 말씀도 없었다 캅디까?"

"무신 말이 있겄노. 이쪽에서 알리지도 않았일 기고, 서울 천 리 밖에서 소식을 들었다 캐도 베린 자식으로 치부했일 기니."

"친정댁의 형편은 어떻는데요?"

"기찹은 선비 집안이지. 가문이사 좋다 카더라마는, 엄한 가풍에 딸자식 생사나 알라 카겠나."

"머, 돌아가신 아씨하고는 남도 아니라 카는 말을 들은 것 같십니다."

"그거는 아니다. 돌아가신 아씨 친정 연줄로 혼살 했지."

"와 두 분이나 서울 혼살 했일꼬요?"

"돌아가신 노마님께서는 서울 조씨 가문 아닌가 배? 애초 그 어른이 첫 번째 손주며느리를 친정 곳에서 구했지."

"서방님께서는 후사 때문에 혼인을 서두시야 않겠십니까."

"……."

"거궁한 살림이랑 선영을 생각해서라도 지금도 늦었음 늦었지."

"그러세…… 혼인하신다고 당장, 보았일라 카믄 벌써 봤일 긴데 자손 귀한 집안이라 어떨런고. 그 씨라는 기이 떨어져서는 안 될 곳에는 잘도 떨어지더마는……,"

혼잣말처럼 중얼거렸다.

"옴마아, 아배 점심 갖다 주고 왔소."

열세 살 나이보다 훨씬 숙성해 보이는 선이 통을 이고 들어오며 제 어미를 부르고 말했다. 그리고 마루 밑에 낯선 미투리를 본 그는 작은방 문을 열고 기웃이 들여다본다.

"할무이, 오십니까."

덧니를 내고 웃는다. 동글넓적한 얼굴은 어미를 닮았다.

"운냐, 내 새끼야."

누워서 눈을 치켜뜨며 간난할멈도 웃는다.

"다니실 만하신가 배요."

"너거들 보고 싶어서 안 왔나."

"니 아배 점심 다 자싰나?"

두만네가 물었다.

"야."

"밥이 다 식었제?"

"숭녕에 말아 잡샀소."

"어 가서 정기 치우고, 보리쌀은 물을 묻히났인께 한 분만
더 곱 찍어라."

"야."

선이는 통을 들고 부엌으로 간다.

두만네는 시어머니를 안아 일으켜 요강에 소변을 받아내고
다시 눕힌다.

"속속들이 알고 보믄 사람 사는 기이 만석꾼은 만 가지 걱
정이 있고 천석꾼은 천 가지 걱정이 있더라고, 그거는 그렇고
내가 오늘 여기 온 거는……."

하며 간난할멈은 두만네 쪽을 향해 돌아누웠다.

"의논을 좀 해볼라고 그러는데,"

"말씸하시이소."

두만네 얼굴이 다소 긴장된다.

"다름이 아니라 두째 놈 말인데."

"……."

"우리네 같은 노비 신세에 양자고 머고 하는 짓이 다 염치가 없는 짓이다마는, 죽은 영감도 죽고 나믄 그만이라 캄서 입밖에 말도 내지 마라 하고, 그러나 곰곰이 생각한께 그럴 기이 아니더라 그 말일세."

"영만이를."

영만이는 두만네의 둘째 아들이었다. 두만네 얼굴에는 완연히 불안한 기색이 돈다.

"머 이름이사 붙이나 마나고, 내가 살아서 가아한테 칠림(신세) 댈라 카는 것도 아니고 내 죽은 뒤 일인께."

"……."

"외손봉살 하믄 자손이 지리지 않는다고들 하더라마는 촌수가 멀어서 그렇지 김가 성의 한집안 아니가."

"그렇지요."

"내 생전에사 영감 빈소에 물이라도 떠놓지마는 내 눈 하나 없어지믄 영신이 어디 가서 물 한 모금 얻어묵겄노. 아씨께서는 절에다가 얹어주겄다 말씸하겄지마는 내 푸넉(친척)이 없이믄 모르까 의논이라도 해보는 것이."

"그러므요."

하기는 하나 두만네 얼굴에 근심이 낀다.

"촌수가 멀기는 해도 너의 씨할아부니하고 우리 시아부니는 육촌간인께 알고 보믄 멀지도 않다."

"그러므요."

"머 아까도 내가 말했다마는 양자고 머고 이름 붙일 것도 없이 기일에 물 한 그릇이라도 떠주믄 되는 기고."

두만네는 선뜻 대답을 못한다. 작은 일이 아니었다. 정성만 가지고 되는 일도 아니었다. 농사꾼에게는 제사 하나가 무섭다. 둘째 놈에게 물려줄 아무것도 없으면서 평생의 의무를 지워준다는 일을 쉽게 언약할 수는 없다. 한 번 맡은 이상 조상을 잘 모신다는 것이 철칙이요 잘못 모셔서 동티가 나는 일이 얼마든지 있다는 생각을 할 때 두만네로서는 아주 난감한 일이 아닐 수 없었다.

"이런다고 해서 내가 염치 불고하고 부탁하는 건 아니네. 아씨한테 말씸디리서 논마지기나 떼어주십사고 하믄,"

두만네 양 볼이 금세 새빨개진다. 꿈에도 생각지 못한 말이었던 것이다.

"말씸디리기가 어렵아서 그렇지. 아씨께서는 날 괄신 안 하실 기다."

"우찌, 그, 그럴 수가."

"안 하시고말고, 말씸디리기가 어렵아서 그렇지."

"그, 그 그거사 두만아배보고 의논해서,"

"하모, 의논해야지. 내가 오늘 이 말을 할라꼬 기를 쓰고 내리왔지. 자식 없는 놈이 섧네라."

"그, 그렇겄소만."

두만네는 당황하고 흥분하여 어쩔 줄 모른다.

"인제 할 말을 했인께, 내가 가얄 긴데 어실어질해서 걷겄나."

"지, 지가 업어다 디리겄십니다."

"업어다 줄래?"

"야."

선이는 새끼 절굿공이를 들고 보리방아를 찧고 있었다. 바지 위로 댕강 올라간 검정 동강치마가 방아질하는 데 따라 우쭐우쭐 흔들린다. 절굿공이가 하늘을 향해 올라갈 적마다 선이도 함께 올라가듯이 발돋움을 한다. 그러나 계집아이의 팔은 가늘었다.

"할무이, 가십니까."

"운냐, 간다."

간난할멈은 두만네에게 업혀서 삽짝을 나섰다.

"할무이, 가입시다아."

"운냐아."

두만네는 늙은이의 무게를 조금도 느끼지 않았다. 논 몇 마지기는 얼마나 찬란한 꿈인가.

10장 주막에서 만난 강포수(姜砲手)

담뱃대를 휘두르면서,

"허 참, 허허 참!"

김훈장이 흥분하고 있었다. 산소를 둘러보고 마을 길을 우쭐우쭐 내려오던 윤보가,

"날씨 조옿다! 이 좋은 날에 생원님 와 그라십니까?"

뒤통수에 대고 소리를 질렀다. 김훈장은 기우뚱하며 돌아본다.

"허 참, 허허 참. 세상 망하네, 망해여."

"머가 우떻다고 그랍니까. 세상이사 머 버얼써 망조 기별 안 받았십니까."

"그놈의 서가 놈이,"

하다가 말을 끝맺지 못하고 김훈장은 우물쭈물하는데 윤보는 얼기설기한 이빨을 드러내고 씩 웃는다.

"서서방이 마누라쟁이 업어주는 거를 보셨구마요."

수숫대로 엮어놓은, 그 틈바구니에서 수탉 대가리가 어른거리는 서금돌이네 울타리를 돌아보며 윤보는 또 한 번 씩 웃는다.

"아무리 쌍것들이라고는 하지마는, 체모가 없는 망할 놈의 세상이 왔다고 하지마는 사람이 금수는 될 수 없고, 아암 금수는 될 수 없고 말고."

"그거사 머 노상 횟배를 앓은께 업어주지 우짤 깁니까. 그 늠우 거싱이(회충)가 서서방 등이 약인 줄 용케 아나 배요."

"횟배 아니라 창자가 끊어지는 한이 있어도 으음, 음, 그래 남의 이목이 있지 남의 이목이! 자부까지 보아놓고 아무리 광대놀음에 미쳤기로 명색이 땅을 파는 농군일진대,"

"서서방은 원체 신이 많은 사람이니께요. 생원님도 마내님이 기시보이소. 내외간이란 늙어갈수록 정이 더 든다 카더마요."

"고얀 놈! 사대부 집안에서 어디 그런 법이, 이노오음. 아가리 찢을라!"

축 처진 김훈장의 눈까풀이 세모꼴이 되어 부풀어 올랐다.

"헤헤헤, 머 그리 노염 타실 것도 없일 성싶으구마는,"

오히려 즐거운 듯 윤보는 눈시울을 내리면서 웃고 바라본다. 김훈장 역시 윤보의 그 꼴을 곁눈으로 슬금슬금 살펴본다.

"숭어가 뛰니 망둥이도 뛰더라고, 이노음! 양반을 뭘로 알구 희롱을 해여? 고얀 놈!"

그래도 윤보는 실실 웃으며 떠날 생각을 않고, 아마 김훈장의 노여움이 제물에 가라앉기까지 기다려보는 눈치다.

마을에서는 김훈장을 대단히 연로한 어른으로 대접하고 있었다. 호박오가리같이 쭈그러들고 거미줄 같은 주름살이 얽힌 얼굴 때문일까, 외모는 적어도 칠십을 바라보는 노인이었다. 탕건 밑에 비어져 나온 머리칼은 반백이었으며 성근 수염과 눈썹은 가늘게 무두질해놓은 모시올 같았다. 목소리도 힘이 빠져 어눌했다. 기실, 쉰에서 아직 한두 살이 떨어지는 나이임을 남은 물론 그 자신도 믿으려 하지 않았으리라. 다만 꼿꼿한 등뼈라든가, 장골 못지않게 농사일을 해내는 것을 볼 때,

"아직 환갑은 안 지났인께."

하며 나이를 어중잡아보지만 그를 노인 대접하는 데는 아무 다름이 없었다. 김훈장을 이같이 늦게 한 것은, 아들 삼형제를 하나씩 차례로 뒷동산에다 갖다 묻었고 아들 삼형제를 잃은 뒤끝에 심화병으로 죽은 마누라마저 그 자신의 손으로 묻지 않으면 안 되었던 불행의 탓인 듯싶다. 겨우 막내딸 하나가 살아남아서 궁색한 살림을 꾸려나가고 있었으나 삼대조(三代祖)가 미관말직에 있어본 후로는 집안에서 한 번도 등과(登科)의 영예를 갖지 못하였던 향반 김훈장은,

"이대로 문을 닫는다면 무슨 낯으로 조상을 대하겠는고."

하며 늘 탄식하였다. 속마음은 어떻든 하나 있는 딸자식은 비리 오른 강아지만큼으로 치부했으며 일구월심 어디서 양자를 데려오느냐, 누구에게 선영을 맡길 것이냐, 나머지 인생은 그 일을 위해 있는 것 같았고 오직 그것에만 그의 마음이 쏠려 있는 듯 보였다.

화를 내고 꾸짖고 하더니 아닌 게 아니라 김훈장은 제물에 풀어졌다. 아침 이슬에 젖은 풀을 진득이 밟고 있는 윤보의 새 짚세기를 눈여겨본 다음 짊어진 연장망태를 본다.

"일 맡아 가는가?"

하고 물었다.

"예."

"음…… 그래?"

"다니오겠십다."

"음…… 저기 보게나."

"예? 머가 있십니까?"

담뱃대로 가리키는 들판을 본다. 아침 안개가 서서히 걷혀지고 있었다.

"모두들 일을 하고 있지."

"예, 논갈이들 하고 있구마요."

"땅이란 고마운 거여."

"……?"

"기즉부(饑則附) 하며, 포즉양(飽則颺) 하며, 욱즉추(燠則趨) 하며, 한즉기(寒則棄)는 인정통환야(人情通患也)라* 하나 땅이야 어디 그런가? 사시장철 변함없이 하늘의 뜻과 사람의 심덕을 기다리고 있네."

"그기이 무신 말씸입니까?"

"배가 고프면 먹여주는 자에게 빌붙고 배가 부르면 언제 그랬느냐는 듯 떠나가고 따뜻한 곳에는 모여들고 추운 곳은 버리는 게 세상의 인심이라 그 말일세."

윤보는 눈만 꿈벅꿈벅한다.

"멀리 가는가?"

"지 말입니까?"

김훈장은 고개를 끄덕였다.

"진주로 갑니다."

"마음 뜯어고치게. 옛 세상 같으면 어림이나 있는 일인가? 요절을 내었지 쓸데없는 짓이니라."

새삼스럽게 생각해보니 화가 치민다는 듯 김훈장은 호통을 쳤다.

"씰데없는 짓이고 머고, 머 마음 뜯어고칠 것도 없심다. 옴 싹 안 망했십니까?"

"내가 네놈을 동네에서 쫓아낼 기로되."

"쫓아낸다고 지가 나갈 성싶습니까?"

"쫓아낼 기로되, 음, 음, 네놈 효심이 기특하여, 그래 명을 이은 줄이나 알아라. 옛적 성현께서는 선지후행(先知後行)이라 했느니라! 무엇을 안다고오."

"그런 말씸이사 모르겄십니다마는 생원님."

윤보는 망태를 길섶에 내려놓고 김훈장 곁으로 바싹 다가선다.

"그라믄 한 가지 물어볼 기이 있십니다. 의병은 어떻십니까? 그것도 나쁩니까?"

소곤거렸다.

"으, 으음, 가당치도 않은 말이로다아. 나쁘다니, 문자 그대로 이 강산의 의로운 장부들이요, 꽃일세."

혼자 감격하여 김훈장은 목소리마저 떨었다.

"그렇다믄 말입니다, 지 생각 곁에서는 말입니다, 왜눔들 몰아내자 카는 기고, 또 하나는 도적질 해묵고 나라 팔아묵을라 카는 벼슬아치들을 치자 카는 긴데, 그기이 다 똑같은 긴데 와 동학당은 나쁘다 카고 의병은 옳다 캅니까?"

"이노오옴! 충성하고 불충이 어찌 같단 말이냐!"

"그렇다믄 생원님, 똑같은 일이라 캐도 상놈이 하믄 불충이고 양반이 하믄 충성이라 그 말씀입니까?"

비로소 김훈장은 윤보에게 놀림을 당하였다는 것을 깨달은 모양이다.

"이놈! 듣기 싫다! 냉큼 가지 못할까!"

윤보는 길섶, 도랑을 흐르는 물에 짚세기 바닥을 점벙점벙 적시면서,

"생원님은 아침부터 이슬 밟고 어디 다니오십니까?"

하고 능청스럽게 딴전을 피웠다. 주거니 받거니, 이 같은 수작은 이들에게는 처음이 아니다. 신분이 다르고 서로 늘 의견이 다르면서 이상하게 배짱이 맞는다고나 할까, 아니 서로 정이 통한다 해야 할 것 같다. 꾸짖는가 하면 놀림을 당하고 그러면서 이들 사이에는 미묘한 우애가 흐르고 있었다.

"거 웃마을 김진사댁에 다녀오는 길인데 일이 난감하군."

어느덧 김훈장은 의논 비슷하게 말했다.

"억쇠 놈이 달아났다 카지요."

"그 죽일 놈이 의지가지할 곳 없는 상전을 버리고 달아났으니 정녕 세상은 쑥밭이네. 그놈을 잡기만 하면 주리를 틀어죽여야지. 아암 곤장을 쳐서 죽이구말구."

"욕만 하실 것도 아니구마요. 오죽하믄 달아났겄십니까. 굶기를 밥 묵듯 하고 거기다가 두 청상을 모실라 카이 숨통이 맥혔일 깁니다. 억쇠 놈이 미련해서 그래도 그동안."

먼 길 떠나려고 나온 윤보도 그렇거니와 태평하기로는 김훈장도 마찬가지다. 간밤에 토사곽란을 만나 누워 있는 딸아이 생각은 조금치도 하지 않고 있다.

"사람이 사람의 도리를 지키는 일이 누워서 떡 먹듯 쉬운 일인 줄 아느냐? 종은 종의 지킬 바가 있고 상전은 상전의 지킬 바가 따로 있는 법인데."

이때 윗마을에서 노름으로 밤을 지새운 김평산이 맨상투 꼴에 손은 바짓말에 찌르고 어슬렁어슬렁 걸어 내려왔다. 오다가 두 사람을 본 평산은 컹 하고 콧방귀를 뀌었다. 윤보가 돌아보는 순간 평산은 그들 사이를 갈라 한복판을 쑥 지나면서 고개를 돌려 김훈장의 얼굴을 빤히 쳐다보고 다음, 짧은 모가지를 비틀어서 윤보를 빤히 보고, 그러고 다시 콧방귀를 뀌더니 내려간다. 뒤늦게 김훈장은 가래침을 돋우어 칵! 하며 길섶에 뱉었다.

"그라믄 다니오겄십니다, 생원님."

망태를 들어 걸머진 윤보는 성큼성큼 발을 떼놓는다. 김훈장의 가래침 뱉는 소리가 뒤통수에서 다시 한 번 들려왔다.
저만큼 가던 평산이 돌아보았다.

"일 가나?"

꺽쉰 목소리로 물었다. 내가 뭐 자네한테 유감이 있는 것은
아니니까 하듯이.

"일인지 먼지 가기는 가지마는,"

공대도 하대도 아닌 어정쩡한 윤보의 대답이다.

"제기럴! 밤을 꼬박 샜더만,"

"한탕 했구마."

"파이다."

윤보는 그의 옆을 얼른 지나가려 하는데 평산은 뒤질세라
땅땅하고 살찐 몸을 빨리 움직인다.

"그러는 거 본께 돈냥이나 땄구마요."

"따기는, 탈탈 털었다."

"털 기이 있어야제요."

"흐흐…… 훗 그놈 흐흐훗, 장사밑천 홀랑 날렸지."

"봇짐장사 신세 하나 망쳤구마. 양반님네 상놈 털어묵는 것
도 가지가지라. 방물장사 동구리 속의 잡화맨치로 가지가지
라……."

양반님네라는 말은 싫지 않았던지 평산이 끼룩끼룩 웃고
윤보는 가락을 뽑듯이 시부렁거리며 나루터를 향해 간다 온
다 말 없이 휑하니 가버린다.

202

평산은 띤띤하게 부른 배를 내어밀고 어슬렁어슬렁 제집 있는 쪽으로 걸음을 옮긴다. 목덜미가 살점 속에 푹 파묻혀 있는 것 같았다. 빚어놓은 메주덩이같이 머리끝에 갈수록 좁고 아래로 내려와서는 양 볼이 띠룩띠룩한 비지살이다. 빳빳하고 숱이 많은 앞머리는 다붙어서 이마빡이 반 치나 될까 말까, 그 좁은 이마 복판에는 굵은 주름이 하나 가로지르고 있었다.

"어, 속 쓰리다!"

베틀 소리가 나는 집마당을 들어서며 평산이 울릉대었다. 아비를 본 아이들이 다람쥐같이 뒤란으로 달아난다.

"진짓상 차릴까요?"

작은방에 짜놓은 베틀에서 부티 허리를 끄르고 얼른 내려온 함안댁이 남편을 맞으며 물었다.

"아앙! 잠부터 자야겠다."

안방으로 들어간 평산은 방문을 열어젖힌 채 큰대자로 눕더니 얼마 되지 않아 코를 드렁드렁 골았다. 이렇게 곯아떨어지면 해나절이 훨씬 지나야 일어날 것이다. 안방 문을 닫아준 함안댁은 손짓하여 아이들을 불러서 아침을 챙겨 먹이고 그 자신도 숭늉에 밥 한 덩이를 말아 먹은 뒤 호미를 찾아든다.

"아부지 주무시는데 밥 묵고 나면 정기에 밥상 갖다 놓고 밖에 나가 놀아라."

열두 살 된 거복이는 아비를 닮아 튀튀하게 나온 입술을 내밀며, 눈 밑으로 어미를 흘겨보며 불만을 나타내었고 일곱 살 먹은 한복이는 고개를 끄덕였다.

군데군데 잡아놓은 들판 못자리에는 볏모가 제법 송굴송굴 자랐다. 보리밭은 대개 다 매어서 이랑이 뚜렷하며 싱그럽게 보였다. 몇 마지기 안 되는 논밭을 노름 밑천으로 팔아버리고 겨우 남은 것이라고는 큰 바위가 두 군데나 뻗치고 들앉은 밭 한 뙈기뿐인데 밤낮으로 길쌈 품을 드는 함안댁으로서는 그 거나마 김맬 틈이 없어 독새풀이 판을 치고 있었다.

'이래가지고 보리가 무슨 수로 견디겠노.'

함안댁은 보리밭에 주질러 앉아 풀을 매기 시작한다. 유독 금년에는 독새풀이 기승을 부리는 것 같았다.

'어서 매고 가얄 건데……'

마음이 바빠 서둘면 서둘수록 일은 줄어드는 것 같지 않았다. 바위 때문에 보리가 차지한 자리는 그리 많지 않았건만 함안댁에게는 한 개의 이랑 끝이 아득하게 멀기만 했다.

'왜 이리 눈까풀이 떨리는고? 귀는 왜 이리 울어쌓을꼬?'

빨갛게 달아오른 함안댁 얼굴에 땀이 솟는다.

반나절을 보리밭에 엎디어 풀을 매다가 점심을 이고 가는 선이를 본 함안댁은 비실비실 일어섰다. 열은 가셔졌는지 이 번에는 얼굴빛이 몹시 창백했다.

"아가."

"야."

"아버지 점심 갖고 가나."

"야."

"물 있으면 나 한 모금 안 줄래?"

선이는 얼른 밥통을 내려놓고 엎어놓은 주발에 물을 부어 밭고랑까지 내려와서 함안댁에게 건네준다.

"천수만 먹은 것 같구나. 후유잇."

"땀 좀 닦이소. 쉬었다 안 하시고."

순간 함안댁 눈에 날이 섰다.

"어 가거라."

"야."

함안댁은 머리꼬리를 흔들며 통을 이고 밭둑길을 가는 선이 모습을 멍하니 바라본다. 어린것에게까지 동정을 받는 신세, 착한 아이의 마음이 함안댁의 자존심을 건드렸다.

함안댁이 집으로 돌아왔을 때 코 고는 소리는 여전했으나 마당은 텅 비어 있었다. 장독가에 호미를 놓고 손을 씻은 함안댁은 머리에 쓴 수건을 걷어서 손을 닦고 얼굴을 닦은 뒤 항아리의 뚜껑을 연다. 소금을 헤쳐 묻어둔 계란 하나를 꺼내다 말고,

'네 개 남았을 건데? ……그놈, 거복이 놈의 짓이구나!'

윗마을에 시집가는 처녀가 있어 법단 윗저고리를 지어주고 얻어왔던 계란을 아무도 몰래 묻어놨었다. 닭을 치면 알을 낳기도 전에 잡아서 남편에게 바쳐야 했고 어디 닭뿐이겠는가,

돼지라도 그랬을 것이요 소라고 온전히 길렀을 것인가.

"이년! 가장을 뭘로 아는 거야! 네년 발싸갠 줄 아느냐! 쌍
년 같으니라구. 못 배워먹은 년!"

밥상을 걷어차는 행패를 당하지 않으려면 어떡하든 김치
된장 이외 먹음직스런 찬이 하나는 더 있어야 했다. 읍내로
싸돌아다니면서 몇 며칠이고 집을 비웠으니 망정이지, 집에
드는 날을 위해 보물같이 묻어둔 그 계란이 두 개나 없어진
것이다.

'그놈 사람 되긴 글렀어. 부모의 말이 문서더라고 내가 이런
말 안할려고 했더만, 우리 한복이나 믿고 살아야지.'

팟국이 끓었을 때,

"밥상 딜여랏!"

꺽쉰 남편의 목소리가 울려 퍼졌다.

"예."

함안댁은 팟국에 계란을 풀어 넣고 솥에 넣어둔 밥그릇을
꺼내어 밥상을 차린다.

밥상을 받은 평산은 늘 그랬듯이 짜느니 싱겁느니, 숟가락
으로 밥을 푹푹 쑤시고, 그러나 무사히 먹어주었다. 밥그릇
국그릇을 비운 것이다. 푼돈이나마 간밤에는 재미를 보았고
잠은 늘어지게 잤겠다, 계란국으로 속을 푼 김평산은 드물게
기분이 좋은 것 같았다.

주막에 나타난 그는,

"어 강포수! 자네 허, 오래간만일세."

대뜸 소리를 질렀다. 텁석부리 사나이가 술을 마시다가 술 사발에서 얼굴을 들었다.

"허어."

벌쭉 웃었다.

"요새 재미는 어떤가?"

강포수 곁에 바싹 다가앉으며 평산이 물었다.

"머. 밤낮 매한가지 아입니꺼. 언제 봐도 김생원은 신색이 훤하구마요."

평산의 불그레한 얼굴이 더욱 핀다. 김생원이라 불러주는 사람도 좀체 없거니와 고지식한 강포수의 말에는 에누리가 없었다.

"요새 강포수가 안 뵈길래 주먹 맞은 감투 꼴이 된 줄 알았지."

"힘이 부치믄 할 수 없는 일이고 날 잡아라 하믄서 짐승들이 가만있어주는 것도 아닌께, 주먹 맞은 감투 꼴만 됨사……호랭이 밥인들 안 되겠소."

"아직은 장장하니 걱정 말게. 그래 장에 왔다 가는 길가?"

"아니요."

"그럼?"

"여기 볼일이 좀 있어서,"

"무슨 볼일인데?"

"그러매……."

"좋은 일이 있는가 보지?"

"나쁜 일은 아닌갑소."

강포수는 굵고 힘찬 손으로 수염에 묻은 술을 닦는다. 평산이 기세 좋게 술판을 두드렸다.

"여기 술 안 내고 뭐 하나. 오늘은 내가 술 샀다!"

주모는 들은 척도 하지 않았다.

"이봐!"

"못허겄소!"

주모의 목소리가 쨍! 하니 울리었다.

"아니 술 부으라니까."

"못헌다 했단께로."

"뭐라고?"

"벼룩도 낯짝이 있지라우."

"허허, 돈 없을까 봐서? 걱정 마라."

평산은 주머니를 흔들어 보인다. 그래도 반갑잖은 얼굴로 술을 따르면서,

"재수 옴 올랐는개 비."

주모는 핀잔을 주었다. 늘 당하는 일이어서 그랬던지 집에서와는 딴판으로 평산은 느긋하게 잘 감당해내었다. 그는 매우 기분이 좋았던 것이다. 몇 번인가 강포수를 투전판으로 유인하여 그의 밑천으로 재미 본 맛을 평산은 잊지 못했다. 한

번은 웅담을 헐값으로 빼앗아 몇 곱으로 넘겨 판 일이 있었고, 산에서는 귀신이라지만 산 밑에 내려오기만 하면 등신이 되는 강포수는 평산에게는 마음대로 궁굴려볼 수 있고 실속이 있는 먹이였다. 그가 마을에 나타났다면 사냥한 것을 처분하기 위함이며, 따라서 돈은 윗목에 쌓아놓은 것처럼 확실하다. 평산이 술판을 두드리며 술 사겠다고 기분을 내는 것은 당연한 일이다.

"그래 좋은 일이란 뭣인고?"

"어떤 여자가."

하다 말고 강포수는 당황하며 입을 다물어버린다. 평산의 눈이 번쩍 빛났다.

"흐음…… 어떤 여자가?"

"아, 아니구마. 어떤 사램이 긴한 부탁을 했기."

"웅담인가?"

강포수는 고개를 저었다.

"한밑천 잡겠고나."

"머 한밑천 잡을 거까지는 없지마는, 값은 고하 하고 구해 달라 캐서."

"언제 떠날라나?"

"오늘 밤에 일 보고 낼 아침에 떠날까 싶구마는,"

"그래? 자아, 술 들게나."

"머 술보다 잠이 오구마요."

강포수는 선하품을 했다. 그러면서 술잔을 들었다.

"호피라도 가져왔나?"

"그기이 어디 쉬운 일이건데요?"

"그럼?"

"그거사 머……."

시부저기 웃을 뿐 강포수는 좀처럼 말할 것 같지 않았다. 그는 다시 하품을 깨물었다.

"감태영감(졸음)이 내리오누마. 간밤에 잠을 설쳤더니마는,"

"그라믄 괴얀시리 술만 마실 거 없이 골방서 한잠 자란께."

평산에게서 강포수를 갈라놓듯 주모가 끼어들며 말했다.

"그래야겠네."

강포수가 골방에 기어드는 것을 보자 평산은 슬그머니 일어섰다. 주막을 나오려 하는데 뒤에서,

"술값은 워디서 낼 것이오!"

주모가 쏘아붙였다.

"참 그렇지."

평산은 되돌아와서 술값을 셈해준다.

"그단시 밀린 외상은 워쩔 것이오."

"아따 땡삐같이 덴비네. 누가 오늘 밤에 숨넘어가나?"

"알 수 없는 일이제. 밤새 안녕하시냐 안 허던개 비요?"

평산은 큰기침을 하며 마을 길을 들어선다. 정자나무 밑에까지 간 그는 무릎을 꺾고 엉거주춤 쭈그리고 앉아서 들판을

내려다본다. 술 한잔 마시고 읍내에 나갈 판이었는데 강포수 때문에 발이 묶인 것이다.

'그놈우 자식 여자라 하다 말고 입을 다물었겠다? 여자라, 여자…… 값은 고하 하고 구해달랬다고? 값은 고하 하고…… 어떡허든 그놈을 낼 아침 읍내까지 끌어내야 하는 건데…….'

들판에는 여자 남자 할 것 없이 일손이 바쁘다. 평산의 아들 두 놈이 타작마당에서 얼쩡거리고 있을 뿐, 부모가 바쁘면 마을 아이들도 놀지 못한다. 텅 빈 집에서는 다섯 살배기 아이도 벌레 먹은 좁쌀을 내어말리는 멍석에 앉아 새를 쫓아야 했다.

뭣을 잘못하였는지, 타작마당에서는 거복이가 한복이를 쥐어박고, 한복이 우는 모습이 보였다.

'값은 고하 간에…… 값은…….'

해를 가늠해보며 평산은 일어섰다.

"저 망나니가 와 저리 싸다니노? 여기는 들판이지 노름판이 건데?"

"육덕 좋기도 하다. 잘 드는 칼로 한점 쓰윽 비어냈이믄 근량이 오지게 날 거로?"

"개기는 야들야들할 기고."

"개기치고 인고기 맛이 제일이라더만."

"범 물어갈 소리 대강 하구, 일이나 해여!"

젊은 치들의 객쩍은 잡담을 두만아비 이평이가 나무란다.

평산을 사갈시하는 품은 남정네들보다 아낙들이 더 노골적이었다. 아낙들은 그를 만나면 일부러 다른 논둑길을 잡아서 피해갔다.

"아니, 저기이 뭣고?"

둑을 치고 있던 영팔이 큰소리로 외쳤다. 그의 옆을 지나가던 평산이 휙 돌아본다. 모자를 쓰고 양복을 입은 남자가 말을 타고 마을 어귀에 들어선 것이다. 길섶에서 소를 먹이고 있던 아이들은 도망을 친다.

"온 세상에 별스런 꼴을 다 보겠구마. 왜놈 아닌지 모르겠소."

영팔이 평산을 향해 불안스럽게 말했다. 들판에서 일하던 대부분의 농부와 아낙들도 일어서서 먼빛의 말을 타고 가는 양복차림의 사나이를 불안스럽게 바라본다.

"최참판댁에 가는가 본데."

영팔이 언덕으로 올라가는 말을 보고 중얼거렸다. 평산은 콧방귀를 킁 하고 뀌면서,

"서울, 조씨네 사람이구먼."

했다.

"야?"

궁금증이 나서 영팔이 되물었으나 더 이상 말하지 않고 평산은 지나쳤다.

해가 꼴딱 넘어가고 땅거미가 질 무렵, 평산은 다시 주막으

로 갔다.

"발바닥에 불붙겠소."

술판을 닦아내고 행주를 밀어붙이며 주모가 말했다.

"강포수 어디 갔나?"

"몰라라우."

골방에서 강포수 코 고는 소리가 났다. 평산은 빙그레 웃으며,

"니 서방가? 왜 그리 꼼지꼼지 묻어둘라 카나."

"오매? 눈이 등잔 등 겉은 내 가장이 있는디 벼락 맞을 소리를 다 혀!"

"흐흐흐……."

"복장부텀 고치란께."

"내 복장이 어때서?"

"글안허믄 옳은 죽음 못헐 것인께, 내사 짠허구만. 미련한 강포수, 참말이제 불쌍하지도 안 혀요?"

"누가 강포수 잡아먹을려나?"

"죄지어서 남 주간디?"

주모가 뭐라건 강포수가 있는 것을 확인하고 집으로 돌아온 평산은 그러나 몸이 달아 잠이 오지 않았다. 낮에 실컷 잔 잠이기는 했지만, 아무래도 주모가 이간질하여 강포수를 떠나보내게 했을 것 같은 생각이 들었다.

'첫닭이 울어봐라.'

그러나 뜻밖에 그가 가기 전에 강포수 쪽에서 찾아왔다.

"좀 나오소."

방문 밖에서 강포수는 소리를 낮추며 말했다.

"나, 나가지."

그야말로 한 바짓가랑이에 두 다리 넣을 만큼, 평산은 허둥지둥 옷을 갈아입고, 달이 남아서 희뿌연 새벽 뜨락에 내려섰다.

"의논 좀 할라꼬 왔는데,"

강포수는 평산을 이끌고 거름더미 옆을 지나 살구나무 밑으로 간다. 불빛이 가물가물한 평산네 작은방에서 베틀 소리가 났다.

"무슨 의논인가?"

"그러매, 일이 좀 희한해서 그래요."

"아따 감질나네. 물건을 못 팔았나?"

"팔았지요. 한데 값으로 받은 기이 금가락지 한 짝이구마."

"뭐?"

평산의 목구멍에 침 넘어가는 소리가 났다. 놀란 것이다.

"아무한테도 말하지 마소."

"아암, 그래 어쩔려구 그러나."

"내사 난생첨 금가락지 구겡 안 해봤소?"

"그럴 테지."

"팔아 써야겄는데 엄두가 나야 말이제요."

"그건 내 알아서 처분해주지."

"그래서 왔구마요."

"그런데 나도 내막을 알아야, 팔았다는 게 뭔가?"

"그러매, 그기이 좀."

"아따 낮에부터 그러더니 아직 뜸이 안 들었나?"

"말하기가, 와, 사내를 홀린다 카는, 계집이 진기믄(지니면) 사내가 못 떨어진다 카는 여시(여우) 그, 그거 말이오."

"뭐라고?"

어리둥절하다가 한참 만에 평산은 박장대소를 했다.

"그, 그래, 그걸 산 요망스런 계집년이 대체 누고?"

"그런 말 안 하기로 했인께."

강포수는 도리질을 했다. 그러나 결국 평산은 강포수 입을 열게 하고야 말았다. 그 요망스런 계집은 최참판댁의 계집종 귀녀라는 것이다.

11장 개명 양반

윤씨부인에게 인사를 올리고 물러난 서울 손님이 길상을 따라 사랑으로 발길을 돌렸을 때 어정대고 있던 하인들과 계집종들의 눈은 일제히 그의 뒷모습으로 쏠렸다. 육 년 전이었던지 서희가 갓 났을 무렵, 잠시 동안 다녀간 일이 있는 최치수의 재종형 조준구(趙俊九)였다. 그러니까 치수의 조모, 조씨부인 오라버니의 맏손자인 것이다.

조준구가 사랑으로 사라지자 하인들, 계집종들이 수군거리기 시작했다.

"몇 해 전에 한 분 오싰제?"

"와 아니라. 그때는 갓 쓰고 도포 입고 인물이 훤하더마는 지금은 영 숭업게 됐구마."

"옷이 망했네. 까매귀가 보믄 아재비라 안 카겄나."

"제비가 보믄 할아배야 하겄다."

킬킬 웃는다. 검정빛 양복에 모자, 구두를 신은 서울의 신식 양반 조준구는 상체에 비하여 아랫도리가 짧은 데다 두상은 큰 편이었으므로 하인들 눈에도 병신스럽게 보였을 것이며, 하인들은 그것을 양복 탓이라 생각는 모양이다. 조씨댁의 내림이 그러하였던지 생시 조씨부인도 작달막한 몸집에 다리가 무척 짧았었다.

"왜놈들 병정이 말 타고 가는 거를 보았지마는 같은 홀태바지라도 저렇지는 않던데?"

"그거사 그눔들 전복(戰服)이니께 다를 테지."

"전복이고 머고, 같은 홀태바지 아니가. 그놈들은 늘씬해 뵈던데."

"큰 칼 찼인께 니 간이 콩알만 해져서 그리 뵀일 기다. 그보다 갓끈도 아닐 긴데 모가지는 와 그리 쫄라맸일꼬?"

물은 아래로 흐르게 마련이더라고, 하인들의 투를 보아 조준구는 윤씨부인이나 최치수에게 반가운 손님은 아닌 듯싶다.

"김서방은 어디 갔느냐?"

사랑 뜰에 들어서면서 준구는 길상에게 물었다.

"구례에 갔십니다."

"구례에?"

"예."

"그런데 사랑에 계시냐?"

"나으리마님 말씀입니까?"

"음."

"초당에 가 기십니다."

준구는 걸음을 멈추었다.

"이놈, 그럼 가서 아뢰어라, 서울서 형님이 오셨다구."

꾸짖듯 말했다.

"예."

길상이 뛰어가는 것을 바라보며, 준구는 마루에 오르지 않고 파초 그늘 밑에 서 있다가 모자를 벗고 손수건으로 얼굴을 닦는다. 모자 그늘에 가려졌던 이마는 창백하리만큼 희었다. 몸집은 어떻든 눈시울이 길고 깔끔하게 생긴 얼굴에는 귀티가 있다.

"흥! 태평성세구먼."

얼굴을 닦아낸 손수건을 차곡차곡 접어 호주머니에 넣고 뒷짐을 진 그는 구두 끝을 내려다본다. 다음, 등을 뒤로 재면서 하늘을 물끄러미 올려다본다. 소리개 한 마리가 날갯죽지를 펴고 빙 돌고 있었다. 몇 번을 도는가 싶더니 소리개는 날갯짓을 하며 당산 쪽으로 날아가 버리고 구름도 없는 하늘은 텅 비어서, 다만 들판 쪽으로부터 아낙들의 노랫소리가 메마른 바람에 실리어 들려오곤 했다. 길상은 얼굴이 빨개가지고 뛰어왔다.

"저 나으리마님께서 초당으로 뫼시오라십니다."

"초당으로? 알았다!"

준구는 양어깨를 추키듯 하며 휭하니 사랑문 밖으로 나갔다. 초당까지 와서,

"나으리마님, 뫼시왔십니다."

대답 대신 방문이 열렸다. 치수 또래의 선비 한 사람이 버선바닥을 슬슬 만지면서 신돌에 올라서는 준구를 쳐다본다. 그러더니 민망해하는 낯빛이 되어 고개를 돌려버린다.

"올라오시오."

치수는 앉은 채 이웃에서 온 손을 대하듯 심상하게 말했다.

"손님이 계신가 본데……"

"개의치 마시오."

방으로 올라간 준구는 모자를 벗고 양복바지 무릎께를 두 손으로 걷어올리듯 하며 자리에 앉는다. 열려 있는 들창에서 솔내음을 실은 바람이 들어왔다.

"먼 길 오시느라 수고가 많았겠소."

역시 심상하게 말하고 한동안 사이를 두더니,

"인사하게, 언젠가 내가 말한 서울의,"

하며 낯선 선비에게 눈짓을 한 다음,

"하동에 사는 이동진이라는 사람이오."

준구에게 소개를 했다. 그들은 수인사를 나누고 자리를 잡았으나 서로 머쓱해져서, 초면인 만큼 치수가 마음을 써주지 않는다면 어느 쪽에서든 입을 떼기 난처한데, 주인이 말이 없어 침묵할 수밖에 없다.

한참 만에,

"웬일루 오시었소."

겨우 치수는 입을 떼었다.

"뭐 별 볼일은 없고 바람 쏘일 겸 왔네."

"집안은 두루 안녕하시오?"

"그저 그렇지. 자네는 여전히 안색이 안 좋군그래."

치수의 엷은 입술이 꾹 다물어진다. 냉랭하기가 섬진강 겨울 바람 같았건만 준구는 치수의 성미를 익히 알고 있었던지 태연했다. 이동진에게 전혀 신경을 쓰지 않는 것은 아니었으나.

준구의 앉은키는 그들보다 조금 높은 편이었다. 정연한 이목구비에 서울서 닦여진 세련된 모습은 아무래도 시골 선비보다는 돋보였으며 치수보다 두 살 위였으나 오히려 앳되어 보이기도 했다.

"그래 그간 별일은 없었겠지?"

준구가 물었다.

"별일이 있었지요."

갑자기 드높아진 목소리였다.

"계집이 머슴 놈을 붙어 달아난 일이 있었지요."

씹어뱉었다. 준구의 눈시울이 바짝 곤두선다. 가끔 치수는 발작 같은 신경질을 부리곤 했었지만 설마 이같이 노골적으로 드러내어 집안일을 말할 줄은 몰랐던 것이다.

"그 얘기는 좀 들었다만…… 절손이구먼."

할 말이 아니었을 것이나 무망중에 한 모양이다.

"계집이 있어도 절손이긴 매일반 아니겠소. 아무 쓸모가 없이 됐으니 말이오."

해놓고, 치수는 무엇이 그다지도 유쾌한지 껄껄껄 소리내어 웃어젖혔다.

이동진은 버선바닥을 슬슬 쓸며 아무 말 없이 치수의 웃음소리만 듣고 있었다.

"후사가 걱정일세. 선영봉사(先塋奉祀)는 어쩔 셈인가?"

"서학 하는 자들은 기왕의 사당도 때려 부신다 하잖소."

"설마 자네 외가(外家)판을 벌이자는 건 아니겠지."

농조로 했으나 어설펐다. 이동진의 눈이 조금 사나워져서, 준구 눈을 스치고 지나갔다.

"찾아서 약을 할래도 최씨네 붙이가 있어야 말이지요. 조씨나 윤씨라면 모를까."

"실없는 소리, 결국 외손봉사(外孫奉祀)할 수밖에 없다 그 얘기구면."

"걱정하실 것 없소. 악양 최씨네는 옛적부터 암탉이 울어야 날이 새었으니, 그보다 어머님 만나보시었소?"

"인사는 드렸는데 어쩐지 노하고 계시는 것 같아서,"

"노하고 계신지 기뻐하고 계신지 그분 마음을 뉘가 알겠소."

"자격지심에서 그런지 모르지만 자네 일 땜에 원망하구 계시지 않나 싶어 바늘방석에라도 앉은 것 같더구면."

"글쎄요……. 차라리 그때 고분고분, 말씀대로 세도가의 사돈 팔촌 놈들하고 고당명기(高唐名妓)만 찾았더라도 이런 변은 없었겠지요."

치수는 다시 껄껄껄 웃어젖혔다. 그는 결코 준구를 향해 형님이라는 호칭을 쓰지 않았다. 고분고분 형님 말씀대로 했어야 할 말을 용케 형님이라는 말만은 빼어먹는 고집도 고집이려니와 이야기의 내용을 짐작건대 명예롭지 못한 자신의 행적을 체모 없이 쏟아놓는 품은 상대를 무시하지 않고서는 취할 수 없는 것이다.

"허나 숙모님께서는 내가 자넬 서울로 불렀기 때문이라 생각하실 거구 잘못 길잡이한 거로 곡해하실 테니 말일세."

이렇게 된 바에야 난들 체면 차릴 것 없다는 시늉으로 이동진을 힐끔 보아가며 준구도 지껄였다.

"글쎄…… 그럴까요? 그보다 상투 자르고 양복 입으신 게

221

못마땅하시어서 그러신 거나 아닐는지요."

준구가 씁쓰레 웃는데 연거푸,

"아니면 전과 같이 또 어려운 청을 하러 오셨나 생각하신 게지요."

그 말에는 여지껏 태연하였던 준구의 얼굴빛이 달라진다. 그것은 그러나 순간에 그치고 말았다. 그는 잔인한 미소를 머금은 치수의 눈을 피하였다.

"이번에는 그런 일로 온 게 아니구, 아무리 집안이 망하여 풍찬노숙이기로 거듭 체모 없는 청이야 드릴 수 있겠나. 서울 형편이 하 어수선하여 바람 쏘일 겸 내려온 걸세."

"서울서 곧장 내려오는 길이시오?"

이동진이 처음으로 입을 열었다.

"그렇소."

"어떻습니까, 서울의 요즘 형편은. 산간벽촌에 묻혀 있으니 눈뜬장님이나 진배없소이다."

"글쎄올시다."

"알아 뭐 하겠나. 서울 장안에 꽹과리 치면서 잡인들 모으러 갈란가?"

치수가 이동진에게 핀잔이라 할 수도 없으리만큼 빡빡한 소리로 말했다.

"허허 이 사람아, 할 수만 있으면 못할 건 또 뭐 있누. 그래 서울서는 변의장이나 단발이 어느 정도요?"

"양복으로 갈아입은 사람들은 아직 지극히 희소하오만 단발은 그보다는 많이 했지요."

"서울서는 상민들 쪽에서 도리어 반발이 심했다더구면요."

"그런가 봅디다. 외국 사신들의 교부들도 삭발을 겁내어 도망치는 판국이었으니까. 인심이 흉흉했었소. 게다가 민비를 살해한 뒤끝이어서."

"요즘도 서울 근교에서 의병들이 출몰한다고 들었는데."

준구는 버선 바닥을 슬슬 쓸고 있는 이동진의 큼지막하고 힘줄이 울뚝불뚝 솟은 손을 쳐다본다.

"글쎄올시다. 서울 근교뿐이겠소. 도처에서 낭당*을 이끌고 소란들 피우는 모양인데, 단발령 하나 가지고 나라 안이 벌컥 뒤집힌대서야 남들 보기에도 딱하고 어릿광대스럽지요."

분위기로써 이동진의 의중을 짐작한 준구는 선수를 치듯 비웃었다.

"그야…… 우리네 시골 선비는 천하 대세를 모르니 뭐라 비판할 수 없겠소이다만."

"허나 벽촌이라 해서 언제까지 대세 밖에 떠밀리어 무사태평할 수만은 없겠지요."

"그렇긴 하지요. 여기라고 태평했던 것도 아니었고."

"여까지 말을 타고 내려오는데 향촌의 선비들이 소생을 보기로 짐승 보듯 하더이다. 이래가지고 어느 세월에 개명하겠소?"

말하고, 너희들도 지금 나를 그렇게 보고 있지 않느냐 하듯이 픽 웃었다.

"그렇게들 옹졸해가지고, 한심스럽지요. 세계가 어찌 돌아가고 있는가 판단하지는 못할지언정 사소한 단발령 하나 탓으로 한사코 대항하며, 그러지 않아도 어지러운 나랏일을 더 어려운 판국으로 몰아넣으려 드는 이 땅에서 국정을 쇄신한다는 것은 아예 바랄 수도 없는 일 아니겠소?"

"글쎄올시다. 단발령 하나 가지고 그런다 할 수만은 없을 것 같소. 어느 놈의 손이 나랏일을 주무르려 하는가 그게 관심사 아니겠소."

"어디로 가든 서울만 가면 된다고 했는데 따지고 든다면 한이 있겠소? 실속 차릴 생각은 않고 왈가왈부하며 허송하는 동안 남들은 천리만리 밖에 가 있을 텐데 하찮은 의관만 가지고,"

할 때 치수는 소매 보러 가는지 일어서서 방을 나갔다.

"어차피 풍습이라는 것은 앞서가는 사람들을 따르게 마련인데 조만간에,"

이동진이 말을 가로막았다.

"알맹이를 모르고서 겉치레만 따른다고 문명인이 된다 할 수는 없을 것 같소이다. 이거 조공(趙公)을 걸고 도는 것 같아 실례의 말씀입니다만. 허허헛……."

준구는 애써 낭패한 기색을 보이지 않았다.

"태초부터 사람은 살기 편한 것을 좇게 마련이오. 그래 연장이라는 것도 생겨나고 모든 것이 발전해간다고 소생은 생각하오. 등잔불보담이야 전등 켜는 편이 편리하지요."

"하아, 대궐 연당물을 끌어들여 전등이란 걸 켰다니 희한한 일이오. 암 편리한 거야 사람 사는 세상에서는 필요한 거구말구요."

준구는 입 속으로 흥! 하고서,

"왜구니 양이니들 하지만 실상 그네들이 우릴 보구 야만인이라 하고 있다는 것도 알아야 할 거외다. 옹졸한 양반네들 예의지국이라 아무리 뽐내봐야 그네들 눈에 미개한 나라의 기괴한 구경거리로밖엔 안 보이니까요."

"야만인이라…… 원래 예의범절이란 편리한 거는 못 되는 게요. 윤리 도덕이라는 것도 거추장스러운 거지요, 우리네 의관 모양으로."

준구는 그 말 대꾸는 아니한다. 이동진이 만만찮은 인물임을 느낀 모양이다.

"조공의 말씀 듣고 보니 생각키는 바가 많소이다. 체통 지키느라 굶어 죽는 자는 짐승이 아니요 사람인 탓이겠는데 한사코 먹이를 챌려는 짐승의 본성도 잃지 말아야…… 그래야 생이 보전될 것이오. 그렇다면 의관을 바꾸고 상투 자르는 게 뭐가 대수겠소. 조상의 묘소인들 못 파겠소?"

"그렇지요. 뜻한 바를 이룩하려면은 수모를 겪는 용기와 인내심도 필요하겠지요."

하고 준구는 응수했다. 마침 치수가 방으로 돌아왔다.

"여긴 태평성세 같구먼."

여태까지의 얘기를 시답잖은 것으로 돌려버리듯 준구는 아무렇지 않게 치수 편으로 말머리를 돌렸다.

"그렇지도 않소."

"겉보기에는,"

"언제 쇠스랑 쳐들고 달겨들지 거 뉘 알겠소."

"설마, 수십만 동학군이 추풍낙엽 꼴이 되었는데 일본 세력이 쇠퇴하면 모를까 경거망동하겠나."

"변란은 연달아 일어나야, 그래야 왜국이 판을 치지 않겠소. 사실 동학 놈들 혼령 앞에 소 대가리 얹어놓고 왜인들은 큰절해얄 게요. 청국을 친 게 뉘 덕인데? 그네들 역관으로 계시면서 그것도 모르시오?"

"역관이랄 것 있나. 밖의 사정을 알아보려구 남의 글줄이나 읽다 보니 자연 그네들하고 사귀게 된 거지."

준구는 이동진의 얼굴을 살피며 싫은 표정을 지었다.

"언짢아하실 것 없어요. 옛날이면 모르되 역관이 어때서 그러시오. 항간에선 나랏일을 역관이 좌지우지한단 말도 있고 잘하면 고방에 은전이 그득해진다잖소."

"하기야 그것도 빈말은 아니지."

그 말에는 만족을 나타내었는데,

"짚신 신고 대창 든 상놈들이 미쳐 날뛰는 세상이오."

치수는 확 잡아채어 팽개치듯 전혀 줄기에서 벗어난 말을 뇌까렸다. 이동진은 저 친구 또 한바탕 비바람 몰고 오는구나 싶었던지 잠자코 쓴웃음을 띠었다.

"돼먹질 않았소. 갑오년 공사노비 제도 혁파한 것부터가. 썩어빠지고 얼이 빠진 놈들! 천비한테 아양 떠는 사당 같은 놈들!"

"지금이 어느 세상이라고 그따위 말을 하나."

"어느 세상이냐구요? 세상이 변했다 말씀이오. 아니지요. 양반 놈들 창자가 썩은 것뿐이오."

"허어, 자네는 자네 처지에서만 얘길 하는데 지나치면 편견이 되네."

치수는 날카롭게 웃었다.

"옳은 말씀이오. 편견임에 틀림이 없소. 허나 재물과 목숨 지키려고 상것들에게 허리 굽히는 짓은 아니하겠소. 두고 보시오. 이젠 상놈들은 양반 상투 움켜쥐고 올라앉아서 끝장까지 망하는 꼴 볼려 할 게요."

"지금 시국에 그런 것은 소소한 마찰이구."

치수는 들은 척하지 않고 제 말만 이어나간다.

"굶주린 이리떼를 잡아 가둘 생각은 않고 막아놓은 울타리 터주는 격이지. 갈 데 없어요, 이젠 양반들 내장까지 파먹으려 들 테이니. 배고프고 헐벗었기 때문에 민란이 난 줄 아시오? 벼슬아치들 수탈이 심해 민란이 난 줄 아시오? 언제는 상놈들이 호의호식했었소? 울타리만 높고 튼튼했더라면 뱃가죽이 등에 붙어 죽는 한이 있어도 팔자거니 생각했을 게요. 허한 구석이 있어야, 빠져볼 구멍이 있어야 소리를 질러보고 연장도 휘둘러보고 그러다 막는 힘이 약할 것 같으면 밀고 나오는 게요, 아우성을 치면서. 천대받는 놈치고 약지 않은 놈 보았소?"

치수의 눈이 준구를 뚫어져라 본다. 어쩌면 준구를 향해 퍼붓는 욕설이었는지 모를 일이다.

"무릎을 꿇고 기어야 할 판이면 그네들은 그렇게 할 게요. 쇠죽을 먹더라도 목숨이 더 귀하다는 것을 알고 있으니. 이밥 먹으려고 둘도 없는 목숨 내어놓겠소? 어리석은 자들, 사탕으로 꼬임을 당할 놈들인가? 어리석은 자들, 한 치를 내어주면 모조리 내어주게 되는 걸. 어리석은 자들."

"자네 말같이 일이 어디 그리 단순한가."

준구는 간신히 반박했다.

"동학란의 경우만 하더라도 반드시 몽매한 상민들이 제 밥그릇 작다고 들고 일어났다, 그럴 수만은 없지. 사교임에는 틀림없으나 종교의 힘이란 것을 얕볼 순 없거든. 서학의 경우를 보게나. 제 목숨 바치기를 원하는 데서야 뉘 이길 재간 있겠나? 밥이 적다고 투정하는 놈은 더 굶겼다가 주면 아무 말 없이 처먹겠지만 죽어 저승에 가서 편히 산다는 생각이 박혀버리면 사정이 달라지지. 나라의 경우도 그렇지, 벌통을 쑤셔

놓은 판국인데 이러나저러나 고비는 넘겨야겠으니 다스리는 방법에 융통은 있어야잖겠나, 달랠 수도 있고 말길 수도 있고."

"메치나 둘러치나 매일반이오. 아까 편견이라 하셨는데 땅을 지키고 목숨을 지키기 위해 그네들을 사당 같은 놈들이라, 욕을 한 성싶소?"

치수는 준구에게 대어들듯 말했다.

"그랬다면 나 자신도 별수 없는 사당 같은 놈이오. 몽매한 백성이란 저승이든 이승이든 그 대가가 확실해야 움직이는 무리들이고 제 이익과 관계가 없으면 관여치 않는 꾀가 있는 놈들이오. 말하자면 그들에겐 지조가 없단 말이오. 존엄이 없단 말이오. 존엄이나 지조를 위해서 목숨을 거는 무리들은 아니란 말이오. 제 목숨도 제 이익을 위해 팔아버릴지언정, 그네들 속에 전봉준, 김개남 같은 인물이 없진 않았으나 필경 그네들도 야심가에 불과한 거고, 허나 무리들을 쓸 줄 알았으니 비록 적이지만 제법, 그, 그렇지요, 지금 내로라하는 서울의 벼슬아치 백을 묶어도 그네들 하나를 못 당했을 게요. 상놈들한테 아첨하는 개 같은 양반 놈이나 자비를 베푸는 늑대 같은 양반 놈이나 그게 다 한 무리가 아니겠소? 그놈들은 또 제 목숨만 보전된다면 의관이고 족보고 다 싸질러서, 백정이라도 해먹을 놈들이지."

"허허, 그만해두게, 자네가 아무리 지껄여도 피장파장이네.

229

최참판댁은 늑대양반일시 틀림없으니 말일세."

가르고 들어서듯 이동진은 껄껄 웃었다. 그러고 나서,

"나는 가봐야겠네."

이동진은 일어섰다. 몹시 흥분한 줄 알았는데 치수는 가라 말라는 말 없이 따라 일어섰다. 그리고 준구를 향해 말했다.

"내려갑시다."

그들은 함께 초당을 나섰다. 이번에는 엇비슷하게 서서 가는 준구의 키가 이동진의 귀밑에도 이르지 못하였다. 초라했다.

누각 왼편 밤나무 밑에 나귀를 매어놓고 이동진의 하인이 기다리고 있었다. 하인은 미친 또출네가 누각 앞에서 하는 양을 정신없이 바라보고 있다가 엉덩이를 털며 급히 일어섰다.

"비나이다, 비나이다, 터줏대감께 비나이다. 내 아들 감사 되어 금의환향할 시에는 안반 들여 떡 쳐놓고,"

또출네는 손을 모아 누각의 현판을 향해 절을 하고 또 한 다. 이동진은 또출네 옆을 스치고 지나서 나귀 옆으로 간다.

"다음 또 뵈옵겠소."

한마디 인사를 준구에게 남기고 그는 나귀 등에 올랐다. 칠 빛 같은 검은 갓에 눈이 부시게 흰 도포 자락이 노을을 받아 아름다웠다. 하인은 말고삐를 잡았다. 언덕을 향해 내려가는 이동진의 갓끈과 도포 끈이 바람 부는 곳으로 나부낀다.

치수와 준구가 발을 옮기려 했을 때 또출네한테서 고약한 냄새가 풍겨왔고 다음 순간 갑자기 또출네는 팔매같이 달려왔다.

"신장대왕께 비나이다아!"

크게 외쳤다. 또출네는 하늘과 땅을, 온 세상의 초목과 강물을 아름 속으로 품어 넣듯 두 팔을 활짝 벌리어 원을 그리면서 치수를 향해 예배를 올리었다. 찢겨진 옷 사이에서 내어비친 살은 땟자국이 밀려 얼룩얼룩했다. 할퀴고 찍혀 피가 엉겨붙은 얼굴 근처를 벌 한 마리가 붕! 하며 맴을 돈다.

치수의 얼굴은 주홍빛이었고 눈알까지 핏물이 괴어드는 듯 보였다.

"신장대왕께 비나이다. 우리 자식 가개[科擧] 길을 일월같이 비쳐주시옵고, 용상에 이름 얹어 피맺힌 어미의 소원을 풀어주사이다!"

"이년! 썩 물러가지 못할까!"

"신장대왕께,"

치수의 긴 팔이 허공을 짚는 것 같더니 또출네는 땅바닥에 굴렀다. 그러나 발딱 일어섰다. 또출네는 손뼉을 쳤다.

"훨훨 붙는다아! 훨훨 불이 붙는다아! 지붕땅 모랭이*가 무너지네에— 고부 백산은 가활만민이라 하고오! 백립 쓰고 백의 입은 녹두장군아! 백오 염주 손에 들고오! 삼칠성주 외우시네에—."

여자는 벌룸벌룸 춤을 춘다.

"실성도 보통이 아니구먼."

준구는 이맛살을 찌푸렸다. 치수 얼굴에서는 핏기가 가셔지고 냉랭한 미소가 돌았다. 언덕을 내려간다.

"정월이라 초여댓날 계명 소리 울릴 적에— 새야 새야아— 파랑새야앗! 녹두 낭개에 앉지를 말아라."

가락이 바람을 타고 뒤쫓아온다.

"미치기는 미쳤는데 심상찮게 미쳤구먼."

준구는 돌아본다.

"소위 개화당이오."

치수는 눈을 내리깔고 웃었다.

"아들놈이 동학당에서 이름깨나 날린 놈인데 포살되었지요."

"개화당이라니?"

"기왕의 것을 딜이엎으려는 뜻에서 개화당이라 할 수 있지 않소. 어쩌면 서울의 개화당보다 만민평등을 들고 나온 동학이 더 개화된 것 아니겠소. 헌데 아들의 감사 벼슬을 꿈꾸었으니."

치수는 낄낄 웃다가,

"어디 저 계집뿐이겠소?"

준구는 쓰디쓴 얼굴로 다시 돌아본다. 밤나무 밑에서 또출네는 여전히 춤을 추고 있었다.

"포전 쫓던 놈도 고부 백산으로 달려갔을 적에는 눈앞에 기름진 땅이 얼른거렸을 게요. 만민평등이야 교주 최 뭐라는 위인의 생각일 뿐, 만민평등이라…… 새삼스런 거요? 홍 양반의 족보가 종문서만큼 슬픈 것이 될지 뉘 알겠소. 그렇게 되면 만민평등이 또 일어날 게요."

뽕잎을 따 가던 마을 처녀들이 준구를 보자 왜인인 줄 잘못 생각하였던지 옆길로 빠져 부리나케 달아난다. 준구뿐만 아니라 치수도 그들에게 두려운 존재였었지만. 조준구는 딱정벌레 같았다. 최치수는 마을에서 그렇듯 버마재비 같았다. 사랑에서 치수는 준구와 함께 저녁상을 받았다. 밥상을 놔놓고 귀녀는 뒷걸음질쳐 나가면서 비스듬히 눈길을 흘려 준구를 보았다. 준구는 벌써 먼저 귀녀를 보고 있었다. 방문을 나서면서 귀녀는 눈시울을 바싹 쳐들어 아주 대담한 시선을 던져본다. 크고 꺼무꺼무한 눈은, 그러나 추파는 아니었다.

'당신은 대체 멀할라고 이곳에 왔소?'

눈은 그렇게 물었던 것 같았다.

치수는 바람이 잔 바다같이 아무 말이 없었다. 그는 전혀 다른 사람 같았다.

'이자의 변덕을 어떻게 감당하지? 아무튼 참아보자.'

준구는 저녁을 끝내자 숭늉으로 입가심을 하고 물러나 앉는다. 물려진 밥상을 들고 나갈 적에도 귀녀는 아까와 마찬가지로 준구를 쳐다보았다. 여전히 추파를 던지는 눈이 아니었다.

'이상한 계집이군.'

12장 꿈속의 수미산

봄 한 철을 누웠다 일어났다 하며 큰 탈 없이 보내더니 초여름으로 접어들면서 간난할멈은 제법 나돌아다니기를 잘했다. 가만히 있으면 오금이 붙어 운신을 못하게 될 것이기에 그런다는 것이다.

"할매, 땅이 꽁꽁 얼어서 뫼구덕 팔라 카믄 괭이자리 몇 개 뿌러질 기라 싶더마는, 본께 검은 머리 다시 나겠소. 이자는 맘 푹 놓고 나 장가가서 첫아들 놓을 때까지만 사소이."

까대기 옆, 그늘진 곳에서 낫자루를 고쳐 박고 있던 돌이가 히죽히죽 웃으며 말했다.

"이놈아, 악담 마라."

땅바닥에 흩어진 곡식알을 자루바가지에 주워 담던 간난할멈은 웃음을 참으려 하는데 절로 입이 헤벌어져서, 입술에는 늙은이 특유의 경련이 일었다.

"무신 말이오? 악담이라니, 더 오래 살겠다 그 요량이오? 그라믄 머리칼이 세도록 장가 안 가야겠구마."

"지랄 안 하나."

엎드려 바짓가랑이를 말아 올리던 복이 꾸부린 허리를 펴고 일어서며,

"할매, 제발 오래 살라 카거든 돌이 놈 장가 못 가게 꼭 붙들어놓으소. 장가가서 눈먼 삼신이 덜컥 첫아들을 점지하믄

234

우짤 기요."

"지랄 안 하나. 무신 죄지었다고 벼루박에 똥칠하도록 살 꼬."

"할매 말이 맞소. 제발 이분에는 춘삼월이나 구시월에 가도록 허소. 여름 송장, 겨울 송장, 그거 다 망했더마. 땅이 얼어도 걱정이고 송장에 쉬포리가 앉아도 걱정이고."

뒤쪽에서 돌아나온 삼수가 지껄이며 지나갔다.

"운냐, 걱정 마라. 내가 죽더라도 삼수 놈 니는 참니(참여) 안 하게 이은(유언)할 기니께."

"야. 제발 그러소."

삼수는 밖으로 나가며 대꾸했다.

'괘씸한 놈! 코도 닦아주고 얼굴도 씻기주고 자식같이 키운 놈이! 많이 받은 놈은 많이 악문(보복)하고 작기 받은 놈은 작기 악문한다 카더마는 옛말 하나 그른 기이 없다 카이.'

돌이는 눈시울을 모으며 낫을 쳐들어 살펴본다.

"아니 이기이 운제 이가 빠짔노? 길상이 그눔우 자석이 또 갖고 가서 지랄했구마."

날이 두 군데 빠져 있었다.

"할매."

"와!"

간난할멈은 복이한테 악정[惡症]을 부린다.

"돌이 놈 말 듣지 말고 나 장가가서 아들 다섯 놓으믄 죽으소이."

하자,

"저눔우 도둑심보 보래? 그러니께 어서 마님한테 말씸디리 서 니부터 장가 먼지 보내도라 그 말이제?"

"이놈들이 늙은것을 쭉담알* 받듯이 하네. 지랄 고만하고 못 나가겄나. 어서 죽어줄 기니 내 걱정 말고 처니 집에 가서 목을 매던가 까꾸로 업고 오던가."

"허 참, 이 동네는 처니 씨가 말랐는가 배요."

복이는 바지게를 짊어지고 나갔다. 돌이는 까대기 속에서 다른 낫을 챙겨들고 그 역시 바지게를 짊어지면서,

"오래 살아야제요. 죽은 정승이 산 개만 못하다 캅디다."

하며 나간다.

"요새 아아들은 우찌 곡식 소중한 줄 모를꼬? 아무 데나 철 철 뿌리놓고 하늘 안 무섭은가?"

간난할멈은 자루바가지를 들고 일어선다.

"아, 아이구 허리야."

헛간 옆의 절구통 가에다 자루바가지를 올려놓는다.

"밤도 길고 해도 길다. 어이구."

간난할멈은 무정한 삼수 말에 슬펐던 것만은 아니었다. 그 보다는 더 와살스럽기는 해도 돌이나 복이의 애정표시에 만 족을 느끼었다.

"후유우잇, 나무아미타아불, 자는 잠에 열반하소."

모두 바빠서 날뛰는 계절이다. 꿀벌은 알을 까고 누에는 애기잠에서 깨어나 물신물신 크다가 다시 한잠으로 접어들었고, 그러고 나면 뽕잎 따는 손이 바빠질 것이다. 목화씨를 뿌리고 논에는 풀을 베어 넣고 삼밭의 삼은 무릎만큼 자라서 날따라 뜨거워지는 햇볕에 모든 생물은 생장을 향해 달음박질이다. 비만 좀 더 와주면 푸성귀밭의 진딧물을 씻어줄 것을. 마을 아낙들은 보리타작까지, 누에치기도 그러려니와 끝장을 내야 하는 봄 길쌈에 매달려 있었다. 보리타작도 머지는 않았다. 파아란 떡보리를 맛보았으니. 햇볕 바른 곳에서부터 보리는 익어갈 것이다.

간난할멈은 별당 뜰로 들어간다. 마루에 윤씨가 오두머니 앉아 있었다. 그러나 간난할멈은 윤씨 모습을 보지 못하고 연못가에 가서,

"임자가 없으니 마당에는 풀만 우묵장성*이네."

군지렁거리며 엎드려 풀을 뽑는다. 해당화가 연방 피고 진다. 분홍빛 꽃잎이 마당에 마구 흩어져 있었다.

윤씨부인은 간난할멈의 쭈그리고 앉은 뒷모습을 지켜본 채 말이 없다. 항라 치마저고리를 입은 그는 몹시 여위었고 얼굴빛이 나빴다.

"이리 좋게 꽃은 피었거마는 거지 중의 상거지가 되어⋯⋯ 쯔쯔⋯⋯."

앉은 채 엉금엉금 오금을 옮겨가며 풀을 뽑는다.

"사주는 속이도 팔자는 못 속이더라고 아, 아얏! 이놈의 불개미가."

간난할멈은 살가죽이 허물허물하게 밀린 목에서 개미 한 마리를 집어낸다.

"멩태맨치로 말랐는데 물 데가 어디 있을 기라고."

하며 문드려 죽인다. 간난할멈의 하는 양을 여전히 바라보며 침묵을 지키던 윤씨는 한참 만에,

"할멈."

나직한 소리로 불렀다. 벼락이라도 맞은 것처럼 간난할멈은 벌떡 일어섰다. 그 바람에 허리가 결렸던지,

"아, 아이구!"

했다. 윤씨는 잠시 기다린다.

"아, 아씨."

"이제 몸은 좀 어떤가."

"예, 아씨, 마, 마님 덕분에, 그만 갔이믄 좋을 긴데 보시락보시락 살아나누마요."

"그래야지."

"쇤네는 살 만큼 살았십니다."

"자네가 나보다 오래 살지 누가 아나."

"크, 큰일 날 말씸을."

"죽음에 노소가 있던가?"

윤씨는 간난할멈에게만은 마음을 조금 터놓은 것 같았다.

'아씨! 환이도련님하고 별당아씨는 거지 중의 상거지가 돼서……'

할멈은 말을 목구멍 속으로 꿀꺽 삼킨다. 윤씨는 눈길을 거둬 버들 가지에 가려진 하늘을 올려다본다.

"날이 가물겠다."

"그러기 말입니다. 한줄기 퍼부어주었이믄 좋겠는데."

"하느님 하시기 탓이지."

"그러기 말입니다. 아씨, 아니 마님."

"자네 고집도 어지간하군. 아씨라……."

윤씨는 실소하다가,

"김서방한테 얘기 들었네."

"저어."

"듣고 보니 자네 생각이 옳아. 절에 올리는 것보다…… 이 펭이댁네는 엄전한가?"

"예, 제집이 보지런하고 정갈스럽고 효붑니다."

"애들은 몇인고?"

"머시매가 둘이고 여식이 하납니다."

"많은 편은 아니군."

"염치가 없십니다. 아무 헌 일 없이 늙어가지고, 늙은것이 의지하고 있는 것만 해도 죄가 많은데."

"아닐세. 내 생각이 거까지 못 미쳤구나."

윤씨는 천천히 마루에서 일어섰다. 항라, 흰 치마저고리에

휩싸인 헌칠한 모습에서 장엄하기까지 한 분위기가 번진다. 간난할멈은 허리를 굽히고 그의 뒤를 따르다가 별당 문밖으로 사라지는 윤씨를 향해,

'아씨! 환이도련님하고 별당아씨는 거지 중의 상거지가 돼서……'

침을 꿀칵 삼킨다.

풀 뽑던 자리로 돌아온 그는 아까 윤씨가 그랬던 것처럼 버드나무 가지에 가려진 하늘을 올려다본다.

'영감, 아씨께서 허락해주실소. 흐, 영감, 자식 없이도 물 얻어묵겠소. 우리 제후답*이 있인께, 영만이 놈이 물 떠놔 줄 기요. 영감 우리 제후답이……'

간난할멈은 오히려 슬픈 얼굴이 되어 일어섰다가 다시 주질러 앉아 풀을 뽑기 시작한다.

'그럼 그렇지. 아씨께서 청을 안 들어주실 리가. 그럼 그렇지. 영감 이자 눈감고 가겠소.'

간난할멈 눈앞에 물이 치렁치렁 고인 논이, 검푸르게 약이 오른 볏모가, 바람 부는 곳으로 나부끼는 모양이 선하게 떠오른다.

"할매요!"

삼월이 서희를 업고 별당 뜰에 들어왔다. 등에 업힌 서희는 시무룩했다.

"머한다고 풀은 뽑소. 돌이 보고 하라 안 카고."

"야아야, 놀믄 머하겄노. 곰뱅이(사지) 성할 때는 일을 해야
하니라."

하다가 할멈은 빙그레 웃는다.

"머가 그리 좋소."

"날씨가 좋고, 세상 오만 가지가 다 크간께 늙는 이치도 알
겄고."

딴전을 피웠으나 입은 저절로 벌어져서, 입술에는 늙은이
들이 흔히 그렇듯 경련이 일었다.

"나 내릴 테야."

서희가 비비적거렸다.

"예, 애기씨."

하고 삼월이 내려준다. 서희는 할멈과 마주 보며 그도 쭈그리
고 앉았다.

"할멈, 뭘하는 거야?"

서희는 공연히 그래 보는 것 같았다.

"풀 뽑십니다. 봉순이는 어디 갔노?"

삼월이를 보고 묻는다.

"어매 따라갔소."

"봉순이 외삼촌이 죽었다믄서?"

"야. 암만 해도 초상 치르고 올라 카믄 한 사나흘 걸린 긴데
그라자믄 내가 애기씨한테 노(계속) 붙어 있어야겄소."

"할멈?"

"예."

"머리가 왜 그래?"

역시 공연히 그래 보는 것 같았다.

"늙어서 안 그렇십니까."

"꼬부랑 할멈이 돼서 그래?"

"예. 꼬부랑 할매가 돼서 그렇십니다."

"봉순이가 바람할망구라 카던데?"

할멈과 삼월이 함께 깔깔대며 웃는다. 그새 서희는 해당화의 떨어진 꽃잎을 주워 치마폭에 담고 있었다. 풀이 죽은 것 같았다.

"요새는 좀 잊어부렸는갑다."

"그래도 물물이 생각이 나는지 징징거리요."

"한창 어매 좋을 때라 와 안 그렇겄노."

하다가,

"삼월아."

"야?"

"지금 고비는 한물갔겄제?"

"와요?"

"그러세. 고비너물 생각이 나네."

"혹시 모르겄소. 당산에 가믄 아직 덜 쇤 기이 좀 있을란가."

"보시락보시락 살아난께 별눔우 기이 다 묵고 싶네."

"동지 섣달에 죽순도 구해온다 카는데, 가서 좀 캐보끼요."

"나도 사알사알 따라가보까?"

"할매가요?"

"엎어지믄 코 닿을 긴데, 너무 아무것도 안 해도 다리가."

"그라믄 가입시다. 애기씨 데리고 놀면 가면 할 긴께 애기씨 가입시다. 산에 고비 캐러요. 봉순어매가 없인께 그만 풀이 폭 죽어서."

삼월이 서희의 코 밑을 치맛자락을 끌어당겨 닦아주고 손을 잡는다. 뒤란을 돌아 김서방이 사는 채마밭으로 나온다. 길상이와 개똥이 제기를 차고 있었다. 개똥이 누이동생 남이는 채마밭에 엎드려 열무를 솎고 있었다. 간난할멈이,

"지랄한다. 다 큰 놈이 무신 제기고,"

침을 질질 흘리는 개똥이는 와와와으으으…… 혓바닥을 굴려 괴성을 내며 간난할멈에게 약을 올린다.

"이눔 자식이."

간난할멈은 지팡이를 들어 치는 시늉을 한다.

"너거 생이 젖 잘 난다 카더나."

삼월이는 남이에게 물었다.

"야."

채마밭을 지나 언덕으로 올라가며,

"김서방댁도 첫손자 봤인께 좀 점잖아지겠소."

삼월이 말에,

"제 버릇 개 주까."

지팡이를 짚고 언덕길을 쉬엄쉬엄 올라가며 간난할멈은 대꾸했다. 시무룩한 서희는 삼월의 손을 잡고 걸어간다.

"그 엄전한 김서방을 어디 가서 만날 기라고, 질정 없는 제집, 제집이 소나아를 잘못 만나도 펭생 골벵이지마는, 남자가 제집 잘못 만나믄 그것도 마목(痲木)이지."

"건데, 할매요."

"와?"

"서울서 온 손님 말이오."

"……."

"참 우습아 죽겄소. 귀녀가 그라는데 무신 금관조복인가 길 상이더러 옷을 털고 불고 말리라 카고 머리에 쓰는 그것도 털고 불고 말리라 카더니 신줏단지 위하듯 모시났다 안 카요."

"제집맨치로 곰살스런가 부제."

"봉순어매가 갈아입을 옷을 지어드릿는데 또 한 불 지어달라 하더랍니다. 엔간히 기실 모양이지요?"

골짜기는 짙은 잎새로 말짱 덮여 있었다. 군데군데 햇빛 따라 새순 같은 연초록이 아른거리기도 하는 숲속의 공기는 설렁하고 습기 찬 것이었다. 산딸기, 머루덩굴에 가려 보이지 않은 개울에서 도루룩도루룩도록…… 물 흐르는 소리가 들려왔다. 사람의 발자국을 느낀 산비둘기가 푸두둑 날아올라 서희를 놀라게 한다.

"애기씨 업어라, 구렁이 나올라."

간난할멈이 주의를 주었다. 삼월이는 바구니를 할멈에게 건네주고 서희를 업는다.

"삼월아."

"예, 애기씨."

"그때, 그때 말이야. 딸(딸기)을 봉순이가 따 왔어."

"산딸은 좀 더 있어야 익십니다."

"몇 밤이나 자믄 익어?"

"보리 벨 때가 돼야, 달포나 돼얄 깁니다."

"달포가 몇 밤이야?"

"서른 밤 더 되지요."

"할머니 나이보다 적지?"

"하믄요, 아버님 연세쯤 됩니다."

"그거 참 맛나던데,"

서희는 삼월의 목을 껴안으며 군침을 삼킨다.

"맛나기는요. 시큼텁텁하고 달지도 않소."

"아니야."

"산딸보담은 엿이 더 맛나지요. 꿀이 더 맛나지요."

"아니야! 딸이 맛나!"

서희는 주먹으로 삼월의 등을 쳤다.

"하낫도 안 단 딸이 머가 맛납니까."

"아니래도!"

"쇤네는 아무리 해도 꿀이랑 엿이 더 맛나더마요."

"아니래도! 딸이 맛나!"

서희는 삼월의 목덜미를 꼬집고 머리를 꺼들었다.

"아, 아야!"

"딸이 맛나다고 해!"

"예, 예, 애기씨 딸이 맛나요."

"거봐."

간난할멈이 별안간 걸음을 멈추었다. 찍어낸 나무 밑동 옆에 회색 토끼 한 마리가 있었다. 주둥이를 나불거리며 뭣인가 열심히 먹고 있다가 간난할멈과 눈이 마주친 토끼는 그도 졸지간이어서 그랬던지 어리벙벙하여 미처 도망갈 궁리도 못한다. 간난할멈은 살그머니 주질러 앉으며 지팡이를 놓고 두 손을 내어밀었다.

"토끼야 토끼야, 이리 오니라."

하는 순간 토끼는 뛰어 달아났다. 그리고 연기처럼 사라지고 말았다.

"호호홋…… 으흐흐홋 토끼야 토끼야, 이리 오니라? 흐흐홋…… 아이구 배야!"

삼월이는 발버둥치는 서희를 내려놓고 배를 움켜쥐었다.

"할매, 흐호홋…… 흐호홋…… 이리 오니라 하믄 토끼가 와주겠소? 아이구 참 흐흐홋…… 아이구 참 우섭아서 죽겠네."

"나도 머 어마도지(어마지두)해서 그만, 머가 그리 우습노."

246

하면서도 간난할멈은 땅바닥에 주질러 앉은 채 히히 하고 웃는다.

"토끼 어디 갔어!"

서희가 소릴 질렀다.

"토끼가 어디 갔냐 말이야!"

발을 동동 구른다.

"버얼써 달아났십니다."

삼월이 이거 야단났다 싶어, 일부러 먼 산을 보며 말했다.

"데리고 와!"

"달아났다는데도요?"

"데리고 오라니까!"

"잡히주어야제요."

숲속에서 오도 가도 못하고 옥신각신하고 있는데 길상이 헐레벌레 나타났다.

"길상아! 토낄 쫓았어. 삼월이가 쫓았어! 할멈이 쫓았단 말이야!"

서희는 고자질을 하듯 하며 울음보를 터뜨렸다. 길상은 영문을 몰라 하다가 삼월이한테서 대충 이야기를 듣고 나서,

"애기씨, 요담에 토끼 잡아디릴 기요. 덫 놔서 잡아디릴 기요."

"애기씨, 길상이가 토끼 잡아주실 기요."

삼월이 함께 달래는데,

"싫어잇! 바보 덩신! 바람할망구! 왜 토낄 쫓았어!"

서희는 달려가서 땅바닥에 주질러 앉은 채 있는 할멈의 어깨를 쥐어박는다.

"아이고 참 우짜노. 학을 떼겠네. 그 빌어묵을 토끼가!"

간난할멈은 눈이 멀뚱해가지고 연기같이 없어진 토끼가 달아난 곳을 바라본다.

"끄치시오. 울믄 여시(여우)가 와서 물어갈 깁니다."

서희의 울음이 조금 낮아졌다. 여우가 무서워서 그랬던 것은 아니다. 울음을 잡혀보아야 삼월이나 간난할멈은 봉순네같지 않기 때문이다. 봉순네에게는 엄마 같은 냄새가 난다. 그러나 이들에겐 그 냄새가 없다.

"나 집에 갈 테야! 가서 일러줄 테야! 봉순네한테 일러줄 테야!"

하며 서희는 울음을 뚝 그쳤다.

"봉순네가 없는데도요?"

삼월이 약을 올리듯 말했으나 서희는 들은 척 안 했다. 그리고 허세를 부리듯,

"할멈은 미워! 삼월이도 미워! 오지 마, 집에 오지 마!"

"그러시오. 애기씨 우리끼리만 가입시다."

길상은 울음을 그쳐준 것만 고마워서 얼른 등을 내어민다.

"길상아, 니는 우예 왔노."

"오고 접어서 왔소."

길상은 서희를 업고 숲속 길을 내려가며 대답했다.

"우리도 고만 가자."

간난할멈이 지팡이를 짚고 일어섰다.

"그럽시다."

"어마님 생각이 나서 저러지."

"그러게요. 봉순네가 있었이믄 더 울고불고할 긴데, 불쌍한 애기씨."

"거 봉순네가 사램이니라. 심덕이 다시 없지."

그들은 멀찌감치 떨어져서 서희를 업고 가는 길상의 뒷모습을 바라보며 쉬엄쉬엄 내려간다.

길상은,

"애기씨."

하고 불렀다.

"응?"

"토끼 잡아드릴 기요."

"응."

"털 하나 안 상하게 덫으로 잡아드릴 기요."

"응, 토끼는 뭘 먹고 살어."

"풀 묵고 나무 열매도 묵고 살지요."

"밥은 안 먹어?"

"안 묵소."

"떡도 안 먹어?"

"예."

"그때 어머닌 새들한테 쌀을 주었어. 새가 마당에 날아왔거든."

길상은 입을 다물었다. 골짜기에서 당산 누각 앞에까지 왔다. 길상은,

"애기씨."

"응?"

"저기 저 하늘의 구름 뭐 같소?"

"어디?"

"저기 저 뭉게뭉게 피어오르는 구름 말입니다."

"그게 뭔데?"

"사람이 말을 타고 가는 것 안 같십니까."

"몰라."

"커다만 연을 타고 올라가봤이믄 얼매나 좋겄십니까. 자꾸자꾸 연을 타고 올라가봤이믄, 하늘 꼭대기까지 올라가보믄 참 희한하겄지요?"

"뭐 하러 올라가아?"

"스님이 말씸하싰습니다. 자꾸자꾸 올라가믄 수미산이 있다 캅디다. 그 수미산에 가믄 말입니다. 은금보화로 말짱 집을 맨들아났다 캅디다."

"은금보화가 뭐야?"

"와 애기씨 설날에 찬 노리개 안 있십니까? 그 파아랑 구슬

이랑 마님께서 손가락에 끼신 가락지랑 그런 거를 은금보화
라 합니다."

"아아 알어. 나도 알어. 울 어머니도 파아랑 가락지 노오랑
가락지, 하얀 것, 그리고 또, 또, 비녀랑 또, 또……."
하다가 서희는 말을 탄 것처럼 등에서 한 번 우쭐대더니 두
팔을 벌리었다.

"이만큼, 이만큼 많이 있어."

"……."

"어머니가 그랬는데 그것 다 나 준댔어. 구슬이랑, 가락지
랑, 비녀랑 그것 다 나 준댔어."

길상은 말이 없다. 서희는 실망한다. 요즘 서희는 엄마 데
려오라 하면서 패악을 부리지는 않았다. 차츰 엄마의 일은 뭔
지 모르나 불가한 것이며 입 밖에 내어서도 안 된다는 것을
알아지는 모양이었다. 그러나 보고 싶은 마음이 솟으면 아무
것도 아닌 일을 꼬투리 잡아 울부짖었고 누구든 어머니에 관
한 얘기를 해주었으면 싶을 때 그는 겉돌려 가며 방금 길상에
게 한 것처럼 더듬어보지만 아무도 그에게 어머니에 관한 얘
기를 들려주는 사람은 없었다.

서희의 마음이 자란 것이다. 슬픔은, 다른 아이들에게보다
그에게 더 많은 지혜를 주었던 것이다.

"길상아."

"예."

서희는 공연히 불러보고 나서 등에 볼을 대고 구름을 본다. 구름은 강 건너 산봉우리에서 자꾸자꾸 피어올랐다.

13장 무녀(巫女)

마지막 나룻배에 남은 손님은 화개로 가는 엇비슷한 삼십 대 나이의 두 남자였다. 해거름에 하동 나루터에서 월선이와 함께 탔다. 농부들인 모양인데 땅마지기나 가진, 넉넉해 보이는 차림새였었다. 날은 아주 어두워져서, 배 바닥에 쭈그리고 앉은 월선이는 강바람을 막기 위해 모시 치마를 걷어 머리를 싼다.

달이 없는 그믐밤이지만 수없이 나돋은 별빛에 사방은 희뿌윰했다. 초여름이라고는 하나 밤의 냉기를 훔씬 머금은 강바람이 오삭오삭 살에 스며든다.

노 젓는 소리, 뱃전에 와서 출렁이는 물살 소리는 먼 저승 길을 떠나는 것처럼 허전하고 쓸쓸하게 들리어왔다. 들물이 팽팽하게 들어찬 강면은 별빛을 받아서라기보다 제물에 희번득이고 있는 것 같았다. 방금 손님을 내려놓고 떠나온 작은 마을의 불빛이 가물가물 멀어져간다. 노 젓는 소리, 뱃전에 와서 출렁이는 물살 소리, 이때까지 아무 소리 없이 앉아 있던 두 남자 중 한 사람이 곰방대를 꺼내어 담배를 담는 것 같더니불을 붙였다. 뱃전 가까이 푸두둑 고기가 뛰어올랐다.

"지내놓고 보니,"

하다가 사나이는 곰방대 물부리를 연거푸 빨아당긴다. 담뱃
불은 빨간 불씨 모양 피었다 사그라지고, 피어날 때 바람에
갓전이 젖혀진 사나이의 수염 짙은 얼굴은 불그레해 보였다.

"문이원 말씀이 똑 맞아떨어졌구마."

아무 대꾸가 없자,

"촌구석에 들엎우렸으니 그렇지 문이원은 명이[名醫]라 카
이."

"명이는 무슨 놈의 명이요, 죽는 사람 못 살렸는데 명이요?"

상대는 심드렁하게 대꾸했다.

"이 사람아, 진나라 진시황도 불로초를 못 구했다 카는데
누가 감히 불로장수를 바랄 것고? 내가 명이라 한 거는 죽을
시기를 문이원이 미리 알고 있었더라 그거구마."

"점쟁이 무당도 알 긴데 그기이 머가 대단하다고,"

"허나 돌팔이사 어디 그렇던가? 진맥을 하고 난 뒤 문이원
이 상구보고 허는 말이 약은 지을 수 없네, 벵자 청하는 거나
주게, 고 말 한마디에 딱 고만이더라 그 말이구마."

"……."

"허나 상구 마음이야 어디 그렇던가? 동기간이니께, 설마
새파랗게 젊은 놈이 죽으랴 싶었겠지. 문이원한테 달라들었
다더마. 생때같은 젊은 놈을 두고 그런다고 악정이 나서 그랬

일 기지마는 어디 두고 보자 내 동생이 정말 죽는가 이를 빼물고 백방으로 약을 쓰니, 소용 있나? 벵이 골수에 백혔이니. 살림만 축갔제."

"이 마작에 죽은 사람 말하믄 머하겠소. 내사 만삭이 된 과부 우는 거 못 보겄더마는."

침을 꿀컥 삼키고 성급히 담배를 빨다가 사나이는,

"그, 그렇더마. 간데없는 유복자제. 씨는 남기고 갔지마는, 청상의 신세 애연하지."

문상 갔다 돌아가는 두 남자 사이에 말이 끊어졌다.

'어디 봉순네 겉은 사램이 또 하나 생깄는갑다.'

생각하며 월선이는 더욱 깊이 치마를 뒤집어쓴다.

"참상이 났는가 배."

여태 노만 젓고 있던 늙은 사공이 한마디 했다.

"스물세 살, 한창 나이구마."

사나이는 대꾸하고 뱃전에 곰방대를 두드리고 나서 허리춤에 꽂았다.

"문이원이사 명이지."

사공이 다시 한마디 했다.

"문이원 말씸만 들었이믄 살림은,"

하는데 사공이 다시,

"내 한창 시절이었지. 시나부로 아파서 꼭 죽게 됐는데, 좋다 카는 약 안 묵어본 기이 없구마. 송장 물도 묵었인께, 굿

254

은 안 했건데? 다 소용없는 기라. 그래 연때가 맞일라고 그랬던지 문이원한테서 약 열 첩을 지어 묵고 씻은 듯이 나았더라 그 말이구마. 비싼 약도 아니고 장복을 한 것도 아니고 딱 열 첩 그것뿐이제. 그런께 머니 해도 진맥이 용해야…… 문이원이사 명이제, 명이라. 그뿐이건데? 없는 사람 사정 알고, 아무리 먼 곳이라도 벵자가 있다 카믄 오밤중이라도 마다 안 허고 가시니께. 그런 어른은 정말 없구마. 개뿔도 아닌 돌팔이들이 배때기에 기름이 올라서 가네 마네 하는가 하믄 거부지기 겉은 약 몇 첩 지어주고 팔잘 고칠라 카이, 문이원이 돌팔이들 맨쿠로 했이믄 아무래도 집채만 한 돈더미 위에 올라앉았일 긴데 어진 어른이제, 어진, 길 가다가도 고뿔 걸린 아이만 보믄 주머니 속의 환약을 끄내어 아이 입에 물리주고 정말이제, 그런 어른 없구마."

"한데 너무 그 어른 촉빠른 기이 탈이오. 벵자들이사 아무리 죽을 벵을 실어도 죽을 기라는 생각은 못허니께."

담배 피우던 사나이가 말했다.

월선이도 기억한다, 어릴 적 일을. 어디서였던지 발그레한 환약을 문의원이 입에 넣어주던 일을. 입 안이 화하고 시원했다.

마을 나루터에서 보따리 하나를 들고 월선은 나룻선에서 내렸다.

"월선아, 발밑 조심해라. 어둡구마."

작대기로 배를 떠밀어내며 사공이 일렀다.

"야. 잘 가시이소."

배는 떠나고 월선은 물가, 축축이 젖은 모래밭을 벗어난다. 말라서 포스라운 모래밭은 발바닥이 폭폭 빠져 발목에 힘이 든다. 끝도 없이 펼쳐진 것 같은 백사장, 하늘에는 또 어쩌면 그리 별은 많은지. 월선이는 옛날 용왕제를 올리던 제 어미 생각을 한다. 차려놓은 제물이 촛불에 울긋불긋했다. 월선네는 촛불에 소지(燒紙)를 사르어 검은 하늘로 올려보내며 관음보살처럼 유연한 팔짓으로 예배를 올리었다. 흰 치마가 바람에 나부끼었다.

'우찌 그리 못 살고 왔노, 용이가 그러데요. 우찌 그리 못 살고 왔겠소. 어매, 불쌍한 우리 어매. 팔자 치리 하고 살라 카더마는 내 신세가 어매 한세상맨치로 우찌 그리 똑같겠소. 짝도 없고 임자도 없고 어매 자식 어매 안 닮고 뉘 닮았겠느냐고 했더마는…… 너무 보고 접어서 왔소. 용이 사는 울타리라도 한분 보았이믄 싶어서 왔소. 어매, 날 미친년아, 기든*년아 하겠지요? 나도 모르겠소. 보고 접어서 미치고 기들겠십디다. 나도 모르겠소.'

강물은 제물에 희번득이고 하늘의 별도 제물에 반짝거리고, 꺼무한 산허리만이 헤매는 월선이를 가만히 지켜본다.

옛날 시집 안 가겠다고 울었을 적에,

"이 미친년아, 이 기든년아, 그라믄 태일 데 태이나지 와 무당 문전에 떨어졌더노! 미친년아, 기든녀아, 와 내 간장에 이리 못을 박노!"

괄괄하고 우스갯소리 잘하고 사내같이 잔정이 없는 월선네는 딸의 등을 치면서, 그러나 그도 울었다.

"에미 근본 모르는 데 가서 니나 팔자 치리 하고 살아라. 오르지 못할 낭구 치다보지도 말라 캤다. 나이 많으믄 어떻노? 다리 병신이믄 어떻노? 니 섬기주고, 자식 낳거든 노리에 늘 이나 보고 살아라. 아예 에미 찾을 생각 말고, 내사 살다 살다, 신풀이나 하고 살다 살다 죽으믄 고만이다. 최참판댁의 마님께서, 설마 송장이사 안 치워주시겠나."

"최참판댁 마님이 멋 땜에 어매 초상까지 쳐주겠소."

딸 말에 월선네는 묘한 대답을 했다.

"그기이 다 천생의 업 아니가. 그기이 다 인연이란다."

들물의 거센 물결이 모래밭을 치고 있었다.

'어매, 이 백사장이 와 이리 끝도 가도 없이 머요?'

월선이는 언덕에 오르지 않고 모래밭을 헤매고 있었다. 밤이 좀 더 깊어져서 길에 사람이 없어지기를 기다리는 것이다. 월선이는 보따리를 두 손으로 싸안으며 그 위에 얼굴을 얹는다.

그동안, 달포 동안 용이는 모습을 나타내주질 않았다. 처음 월선이는 들일이 바빠 그렇거니 생각했었다. 다음은 강청댁이 눈치를 채고 말리기 땜에 그럴 것이라 생각했었다. 어느 편으로 생각해봐도 용이 야속했다. 술청을 걷고 나면 입은 옷에 팔베개를 하고, 새우같이 옹그려 누워서 연방 바깥 기척에 귀를 기울이는 밤이면 더욱더 월선이는 용이를 원망하고 잠을 이루지 못하였다. 장날에는 염치를 무릅쓰고 마을 사람을 찾아 용이의 안부를 물었다.

"용이? 아프기는 어디가 아파? 아까 올 때 소 몰고 나가는 거를 봤는데."

'무상한 사람…… 옛적에도 그렇다마는.'

오광대 판이 벌어졌던 밤 이후 몇 번인가 바람같이 한밤에 다녀간 용이, 만나면 고통스럽고 헤어질 때는 더욱 고통스러웠던 그 순간들. 보소, 이서방은 별일 없었지요? 다음 장날에도 월선이는 장에 온 영팔이에게 물었다.

"머 별일 없더마."

영팔이는 딱해하며 얼른 그의 앞에서 달아났던 것이다.

모래밭을 한참 동안 헤매다가 월선이는 둑길로 올라가서 마을 길로 들어섰다. 오묵한 초가에서 엷은 불빛이 새어 나오고 마당에 사람이 왔다 갔다 하는 집도 있었다. 열어젖혀 놓은 용이네 삽짝 가까이까지 온 월선이는 마당에서 나는 인기척에 허께만큼 자란 수수밭으로 몸을 숨긴다. 수수이파리 사이에 뵈는 용이네 마당은 희끄무레하게 밝았다. 늦게까지 일을 하다 저녁상을 물린 지 얼마 되지 않은 듯 마루 기둥에 초롱불이 매달려 있었으며 모습이 보이지 않았으나 장독가에 그림자가 어른거리는 것은 아마 강청댁이 뒷설거지를 하는 모양이었다.

'우짤라고 여까지 왔일꼬? 구신이 씌있는가, 환장했지. 아무 일도 없임서, 아무 일도 없임서…… 발걸음을 딱 끊고, 내 몰라라 하는 건가. 무상한 사람, 옛적에도 그렇더마는.'

눈물이 울칵 솟는다. 찝찔한 눈물 맛과 콧가에 스치는 수수 잎새의 냄새.

"나 두만네성님 집에 갔다 오겄소. 먼지 자든지 말든지."

가까이서 강청댁 목소리가 들리는가 했더니 작달막한 모습이 삽짝에 나타났다. 팔짱을 끼고 잠시 사방을 둘러보는 듯하더니 수수밭 앞을 지나간다.

"빌어묵을 년, 그년 나불거리는 주둥이를 문대버리야지."

강청댁이 중얼거렸다. 그리고 모습은 수수이파리 사이에서 사라지고 말았다.

하늘에서는 눈보라같이 별이 쏟아져 내려왔다. 쏟아지는 별들은 반공중에서 제각기 맴을 돈다. 그러나 그것은 별이 아니었다. 월선이 눈에서 튀는 어지러운 불꽃이었고 뛰는 가슴과 현기에서 오는 불꽃의 난무(亂舞)였었다.

얼마나 시간이 지나갔을까. 월선은 마을 외딴곳에 있는 제 집으로 가려고 수수밭을 나섰다. 열려진 삽짝 앞을 지나가려다가 걸음이 멎는다. 기둥에 걸어둔, 초롱불빛이 비치는 마루에 용이 앉아서 담배를 피우고 있었다. 땅바닥을 내려다보고 있었다.

"보소."

분명 입 속으로 중얼거린 것 같았는데 용이 번쩍 얼굴을 쳐
들었다.

"누고?"

"……."

"누고?"

"……."

곰방대를 팽개치고 용이 달려나온다.

"누, 누고?"

월선임을, 똑똑히 두 눈으로 보고 난 뒤에도 그는 누구냐고
물었다.

"나 집에 다니러 왔소. 지나는 길에,"

여자의 목소리는 쌀쌀했다.

"지, 집에, 집에 온다고?"

한동안 우리에 갇힌 짐승같이 용이는 뱅뱅이를 돌았다.

"그라믄, 그라믄 거기 가 있거라. 내 곧 갈 기니, 곧 갈 기니!"

"오지 마시오."

보따리를 들고 돌아선 월선이는 다시 한 번 뒤돌아보고,

"오지 마시오."

했다. 용이는 여전히 삽짝 앞에서 왔다 갔다 뱅뱅이를 돌고
있었다.

눈앞에 아무것도 보이지 않았지만, 그 숱한 하늘의 별도 보
이지 않았지만 월선이는 울타리를 따라 걸어 올라간다.

"오지 마소, 오지 마소, 오지 마소, 내 새북녘에 나릿선 타고 떠날 기요."

월선은 입 속에서 뇐 제 목소리가 징 소리처럼 울려서 제 귀에 돌아오는 것을 듣는다. 외딴 오두막으로 들어간 월선이는 더듬어서 문고리를 풀고 방 안에 발을 들여놓는다. 방 안에서는 곰팡내가 물씬 코를 찔렀다. 보따리를 끌러 초하고 부싯돌을 찾아낸 그는 불부터 켠다. 얼룩진 벽에 월선의 머리 그림자가 흔들렸다. 등짐장수가 빈집에 묵고 갔던가, 방바닥에는 비워둔 세월에 비하여 그다지 많은 먼지가 쌓여 있지는 않았다. 촛불을 켜든 월선이는 옛날과 다름없이 신위(神位)를 모셔놓은 앞에 가서, 촛대의 먼지를 입김으로 불어내고 초를 꽂는다. 양켠 백자 항아리의 종이꽃은 울긋불긋한 빛깔이 구별되지 않을 만큼 빛깔이 바래지기도 했지만 뿌연 먼지에 싸여 있었다. 월선네가 죽은 뒤 살림이라고는 숟가락 하나 남겨진 것이 없었으나 도둑도 신벌만은 겁이 났던지 신위 모셔놓은 곳은 변한 것이 없었다. 향로도 그냥 있었고, 아랫목에는 다 찌그러진 농짝 하나가 있었다. 역시 그 속에 든 옷가지는 다 없어졌지만 정복이나 꽃갓은 남아 있으리라.

월선은 나머지 촛대에도 촛불을 켜 꽂고 향로에는 향을 피워서 꽂는다. 방문을 활짝 열어젖히니 바람이 들치면서 촛불이 흔들리고 향의 연기도 흔들린다. 그는 미리 마련해 온 마른걸레를 챙겨 집 앞 도랑에 가서 빨아 왔다. 방을 말끔히 훔

쳐낸 뒤 다시 도랑에 나가 걸레를 빨고 다음 얼굴을 씻는다.
방으로 되돌아온 그는 보따리 속에서 백자 두루미(술병), 유과,
삼실과 오곡, 떡을 꺼내어 신위 앞에 차려놓고 술도 부어놓고
그런 뒤 농짝 속에서 무복을 챙겨낸다. 정복을 입고 관띠를
띤다. 망건을 쓰고 그 위에 꽃갓을 쓴다. 방울과 부채를 들었
다. 부채를 활짝 펴고 방울을 흔들어본다. 야밤에 울리는 청
아한 방울 소리, 이곳에 그의 어미 월선네의 숨결이 있고 눈
빛이 있고 힘찬 목소리가 있었다.

"어매!"

장구 소리, 피리 소리, 꽹과리 소리, 한 자 높이로 괸 오색
찬란한 제상의 제물과 흰빛 노랑빛 분홍빛 푸른빛 종이꽃들,
모란과 연꽃, 들린 어미의 눈이 월선의 시야 가득히 다가온
다. 숨소리가 가쁘게 들려온다. 칠쇠방울을 흔들고 쉰대부채*
를 활짝 펴는 어미의 모습―.

　어어허에헤야아 ―

　비리데기 나와주자 어허어 ―

　비리데기 아부니는

　천별산 대장군님이고

　비리데기 어무니는

　금탈의 병운님인데

　천별산 대장군이

금탈의 병운한테 장개를 들믄

아들 구형제 낳는다 말을 듣고

'어매, 차라리 나한테도 신 내리게 해주소. 그라믄 온갖 설
움 잊을 기요. 영신이 날 잡아두지 않겠소? 어매는 말하였소.
사람하고 인연이 먼 거는 영신이 가로지르고 있어서 그렇다
고 안 그랬소? 이 가시나야 니를 보믄 어디 소리도 매도 없이
달아나얄 긴데 안 그랬소? 니는 무당질하지 말고 자식 늘이나
보고 살아라 안 그랬소? 자식이 어디 있소? 나이 삼십에 늘이
볼 자식이 어디 있소. 천지간의 혈혈단신, 영신이랑 나랑 있
게 하소. 글 안하믄 똑 죽을 것 같소! 어매, 어매!'

월선이를 보내놓고 마당을 왔다 갔다 하던 용이는 마루에
올라가서 굴러 있는 목침을 끌어당겼다. 목침을 괴고 마루에
드러눕는다.

'밤기운이 설렁하고나. 마룻바닥이 참다.'

감긴 용이 눈까풀 위에 희미한 초롱불빛이 머문다. 콧날이
솟고 광대뼈와 미간이 솟은, 굴곡 깊은 얼굴은 죽은 얼굴 같
았다. 외양간에서 소의 새김질하는 소리가 들려온다. 멀리 논
바닥에서 개구리울음이 들려온다. 마루 밑에서 귀뚜라미 울
음이 들려온다. 귀뚜라미의 울음이 귀뚜라미의 울음이, 자꾸
자꾸 들려온다.

'마룻바닥이 참다. 마룻바닥이 참다!'

벌떡 일어난다. 짚세기를 신고 뒤란으로 돌아간 용이는 솔가지 한 단을 들었다. 앞마당으로 되돌아 나온 그는 기둥의 초롱불을 훅 불어 끄고 삽짝을 나선다. 두만네 집의 불빛이 보였다. 윗마을에서 개가 짖는다.

무당집 마당에 들어선 용이는 조심스럽게 삽짝을 닫아부치고 곧장 부엌으로 들어가서 아궁이에 손을 가져가 본다. 설렁한 냉기가 닿았다. 그는 나뭇단을 끌러 지끈지끈 분질러 아궁이에 밀어넣고 불을 붙인다. 연기가 피더니 불은 바람길이 좋았던지 순하게 누워서 구들 속으로 들어갔다.

"불쌍한 것."

불길을 바라보며 중얼거렸다.

"나를 바라고 지가 살아? 나한테서 바랄 기이 머 있노. 바랄 기이 머가 있다고, 흐음."

다시 나무를 부질러 아궁이 속에 밀어넣는다.

'용아 이놈아야. 니 그 초롱초롱한 눈알이라도 하나 뽑았이믄, 그라믄, 우리 월선이 짝이 될 긴가…… 월선이 따라댕기지 마라. 영신이 노염하싰으니 눈알 빠질 기다.'

마당에 퍼질러 앉아 몽롱한 눈으로 바라보며 말하던 무당 월선어미 얼굴이 떠오른다.

'그라믄 내 눈 뽑으소. 눈은 하나만 있어도 안 되겠소?'

'부질없는 일이제. 부질없는 일이다.'

월선어미는 껄껄껄 웃으며 일어났다.

어느새 불길은 사그라지고 보송보송한 재에 덮인 불씨만 남았다. 일어선 용이는 방 앞으로 간다. 찢어진 문종이 사이로 방 안의 울긋불긋한 것이 비쳐 나왔다. 방문을 잡아당겼다. 안 열렸다. 힘을 주어 다시 잡아당긴다. 쇠고리 흔들리는 소리뿐 방문은 잠겨져 있었다.

"문 열어라."

"……."

"문 열라니까."

"싫소."

"허 참, 문 열어라."

"……."

"내가 잘못했네."

"혼벼락이 날 기요. 새는 날에 쥐도 새도 모르게 갈 기요. 집에 가소."

"정 내 말 못 듣겠나."

"못 듣겠소."

용이는 문살 하나를 부숴버리고 손을 넣어 문고리를 풀었다.

"아!"

꽃갓을 쓰고 전복을 입고, 관띠를 띠고 그런 모습으로 월선이 노려보고 있었다. 용이의 얼굴은 금세 일그러지고 관자놀이가 흔들린다.

265

"이기이 무슨 짓고!"

월선의 꽃갓을 낚아챘다. 턱에 걸린 갓끈이 끊어진다.

"이기이 무슨 짓고!"

갓을 방바닥에 짓밟아버리고 망건을 벗겨 팽개치고 전복을 갈기갈기 찢어 벗겨낸다. 용이는 성난 짐승 같았다. 그는 신위 모셔놓은 곳으로 달려들었다.

"이, 이러지 마소! 추, 추구(벌)를 받으믄 우짤라고 이, 이러요!"

용이 허리를 껴안으며 월선이 소리쳤다.

"우, 우리가 멋 땜에 못 만나노! 서, 설마 그 까닭을 모르지는 않겄제?"

"아, 아, 아요."

월선이는 사시나무 떨듯 떨었다.

"그, 그라믄 와 이 짓을 하노."

"아, 아, 아요."

"내 눈이 멀어도 좋다. 내 입이 막혀도 좋다. 불을 싹 질러버릴 기다! 영신이 어디 있노!"

용이는 새파랗게 질려 있었다.

"생각지 말자, 그만두자, 무슨 수가 있겄노."

목소리를 떨어뜨리며 사시나무 떨듯 떨고 있는 월선을 별안간 꽉 껴안았다.

"월선아!"

"야."

"우리 어디 도망을 가까?"

"그랬일라 카믄 옛날에 했지요. 이 마작 해서…… 얼굴만 보믄 될 긴데, 얼굴만 뵈 주었이믄 여기 안 왔일 긴데."

용이는 여자의 등을 다독거리다가 촛불을 껐다.

가는 몸이 바스라지고 으깨어져서 끝내는 세상에서 없어지기를 바라기라도 하듯 용이는 전신의 힘을 죄어 여자를 포옹하고 월선이는 비명을 깨물며 부질없는 말을 지껄인다.

"가, 가소. 이, 이러믄 안 될 기요. 보고 접어서, 어, 얼굴만 보고, 우, 울타리라도 보고, 이러믄 안 될 기요."

"안 될 기이 어디 있노! 아무 안 될 것도 없다!"

용이는 광포하게 날뛰었다. 여자를 사랑하는 짓이 아니었다. 여자를 짓밟고 자기 자신을 짓밟고. 그 폭력에 놀란 월선이는 몸을 일으키려 안간힘을 썼으나 끝내는 그도 고행을 감수하는 가냘픈 짐승이 되어 축 늘어지고 말았다.

희열과 고통스러움, 절정이 지나가고 어둠과 정적이 에워싼다. 용이는 여자 가슴 위에 머리를 얹은 채 움직이지 않았다. 어둠 속에는 신위도 제물도 없고 월선네의 힘찬 무가(巫歌)도 없고 용이 모친과 강청댁의 얼굴도 없었다. 마을도 없고 삼거리의 주막도 없었다. 논가에서 울어쌓는 개구리 소리, 숲에서의 뻐꾸기 소리뿐이었다.

"월선아!"

"……."

"아무 데도 가지 마라."

"……."

"와 니가 무당이 될라 카노."

"안 될 기요."

"그래, 되지 마라."

용이는 미끄러져내리며 여자에게 팔베개를 해주고 머리칼을 쓰다듬는다.

"나는 체모 없는 놈이다."

"……."

"니를 술청에 내어놓고…… 그래놓고 밤에 니를 찾아가는 내 꼴을 생각해봤다. 자꾸자꾸 생각해봤다. 부끄럽더라. 그, 그래서 못 갔다. 니가 눈이 빠지게 기다릴 것을 알믄서 니가 밤에 잠을 못 자는 것을 알믄서. 영팔이가 그러더마, 내 안부를 묻더라고. 간장이 찢어지는 거 같더마. 천 분 만 분 더 생각해봤제. 다 버리고 다아 버리뿌리고 니하구만 살 수 있는 곳으로 도망가자고. 안 될 일이지, 안 될 일이라. 이 산천을 버리고 나는 못 간다. 내 눈이 멀고 내 사지가 찢기도 자식 된 도리, 사람으 도리는 우짤 수 없네."

"우찌 저리 뻐꾸기가 울어쌓겠소."

품에 얼굴을 묻은 채 월선이 말했다. 머리칼을 더욱더 쓸어주며 용이는,

"날이 가물다고 그러는갑다."

"올 적에는 나룻선을 탔는데 강바람이 실없이 찹다."

"밤이니께."

"지가 잘못 왔소?"

"아니다. 잘 왔다. 니 생각을 하고 있었는데, 처음에는 꿈인가 싶었지. 구신같이 니가 서 있더마."

"낼 새북에, 첫새북에 갈라요. 봉순네는 찾아볼 수도 없소. 무슨 낯으로 만나겠소. 마님도 아시믄 얼매나 욕하시겠소."

"······."

"욕하시겠지요?"

"욕을 묵어야지. 욕만 묵고 될 일이라믄······."

"보, 보소. 가봐야······ 가보시오."

별안간 월선이는 날카롭게 말했으나 손은 오히려 용이의 옷자락을 움켜쥐었다. 용이 팔이 파르르 떨린다.

"와?"

"어 가시오. 이자 나는 마음 놓고."

움켜쥐었던 옷자락을 놓으며 월선은 일어나 앉으려 했다.

"머할라꼬."

"불 킬라요."

"키지 마라. 이대로 좀 더 있다가."

어둠 속에서 용이는 눈을 지그시 감고 있었다.

"자거라, 니가 잠들믄 갈 기니."

잠들 리도 없지만 월선은 잠든 척하고 용이는 한숨을 죽인다. 자정은 훨씬 지났을 것이다. 용이는 여자 머리에서 팔을 빼고, 일어나 앉아서 오랫동안 월선의 숨소리를 듣다가 이윽고 밖으로 빠져나갔다.

뻐꾸기 울음에만 귀를 기울이려고 더욱더 숨을 죽이며 월선이는 어둠을 쳐다본다.

이튿날 새벽, 월선이는 보따리를 겨드랑에 끼고 마을 길에 나섰다. 다음 마을까지 걸어가서, 그곳 나루터에서 나룻배를 기다릴 참이었다. 별빛은 여전하였다. 헤일 수 없이 많은 별들이 깜빡이고 있었다. 그러나 어두컴컴한 길, 길섶의 이슬 머금은 풀이 버선을 적신다. 마을은 아직 잠들어 괴괴했으나, 몇 번째인지 닭이 홰를 쳤다. 그 소리를 들은 월선이 허둥지둥 걸음을 빨리한다. 어느 담모퉁이를 막 돌아가려는데,

"앗!"

월선이보다 부딪쳐온 쪽에서 먼저 비명을 질렀다. 새벽 어둠 속이라지만 얼굴과 얼굴이 닿을 만큼 세차게 부딪쳤으니 상대방이 누구라는 것은 알 수 있었다. 그러나 월선이도 인사 없이 피해 달아났거니와 상대편, 그러니까 임이네도 무슨 까닭인지 몹시 낭패하여 달아난다. 임이네는 뒷간에 나왔다가 막딸네 집 울타리에 탐스럽게 매달렸던 호박 생각이 나서 그것을 따가지고 치마폭에 숨겨 돌아오는 길이었던 것이다. 집 마당까지 한걸음에 달려온 임이네는,

"머 내가 무슨 짓 했는가 지가 알 턱도 없고 여기 사는 것도 아닌데 조맨치도 겁날 것 없다. 한데 그 기집이 머하러 왔일 꼬? 달아나기는 또 와 달아날꼬? 이상체? 음, 옳지! 이서방하 고 옳지! 그렇구나."

임이네는 치마에 숨겨온 호박을 부엌 부뚜막에 놓고 바구 니로 덮는다.

"속는 거는 강청댁이고나. 월선이 그년도 예사 년이 아니구 마. 개 눈깔 같은 눈깔 머가 좋아서 이서방이 반했일꼬?"

임이네는 샘이 나서 못 견디어한다.

"이서방도 망조 들었구나. 무당 년하고 상관하믄 재수가 없 는 법인데. 그년도 그년이지, 눈이 시퍼런 여편네가 있는데 동네까지 기어들어왔으니 보짱도 예사 보짱 아니구마."

방 안에서 아이 우는 소리가 났다. 임이네는 불은 젖을 손 바닥으로 풀면서 방으로 들어간다. 아이에게 젖을 물려놓고,

"흥, 속는 거는 강청댁이고나."

눈이 번쩍번쩍 빛났다.

14장 악당과 마녀

아침 내내 씨부리고 또 씨부리던 막딸네는 그래도 분이 안 풀렸던지 해 질 무렵 널어놓은 보리를 거두려고 멍석을 채면

서 다시 시작했다.

"어느 놈의 손목때기가 그 아까운 호박을 따 갔노. 누구는 입이 없어 안 따 묵은 줄 아나. 익으믄 풀태죽 쑤어서 묵을라꼬 애끼둔 긴데, 도둑질이 이리 펄펄해서는…… 막딸아! 이눔으 가시나야. 부석 앞에만 꼭 붙어 있이믄 우짤 것고! 어 와서 이 섬 좀 맞잡지 못하겄나."

보리쌀 안친 솥에 불을 지피고 있던 막딸이 부지깽이를 버리고 걸음마를 배우기 시작한 아이같이 걸어나온다. 생김새는 열네댓 나이쯤 됨 직한데, 아마 막딸이는 난쟁인가 보다.

"옴마, 인자 고만해라. 시부린다고 없어진 호박이 나올 것가."

섬 아가리를 벌려주며 막딸이 말했다. 막딸네는 자루바가지로 무덤 진 보리를 펴서 섬 속에 넣으며,

"이년아, 그라믄 금쪽 같은 내 거 잃고 꿀 묵은 버부리 놀음하까!"

"그래도 머, 없어진 긴데……."

"생각해보믄 다 나를 업수이여기서 그랬일 기다. 소나아 없는 과부라 생각한께 그렇지. 말할 사램이 없일 기라고. 에이, 빌어묵을 놈의 팔자."

"우리 거만 잃어뿌렀나 머, 그눔우 자석 손버릇이 그런데."

"한두 번가."

이때 마침 김평산이 제집에서 나와 마을 길을 걸어 내려오

272

고 있었다. 그것을 본 막딸네는 자루바가지를 멍석에다 팽개
치고 삽짝 밖으로 쫓아 나간다.

"세상에 이런 법이 어디 있노! 동네가 이리 궂어서는 안 될
기다, 안 돼! 무슨 과단을 내리야지!"

막딸네는 큰소리로 외쳤다.

"어느 놈 집구석의 손(孫)이 했는지 내가 안다! 다 안다! 시
상에 닭우 장 달걀을 안 훔치나 콩밭의 콩을 안 훑어가나! 가
지는 나는 쪽쪽, 이자는 담부랑의 호박까지 따내 가니이, 이
리 동네가 궂어서 우찌 마음 놓고 잠자겠노!"

막딸네는 허공에다 대고 삿대질을 하며 고래고래 소리를
지른다. 물론 김평산이 들으라고 하는 말이다. 달걀을 훔쳐내
고 콩밭의 콩을 훑어내어 구워 먹은 도둑은 김평산의 큰아들
거복이었다. 달걀을 훔치고 콩을 훑어 구워 먹은 것은 그 당
장에 들키어 혼을 내어주었으나 호박의 경우는 따는 손목을
잡지 않았으니, 게다가 개다리출신이니 노름판의 구전 뜯어
먹는 건달이니 망나니니 하고 뒷구멍에서는 사람으로 치부하
지 않았지만 명색이 양반이라 면대해놓고 퍼부을 수는 없는
노릇, 간접으로 악을 쓸 수밖에 없다.

"허어, 원님네 도임 길인가? 왜 이리 떠들어?"

평산은 콧방귀를 뀐다. 막딸네가 호박 도둑을 거복이로 지
목하는 것과 마찬가지로 평산 역시 아들의 소행임을 짐작은
하는 모양이다. 그러나 알 바 아니로다 하는 시늉으로 거품을

물며 떠들어대는 막딸네를 빤히 쳐다본다. 막딸네의 눈알이 불거진다. 평산은 부채 든 팔을 천천히 내저으며 불그레한 얼굴에 웃음기마저 띠고 팔자걸음의 거만한 태도로 그 앞을 지나간다. 그러자 막딸네는 빨딱 돌아서서 평산의 뒤통수에다 대고 다시 떠들기 시작했다.

"동네 궂히는 놈의 새끼는 대체 어느 놈의 집구석 손고오! 한 분도 아니고 두 분도 아니고 도둑질이 이리 퍼뜻퍼뜻해서는 동네 가운데 두고 어디 살겠나! 한 분도 아니고 두 분도 아니고 실삼(새삼)스럽게 이래가지고는 그냥 못 둔다! 시상에 놀고묵는 놈치고 도둑질 안 하는 놈 봤나? 웃물이 맑아야 아랫물이 맑더라고 내 호박 따간 놈의 그놈의 손목때기 당장 밤새 썩을 기다! 내가 쥐 잡아 났인께, 양밥*만 해봐라! 그눔우 손목때기 안 썩고 성할 기든가! 뉘는 입이 없어 못 따 묵었던가? 뉘가 저그 아가리 처넣어줄라꼬 호박 심었나!"

하거나 말거나 평산은 벌써 저만큼 부채 든 손을 저으며 팔자걸음으로 거만을 떨며 올라가고 있었다. 막딸네의 목소리는 차츰 작아졌다.

"더런 놈의 손, 바늘도둑이 소도둑 되더라고, 나무 될 거는 떡잎 때부터 아더라고, 이래가지고는 남으 집 자식들까지 궂히겠네. 양반? 양반 꼴 좋네. 썩어질 놈의 양반!"

치맛말을 겨드랑 밑에까지 바짝 추켜서 치마끈을 다시 여미며 군지렁거리는데 평산은 최참판댁에 이르는 언덕막길을 오르고 있었다.

"쇠 빠질 놈의 손! 화적 같은 놈의 새끼! 조선 팔아묵고 대국 팔아묵을 놈!"

"와 거 카노?"

호미를 들고 밭에서 돌아오던 야무네가 물었다.

"말도 마라."

"와?"

"아 시상에 하다 하다 할 기이 없인께 담부랑의 호박까지 안 따가나, 화적 같은 놈의 새끼가!"

"누가 그랬노?"

"말해 머하노, 빤하지. 평산인가 개산인가 그 양반나리 아들놈이지 누군 누긴?"

"그놈 아아가 그런 짓이사 잘 하더라마는, 호박은 머할라꼬 그랬일꼬."

"배애지가 고픈께 삶아 처묵었겠지."

"어마니 성미에 추달 안 받고 그거를 집 안에 딜있이까?"

"아 어매 알리고 처묵었일까? 베틀에 앉아 세상 가는 줄 모르는데 밖에서 죽이 끓는가 장이 끓는가 우찌 알 것고?"

"하기사…… 그 머시마 질옆(심성)이 그래서 그 성님도 인병* 들겄다."

"웃물이 맑아야 아랫물이 맑제."

"우리 집 아이 놈들보고 어울리서 놀지 마라 캤는데, 동네 궂히서 큰일이네."

"말도 마라. 연지부터(벌써부터) 그래가지고 크믄 지 아배는 접방(곁방) 나가라 칼 기다."

"자식 둔 사람이 남우 자식보고 화냥년, 도둑놈 소릴 안 한다 카더라마는 거 우찌 아바니를 닮았는가, 어마니사 세상에 그리 엄전할 수가 없는데 콩 심은 데 콩 나고 퐅 심은 데 퐅 나고 그리 안 좋나, 손끝 야물고. 가장 덕 못 보믄 자식 덕도 못 본다 카더마는 참말이제 인병이구마."

"와 아니라, 나도 어매 눈이 보시서(부셔서) 참기도 참았다마는 언제꺼정 쉬쉬할 것만도 아니라고. 동네 어른들이 모이서 동네 밖으로 쫓아내든지 과단을 내려야 할 기다."

"아즉 철이 덜 들어서 그러는 거로 그럴 수야 있나. 셈만 찼다믄 동네에서 쫓아내든지 우쩌든지 하겠지마는, 아이구 내 정신 좀 보래? 밥 늦겄다! 해가 그렁그렁 져가는데."

야무네는 급히 가려고 했다. 그런데 막딸네가 야무네를 잡았다.

"이보래?"

"와."

"니 소문 들었나?"

"무신? 최참판댁 소문 말가."

"그것도 그렇지마는, 강포수가 구천이 찾는다 카는 거는 벌써 얘기고 어짓밤 무당집의 일 안 들었나?"

"없이?(아니.)"

"월선이가 왔다 갔단다."

"그기이 머가 우째서,"

"우째서가 멋고. 첫새북에 도둑앵구(고양이)맨치로 상구 도 망치는 거를 보았다 카는데,"

"와 그랬일꼬."

"허 참, 이 멍청이 보래, 와 그랬일꼬라니. 이서방을 찾아와 서 강청댁 몰래 정을 풀고, 들킬까 바 첫새북에 달아났겄지."

"⋯⋯그렇겄네. 강청댁이 천길만길 뛰었겄다."

"그랬이믄 구겡이 볼 만했일 긴데 강청댁은 까매귀같이 모 르고 있일 기다."

"그라믄 어이서 소문이 났노. 잠도 안 자고 남우 정분 난 거, 무슨 헐 일이 없어서 요사았을꼬(살폈을꼬)?"

"임이네가 봤다 안 카나. 새북에 통시(변소)에 갔다가."

"봤이믄 그만 혼자 가슴에 접어놓고 있일 일이지 멋을 그리 시끄럽게. 임이네 심청도 여간 아니더라. 지 서방도 아닌데 와 그리 용을 쓰는지. 그러께 강청댁하고 뛰각퇴각 안 허나."

"잇몸이 간지럽어서 우찌 가만 있일꼬? 그뿐만 아니라 무당 집에 불이 키져 있는 거를 누가 봤다누마. 밤낚시하고 돌아오 는 길에 봤다 카던가? 그런데 그 실없는 임이네는 또 우쨌기 에? 강청댁한테 가서 실무시 물어봤다 안 카나."

"참 할 일 없네."

하기는 했으나 귀추가 궁금하여 야무네 역시 떠나지는 못한다.

"이서방, 어젯밤 읍내 안 갔나? 한께 군대쟁이 영 모르는 강청댁이 이기양양[意氣揚揚]해가지고 요샌 그년한테 발길을 싹 끊었는데 읍내에는 머하러 갔일꼬? 장날에도 안 가는 사램이, 하더란다. 그거사 머 임이네가 밉어서 그랬겄지마는, 그래서 그람은 어젯밤 이서방이 집에 있었나? 하고 짓궂게 또 물었더란다. 그랬더니 하모 집에 있었고말고, 두만네 집에 볼일이 있어 갔다가 밤늦게 오니 코를 골고 자던데 왜 남의 남정네 있고 없는 거를 염탐하느냐고 징(화)을 벌컥 내는데, 그러니께 마을 간 새 제집 사나아 깨가 쏟아지게 재밀 본 거라. 삼이웃이 다 알아도 모르는 거는 지 서방뿐이더라고 이자는 제집 쪽에서 물이나심(출입)을 하게 됐이니 월선이 그년도 예사 제집이 아니라니."

"시끄럽다. 양편 말을 들어야 알더라고 누가 아나. 강청댁만 해도 그렇지, 너무 강짜가 심해서 나이 삼십에 자식도 없는데 어디서든 자식이사 봐야 할 거 아니가. 여자 마음은 다 일반이다만 그래도 멧상 들 자식 낳아놔야 큰소리를 쳐도 치제."

"강청댁이 들었이믄 잡아묵을라 안 카겠나."

"입 놔두었다 머할라꼬. 말이사 바른 말이제. 어이구 내 정신 좀 봐라. 이러고 있일 기이 아닌데. 저녁이 한밤중 되겠다."

야무네는 이번에야말로 거머잡는 막딸네를 뿌리치고 종종걸음으로 달아난다.

"아따 한밤중이라도 코 밑에 찾아넣으믄 될 긴데 멋을 저리 서두노. 흥! 서방 있는 년들은 다르다 카이. 세상에 설운 것은 이년의 팔자네."

삽짝 앞에 서서 연신 씨부렁거리고 있는데 김평산이 그 옆을 쑥 지나간다. 지나가면서 그는 팔을 벌려 부채를 소리나게 착 펴들었다. 하마터면 햇볕에 타서 꺼풀이 희뜩희뜩 벗겨진 막딸네 코끝을 찌를 뻔했다.

"아아니."

평산은 태연히 부채질을 하며 간다. 막딸네는 그 뒷모습에다 대고 퍼부을 말이 얼른 생각나지도 않았거니와 면대해놓고 바로 퍼부을 수도 없는 일이어서,

"아아니."

다시 한 번 으르렁거렸으나 다음 순간부터 잃은 호박의 사연을 꺼내면서 고래고래 소리를 내질렀다. 이번에는 아까보다 더 기승스럽게 내 호박 따간 놈은 자손만대까지 빌어먹을 것이라는 둥, 밤사이 손목이 오그라져서 문둥이가 될 거라는 둥 별의별 악담을 연달아 내뿜는다. 마을 조무래기들이 와글와글 모여들기 시작했다. 들판에서 돌아오는 남정네들은 막딸네의 악쓰는 꼴을 보며 피식피식 웃고 지나간다. 아침 밥상의 호박나물을 맛나게 먹었을 뿐만 아니라 호박이 어디서 났는가 알고 있는 칠성이는 보릿대를 한 짐 짊어지고 지나가면서,

"허, 어느 놈의 손목때기가 그 짓을 했일꼬."

악쓰는 막딸네에게 편역을 들어서 말했다.

"뻔하지 않소, 뻔해! 늘 하는 놈이 하지 누가 하겠소. 연지부터 그래가지고 화적 놈 안 되겠소? 조선 망해묵고 대국 망해묵을 놈 아니겠소? 동네 어른들이 모이서 동네 밖으로 쫓아내든지 무슨 수를 내야지 이래가지고는 동네가 궂어서 안 될기요."

"무슨 과단을 내기는 내야겠네."

칠성이는 히죽히죽 웃으며 지게받침 작대기로 아이들을 쫓듯 휘휘 휘둘렀다.

어느덧 사방에 땅거미가 지고 맞은켠 섬진강 너머, 꺼무끄름해진 산에 아슴한 저녁 안개가 내리덮이기 시작한다. 집집마다 송판으로 얽어놓은 굴뚝에서도 저녁 짓는 연기가 피어올랐다. 아이들은 모두 흩어진다. 배고픈 아이들은 피어오르는 연기를 따라 제가끔의 집으로 돌아가는 것이다. 새끼를 여러 배 뽑아내어 이젠 형편없이 늙어버린 두만네의 개 복실이는 삽짝에 오두커니 나앉아 있더니 허둥지둥 뛰어가는 거복이 동생 한복이를 보고 우우 하며 짖어댄다.

막딸네한테 직사하게 악담을 듣고 집으로 돌아온 평산은 저녁이 다 되었느냐고 고함을 질렀다. 함안댁은 급히 부엌으로 쫓아들어가고 거복이는 아비 눈치를 슬금슬금 살피면서 뒷걸음질쳐 집 밖으로 뺑소니를 친다. 호박은 분명 제 한 짓이 아니나 전죄가 있었기 때문에 막딸네의 고래고래 지르는 소리를 숨어 들었지만 억울타 말 한마디 할 수 없는 노릇이며 아비가 추달을 한다면 호박의 경우는 물론 전죄까지 잡아뗄 수는 있지만 우선 매가 무섭다. 뺑소니치는 아들을 물끄러미 바라보던 평산은 마루에 올라서며,

'흥! 니 거 내 게 어디 있나. 남의 손의 것도 뺏아묵을 뱃심이 있어야, 그래야 산다!'

아무 일도 모르는 함안댁은 짜증날 정도로 공손하게 저녁 상을 차려왔다. 저녁을 끝낸 김평산은 식곤증을 풀기 위해 목침을 베고 모로 눕는다. 옆방에서는 남편의 심기를 염려한 함안댁이 베틀에 오를 것을 단념하고 남편의 버선을 기우면서 낮은 목소리로, 낡아 거의 연초 빛으로 변한 책을 펴고 앉은 한복이에게 글을 가르치고 있었다.

'이년이 나올는지 모르겠군. 설마…… 제 년이 안 나오고 어찌 배기누.'

평산은 모로 누워 숨을 헐떡이다가 반듯하게 몸을 돌려 천장 서까래를 뚫어져라 올려다본다.

'사람의 운이란 알 수 없는 거지. 나라고 평생 이리 살라는 법은 없다. 나는 속도 없고 쓸개도 없나? 죽일 연놈들! 옛날같으면, 세상이 세상 같으면 어디라고 감히…… 낸들 허랑한 신세가 되고 싶어 됐나? 오냐, 좋다. 저절로 굴러온 복을 차버릴 수는 없지. 크게 한판 벌여보는 거다.'

밤은 캄캄했다. 어젯밤 그렇게 총총히 나돋았던 별은 하나

찾아볼 수 없게 어두웠고 더운 바람이 쓸고 간다. 내일쯤 비가 쏟아질는지 뻐꾸기는 마지막 기세를 올리는 모양이다.

평산은 불빛이 새어 나는 작은방께로 흘깃 눈을 주며 마당을 질러 밖으로 나온다. 담모퉁이를 돌아설 때 남편이 나가는 기척을 알았던지 베 짜는 소리가 시작되었다.

"악머구리 같은 계집, 뼈가 빠지게 하다 하다가 뒤지기밖에 더할라구. 그것도 다 제 복이지."

평산은 누각으로 이르는 뒷길, 그러니까 최참판댁을 거치지 않고 당산 뒷등성이로 하여 올라간다. 잡풀이 우거져서 옷과 부딪는 소리가 서걱서걱 났다. 누각 뒤켠에까지 온 평산은 어둠을 헤치듯 하며 삼신당이 있는 오솔길로 접어든다.

'좋은 밤이구나. 누가 뺨을 쳐도 모르겠고 칼 맞아 죽어도 모르겠구만. 언제 망해도 망하기는 망할 거고…… 운이란 본시 변덕스러워서 한곳에 오래 머물러 있는 법이 없다. 억척스런 계집들만 아니었다면 벌써, 버얼써 골망태(고주망태)가 됐을 거 아닌가.'

개울에 걸쳐놓은 돌다리를 평산은 더듬더듬 건넌다. 삼신당까지 온 그는 삼신당 축대 위에 몸을 놓고 사방을 살펴본다. 어둠뿐이다. 개울물 소리가 나고 바람에 흔들리는 수풀 소리가 들려온다.

'본시 재물이란 들고나고 하는 거 아닌가. 고방에서 썩으면 절로 사(邪)가 나는 법인데 최가 놈 집구석의 고방에는 백 년 넘기 재물이 썩고 있었으니, 그 사를 내가 낚아채서 한번 판을 벌여보자는 거다. 김평산이 언제꺼정 노름판의 구전이나 뜯어먹고 살 수 없다, 그 말이지. 헌데 이년이 왜 안 와? 허나 제 년이 안 오고는 못 배길걸. 공을 들여 그년 꼬랑지를 잡아놨는데, 어림도 없지. 날고뛰어도 제 년 혼자서는 재줄 못 부릴걸.'

어둠에 익은 눈에 조금씩 뭔가가 보이기 시작했다. 삼신당 앞의 커다란 팽나무 나무기둥이 아슴하게 보였다. 그 뒤에 귀녀가 숨어 있을 것 같은 생각이 든 평산은 그곳에 가서 손을 내밀어본다. 아무것도 없다. 허공이었다. 평산이 삼신당 축대에 도로 와 앉았을 때 바람에 스치는 나뭇잎새 소리와는 다른 수풀에 옷 스치는 소리, 떨어진 나뭇잎새를 밟는 소리가 들려왔다.

'그럼 그렇지, 너가 안 오구 어찌 배기겠나.'

평산은 궁둥이에 스머드는 축대의 냉기를 지그시 누르며 귀를 기울인다. 치마를 뒤집어쓰고 눈만 내놓은 귀녀 눈은 어둠 속에서도 빛을 내고 있는 것 같았다.

"뭣 땜에 오라고 했소?"

계집은 태연자약하게 말했다.

"뭣 때문인지 몰랐으면 너가 여기 왔겠나?"

평산도 냉랭하게 응수한다.

"무슨 말을 하는지 통 모르겠구마요. 가락지 우짜고저쩌고 안 하시소? 그렇다믄 가락지가 우찌 되었는지 말해보시오."

"가락지 한 짝 같은 거 새 발의 피도 아닌데 그거 들출 것 없다."

"그거 들출 것 없다믄 나도 볼일 없소. 가락지 내력이 궁금해서 그러는 줄 알았더마는…… 그라믄 나는 가겠소."

"갈라면 가도 좋지. 허나 가지는 못할 거로."

"무슨 소리요!"

귀녀가 바락 소리를 질렀다.

"너가 비록 종년이기는 하나 도도하고 간악하다는 것쯤은 나도 아는 일이다. 허나 뛰는 놈 위에 나는 놈 있느니라."

"쓸데없는 억측 마시오. 뛰고 날고가 어디 있소. 그 강포수 놈이 발설을 한 모양이요만, 날 도둑년으로 몰라 캐도 그거는 안 될 기요. 별당아씨께서, 작년 늦가을 그 일이 일어났일 적에 애기씨를 당부하시믄서 손에 끼고 계시는 가락지 한 쌍을 나한테 뽑아주신 기요."

"그건 아까 말한 대로 들출 것 없고, 누가 본 일 아니니 이런들 어떻고 저런들 어떻나."

귀녀는 말이 없다. 문제의 금가락지는 사실 별당아씨가 귀녀에게 준 것은 아니었다. 그가 떠날 시에 뽑아서 장롱 위에 얹어놓은 것을 귀녀가 아무도 몰래 가진 것이다.

"귀녀."

"……."

"이쯤하고 탁 털어놓지. 금가락지 같은 건 최참판네 만석꾼 살림에는,"

"멋을 털어놓으라 카요?"

귀녀는 마음을 떠본다. 평산은 픽 웃으며,

"만판 여우 ××를 지녀봐야 소용없고 삼신당에 공을 딜여봐야 아들은커녕 목침도 못 낳을걸."

"……."

"내가 그동안 사정을 다 알아봤다. 귀녀가 무슨 짓을 하나 하고. 나하고 손을 잡으면 어쩌면 귀녀의 소원이 성취될지도 모르지. 어두컴컴한 일이란 천하 없어도 혼자서는 쳐내지 못하거든. 손발이 맞아야, 그러면 누이 좋고 매부 좋고."

"……."

"최치수는 양기가 모자라서 자식 보기는 글렀다 그 말이지. 귀녀가 하늘을 이고 도리질을 해도* 그거는 어려운 일이란 말이야. 샛서방이 있어야, 샛서방이. 뭐 내가 샛서방 돼주겠다는 말은 아니고. 내 낯짝도 그렇지마는 씨가 있을 건지 그것도 장담은 못하지."

그러자 귀녀는 킥 하며 웃었다.

"양기가 모자란다는지 어쩐지, 하늘을 봐야 별을 따제요."

"뭐?"

"그 양반 양기가 모자란다는 기이 아니오. 본시부텀 여잘 가까이 안 허니께."

해놓고 귀녀는 다시 킥 하고 웃었다. 밝았으면 평산의 얼빠진 얼굴을 좀 봐주겠다 하듯이. 그러나 평산은 당황하거나 놀라워하지 않았다.

"그런 줄 알았지. 그러니 안타깝다는 게야. 귀녀 나부대는 게 말이야."

평산은 일어섰다. 그는 귀녀에게 바싹 다가섰다.

"귀녀."

귀녀는 순간 막연해지는 모양이었다. 평산도 내심 막연함을 느끼었다. 황금의 더미가 소리도 없이 무너져서 흐트러져가는 것 같았고 희한한 꿈을 깨고 나서 늙은이 뼉다구 같은 천장의 서까래를 바라보는 허무한 마음, 그러나 절망은 아니었다. 손을 뻗치기만 하면, 좀 더 안간힘을 쓰기만 하면, 뭔가가 손에 잡힐 것만 같았다. 귀녀와 평산은 꿈이 무너질 것 같은 허망함에서, 그 공통적인 심리 때문에 그들은 말로보다 더 강하게 손을 잡았음을 느꼈다. 손을 잡고 공동의 이익을 위해 노력한다는 기대만이 이들의 허망한 순간을 구해줄 수 있었던 것이다.

"되는 수가 있다. 너하고 나하고 의논이 맞기만 하면, 알겠나? 좀 기다려보지만, 되는 수는 반드시 있다. 누이 좋고 매부 좋고, 알겠나? 내가 주선할 테니 니는 어떡허든 애만 배면 된다. 종년이 그만큼 큰마음을 먹었다면 끝장을 내야지, 아암."

며칠이 지나갔다. 식전이었다. 용이는 바지게를 지고 풀을 베러 나섰다. 마을 길을 지나가는데 저만큼 무엇이 이상한 것이 걸어왔다.

"……?"

뿌윰한 아침 안개 속에, 그것은 키를 뒤집어쓴 아이였다. 마치 키가 걸어오는 것 같았다. 걸어오는 키 옆에 잠이 덜 깬 듯 하품을 하며 두만이 따라오고 있었다. 키를 쓴 아이는 영만이었고 그는 간밤에 오줌을 싼 모양이었다.

"영만아, 소금 얻으러 가나?"

말하는 용이는 웃음을 참고 두만이는 하품을 하다 말고 시부저기 웃는다. 영만이는 눈물을 찔찔 짜면서 눈을 희뜨고 용이를 노려본다.

용이 옆을 지나친 아이들은 야무네 집 삽짝으로 들어간다. 얼마 있지 않아,

"웬 소금 주었더나!"

야무네 목소리에 뺨 때리는 소리가 철썩 났다. 영만이 앙! 하고 우는 소리가 났다. 용이는 싱긋이 웃다가, 그러나 웃음은 이내 얼굴에서 지워졌다. 자식이 없는 자기 처지를 생각했던 것이다.

두 과부만 사는 윗마을 김진사댁 고추밭에는 고추보다 잡풀의 키가 더 높았다. 고추밭에서 비스듬히 올라간 둑까지 온 용이는 바지게를 내려놓고 풀을 베기 시작했다. 풀물이 손끝에 배어든다. 강 위에 뗏목이 떠내려가고 있었다.

'오늘이 장날이제?'

용이는 풀을 베다 말고 낫을 든 채 우두커니 강물을 바라본
다. 그러다가 다시 풀을 베려 하는데 저만큼 당산으로 오르는
뒷길, 언덕막 쪽에서 두 사나이가 나란히 걸어나왔다. 평산이
와 칠성이였다. 칠성이는 용이를 본 것 같았다. 그러나 웬일
인지 얼른 외면을 하고 평산을 쫓아 둑길로 나선다.

'장에 가나? 일찍이도 가네.'

장에 가느냐고 물어보고 싶었으나 평산의 모습이 눈에 걸
리었고 칠성이 외면하는 것도 심상치가 않아 용이는 엎드려
풀을 한 움큼 거머잡고 낫을 댄다.

15장 첫 논쟁

처음 준구를 만났을 적에, 초당에서 별당아씨에 관한 얘기
를 했을 뿐 치수는 그 후 일체 그 치욕적인 사건에 대하여 언
급이 없었다. 오만한 성미에 그 일을 잊을 리 없고 어물어물
어둠 속에다 덮어버릴 리도 없건만 준구는 아무런 움직임을
그에게서 찾아낼 수 없었다. 육 년 전에 적지 않은 액수의 금
전을 변통하기 위해—그때 윤씨부인은 잠자코 그의 청을 들
어주었다—준구가 이곳을 다녀간 후 이듬해의 일이었다. 최
치수는 온다는 기별도 없이 김서방을 데리고 서울에 나타났

던 것이다. 그 무렵 준구는 목이 기다랗고 허약하기만 한 치수의 사람됨을 전혀 간파하질 못했다. 다만 고생이 무엇인지 모르고 제 하고 싶은 대로, 청상과부 손에 자란 시골 서방님으로만 생각하였고 어리석고 물정 모르는 위인으로만 생각했었다. 하기는 치수가 그의 날카로운 눈빛을 감추어버리기만 하면 얼뜨게 보이기는 했으나 준구가 치수를 그렇게밖에 보지 못하였다는 것은 그 자신을 위해 큰 실수였었다. 준구는 치수를 적당히 주물러서 그의 재물로 자신의 출세길을 터보려고 지나치게 조급히 군 탓으로 그의 본색을 쉽사리 드러낸 결과가 됐었던 것이다.

"생각해보게. 그동안 내리 삼대가 모두 단명하여 벼슬길엔 오르지 못하고 말았지만 자네 고조부께서는 참판 벼슬까지 하셨는데 이리 빈둥거리고 있어 쓰겠나? 옛날하곤 달라서 벼슬자리가 힘든 것도 아닐세. 어렵다면 그건 가난한 선비 얘기고, 그동안 외국 사신들과 가까이 지낸 덕분에 굵직한 줄은 얼마든지 잡을 수 있으니, 어떤가."

처음부터 체모 없고 치사스런 언동으로 준구는 치수를 꾀었다. 치수는 빙그레 웃으며 준구가 주선하는 대로 세도가의 자제들—실은 먼 족간이었지만—과 어울려 기방을 쓸고 다니며 돈을 물 쓰듯 썼던 것이다. 그렇다고 해서 치수는 벼슬을 원하는 것도 아니었으며 잠자코 준구의 노는 꼴을 구경만 하는 것이었다. 비굴하고 천박한가 하면 호언장담의 허세를 부리고 외국 문물에 정통한 듯 내리 지껄이는가 하면 형편없는 무식을 드러내기도 하고, 끝내는 웃기만 하는 치수 따위는 젖비린내 난다는 식으로 한 곁에다 밀어붙여 놓고 제 일을 위한 흥정을 벌이는 판국에까지 이르렀다. 그는 치수 눈빛 속에 감추어진 조소를 조금도 깨닫지 못했었다.

"그동안 덕분에 좋은 곳을 두루 구경했소. 이번에는 제가 재미나는 곳의 길잡이가 되겠소이다."

어느 날 객사에 찾아온 준구에게 치수는 넌지시 말했다. 그동안 치수는 준구 집을 방문한 일이 없었다. 더러 서울을 오르내리는 김서방으로부터 준구의 집안 형편을 들어 그랬던지 준구가 한번 권하기는 했으나 그곳에 가 유하기를 사양했고 준구 역시 한 번도 더 이상 권한 일이라곤 없었다. 그러니 준구 편에서 치수가 묵고 있는 곳을 늘 드나들었던 것이다.

"그러지. 자네도 이젠 이력이 난 모양이군그래."

준구는 체구에 맞지 않는 너털웃음을 웃었으나 치수는 아무 말을 하지 않았다. 그러나 그가 준구를 안내한 으슥한 뒷골목은 놀랄 만한 장소였다. 하층 잡인배들이나 출입하는 초라하고 더러운 갈보 집이었다. 가무나 풍류하고는 아무 인연도 없는 다만 몸을 파는 여자의 집이었다.

"이 사람아, 자네 이게 무슨 짓인가."

치수는 준구 힐난에 날카로운 웃음으로 응했다.

"왜요?"

"왜라니? 선비가 발 딜여놓을 곳인가."

"국사를 논하려면 꼭대기에서 밑바닥까지 다 알아야 하오."

"알 곳이 따로 있지. 어서 돌아가세."

준구는 옷자락에 때라도 묻어올 것처럼 치수의 팔을 잡아 끌었다.

"체통만 찾아서 언제 개명하겠소. 고당명기 집에선 체통이 있습디까?"

"허허, 그거야 풍류 아닌가."

치수는 잡힌 팔을 뿌리치고 반대로 준구의 팔을 꽉 잡았다. 그리고 질질 끌어 기우는 것 같은 초라한 집 속으로 들어가면서,

"허파가 썩어서 피고름이 문적문적 나는 서울 양반 놈들! 이곳도 감지덕지해야지! 그놈들 썩은 콧구멍에는 갈보들의 살 내음은 사향보다 나을 거요."

이때 비로소 준구는 치수의 본색을 보고 전신을 부르릉 떨었다. 그는 순간 최치수를 물정 모르는 과부의 외아들로만 보아온 제 눈을 뽑아버리고 싶게 후회를 했다. 그는 자기의 모든 계획이 수포로 돌아간 것을 깨달았던 것이다. 그날 밤 준구는 꼼짝없이 갈보 방에서 밤을 새웠다. 본시 준구는 여색에 빠지는 체질이 아니었고 제 몸 위하기를 하늘같이 했으며 천성적인 결벽증도 있어 여자에게 손을 대기는커녕 옷자락에 닿기라도 할까 전전긍긍하며 밤을 드새웠으나 치수는 그렇지

않았던 모양이었다. 다음 치수는 다시 준구를 제물포까지 끌고 가서 청인(淸人)들을 상대한다는 천기 방에서 욕을 보였다. 치수의 그런 식으로 준구를 괴롭히는 행동은 상당히 집요하고 잔인했다. 그런데 자신은 그런 여자를 서슴없이 상대하면서 조금도 쾌락을 느끼는 것 같지는 않았다. 오히려 그런 행위를 싸움으로 생각하듯 광포했으며 증오하는 것 같았다. 어쩌면 그는 속 밑바닥에서부터 여자에 대한 혐오로 가득 차 있는 듯이도 보였다. 여자를 짓밟아주지 않고는 못 견디겠다는 심리가 추잡한 방탕으로 폭발된 것 같았고 준구를 괴롭히는 것은 부수적인 일로 생각하는 것 같기도 했다. 치수는 결코 아름다운 별당아씨를 사랑한 일이 없었으며 어머니인 윤씨에게도 냉담한 아들이었다.

서울에 머문 지 반년가량, 치수의 몸은 망가졌다. 허깨비가 되어 마을로 돌아온 그를, 목숨이나마 건져준 사람은 문의원이었다. 그러나 문의원은 윤씨부인에게 다시 자손을 볼 수 없으리라는 선언을 했다. 이런 사실은 윤씨부인 이외 최치수를 따라 서울로 갔던 우직한 충복 김서방과 당자인 최치수가 막연하게 알고 있었으며 준구는 가끔 서울을 다녀가는 김서방으로부터 원망하는 투의 말로써 짐작을 했던 것이다.

조준구는 최참판댁에 온 지 보름 만에 부산을 한 번 다녀왔다. 부산서 왔을 때 그는 깨끗하게 이발을 하고 머리에는 하얀 여름 모자를 쓰고 있었다. 그리고 다시 보름을 넘겨 보냈는데 서울로 돌아갈 기미는 보이지 않았다. 치수가 과히 기분이 나쁘지 않을 때는 바둑을 두기도 하고 활터에 나가 활을 쏘기도 하고 조심스럽게 시국 이야기도 했었다. 준구 자신 치수의 비위를 맞추다 보니 일관하지 못한 자기 견해를 깨닫지 않는 바는 아니었고 한편 자신의 시국 얘기가 치수에게는 조소감밖에 되지 못한다는 것도 알고 있었다. 그러나 치수의 압력에 눌리다 보면 무엇이든 지껄이지 않고는 견딜 수가 없는 답답함을 느낀다. 치수의 침묵에 대항할 힘이 없었고 준구는 내심 치수를 몹시 겁내고 있었다. 자기 속셈을 다 드러내 보인 약점과 치수의 강인한 성격 그 두 가지가 합하여 준구를 위축케 했던 것이다. 때문에 치수 이마빡에 푸른 줄이 솟을 지경이면 그는 허둥지둥 치수를 피하여 마을로 내려가곤 했었다. 일단 치수 앞을 떠나면 준구는 의젓하고 너그러운 서울 나으리가 된다. 그는 마을의 농부들하고 친해지려고 많이 노력했다. 오가는 길에 논둑에 올라와 쉬고 있는 농부들과 마주치면 그들에게 먼저 말을 걸었고 그들이 묻는 말에 친절히 대답했으며 농주 같은 것을 권할 경우 그는 그의 결벽증을 희생시켜서까지 사양하지 않았다. 처음 양복차림의 그를—요즘은 봉순네가 지어주는 철기(잠자리) 날개 같은 모시옷을 입었지만—경계했던 마을 사람들은 사글사글하고 자상스러운 말투에 호감을 가지기에 이르렀다. 언제 양반들이 농민에게 이토록 친절했던가. 더욱이 준구는 지체 높은 서울 양반으로 머리에 박힌 사람인데, 농민들은 변화를 싫어한다. 농민들은 또한 권위에 대한 숭배가 지극한 생리를 지니고 있다. 개다리출신인 김평산을, 개다리출신이기에 존경을 아니하지만, 양반이 잡인들과 몰려다니며 투전판을 벌이기 때문에 미워하고, 경멸하는 그 이유는 양반의 권위를 잃은 때문이다. 김훈장의 경우도 그러하다. 친애의 정은 가지나 농부들과 진배없이 농사를 짓고 종 하나 없는 처지는, 이 역시 양반의 권위를 잃은 존재이기에 숭배감을 못 가지는 것이다. 최참판댁의 최치수를 하늘같이 생각는 것은 그가 농부들에게 다정스런 지주이기 때문이 아니다. 오만하고 조금치의 접근도 불허하는 양반의 권위의식 때문에 숭배하는 것이다. 그러나 준구의 경우는 사정이 달랐다. 비록 농부들이 권하는 농주를 받아 마시기는 했지만 그의 행동이나 입음새는 사치스럽고 깔끔했다. 아는 것도 많아서 서울의 신기스런 얘기를 들려주었으며 나라의 형편이라든가 외국의 풍물에 관한 얘기며 농부들로서는 상상조차 하기 어려운 높은 벼슬의 사람들과 사귄 이야기, 그것은 모두 농민들에게 존경심을 일게 하는 것이었는데 그런 양반이 농주를 마다 아니하고 마셔주며 넓은 도량을 보여주는 데 감격하지 않을 수 없는 것이다.

"최참판댁 나리라믄 어림이나 있는 일이건데."

한편 농민들을 두둔하고 양반들을 깎아내리는 말을 준구가 할 때,

'개멩한 양반은 우리 편인가?'

막연한 의문을 품으면서도,

"허, 세상이 이잔 그리 돌아가는가? 글만 잘하고 제 똑똑하
믄 상사람도 벼슬을 할 수 있는 세상이 된다고?"

"나락(벼)은 익을수록 고개를 쑥이는 법이다. 지체 높은 가
문에서 호의호식으로 컸을 긴데 그런 긴피(낌새) 하나 없고, 아
이 알고 어른 알고, 그기이, 다 예삿일 같지마는 쉽지 않은 일
이구마. 누구나 할 수 있는 일이건데?"

늙은 농부는 나이 대접하여 깍듯하게 대해주는 것이 고마
워서 칭찬했다. 자연 준구를 칭찬하다 보면 치수를 헐뜯게 되
는 것이 인심이다.

"가문 좋겄다 재물 있겄다, 그러고도 벼슬 한자리 못허니
불출이지, 불출이라."

"가문 좋으믄 뭐 하노. 재물 있어도 소용없다. 당자가 잘나
야 재물이고 가문이고 빛이 나는 거지. 바라바리 서울로 실어
올리도 지 못난 데야 우쩌겠노. 할 수 없제."

"서울 그 나으리는 장차 멋을 해도 한자리 해먹겄더마. 사
람이 그만허믄 키가 좀 작아 탈이제 인물이야 좀 좋은가? 선
골이라니."

마을과는 딴판으로 최참판댁 집안에서는 준구의 처지가 좋
은 편은 못 되었다. 윤씨부인이나 최치수는 그럴 만한 연유가
있어 도외시하거니와 노비들은 내막을 알지 못하면서 상전이

달가워하지 않는다는 그 기색에서뿐만 아니라 그들 스스로 준구를 꺼림칙한 존재로 치부하고 있었다.

"이런 말할 거는 아니지마는 좀…… 아무리 친척이라고는 하지마는 갈아입을 옷 한 벌 없임서 양복인가 홀태바진가 남 안 입는 옷을 먼지 입고…… 우리 서방님께서도 안 그러시는 데 해 내놓는 옷에 어찌나 까탈을 부리시던지 고운때만 묻어도 벗어 내놓으니 모시옷 수발(시중)이 어디 그리 쉬운가."

봉순네는 조심스럽게 불평을 했다. 삼월이 역시,

"그러게 말이오. 와 그런지 처음부터 주는 거 없이 밉더마요. 얼굴은 뭐 핥아놓은 죽사발맨치로 미끈하지만."

"아서라. 입정이 그래서 쓰나."

"귀녀는 이마가 번듯하고 살빛이 희어서 잘생긴 인물이라 카지만 남자란 어글어글한 데가 있어야…… 손은 와 그리 여자 같고 다리는 또 얼매나 짧십디까."

"내림인가 배. 돌아가신 노마님께서도 다리는 짧으신는데."

"우리 서방님이사 성미가 무섭아서 그렇지, 키가 헌칠해서 도포 입으시고 통영갓 쓰시고 나시믄…… 남자란 얼굴보다 풍신이 좋아야."

"옷맵시야, 그렇지. 웬간해도 입으시믄 번치가 나니께. 마님께서도 그러시지마는."

"그런데 머하러 오시서 저리 안 가지요? 서울에서는 뭘하싰는고요."

"그러세…… 김서방 말이, 집안이 쑥밭이라고만 하더마."

행랑 하인들 역시,

"서울 못 가실 사정이 있어 피신 오셨으까."

"그러세…… 연한 배같이 사글사글하기는 하더라마는."

"와 아니라."

"한데 끼름(께름칙)하니."

"속을 모른께 그렇지."

"아무리 어진 사램이라도 오만 사램이 다 좋을 수만은 없제. 헌데 그 양반 마을에 내리가시믄 아이도 좋다 어른도 좋다, 농사치기들하고 농주까지 마시니, 머 개맹이 되믄 양반 상놈이 없어진다 하심서 등을 쓸쓸 만져주는 것같이 한데 카던데 보통으로 능수능란한 사램이 아닌가 배."

이러는 중에서 다만 삼수만은,

"흥, 사람 대접해준께 흥감(흡족)해서 그러누마."

하고 핀잔을 주었다. 한번은,

"우리 상전가? 와 그리 떠받치고 치키들고 해쌓노."

대수롭지 않은 복이 말에,

"네놈은 자손만대까지 종 노릇만 하겠다."

삼수 입에서 대뜸 말이 튀었다.

"머라꼬?"

"와 듣기 싫나? 나는 듣기 좋아할 줄 알았는데 와 듣기 싫노."

복이는 씩씩거렸다.

"그 양반이 괴팍을 안 부린다 캐서 숭 될 기이 머 있이며 노비나 상놈들을 사람 대접해준다고 그기이 허물 될 거는 머 있노, 응? 그래 양반끼리라믄 또 모르겄다. 종놈인 니 아가리서 머 어째?"

"하따, 싱갱이할 거 머 있노? 삼수 니도 피 올릴 거 하낫도 없거마는, 그만두어라."

돌이 말리었다.

"피가 오른다! 개돼지맨치로 천대를 받아야만 돋보이고 벌벌 기고, 그래 서울나리가 상하 구별 없이 대해준다고 괄시를 하는 너거들 심보는 평생 종질밖에 더하겄나! 천년만년, 자손만대까지 종살이나 해 처묵을 놈들 아니가!"

"놈들이라니?"

나이 십여 세나 많은 수동이 눈을 부릅떴다. 삼수는,

"누가 박서방보고 그러요."

하다가 자리를 훌쩍 떠났던 것이다.

치수는 어제저녁 때 장암 선생 문병 간다고 떠나서 밤에 돌아오지 않았다. 아침나절까지 그는 돌아오지 않았다. 하늘은 낮게 내려앉아 아무래도 비가 오실 것 같았다. 준구는 사랑 대청에 무료하게 앉아서 내려앉을 것 같은 잿빛 하늘을 올려다보고 있었다. 준구는 이곳에 오래 있고 싶어 있는 것은 아니다. 처음,

'아니면 전과 같이 또 어려운 청을 하러 오셨나 생각하신 게

지요.'

했을 때 이동진도 옆에 있고 해서,

'이번에는 그런 일로 온 게 아니구, 아무리 집안이 망하여 풍찬노숙이기로 거듭 체모 없는 청이야 드릴 수 있겠나…….' 하기는 했으나 실상 준구는 채귀(債鬼)에 쫓겨 도망온 것이다.

'어딜 간다? 날씨도 이 모양이니.'

치수가 없어서 느끼는 해방감보다 그는 적적함을 더 이기질 못했다.

'옳지! 그 늙은이한테 가보자.'

준구는 김훈장을 피뜩 생각해냈던 것이다. 마을 길에서 그를 만나 인사를 나눈 일이 있다. 머리를 깎은 것을 보고 다소 못마땅해하기는 했으나 자기 지체에 대해서는 충분한 경의를 표해주었다.

준구는 마을로 내려가서 지나가는 아이에게 김훈장댁이 어디냐고 물어 그의 문전에 이르렀다.

"일 오너라아!"

아무 소리가 없다. 헛기침을 한 번 하고 나서,

"일 오너라아! 거 누구 없느냐?"

이때 김훈장의 꼿꼿한 모습이 문간에 나타났다. 조준구를 본 그는 가랑잎 같은 얼굴에 홍조를 띠었다.

"웬일이시오."

"하 답답하여 담소나 할까 하고 찾아왔소이다."

잠시 어리둥절해하다가,

"누추한 곳을. 어, 어서 드십시오."

명색뿐인 사랑으로 인도하는 김훈장은 몹시 허둥대었다.

"신겸노복(身兼奴僕)의 처지라 이, 이거 예가 아니외다."

적잖게 감격하고 한편 부끄러워하며 말했다. 서당도 되고 사랑도 되는 대청 하나가 따른 두 칸 방에는 퀴퀴한 냄새가 났지만 깨끗하게 치워져 있었고 객인과 대좌한 김훈장의 몸가짐은 단정했다. 아까 답답하여 담소나 하러 왔다는 준구의 말을 분명 듣기는 들었으나 너무 졸지 간이어서 행여 딴 볼일이 있지나 않을까 생각했음인지 김훈장의 얼굴이 새삼스럽게 긴장이 된다. 김훈장은 우선 형식이나마 준구에게 담배를 권했다.

"못합니다."

못하는 것은 사실이나 준구는 연소자로서 공손하게 사양한다. 이때 장독을 두드리는 굵은 빗줄기 소리가 들려왔다. 방안이 캄캄해진다. 김훈장은 방문을 열어젖혔다. 하늘에는 시커먼 구름이 마구 달려가고 있었다.

"단비올시다."

준구는 더욱더 겸허하게 말했다.

"예, 때맞추어 오시구먼요."

"시절만 좋으면 향촌의 살림은 걱정이 없을 것 같구먼요."

"글쎄올시다."

하다가 김훈장은 뒷문을 열고 안을 향해,

"여기 상 내오너라! 거 매화주가 있을 게다."

하고 딸아이에게 이른다.

"이거 송구스럽소. 너무 무료하여 왔더니만 폐를 끼치오."

"별말씀을, 누추한 곳을 찾아주시니 고맙소."

"이곳에 와서 여러 날을 지내고 보니 묻혀 사는 선비의 뜻을 알 것 같소. 산천이 좋고 인심이 후해서……."

"욕심만 없다면, 허나 한이야 없겠소. 모두 부실한 자손들이지요."

"세상이 어지러워 기개 있는 선비들이 어찌 양명하겠소."

그 말은 김훈장에게 위로가 된 모양이다.

"원래 비재천학하여 소생은 아예 벼슬길을 바라지도 않았소만 촉망했던 문중 사람이 뜻을 펴지 못하고 단명하여 가버렸으니 집안 꼴이 말이 아니지요. 웃마을의 김진사는 생의 재종이었소."

잠시 말을 끊은 그의 얼굴에 순간 자랑스러운 빛이 지나갔다.

"신언서판(身言書判)이 분명하고, 이십 세에 등제하여…… 가문을 빛낼 줄 알았더니 그만 요절하고 말았소이다."

눈에 눈물이 글썽 돈다.

"살아 있었으면 소생보다 다섯이 아래니 마흔셋…… 그 사람 유복자마저, 아비의 뜻을 이을 줄 알았는데 이십이 못 되어 가버리고…… 청상만 두 분이 남아서 기가 막히지요."

하면서도 김훈장은 자신에 관한 일은 입 밖에 내지를 아니했다.

"허 참, 그거 애석한 일이구면요."

마침 술상이 들어왔기에, 김훈장은 처음 맞는 객인에게 아니 할 말을 했다고 느꼈음인지 어색한 웃음을 지었다.

"매화주올시다. 벽촌의 술이 입에 맞으실지."

술을 따라 준구에게 권한다.

이런저런 얘기를 하면서 술이 거나해지자 그들은 차츰 여러 가지 이야기를 터놓기 시작했다. 김훈장은 준구의 상투 자른 것을 마땅찮아 하는 뜻을 비치게끔 되었고 준구는 준구대로 그의 장기인 시국 얘기를 들고 나오며, 최치수에게보다 조심성 없게 지껄이기 시작했다. 술 탓도 있고 애당초 촌로(村老)로 얕잡아본 속마음 탓도 있었다.

"지금 이 나라 형편은 꼭 맛있는 고깃덩이 같은 거요. 나라라 해도 좋고 왕실이라 해도 좋은데, 뺏고 빼앗기고 쫓고 쫓기고 아귀 싸움이오. 찢어질 지경이지요. 이런 판국이니 외인들의 활갯짓하기가 오죽이나 좋겠소? 광산 채굴이다, 철도 부설권이다, 심지어 삼림의 벌목까지 내맡겨 그네들 배만 불려주고 있지 않소. 그게 다 누구 잘못인지 아시오? 수구파의 잘못이란 말씀이오. 수구파가 나라를 망해먹은 거요. 진작부터 문호를 열어놓고 그네들의 앞선 것을 눈치껏 배웠더라면 이 지경은 되지 않았을 게요. 소생은 생각이 있어서 남의 나라 글을 읽고 그네들 형편을 많이 연구해보았지만 이래가지고는 아무것도 되는 일이 없을 게요. 진작부터 했어야 할 양병을, 뒤늦게 포대다 총포다 외국인 연군 교사를 초빙한다, 그래가 지고 뭐가 되겠소."

준구는 잠시 말을 끊었다. 무슨 생각을 했던지 몹시 심각해 지더니 갑자기 빙그레 웃었다.

"그, 그렇지요. 총포다 외국인 연군 교사다 하고 말이오. 사 후 약방문 아닙니까? 송두리째 먹히게 된 마당에서 허둥지둥 한다고 될 일이오?"

김훈장은 어리벙벙한 얼굴이다. 뭐라고 말을 하여 의견을 내놔야 할 터인데 김훈장으로서는 국사를 논할 만한 상식이 없다. 그가 지닌 것이라고는 백 년 전의 상식일 뿐 오늘의 상 식, 그도 본바탕 서울서 묻혀온 실감나는 준구 이야기에 쉽사 리 뇌동할 수도 없고 반박을 할 수도 없다.

비는 줄기차게 퍼붓고 있었다. 준구는 빗줄기를 내다본다. 처음과 달리 시국 이야기에 흥미를 잃은 얼굴이었다. 빗줄기 에 더 관심이 가는 모양이다. 빨리 멎어주었으면 하고. 맥 빠 진 어투로 이야기를 잇는다.

"어쨌든 앞으로는 남의 나라에 나가서 견문을 넓혀 오거나 아니면 국내에서라도 세계 정세에 민첩하고 선진국의 문물제 도에 소상하지 않고는 행세하기가 어려울 게요. 덮어놓고 추 종이다 망국 풍조다 할 게 아니라, 바로 그 점에 있어서는 일본이 선수를 쓴 셈인데, 하잘것없는 섬나라가 대국 청나라 세력을 꺾고 지금 아라사하고 겨룰 수 있는 것도 그네들이 진작부터 문호를 개방하고 약삭빠르게 서양 문물제도를 들여오고 최신 무기로 준비를 갖추어 양병에 힘쓴 탓이오. 그러니 그네들은 선견지명이 있었던 게지요. 게다가 백성들에게는 그네들이 우월하다는 것을 힘으로 보여주었고 우월감을 고취시켜 발돋움해온 게요. 우리는 덮어놓고 그들을 왜구니 어쩌니 하고 업수이여기려 하나 그것은 허세요. 의병의 봉기 따위는 짚둥우리의 아우성에 불과할 거란 말이오. 우리도 약삭빠르게 그네들한테서 뺏을 것은 뺏고 양보하면서 얻을 것은 얻어내고. 힘없는 자존심 같은 게 무슨 소용이겠소? 앞으로 보십시오. 일본이 아라사를 쳐 넘길 게요. 아라사는 덩치만 컸지 허한 나라요. 청국같이 노대국이거든. 일본을 말할 것 같으면 신흥국."

준구는 혓바닥에 익어서 줄줄 나오는 말을 그대로 계속하면서 가늘어진 빗줄기에 마음이 가 있다. 엉거주춤 묘한 얼굴이던 김훈장에게서 확실한 반대의사가 나타나기로는 의병의 봉기 따위, 짚둥우리의 아우성, 그 말이 준구 입에서 나왔을 때부터였다. 드디어 비는 멎었다. 준구는 자리에서 서둘러 일어섰다.

"허, 이거 너무 말이 길어졌소이다."

"대접이 미진하여 죄송하외다."

"별말씀을, 폐를 끼쳤소."

김훈장은 문밖까지 준구를 배웅해왔다.

'뼈대 있는 집안의 지손(支孫)이…….'

문밖에서 다시 인사를 나누며 김훈장은 생각했고,

'총포…… 외국인 연군 교사…… 그렇지, 한번 권해볼 만하군.'

준구는 속으로 뇌고 작달막한 다리를 급히 떼놓아 마을 길을 내려간다. 그새 메말랐던 땅에는 빗물이 말짱 스며들어 그렇기도 하려니와 급히 가면서도 조심성스런 준구는 흙물 한 방울 버선에 적시지 않고 최참판댁에까지 왔다. 사랑 신돌 위에는 치수의 신발이 나란히 놓여 있었다. 빗길을 왔을 리는 만무였다.

준구가 나간 뒤 곧이어 치수는 화심리에서 돌아온 모양이었다.

준구는 잠시 멈추어 섰다. 흔들리는 파초 잎에서 빗방울이 구르며 떨어지고 있다. 시원하고 상쾌한 바람이 얼굴에 닿는다. 숨을 가다듬은 준구는,

"돌아왔구면."

하고 방문을 열었다. 치수는 멍하니 앉아 있었다.

"병세는 위독하시던가?"

"……."

준구는 치수와 마주 보게 앉는다.

"무료해서 김훈장인가 그 사람 집에 다녀왔지."

"……."

"내 자네 간 새 이런 생각을 해봤네."

"……."

"아무래도 자네 몸을 좀 다스려야 할 것 같단 말이야. 약도 좋겠지만 몸을 단련하는 편이 더 좋지 않을까? 그래서 생각했네만 사냥을 해보는 게 어떨까?"

"사냥요?"

"음, 전에 해보았나?"

"옛날에 좀 해보았지요."

"그때는 번거로웠을 게야. 몰이꾼 생각 말구 단출하게 할 방법이 있지. 엽총으로 말이야."

"엽총?"

"거 포수가 가지고 다니는 그따위 화승총 말고 아주 좋은 엽총을 입수해서, 그 사냥 재미가 보통 아니더구먼. 나도 서울서 외국 사람들을 따라가보았네만 아 여긴 지리산이 가깝겠다 사냥터론 좀 좋은가."

"좋은 엽총이라구요?"

치수의 눈에는 완연하게 흥미스런 빛이 떠올랐다.

"값이야 고가겠지만 외인들에게 부탁하면 손에 넣을 수도 있을 게야."

16장 구전(口傳)

십육칠 년이 넘는 지난날의 일이다. 물론 봉순네가 봉순이를 낳기 훨씬 전이며 민란에 가담하여 쫓기는 처지인 데다가 일찍부터 집 나가 있던 남편이 기여 어떤 여자까지 거느리고 종적을 감추어버린 뒤 기약도 없는 사람을 기다리면서 봉순네가 최참판댁 침모로 몸 붙여 있을 때, 그날 밤은 드물게 눈이 내리고 있었다. 바느질하는 봉순네에게 물레질을 하면서 간난할멈이 들려준 얘기에 의할 것 같으면 최치수의 부친이 세상을 떠난 것은 스물한 살 적이며 뒤꼍에 알밤을 묻느라고 한창 법석을 떨었던 늦가을이었다는 것이다.

"지금 생각해도 그날 밤 일은 진저리가 치인다."

끊어진 무명 올을 이으면서 간난할멈은 으스스 몸을 떨었다.

"우리 김서방(그의 남편)은 그때 집안을 도맡은 수동이아배 박서방을 따라서 구례에 가고 없었지. 우찌 일이 그리될라고 그랬던가……. 날씨는 종래 없이 바램이 불고 칩더마. 꼭 이월 바람할매 내리올 때맨치로 으실으실 칩더마. 박서방이 있었어도 그리는 안 됐일 기든가. 초지녁부텀 애기가, 그러니께 지금 서방님이지. 막 돌을 넘긴 때였구마. 서방님은 나시믄서부텀 실하지를 못해 늘 골골거맀는데. 첫아드님을 잃어부린 뒤 나신 애기고 게다가 원치 자손이 귀해서 머리만 따따무리

307

해도 집안이 슬렁슬렁했네라. 그날 밤은 초지녁부텀 우찌나 애기가 보채던지 아씨하고 나는 번갈아가믄서 재우느라 땀을 뺐지. 한참 실랭이를 하다가 게우 잠드는 거를 보고 난 뒤 별당 건넌방으로 물러나와가지고 잠을 한잠 잤이까? 대숲 쪽에서 개들이 수지야지(야단법석)를 떠는 소리에 눈이 번쩍 떠지는데 전신에 찬바램이 횡 불더마. 울부짖고 금방 창자가 끊어지는지 죽는소리를 지르고 대숲이 떠나갈 거 겉고, 말이 개라카지마는 이만저만한 개라야제? 덕채 겉은 큰 놈이고 심이 세기로 범 겉은 놈인데 그눔으 개 두 마리가 굿을 치는 기이 예삿일 아니라는 생각이 안 들었겠나? 아씨께서 놀래시겠네, 건너가봐얄 긴데, 마음은 그러지마는 당초 오금이 떨어져야제. 턱이 덜덜 까불리고 멋이 방문을 박차믄서 달기들 것 겉고, 용을 바짝바짝 쓰믄서 가까스로 아씨 방에 갔더마는 아씨는 잠이 든 애기 옆에서 바느질을 하고 기시더마. 아씨가 무섭아하실까 봐서 내가 갔는데 심상한 아씨를 보니께 도리어 내 무섬증이 달아나지 않았겠나? 그때부텀 나는 아씨를 범연한 분이 아니시라 생각했지. 담이 크시고 싫고 좋은 것 낯색으로 나타내시지 않고…… 그래 내가 아씨 저눔우 개들이 와 저리 굿을 치는지 모르겠소, 하니께 아씨는 아무 말씸 안 하시데. 한참 만에 아까운 개 두 마리 죽이겠군, 혼잣말씸겉이 하시더마. 말이 개라 카지마는 덕채 겉은 개 두 마리가 저리 수지야지를 꾸미는 거를 본께 아무래도 산신(호랑이)이 내리왔는갑십니다, 그러니께 아씨 말씸이 그러게, 큰 짐승이 내려왔나 부다, 정성이 부실해서 그런가 보군. 아닌 게 아니라 나도 그런 생각을 안 한 거는 아니네라. 와 그런고 하믄 마침 그날 마님하고 함께 아씨는 절에서 막 돌아오싰거든. 애기 수명장수를 빌어서, 불공을 디리고 돌아오신 뒤끝이었으니께. 우예 맘이 섬뜩하고 흉사가 있일 거 겉고. 그렇다 카더라도 정성이 부실했는갑십니다 할 수는 없는 일 아닌가? 해서, 그럴 리가 있겄십니까. 네 발 가진 짐승이 어딘들 안 댕기겄십니까. 하기는 하는데 죽어 자빠지는 거 겉은 개 울음소리는 머리끄뎅이를 당그라매는 거겉이 무섭데. 앉아서 꼬박이 밤을 안 샜나? 나중에 들었지마는 안에서는 마님께서도 못 주무시고 밤새 염불만 모싰다 안 카나."

"그래 정말 산신이 내리왔던가요."

봉순네 묻는 말에,

"흠, 차라리 개라도 물어갔임사?"

"그라믄 사람을?"

봉순네는 하던 일손을 멈추고 간난할멈을 쳐다보았다.

"아니 그것도 아니고, 그래 내가 아침이 돼서 밖으로 쫓아가는데 이기이 우찌 된 일이고? 바로 별당 중문 앞에 개 두 마리가 쭉 뻗어져 누워 있지 않었겄나? 똑 죽은 줄만 알았던 그놈의 개가, 두 마리가, 아씨! 이놈 개들이 자빠져 자고 있심다! 엉겁결에 소리를 질렀지. 아씨는 기웃이 내다보시더마.

나는 개가 성해서 들어온 기이 하도 신기스럽고 우찌 좋던지 이눔 개야! 안 뒤겼고나 하고 발로 툭 찼더마는 대가리를 치키들고 나를 보는데 시상에 내사 그런 무선 개 눈깔은 난생첨 봤구마. 씨뻘게가지고 눈까리가 터져부린 거 겉고 밤새도록 송장이라도 뜯어묵고 온 거맨치로…… 일은 그 다음부텀 터진 기라. 한나잘까지는 아무 일도 없었지. 그러니께 지금 우리맨치로 뒤채에는 수동애비 박서방이 나가 살고 있었는데, 해나절쯤 해서 뒤채 쪽이 두신두신(두런두런)하더마. 한데 누가 알었이야 말이제. 까매기겉이 몰랐네라. 쇠 빠질 놈들(하인들)이 대숲에 죽어 자빠진 노루를 본 기라. 그거를 보고 눈까리가 뒤집어진 그 쇠 빠질 놈들이 좋은 일[佛事] 한 거는 알 바 없이 개가 창자를 파묵다 둔 중송아지보다 큰 노루를 뒤채에 메들있다 안 카나. 박서방은 없었다, 박서방댁도 애를 업고 안에 와 있었겄다. 서방님도 진주 나가신 지 여러 날 되시겄다. 별호천지[別有天地], 아무것도 꺼리낄 기이 없었이니께. 한데 저희 놈들이 몰랐일 뿐이지 서방님은 그새 돌아오시서 사랑에 드싰던가 배. 쇠 빠질 놈들이 노루개기에 환장해서 몰랐던 기라. 다 일이 잘못될라고 그랬던가……. 그래 뒤채에서 하도 두신(두런)거리니께 서방님이 나가보신 모양인데, 원치 그 양반 나이 깐에는 호협한 분이싰지. 지금 서방님하고는 영 딴판이고 어글어글하게 생기신 분이 뼈대가 장대하시고 글도 좋으싰지만은 사냥도 즐기시고, 이십 전에 벌써 진주까지 나가

시서 기생방을 드나들었으니 웬간히 조달(調熟)하시기도 했
제. 그래 그렇던지 세상 물정에 능통하시고 사람 다루는 법
도 대단하시고 하인들을 꾸짖으시는 일이 없는 대신 이따금
씩 우스개 비슷이 말씀하심서 잘못을 알아차리게 하시더마.
동네 어른들이 늘상 말씀하시지. 청탁을 가리지 않는 거를 보
아 능수능란하느니 그릇이 커서 참판어른 증조부맨치로 장차
큰 벼슬길에 오를 거라느니 하고. 노마님께서도 일구월심 손
주 벼슬에 오르시어 금의환향하실 날까지는 사시야겠다고 소
원이셨고, 다만 호협한 서방님 성품을 근심하시더마. 그런 서
방님이 뒤채에 나갔으니께 우찌 되었겠노? 노루개기를 처묵
던 그 쇠 빠질 놈들이 주녁이 들어 아가리에 개기가 들어갔겠
나? 서방님이 웃으시믄서 누가 노루 사냥을 했느냐고 물으신
모양이라. 그래 나잇살이나 묵은 쇠돌이가, 지금 삼수할애빈
데 그때 서른은 더 넘었을 기다. 우리 김서방보다 한두 살 위
였으니. 쇠돌이는 어릴 적에 서방님을 업어주기도 했으니 다
른 놈보담이사 덜 어렵아했겠지. 그래 쇠돌이가 사냥은 개가
했심다, 하고 대답을 하니께 서방님께서 짐승이 잡은 것을 장
골들이 모여 앉아 먹으니 자네들 염치도 좋네, 하시니께 그
쇠 빠져 죽을 놈들도 주녁이 풀릴 거 아닌가. 방정맞기도 하
지, 쇠돌이가 무심결에 개기를 권했다 안 카나, 어릴 적에 밤
도 줏어다 디리고 했으니 지도 무심히야 했겠지. 서방님이사
머가 기럽어서 개기를 드셨겠노? 쇠돌이가 무안 탈까 봐서 잡

311

수신 거지."

"저거를 우짜노? 그러시는 거 아닌데 불공 디리고 나서 우짜실라고."

"와 아니라. 그저 그놈들이 직일 놈, 그놈들이사 부처님도 개로 치부하겠지마는 서방님도 베멘(범연)하싰지. 하기사 안에서 하시는 일 밖에서 아실 턱도 없고, 또 선부(선비)들이 절을 어디 좋아하시건데? 중을 알기로 머맨치로…… 추구를 받으신 거라. 그날 밤 당장에 동티가 나는데 집안이 물 끓듯 안 했나? 당장에 말문부텀 맥히고 복장을 치고 잡아 뜯고 하심서 숨을 몰아쉬시는데, 말도 마라. 눈에 심이 찌어서 못 보겠더마. 오밤중에 이원이 오고, 그때는 문이원 말고 하이원이라고 선대 때부터 댕기시던 이원인데 아무 소용없더마. 노마님께서는 늦게사 노루 얘기를 들으시고 그만 까무라치싰지. 세상에 영신 없다고는 천하없이도 말 못하네라. 그때 내 눈으로 똑똑히 안 봤나? 하모 봤지러. 새북에 정기에서 미움을 쑤는데,"

간난할멈은 물레질을 멈추고 얼굴을 찡그렸다.

"미움을 쑤어가지고 솥뚜방을 여는데 세상에도 그리 해괴망칙한 일이 어디 또 있겠노."

봉순네는 침을 꼴딱 삼킨다.

"아 그러세, 거짓말 하낫도 안 보태서 신짝만 한 지네가 한 마리 미움 속에 삶기 있더라니께."

"지네가!"

"눈앞이 막막하고 얼굴에서 식은땀이 줄줄 흐르더마. 그러 니께 아무것도 목에 넘기지 말라는 추굴[追窒]이제. 가슴이 벌 렁벌렁 뛰더마는 우짜겄노. 다시 허불면 떠불면(허둥지둥) 쌀을 갈아서 미움을 쑤었지. 그걸 가지고 갔더마는 잡숫기는 어디 로 잡사? 떠 넣어도 그냥 입가에 흘리시믄서, 한낮이 지날 때 쯤 해서, 숨을 거두시데. 노마님은 땅을 치시다 그만 까무라 치고 마님하고 아씨는 넋이 나간 사람맨치로, 참혹해서 그 정 상을 우찌 보겄더노. 그 길로 삼수할애비 쇠돌이는 삼수애빌 두고 제 목을 매달아 안 죽었나. 심성은 고운 사람인데 우짜 다가 그만…… 그거를 생각하믄 삼수 놈이 불쌍해서 코도 닦 아주고 임석(음식)도 챙기 믹이고,"

"그라믄 삼수아배는 우찌 됐소?"

"그놈? 모르제…… 어디서 내질렀는지 핏덩이 겉은 삼수 놈 을 행랑방에 넣어놓고 달아났제. 나이라 캐야 열여덟밖에 안 되는 놈이 처녀를 건디맀든가 아니믄 아 에미가 죽었던가, 클 수록 삼수 놈은 지애빌 빼썼으니께(닮았으니까). 씨는 틀림이 없 는가 배."

이야기가 빗나간 것을 깨달은 간난할멈은 얼른 말머리를 돌렸다.

"그래서 개 두 마리는 때리잡고 그런 다음부터 개를 안 기 르누마. 노마님은 그 길로 중풍이 들어 한 해를 누워 계시다 돌아가시고,"

이 밖에도 간난할멈은 최참판댁이 살림을 이룬 내력을 자세하지는 않았으나 대충 들려주었다. 살림이 일기로는 최참판의 모친 때라 했다. 그렇게 말한 것은 남편과 사별한 청상과부로서 다만 그의 힘으로 오늘의 기틀을 잡았기 때문이다.

"그러니께 옛적에는 가문이 좋기는 해도 기찹았던가 배. 참판어른 조모님이 살림 일기를 소원해서 육경신*을 하시더란다."

"그거 예사 사램이 예사 정성으로 못한다 카던데,"

"하모, 예사 정성 가지고는 못하제. 일 년에 여섯 분 하는데 안 묵는 기사 말할 것도 없고 한 분이라도 꼬박 자불기만(졸기만) 하믄 뒤꼭대기서 신관이 지키고 있다가 하늘에 고해바치니께 다 허사제. 수울한 짓이라믄 안 할 사램이 없게? 그래 그랬던지는 몰라도 살림이 일기 시작했는데 참판어른 어무님이 대단한 분이던갑데. 피가 나게 살림을 모았다더마. 한 대를 뛰어서 참판어른 며누님, 그러니께 중풍으로 돌아가신 노마님 그 어른이 또 남자 못지않는 배포로 모은 살림을 늘이있고 또 한 대를 뛰어서 지금 아씨, 아니 마님이, 하기사 친정에서 짓덕(친정서 가져가는 땅)도 많이 가지오싰지마는 영민한 분이라 인심 안 잃고도 살림은 더 많이 컸지. 한 대씩 섞바꾸어감서, 그러니께 참판어른 어무님 때하고 며누님 때하고 증손주 며누님, 이렇게 세 분인데 우찌 그리 한결같이 청상이고 외아들이신고, 생산은 더 못하신 것도 아닌 모양이지마는 자손이 지리질 못했는갑더라. 하기사 낳는 쪽쪽 다 기르는 그런 복

많은 사람이 흔한가? 우쨌든 간에 그 위의 조상님 일은 모르겠고 지금 서방님이 오대독자구마. 노마님께서는 절에 가시서 치성도 많이 드리싰고 뒷산에다가 삼신당을 모아 지극한 정성도 올렸지마는 자손 귀한 것만은 인력으로 안 되는 모양이라."

"그라믄 서방님 아버님께서는 그리 돌아가싰지마는 할아버님께서도 일찍 돌아가시소?"

"그 어른도 삼십 안 적에…… 처가가 서울 조씨 가문 아니가, 서울서 오시는 길에 낙마하시서 그 길로."

간난할멈은 그 일에 대해서는 떨떠름해하며 더 깊은 이야기는 피하는 듯싶었다. 봉순네가 들은 선대의 사인(死因) 이외 기억에 남을 만한 것은 참판의 조모님이 육경신을 했다는 정도에 불과한 것이었지만 마을에 전해내려온 이야기는 좀 더 상세했을 뿐만 아니라 해괴한 것이기도 했다.

오랜 세월이 지나갔으나, 그렇기 때문에 최참판댁 내력은 전설이 되었다. 공공연하게 들추어질 수 없는 성질이었음에도 마을을 둘러싼 숲이나 강물, 들판에 되풀이 찾아오는 사계절처럼 되풀이되어왔던 것이다. 그것은 또한 이 마을의 역사였는지도 모른다. 최참판의 어머니에 대한 여러 가지 일화 중 된장 속의 구더기를 장벌렌데 어떠냐 하면서 빨아 먹고 버렸다는 둥 오밤중에 노비를 모조리 강가로 내몰아서 밤이 새도록 후리질을 시켜, 잡힌 물고기를 장에 가서 팔아오게 했다는 둥 겨울이 되면 늑대 같은 안늙은이가 잠 한숨 자지 않고 방방이 돌아다니면서 아궁이마다 불을 지폈는지 안 지폈는지 살폈으며 냉방에서 떨며 새우잠을 잔 노비들을 날도 새기 전에 두드려 깨워 나뭇단 실어 장에 팔러 보내고 산에 나무하러 보냈다는 둥 메주 쑬 때는 메주 먹는다고 밥을 안 주었으며 김장 담글 때는 김치 먹는다고 밥을 안 주었다는 둥 모두 지독한 구두쇠임을 나타낸 것들이었다. 몇 해 전에 죽은 봉기의 조부가 어릴 적에 제 눈으로 보았노라 하며 한 말도 역시,

"한분은 이런 일이 있었제. 그해는 가뭄이 들어서 괴불을 내걸고 중들이 수룩(수룩재)을 하는데 지나가다 구겡을 하고 있는 등짐장사 둘이 하도 배고픈 얼굴을 하고 있이니께 중이 밥을 주었다 말이다. 그랬더니 어이서 날아왔는고 할망구가 쫓아와서 바리때를 빼앗더마. 그래가지고는 밥을 착착 버지기에 부어버리더니 바리때에 물을 가시서 홀랑 이녁이 마시부리고 허는 말이 이리 날이 가문데 곡식이 금탕겉이 귀한 줄 모르고 아무한테나 밥 주느냐, 그래서 중이 그만 얼굴이 뺄개져서, 허 참 그래가지고도 삼악도에 안 떨어졌다믄 세상에 영신이 없는 기지."

이 정도면 있음 직한 일이다. 그러나 황당무계한 얘기를 마을 사람들은 더 좋아한다.

"종년이 하도 배가 고파서 쌀을 씻다가 쌀 한 줌을 집어묵었더란다. 그것을 본 할망구가 방맹이로 종년 뒤꼭대기를 때

렸다 안 카나. 살이 동해서 그랬던지 종년은 그만 급살을 했는데 그 원귀가 최씨네 지붕땅 모랭이를 돌다가 하나 있는 손주, 그 씨종자에 붙어부린 기라. 별안간 주하고 사하고* 눈을 까집고 집안이 수라장이 되었는데 봉사가 오방신장을 불러내고 육호를 빼고 정문을 친께 구신이 나타나더란다. 그 종년이지 머. 그래 봉사가 정문을 막 치른서 소수를 대라고 소리소리 지르니께 이리저리해서 방맹이 맞고 억울케 죽은 혼신이라 하더란다. 그래 회원[解寃] 굿을 크게 해주고 천도를 시키주어 게우 씨종자 하나는 구했다 카더라마는,"

"그 할망구는 죽어서 구렁이가 됐다 카더마. 종년이 쌀뒤주에 쌀을 내러 간께 쌀뒤주 밑에서 말이다, 조깬썩(조금썩) 조깬썩 하는 소리가 나더라 안 카나. 그래 본께 누우런 대맹이(큰뱀)가 있더란다. 종년은 그만 화통이 터져가지고 살았일 적에도 밤낮 조깬썩 조깬썩 하더마는 죽어서도 조깬썩 조깬썩! 하믄서 끓는 물을 확 찍티맀더란다(끼얹었더란다). 등이 홀딱 벳기진 대맹이는 눈물을 흘리면서 집 안을 돌아댕깄다 카는데 지금도 그 등이 벳기진 흰 구렁이가 집 찌끼미(지킴이)로 있다 안 카나."

이런 말이 최치수 증조모 귀에 들어가서 발설한 아낙이 죽도록 맞았다는 얘기도 있었다. 그러나 어떤 내용보다 최씨네 가문을 멍들게 한 것은 다음의 이야길 것이다.

어느 해, 마을에는 가뭄이 들었다고 했다. 들판은 누우렇게 타버리고 강물은 말라서 고기들이 말라 죽는 무서운 가뭄이었다고 한다. 나라에서는 기민 쌀을 내었으나 그것도 한도가 있는 일, 길거리에는 굶어 죽은 시체가 나동그라지고 그것을 파먹는 짐승조차 얼씬거리지 않았다는 것이다. 이때 최씨네 고방에 쌓인 곡식은 그네들, 굶주린 농부들의 전답 문서하고 바꾸어졌으며, 석 섬 나는 논 한 마지기는 몇 말의 곡식으로 둔갑을 했어도 조상 전래의 땅이 없어지는 설움보다 당장목숨 부지하기에 급급했다는 것이다. 이때 자식 일곱을 거느린 과부는 가물가물 정신을 잃어가는 자식들을 보다 못해 죽물이나마 목을 축여주려고 바가지를 안고 기다시피 최씨네문전에 가서 애절하게 구걸을 했다는 것이다. 전답 문서와 바꾸어지는 금싸라기 같은 곡식이 나올 리 없었고 과부는,

"오냐! 믹일 기이 없어서 자식새끼 거나리고 나는 저승길을 갈 기다마는 최가 놈 집구석에 재물이 쌓이고 쌓이도 묵어줄사램이 없을 긴께, 두고 보아라!"

저주를 남기고 굶주려 죽은 과부와 그 자식들 원귀 때문에 최참판댁에는 자손이 내리 귀하다는 것이다. 이런 구전(口傳)으로 하여 한 시절 전까지만 하더라도 청빈한 선비들은 이 마을에 들어서면 강 쪽으로 얼굴을 돌리며 고래 등 같은 최참판댁 기와집을 외면했고 최씨네의 신도비(神道碑)에 침을 뱉었다는 것이다. 어느 정도 근거가 있는 말인지 알 수 없으나 아무튼 그 많은 재물을 쌓은 이면에는 죄악의 행위가 있었던 것만

은 부인할 수 없을 것 같다.

사랑 대청에 치수와 준구는 마주 앉아 바둑을 두고 있다. 바둑판에 바둑 부딪는 소리가 들릴 뿐 무더운 한낮은 조용했다. 뒤뜰 처마 밑에 서서 길상은 흘러가는 구름을 마냥 바라보고 있었다.

'참말이제, 저 구름은 어디로 가는 길까? 와 사람은 저 구름을 타고 갈 수 없이까? 구름을 탈 수 있이믄 노스님 한분 만 나보러 갔이믄 싶다. 이놈 길상아! 곡식 한 알이라도 아낄 줄 모르믄 후일 배고파 울 날이 있으리니 하시더마는,'

우관스님이 못 견디게 그리웠다. 엄하고 무서운 노스님이었다. 모두들 그의 앞에서는 떨었고 길상이도 떨었다. 그러나 길상이 세상에 나와 맨 먼저 기억한 얼굴은 어머니 아닌 우관스님이다.

김서방댁 채마밭 사잇길을 귀녀가 지나간다. 구름을 보다가 길상은 자주 댕기가 흔들리는 귀녀 뒷모습을 바라본다. 발을 내려놓은 사랑 대청에서 바둑을 두던 치수도 발을 통하여 아른거리는 귀녀 모습을 힐끔 쳐다본다. 얄팍하고 빨간 입술, 입매를 조금 비틀며 흐미한 웃음을 머금는다.

길상은 돌담을 따라 사랑 옆켠으로 나가면서 돌담에 손가락으로 글씨를 써보다가 빨갛게 핀 석류꽃을 올려다본다. 다시 눈길을 돌려 둥둥 떠내려가는 구름을 본다.

'노스님은 와 나를 여기 보내싰으꼬? 혜관스님은 금어가 될 기라고 하싰는데?'

우관스님은 무서운 분이었지만 다른 상좌 애들보다 길상에게 눈길을 많이 보냈다. 눈길이 슬프게 보인 것을 길상은 기억한다. 이노옴! 할 때는 굵은 눈썹이 꿈틀꿈틀 움직였지만 석장을 짚고 산봉우리 중턱을 안개같이 흘러가는 구름을 바라보던 모습—.

'우째 그리 서럽어 뵀일꼬?'

"날씨 고약하다."

바둑을 끝낸 치수는 바둑알을 모아 그릇에다 쓸어담는다.

"상당히 찌는구면."

준구는 손수건을 꺼내어 이마에 밴 땀을 닦는다.

"산에 가보시지 않겠소?"

"산에?"

"재미나는 일이 있을지도 모르지요."

"재미나는?"

준구 낯색이 좀 달라진다. 재미난다는 말에 덴 일이 있었기 때문이다. 서울서 처음 갈보 집에 끌고 갈 때 그런 말을 했었다. 산골에 갈보 집이야 있을까마는 무슨 심통을 부릴는지 예측할 수 없는 일이며 아집이 강한 치수인 만큼 안 가겠노라 할 수도 없고 불안한 것이다. 치수는 웃고 있었다. 조조가 웃음에 망했다 하던가? 최치수의 웃음도 과히 좋은 징조는 아니다.

밖에 나와서 작달막한 준구와 헐렁하고 큰 키의 치수가 누각 가까이까지 올라갔을 때 밤나무 그늘에서 또출네가 쭈그리고 앉아서 이를 잡고 있었다. 웃통은 아예 벗어젖힌 채였고 찢어진 치마 밑의 아랫도리를 그냥 드러내놓고 있었다. 준구는 히죽히죽 웃다가 외면하고 치수는 무감동한 눈길을 그곳에 보내고 있었다.

"허어 이 사람아."

준구는 치수의 팔을 끌었다.

또출네 옆을 지나친 치수는,

"요즘 마을로 자주 내려가신다죠?"

하고 물었다.

"글쎄…… 하도 무료해서,"

"상것들하고 대작을 하신다면서요?"

"대작? ……뭐 먹고 마시는 데 귀천이,"

"아암 그렇고말구요, 썩 좋은 일이지요."

숲속으로 들어서자 준구는 다시 불안을 느끼기 시작한다. 오던 길을 되돌아본다. 밤나무 아래 또출네가 조그맣게 보였다.

"여기서 꺾어져 곧장 가면 삼신당이 있지요."

뒤돌아보는 준구의 목덜미를 되돌려놓듯이 치수는 말했다.

"삼신당?"

골짜기를 향해 곧장 누워 있는 길에서 옆으로 꺾어든다. 한참 갔을 때 실개천, 작은 개울치고는 푼수에 넘는 돌다리가 걸려 있었다.

"네, 삼신당 말이오."

돌다리를 지난 뒤 치수는 준구 반문에 대꾸했다.

"삼신당이라면 자수당(子授堂) 말인가?"

"그렇지요. 전에 오셨을 때 안 가보셨소?"

"그럴 새가 있었나? 신당이라면 아무 데나 있는 거구."

"삼신당은 그리 흔치 않을 걸요."

"글쎄 삼신당이고 서낭당이고 뭐 그런 구별 알아야지."

치수는 오솔길을 따라가면서,

"그 삼신당은 증조모님께서 지으셨답니다."

"그래?"

"영험이 없었나 부지요."

"미신이야 미신, 공연한 짓이지."

"여기서 또 꾸부러집니다. 이 길은 삼신당 뒤로 나가는 길
이오. 삼신당 앞으로 곧장 나가면 아까보다 큰 개울이 있고
거기 서낭당이 있지요. 그 개울은 여인네들 매욕(沐浴)하기 안
성맞춤인 곳이오."

준구는 마음속으로 하아, 여인 목욕하는 꼴을 숨어 보자는
건가 뇌며 실쭉 웃는다. 그러나 치수는 삼신당 뒤쪽으로 돌아
가자 더 이상 안 나가고 돌아섰다.

"기척을 내지 마시오."

족히 한 칸은 넘을 것 같은 삼신당 뒷벽에 치수는 준구를

떠밀다시피 붙어서게 했다. 짐작이 엇나갔으므로 준구의 얼굴은 묘하게 된다. 떠미는 바람에 두렵기도 했던 모양이다.

제법 거리가 있는 곳에 서낭당 지붕과 빛깔이 바래기는 했으나 단청 입힌 처마 끝이 잡목 사이로 엇비슷하게 보였다. 그리고 나무에 가려서 끊어지고 이어지면서 서낭당으로 이르는 길이 보였다.

"대체 여기서 뭘하는 건가?"

치수는 입술에 손가락을 대 보였다. 그의 눈에는 장난기가 실려 있었다. 어쩌면 그 모습은 소년 같기도 했다. 편모슬하의 외아들 꼴이 좔좔 흘렀다. 다음 치수의 눈이 무엇을 잡은 것 같다. 개울에서 목욕을 한 귀녀가 수건을 손에 들고 이켠을 향해 걸어오고 있었다.

치수는 몸을 돌리더니 준구 곁에 나란히 등을 붙이며 섰다.

"기척을 내면 파흥이오."

낮은 소리로 속삭였다. 한참 후의 일이다. 삼신당 앞쪽에서 문 열리는 소리, 쇠고리 흔들리는 소리가 들려왔다. 삼신당 안을 저벅저벅 밟는 발소리, 마룻장 울리는 소리가 난다. 한동안 기척이 없더니,

"삼신제앙님네, 목신제앙님네."

목소리가 새어 나온다.

"태산제앙님네, 천조랑씨제앙님네, 은조랑씨 제앙님네, 열아홉 살 묵는 김씨 방성 씨종자 아들이 소원이오. 최씨 가문

의 씨종자 아들 하나가 소원이오."

준구의 눈이 휘둥그레진다.

'최씨 가문의 씨종자라니? 저년은 귀녀 아닌가.'

곁눈질로 치수를 보는데 치수는 싱글벙글 웃고 있었다. 귀녀의 축원하는 소리는 계속 들려오고 있다. 아마 수없이 손을 비비고 머리를 조아리며 절을 하고 있을 것이다.

이윽고 축원하는 목소리는 멎고 발소리는 삼신당 밖으로 사라진다. 숲속에서 팔매같이 날아가며 소쩍새는 찢어지는 소리로 울었다.

"대단한 욕심이군그래."

어처구니없다는 듯 뇌다가 준구는,

"아아니 이 사람아, 자네 저년을 건드렸군그래."

하고 껄껄 웃는다. 치수도 따라서 껄껄껄 소리를 내어 웃어젖힌다.

"썩 재미있지 않소?"

"허허어 참, 그년 허파에 바람이 들어도 대단하게 들었구먼."

"만석꾼 살림이 눈앞에 얼른얼른했을 게요."

"자네도 죄가 많네."

치수는 웃던 웃음을 멈추었다. 껄껄 하던 웃음은 맥이 차츰 빠져서 허허허 하다가 눈에 독기가 번득 섰다.

"그년을 내가 건드려요? 안 건드리고 바라보는 재미가 어떻다고 건드립니까?"

"뭐?"

더 이상 부언하지 않고,

"집념이오."

"······?"

"계집의 집념에는 사내가 따를 수 없지요. 욕심도 많지만, 그렇지 않을 때도······ 조그만한 욕심, 조그만한 원한, 미움만으로도 살인하는 일이 허다하죠."

"그게 무슨 소린가?"

"최씨 집안의 살림은 여자 집념의 상징 아닙니까?"

하다 말고,

"내려갑시다."

돌다리 가까이까지 치수는 완강한 침묵을 지키며 갔다. 돌다리를 지난 뒤 치수는 뒤따르는 준구를 돌아본다.

"서울 올라가보시겠소?"

"음?"

"엽총을 구하러 가시겠소?"

"그, 그, 그러지."

준구는 엉겁결에 돌에 차여 넘어질 듯하면서도 황급하게 대답했다.

17장 습격

모깃불이 타는 연기 속에, 용이는 곰방대를 문 채 마당에 쭈그리고 앉아 있었다. 성긴 삼베 등지게 구멍으로 눅눅한 열기와 습기를 머금은 바람이 스며든다. 매캐한 연기가 목구멍에 감겨들어 기침을 하며, 용이는 연신 곰방대를 빨아댄다. 종일 논바닥에 엎드려 김을 매어 허리가 뻐근했다. 하나 육신의 고달픔은 아무것도 아니었다. 그 삼거리 월선에게로 달려가려는 자신을 휘어잡는 일이 더 견디기 어려웠다. 그는 슬그머니 일어서서 땅바닥을 오랫동안 내려다보다가 도로 주질러 앉는다. 타버린 재를 털어버리고 곰방대에 담배를 담아 붙여 문다.

십여 년 전에 타관 남자를 따라 마을을 떠나는 계집아이의 뒷모습을 보리 짚단 뒤에 숨어서 지켜보았을 때 뜨거운 것이 용이 눈에 울칵 솟았으나.

'어디든 가서 잘 살아라.'

하며 잊어버리려 했던 월선이 십여 년 만에 마을로 돌아왔고 읍내 장터 가까운 곳에 주막을 차린 뒤 장날이면 오가는 길에 얼굴이나 바라보며 술 한잔으로 마음을 달래던 용이가 지금은, 그러나 달랐다. 오광대놀음이 있던 날 밤 이래 월선이는 그의 피가 되고 살이 되어버렸다. 부드러운 살결과 체취는 항상 그의 곁에서 맴을 돌았다. 사내로서의 체면이 무엇인지,

뼈가 으스러지게 안간힘을 써서 발길을 끊었을 때도 그는 여자를 제 사람 아니라는 생각은 못했다. 월선이 마을을 다녀간 후 한 번 읍내에 나가 묵고 왔다 하여 싸움이 벌어지고 강청댁이 나 죽이라고 악을 쓰며 덤벼들었을 때도 월선이는 내 사람이라는 생각을 버리지 않았다.

'보고 싶은 정이야 못 참으까. 우리는 남남이 아니니께.'

계집아이의 뒷모습을 숨어 보며 어디든 가서 잘 살라고 빌던 마음이나 장날에 가며 오며 얼굴을 바라보던 마음이나 그것은 모두 헛것이었다. 여자에게 가던 그때의 정은 참말 헛것이었다. 육신이 합쳐져서 처음으로 사는 뜻을 깨달으며 설움과 즐거움이 그의 것이 되고 말았던지. 게으르고 무기력했던 용이는 부지런해졌으며 강청댁이 어떤 수라장을 꾸미든 눈을 가린 나귀가 연자매를 돌리듯 사랑이 회생(回生)을 낳고 헌신을 낳고 고통을 낳고 다시 사랑을 낳는, 그같이 둥근 제 생활의 터전을 묵묵히 돌고 있었다.

'보고 싶은 정이야 못 참으까. 우리는 남남이 아니니께.'

"용이!"

박꽃이 하얗게 핀 울타리 밖에서 부르는 소리부터 났고 다음 칠성이 마당으로 쑥 들어섰다. 뒤에서 비치는 달빛에 칠성이 상투 머리는 시커멓고 크게 보였다.

"영팔이 집에 안 갈라나?"

"개 잡았나?"

"음. 오래간만에 솟정 풀겄다."

용이는 곰방대를 털고 허리춤에 찌르며 일어섰다.

"우리 집 여핀네도 아즉 안 왔는데 자네 마누라도."

칠성이 방 쪽을 기웃거려본다.

"오겄지……."

"끝났일 긴데 모여들 앉아서 주둥이 까고 있는갑다."

"……."

"요새도 강짜 부리나?"

"……."

"사내가 오입 좀 했이믄, 거 너무 심하더마."

며칠 전에 식칼을 들고 나 죽이라며 덤비는 강청댁을 뜯어
말린 일이 있어 하는 말인 모양이다.

"니가 물이 눅어서 그렇다. 복날 개 패듯이, 나 같으믄 버
르장머릴 싹 고치놓을 긴데, 계집이란 사흘 안 맞이믄 여시가
된단 말이다."

"조막만 한 것 때릴 구석이 어디 있노. 그래 개를 잡았이믄
술도 있겄구나."

"설마 술 없이 개 잡았이까."

껑충하게 큰 키에 단단하게 되바라진 두 사내는 사립문
을 나섰다. 앞컨에서 떠오른 달빛에 그림자 두 개는 뒤로 길
게 뻗는다. 그들은 논둑길을 따라서 걸어가고 물이 찬 논에
서는 개구리가 울고 있었다. 이 무렵 두만네 집에서는 햇보리

밥에 풋고추를 넣어 얼얼한 된장찌개, 열무김치 등 정갈스럽게 차린 저녁을 배불리 먹고 따끈한 숭늉에 입가심한 마을 아낙들이 더러는 집으로 돌아가고 더러는 마루에, 나머지 몇 명이 마당에 깔아놓은 멍석에 앉아 땀을 식히며 이야기들 하고 있었다. 아낙네들은 낮에 강가 삼막에서 삼을 쪄내고, 껍질을 벗기고, 강물에 바래고, 이 공동작업에 땀을 많이 흘린 데다가 제가끔 제 몫의 양식을 내어주고 지은 저녁이라서 그랬는지 모르나 양껏 먹느라고 더욱 땀들을 흘렸던 것이다.

"밤을 밝혀가면서 조복을 지었는데 무슨 청승의 잠이 그리 오던고, 종년이 조복을 대리다가 조는 바람에 그만 깃을 태워버리지 않았겠나. 입실할 시간은 다가오고 눈앞이 캄캄해진 부인은 앞뒤 생각 없이 대리미로 종년 면상을 때렸더라네. 부인도 부처가 까꾸로 서서 그랬겠지. 다 전생의 업이었겠지만 그만 종년이 죽었는데 엉겁결에 종년을 마판 밑에,"

함안댁 얘기는 뜸이 들기 시작했고 마루에 앉은 야무네와 막딸네는 낮은 목소리로 임이네 흉을 보고 있었다.

"두고 보지? 임이네 저거, 잘살기는 글렀다. 퍼묵기로는 젤 많이 퍼묵으면서 아침에 그 보리쌀 담아온 그릇 봤제?"

"그것도 그릇가? 접시지 접시."

야무네는 목구멍 속으로 끄럭끄럭 웃는다.

"나 임이네 제삿밥 얻어묵었이믄 소원이 없겠구마. 세상에 노리(인색)도 우찌 그리 노린고. 서방 없는 나도 갈라 묵고 사

는데, 말이 사랑도 품앗이라 카는데 오는 정이 있이야 가는

정도 안 있겠나?"

"안팎이 다 똑같다. 임이아배 술 얻어묵었다는 말 못 들었

구마. 요전분에 서서방이 볼일이 있어서 갔던가 배? 갔는데

마침 저녁을 묵고 있더란다. 밤낮 허허 하지마는 서서방 얌치

바른 사람 아니가? 밥을 먹던 임이아배가 밥상의 개기접시를

등 뒤로 돌리서 숨기더라 안 카나. 서서방이 더런 놈이라고 욕

을 욕을 해쌓더마. 안팎이 우찌 그리 요상케 닮았는고."

아무네와 막딸네가 멍석으로 자리를 옮겼을 때 함안댁의

얘기는 끝막음에 접어든 모양이었다.

"파란 보따리를 낀 계집하고 엄덜이(떠꺼머리) 총각 놈이 큰

대문집을 들어서는데, 들어서자 계집은 쇠 방망이를 찾아들

고, 총각 놈은 새끼를 집어들고, 그러더니 막 밥상을 받고 있

는 그 댁 아들을 총각 놈은 묶고 계집년은 쇠 방망이로 막 내

리치더란다. 아들은 밥 묵다가 별안간 골을 싸고 네 방구석을

매면서 까무라치고 하는데 귀신이 눈에 봬야 말이지. 그래서

나그네는 집 안으로 쑥 들어갔더란다. 계집이 나그네를 보자

달아나는데 나그네가 뒤쫓아가니 마구간 마판 밑으로 쑥 들

어가버리지 않겠나? 나그네는 그 댁 하인을 시켜 마판을 뜯어

보니 썩지도 않고 자는 듯이 종년이 누워 있더란다. 일이 이

쯤 됐으니 할 수 없지, 부인은 자초지종을 다 말할 수밖에. 그

래서 종년하고 총각 놈 넋을 모아 혼인을 시켜주고 회원 굿을

해주어서 원귀를 풀었지."

"그래 나그네 아니더믄 아들은 죽을 뻔했구마. 최참판댁 얘기하고 같네."

"구신도 혼자서는 일 못 쳐내는가 배. 그러니께 총각 놈하고 살을 섞어서 혼을 빼갔지."

"거는 그렇고 최참판네 일은 우찌 될 긴고? 벌써 반년이 넘었는데 꽁 구워 묵었는가 감감소식 아니가? 설마 대가댁에서 그 망신을 그냥 넘길 리는 없고, 그렇다믄 무신 조치가 있어 얄 긴데."

"씨끄럽다. 씨끄럽다."

두만네가 지겹다는 듯 막딸네 말을 막았다.

"다 팔자라니, 안 할 말로 그렇게라도 했으니, 누가 아나? 어느 쪽이든 죽어서 상사라도 붙었다믄 그거 참 큰 골병이제."

야무네 말이었다.

"그럭허니께 그렇기도 하겠네. 나도 어릴 적에 상사바위서 상사풀이 하는 구겡했구마."

땀을 흘려 머리가 가려웠던지 긁적거리며 임이네가 말했다.

"무당이 징을 치고 미친 듯이 서둘러도 안 떨어지믄 모두함께 바위 밑으로 차 던진다믄서?"

막딸네가 묻는 말에 다른 아낙이,

"그래가지고 살믄 머하겄노. 죽는 편이 낫지. 그런다더마. 나 머리 빗을란다 하믄 턱밑에 감기붙은 상사뱀이 떨어지고 머리단장하고 나믄 다시 감기들고. 아이고 징거럽아라."

달빛이 이리저리 흔들리는 감나무 그림자 사이로 실뱀이라도 기어나올 것처럼 무섬증을 느낀 아낙들은 바싹 모여 앉는다.

"상사뱅 걸린 쪽이 숨넘어가기 전에 피 묻은 속곳을 쓰고 통시에 앉아 있이믄 상사뱀이 안 붙는다 카더라마는."

"복숭나무는 구신을 부른다 카데. 옛적에 어느 고을의 안범식이라는 사램이,"

강청댁이 한마디 하려 하는데,

"그것은 댁 무당 넋 들이는 소리고, 복숭나무 울 안에 안 심는 거는 옛적부터 얘기 아닌가 배."

임이네가 말허리를 꺾었다. 그것만이라면 좋았겠는데 무당 얘기가 나온 김에 월선네 죽은 뒤론 볼 만한 굿이 없다는 말이 나왔다.

"모두들 선무당이니께, 오구굿 한다캐서 화개까지 구겡 갔더마는 이 근방에서는 내로라하는 쌀개도 별수 없더마. 월선네한텐 댈 것도 아니더라."

무심히 두만네가 한 말이 강청댁 비위를 거슬러놓고 말았다. 강청댁은 대뜸 무당, 월선어미를 걸쳐서 욕설을 퍼부었다.

"넋 팔아 묵고사는 년들! 그렁께 옳은 죽음 못했지. 월선넨가 뭔가 술 처묵고 오다가 얼어 죽었다믄서요?"

"허허 참."

두만네는 무안쩍어서 헛웃음을 웃었다.

"강청댁."

함안댁이 점잖게 불렀다.

"너무 서슬 푸르게 해도 못쓰네라. 남자들이란 너 나 할 것 없이 다 바람기는 있기 마련인데, 그런다고 너 몰라라 하는 이서방도 아니고."

나무란다.

"성님은 마음이 대천지 한바다 겉에서 살 가겄소. 술값에다 노름 밑천을 대주믄서까지 하늘겉이 가장을 섬기지마는 나는 그럴 수 없구마요."

마구잡이로 해대었으나 함안댁은 여전히 점잖게 너를 갈바서 쓰겠는가 하는 투의 웃음을 깻잎 같은 얼굴에 띠고,

"그러니 하는 말 아닌가. 나한테 비하면 강청댁은 대금산* 일세."

옆의 두만네가 딱해하여 거들었다.

"시끄럽다. 바람났다고 이서방이 어디 동승을 구박하던가? 요새사 전보다 더 부지런히 들일하고 하는데 멀 그래쌓노."

"그리 안 하믄 우짤 기요? 개뿔이나 있이야 말이제요. 지닌 거라고는 그 잘나빠진 ×× 하나밖에 더 있소? 꼴에 꼴방망이 차고 남해 노량 가더라고 상놈의 집구석에서 작첩이 될 말이오?"

상말을 하며 강청댁은 악을 쓴다.

"그만해두어라. 그러다가 누구 하나 죽어서 상사라도 붙으

믄 우짤라노? 죽는 것보담은 낫제."

아무네 말에 덩달아서 막딸네가,

"원은 풀어야 하는 기라. 못 풀면 병이 되고."

"그런 소리는 와 하노! 원이 있고 한이 있이믄 내 편에 있지. 그 연놈들한테 무신 한이 있일꼬!"

"저늠우 말버르장머리 보게?"

두만네는 또 헛웃음을 웃었다.

"죽는다믄 내가 죽지, 피가 말라서 내가 죽을 긴데, 그래 죽어서 천년만년 상사 붙을란다!"

강청댁 눈에 눈물이 글썬 돈다.

"아아니 강청댁 니 아즉 철이 덜 들었고나. 소가지가 노래미 창자같이 그리 좁아서 어디다 쓰겄노. 그러다가 바람 잡으믄 고만인데, 육례 갖추고 만났이믄 그기이 젤이지 머엇을 죽네 사네 하노. 살림이나 정 붙이믄 그런 생각할 새가 어딨더노? 너거 미영밭에 풀이 우묵장성이더마. 누가 이서방 심성을 몰라서? 가숙 박대할 사람이 따로 있지."

두만네가 타이르는데 강청댁은 짚신을 찾아 신는다.

"나 가요."

횅하니 나가려 하는데 임이네가 불렀다.

"강청댁 혼자서 용만 쓸 기 아니구마. 무당집 방에 불이 켜졌나 그거나 잘 살펴봐야 할 거로?"

아무네가 눈살을 찌푸리며 옆구리를 푹 찔렀으나 늦었다.

옆구리 찌르는 것까지 강청댁은 보았다.

"머라꼬? 똑똑히 말 좀 해도라."

돌아서 온 강청댁은 임이네 곁에 바싹 다가섰다.

"말해달라 카믄 말 못할까 바서?"

내친 걸음이다.

"그러니께 똑똑하게 말해도라 안 카나."

"월선이가 밤에 와서 무당집에 자고 가도 모르니 하는 말이
지."

두만네가 혀를 두드렸다.

"자고 가아? 우리 남정네하고 말이가."

"그거사 가서 물어보라모. 당자가 더 잘 알 거 아니가."

강청댁은 두말도 않고 사립문 밖으로 휑하니 나간다. 논길
을 지나간다. 논가 도랑물에 잠긴 달이 강청댁을 따라온다.

'그년이 와서 자고 갔다고? 그년이!'

눈앞에 용이가 있었다면 강청댁은 할퀴고 주먹질을 했을지
모른다. 가만히 있어도 시시로 그런 발작이 이는데.

열려 있는 사립문을 들어섰을 때 집 안은 비어 있었다. 마
당가의 모깃불도 잦아지고 없었다. 강청댁은,

"날 직이라! 지, 직이란 말이!"

방문을 잡아 젖혔다. 달빛이 비쳐들었다. 강청댁은 온 방
안을 헤매듯 더듬었으나 빈방이다. 뒷간으로 쫓아간다. 역시
없었다.

"보소!"

마당귀에서 벌레만 운다.

"오냐! 또 갔고나! 끝판 내자! 누구 하나 죽는 꼴 봐라!"

헛간으로 달려간 강청댁은 낫을 들었다. 달빛에 날이 희번
득였다.

"내가 와 죽노! 죽더라도 나 혼자는 안 죽는다!"

낫을 팽개치고 삼베 치마를 추켜서, 치마끈을 반허리쯤, 질
끈 동여맨 그는 날듯 밖으로 쫓아나간다. 읍내까지 삼십 리
길 끝없이 굽이진 강물과 들판과 숲을 따라, 강물에 잠긴, 때
론 도랑물에 잠긴 달이 아까보다 빠르게 강청댁을 뒤쫓아가
고 있었으며 개구리들은 아우성치듯 울어대었다.

삼거리 주막 앞에 당도했을 때 거리에 강아지 한 마리 얼씬
거리지 않았고 불 꺼진 야트막한 주막 지붕이 작은 몸집의 강
청댁을 압도해왔다. 그는 한참 동안 가쁜 숨을 다듬으려 애썼
으나 소용없고 방망이질하는 가슴은 터질 듯 아팠다. 마른 입
술은 불룩불룩 떨고 있었다.

"여보시오."

목구멍에서 소리가 꺼진다.

"여보시오!"

소리를 크게 지르며 대문을 주먹으로 친다.

"응!"

연달아 대문에 주먹질을 한다.

"이 문 못 열겠나!"

"뉘요. 오밤중에."

월선이 목소리다.

"문 열어라! 이년!"

"아니……."

하는 소리와 함께 문틈 사이로 방 안에 켜진 불빛이 보였다.

"어디서 오싰소."

대문 앞까지 온 목소리는 떨리고 있었다.

"어디서 온 거를 몰라서 묻나?"

"……."

"문 못 열겠나!"

"와 그러십니까, 새는 날에."

"뭐라꼬? 문 때리 뿌시기 전에 열어라! 그냥 돌아갈 성싶으나? 그냥 돌아갈 사램이 오밤중에 여기 왔일 것가!"

빗장 빼는 소리가 났다. 대문 한 짝이 열리자 강청댁이 뛰어든다. 방을 향해,

"니 죽고 나 죽자! 사램이 한 분 죽지 두 분 죽나!"

마루를 지나 방문을 두르르 열었다.

"……?"

아무도 없었다.

"어디 갔노!"

멍청히 서 있던 월선이,

"누구 말이오?"

"이년 숭물스런 년이, 우리 집 남정네지 누군 누구라!"

"안 왔소!"

"안 와?"

맥 빠져서 뇌다가 그는 집에서처럼 빈방 안을 더듬어보고 뒷간까지 달려가보고 술청도 살펴본 뒤,

"참말 안 왔나?"

"안 왔소."

강청댁은 푸석 주저앉는다. 월선이는 하얀 속적삼 밑의 가슴이 뛰는지 바른손으로 가슴을 누른다. 불빛과 달빛을 받은 월선은 울듯 울듯이 찡그리다가 다시 긴장으로 돌아간 그의 얼굴은 나무로 깎은 듯 딱딱해진다.

얼마 후 강청댁은 정신이 들어 벌떡 일어섰다. 월선에 대한 증오심에 불이 댕겨진 것이다.

"이녀언!"

달려들어 월선의 속적삼을 뿍 찢는다.

"와 와, 이러시오."

"몰라서 묻나? 이녀언! 갬히 어디라고? 동네까지 와서 사내를 홀카냈더라고?"

속적삼이 찢어진 데다가 서슬에 치맛말이 아래로 내려가는 것을 미처 감당할 겨를을 주지 않고 다시 돌진해간 강청댁은 머리채를 낚아채서 휘감았다.

"이, 이거 놓구 얘기하시오."

"못 놓겠다! 간을 내서 묵어도 분이 안 풀릴 긴데 내가 네년을 곱게 두고 갈 성싶으나? 네년이 나보다 잘났이믄 얼매나 잘났고 사내 애간장을 녹이는 기이 먼가, 어디 보자!"

월선이를 쓰러뜨리고 주먹질을 하고 옷을 발기발기 찢으며 날뛴다. 작은 몸집이 마치 콩 튀는 것같이 보인다. 얹은머리가 풀어져서 주먹을 내리칠 때마다 머리채마저 월선의 얼굴을 쳤다. 맞서서 싸운다면 그토록 당하지는 않았을 것을 몸을 피하기만 하며 울음 섞인 목소리로,

"이러지 마소. 우린 옛적부텀, 아아 이러지 마소. 댁을, 댁을 만나기 전부텀,"

할 뿐이다.

"이년! 이년! 이래도 동곳 못 빼겄나(항복 안 하겠나)! 니 겉은 년은 만나는 쪽쪽 사내를 잡아묵을 년이다! 갬히 무당 년이 뉘 집 망해묵을라꼬!"

했으나 강청댁은 이미 맥이 풀린 것이다. 혼자 하는 주먹질이 싱겁고 무안쩍게 되어간다. 주먹질에 힘이 빠지면서,

'이 남정네가 그라믄 어디 갔일꼬?'

뭣인지 잘못되어간다는 생각이 든다.

'마을 간 긴가? 안 오기는 안 온 모양인데 이걸 알믄?'

겁이 더럭 난다. 그 고집이 어떻게 나올지 모를 일이다.

'날 새기 전에 돌아가얄 긴데,'

"이년! 이래도 동곳 못 빼겠나?"

입으로는 허세를 부리면서 은근히 자기 주먹다짐을 어떻게 수습할까 궁리에 바쁘다.

"이, 이러지 마소."

"이년! 네년이 잘했다 소린 못 허겄지?"

"아, 안 갈라고 했는데…… 머, 멋을 잘했다고 하겄소."

월선이는 몸을 뽑으려고 연신 비비적거렸다.

"오냐!"

물러난 강청댁은 풀어헤쳐진 머리를 아무렇게나 모아서 재빨리 얹은머리를 한다.

"다시 우리 남정네를 불러들이거나 동네에 발목때기를 딜이났다가는, 그때는 니 멩대로 못 살 줄 알아라!"

옷매무새를 고치면서도 연신 으름장을 놓다가 땅바닥에 주질러 앉아 울고 있는 월선이에게 힐끔 곁눈질을 주고 나서 종종걸음으로 나선다.

"내가 갈 길이 바빠 지금은 간다마는 네년이 멩심 안 하믄!"

문간에서 크게 외치고 거리로 나섰다. 저만큼 휑하니 빈 장터가 보였다. 여전히 거리에는 강아지 한 마리 얼씬하지 않았다. 강청댁은 날듯 달려간다.

낮의 열기가 식은 들판에서 설렁한 바람이, 숲을 끼고 강을 따라 바삐 달음질쳐서 가는 강청댁 땀 배인 목덜미를 식혀준다. 바람이 땀을 식혀주지만 마음까지는 식혀주지 않는다. 때린 쪽은 이편이건만 분풀이는커녕 오히려 싸움에 지고 도망쳐가는 것 같은 생각만 들어 갈 길이 바쁘지 않으면 강변 모래밭에 가서 두 다리를 뻗어 울고 싶은 심정이었다.

"빌어묵을 년의 팔자야! 자식새끼만 하나 있어도 내 신세가 요 모양은 안 됐일 긴데, 이름이 좋아 불로초다! 빛 좋은 개살구지, 육례를 갖추고 만나기만 하믄 고만이가. 마음은 온통 그년한테 가 있고 껍디기만 내 차지, 무신 낙에 밭 매고 길쌈할꼬. 설고 불쌍한 거는 나다! 이년이다! 아이고 아이고오…….'

달음박질쳐 가면서 강청댁은 울음을 터뜨리고 말았다. 올 때는 악이 받쳐 몰랐는데 밤길이 무섭기도 했다. 여름밤은 짧다. 짧은 밤에, 가는 데 삼십 리 오는 데 삼십 리, 육십 리 길을 걸었으니 집으로 돌아왔을 때 사방은 옥색 빛으로 걷혀져 가고 있었으며 울타리에 핀 박꽃에 이슬이 맺혀 있는 것을 볼 수 있었다.

"……?"

사립문은 나갈 때와 마찬가지로 열려진 채였다.

"어떻게 된 일고?"

뒷간에도 방에도 부엌에도 용이는 없었다. 없었을 뿐만 아니라 읍내를 오가는 동안 돌아온 흔적조차 없었다. 속았다는 생각에 전신이 훌훌 떨린다. 그러나 가고 오고 육십 리 길을 미친 듯이 달렸었고 월선이 두들겨주느라고 힘을 쓰고 악을 썼다. 낮에는 삼막에서 삼베 속곳이 젖도록 땀 흘려 일을 했기에 전신은 풀어진 솜처럼 옴짝달싹할 수가 없다. 올 때까지는 몰랐는데 월선이를 때리면서 삐었는지 왼쪽 팔꿈치가 쑤셨다. 해가 솟아오르려고 사방이 벌겋게 타올랐을 때 용이 성큼 집 안으로 들어섰다.

마루에 도사리고 앉은 강청댁을 보자,

"닭우 장의 닭이나 안 내놓고……."

닭의 장에서 닭이 목청을 뽑고 있었다. 강청댁의 눈알이 튀어나올 것 같다.

"와 그러노? 또 미친병이 도지는갑다."

외양간 쪽으로 돌아가려 하는데 강청댁은 뒤에서 달려들어 용이의 허리끈을 움켜쥔다.

"날 직이고 가서 그년하고 사소!"

"꼭두새북부터."

떠밀어낸다.

"앗, 아이구 아얏!"

삐인 팔을 다른 한 손으로 감싸며 강청댁은 땅바닥에 주질러앉는다.

"아 아얏!"

"엄살 고만 피고."

"아 아얏! 아이구 팔이야."

소리 지르는 품이 엄살만도 아닌 것 같아 용이는,

"팔이 우찌 됐다 카노?"

"팔? 팔만 가지고는 안 될 기요. 내 다리 뿌질러 앉히놓고 그 그라믄 마음 놓고 읍내,"

하다가 다시 아프다고 소리 지른다. 용이 강청댁의 팔을 주물러주려고 하는데,

"약 주고 병 주구마. 아 아얏! 아이고오."

"새북부터 어디 상막(喪幕) 차렸나? 이리 내봐. 삐었는갑다."

강청댁은 생각한다. 용이 월선이한테서 왔다면 그 소동을 모를 리 없다. 그런데 아는 기색이 도통 없다.

"보소."

"……."

잠자코 팔을 주물러준다. 해가 솟는다. 솟는 해와 같이 용의 눈알도 시뻘겋게 핏발이 서 있다. 강청댁의 눈 역시 그러했다.

"어젯밤 어디 갔소. 내 죽는 꼴 볼라요."

"그만해라."

얼굴을 찌푸리고 용이 일어섰다.

"어디 갔던고 안 묻소!"

외양간 쪽으로 가다가 돌아보며,

"영팔이 집에 갔다. 와!"

다음은 어세가 누그러졌다.

"개를 잡았다 캐서, 가서 한잔씩 했지."

"그래 한잔씩 하는데 밤을 샜다 그 말이오?"

"더워서 칠성이하고 누각에 가서 잤지."

강청댁은 입을 다물었다.

18장 유혹

보리 사이의 목화는 보리를 베어내고 타작이 끝나면서부터 무럭무럭 자라기 시작했다.

햇볕이 쨍쨍 내리쏟아지고 있었다. 정자나무 아래에선 노인들이 나앉아 담뱃대를 물고, 물부리 사이로 침을 흘리면서 어눌한 음성의 얘기들을 하고 있었으며, 아이들이 강가에서 물장구를 치며 놀고 있었다. 완연하게 목화밭으로 변한 밭두덕에 엎드린 아낙들은 목화 쪽으로 북을 쳐가면서 호미 끝으로 보리 뿌리를 뒤집어내고 있다. 살아서는 햇볕을 막고 흙의 양분을 독차지하더니 이제 목숨을 다한 보리 뿌리는 썩어서 목화의 거름이 되는 것이다.

"전라도라 동백산에 실패 겉은 울 어무니, 임으 정도 좋거마는 자식 사랑 그리 없나, 반달 겉은 나를 두고 임을 따라 간 곳없네."

두만네의 가락이 마알갛고 쨍! 하니 뜨거운 들판을 울리며 멀리까지 퍼져 나간다. 목청이 좋기로는 두만네가 아낙들 중에선 으뜸이다.

"최참판댁 애기씨가 부를 노래다."

"임으 정도 좋거마는 자식 사랑 그리 없나. 반달 겉은 나를 두고 임을 따라 간곳없네······ 옛적부터 이야기는 거짓말이라도 노래는 참말이더라고 옛적에도 골골마다 그런 일이 흔히 있었던갑다."

노래를 부르던 두만네는 목이 말랐던지 밭둑에 갖다 놓은 물동이 곁에 가서 미적지근해진 물을 바가지로 떠 마신 뒤,

"이 사람들아, 좀 쉬었다가 안 할라나?"

아낙들은 호미를 놓고 웅기중기 일어서서 비탈이 진 곳, 기우뚱하게 비틀어져서 가지를 뻗은 소나무 아래로 자리를 옮겨간다.

줄곧 시무룩해 있던 임이네는 머리에 쓴 수건을 벗어 얼굴을 닦고 짚세기를 벗어 바닥에 든 흙을 털어내면서 말했다.

"머가 싫네, 싫네 해도 내사 오뉴월 끝밭 매는 기이 젤 싫더마."

막딸네가 받아서,

"싫으믄 우짤 것고? 흥, 이내 팔자 기생이나 되었이믄 천석지기 살림 떨어 고대광실 빈벽 사창 꾸며놓고."

춤까지 덩실덩실 추며 뇌는 막딸네 가락에 아낙들은 소리 내어 웃는다.

"지랄한다, 지랄해. 대마도 뱃놈 겉은 낯짝 가지고 열 섬지

기 살림이라도 떨어지믄 내가 손가락에 불을 키고 등천을 하겠다.*"

아무네 말에,

"말 마라아, 오뉴월 땡볕이 내 얼굴을 요 모양 맨들었제. 소시적엔 눈 흘기는 총각놈도 많았거마."

아낙들은 또다시 소리 내어 웃는다.

"오늘 함안댁성님은 안 오싰네요?"

이번에는 두만네에게 야무네가 물었다.

"말도 마라."

내뱉는다.

"와요?"

"운신도 못허고 누워 있다 안 카나."

"또 맞았구마. 그눔우 사람 치는 손목때기 작도로 댕강 짤라버리제. 도둑질하고 계집 치고 노름하는 손목때기는 딱 짤라버리야 하는 기라."

기분을 내던 막딸네는 그새 잊었던 울화통을 불러들인 듯이 씨부렸다.

"시끄럽소. 호랭이도 제 말 하믄 온다 카더마는 저기 그 양반이 가누마. 듣겄소."

나이 떨어지는 아낙이 막딸네 소매를 찔벅거리며 말했다.

"듣는다고? 제발 좀 들으도라! 도둑질허는 손목때기는 작두로 댕강 짤라버리야, 와 내가 말 잘못했나? 나라 법이 그런데 내가 못할 말을 했나!"

떠들었으나 노름하고 계집 친다는 말은 빼먹는다.

"요새는 읍내도 안 나가고 늘 동리를 서성거리데요."

"몽둥이 맞일 짓을 했나 부께. 읍내에 못 가는 거 본께. 노름쟁이가 노름판에 못 가니 몸살이 나서 죄 없는 집사람을 치는가 배."

한마디씩 하는데 임이네는 입을 다물고 평산의 뒷모습에 시선을 겨누고 있었다.

"큰일이다. 머시매들 빌빌거리는 꼴 우찌 보겠노. 어마니가 운신을 못하게 됐으니,"

평산의 모습이 사라지자 두만네는 근심스럽게 말했다.

"치혼사[仰婚] 한다고 시집올 때는 짓덕도 좀 가지왔다 카더마는."

"그기이 인지 있나? 어느 시울에 날렸일 기라고, 허리끈 졸라매도 온, 양반이 그리 좋은 건가 몰라."

"족보만 치키들믄 솥에 쌀이 들어가요?"

"내사 금방석에 앉힌다 캐도 싫더마. 사시장철 바짓말에 손 찌르고 주랫통*맨치로 벌건 낯짝 가죽은 손바닥만 한 자식들 그 양을 못 채우서 줄지갈지(허둥지둥) 하는데 사대육신 멀쩡한 인사가, 양반 양반 하지마는 그깟 의관 벼슬, 신도비가 섰나 정승판서가 났나."

"차라리 과부 팔자가 낫제."

잠자코 있던 임이네는,

"굿을 하든 떡을 묵든 우리 집 일이 더 큰일이구마."

하며, 말문을 열었다.

"와."

목을 틀고 임이네를 쳐다보며 막딸네가 물었다.

"우리 집 임이아배 말이오."

"임이아배사 부지런하고 심 좋고 피가 나게 살림을 하는데
와."

"믿는 도끼에 발 찍힌다 카더마."

감실하게 탄 임이네 얼굴은 여전히 예뻤고 건강해 보였다.
지난 이월에 아들을 낳은 산후가 좋아서 그랬던지 얼굴에 윤
이 흘렀다.

"어디 제집이라도 생깄나?"

막딸네 눈이 반짝반짝 빛났다.

"그랬이믄 오죽이나 좋게? 누구맨치로 내가 새 볼 것 같소?
밤만 되믄 울타리 밖에서 칠성이 칠성이 하고 부르는 통에 환
장하겠소."

"머가 와서?"

"머긴? 사램이 와서 그러지. 평산인가."

"와 머할라꼬?"

"속을 모르니께 나도 걱정이제. 노름 밑천 한 푼 없는 사람
을, 처음이사 임이아배도 없다 카라 카믄서 피하더마는 옛날

바람 잡아 댕길 때 배운 솜씨가 있는데 한두 분 하다 보믄 미쳐나지 않겠소? 요새 며칠은 새북에 돌아와서 해가 중천에 떠도록 송장같이 자빠져가지고…… 정말이제 속이 썩누마."

"아닌 게 아니라 나도 한분 봤구마, 함께 가는 거를."

"내사 천하없이도 그 꼴을 안 볼 기요. 질기(길게), 장로로(장래까지) 그러믄 초가삼간 싹 불질러부리고 끝장 볼 기요. 함안댁 성님같이 멋 땜에 그리 살겠소."

이때 건너편 논둑길에 논에 물을 푸다 점심을 하러 가는지 바짓가랑이를 둥둥 걷어 올린 채, 맨발로 걸어가는 용이 모습이 보였다. 하던 말을 끊고 임이네는 용이를 빤히 쳐다본다.

"제집이 점심이나 갖고 안 오고."

두만네는 혀를 찼다. 야무네는,

"그만치 가서 뚜딜기 팼이믄 분이 반은 풀렸일 긴데."

용이 모습이 논둑에서 사라지는 것을 본 임이네는 훌쩍 일어나서 밭으로 내려가 호미를 든다. 다른 아낙들도 일어나 목화밭으로 내려간다.

목청 좋은 두만네는 가락을 뽑고 아낙들도 함께 어울려 노래를 부르며 해 떨어지기까지 밭을 맨다.

이날 밤 늦게까지 임이네는 논에 물 푸기에 남들은 정신이 없는데 살림 안 살 작정이냐고 앙앙거렸다. 혼인 이래 임이네 쪽에서 앙앙거리는 일이라곤 거의 없었다. 그만큼 칠성이는 열심히 일을 했으며, 오히려 칠성이가 힘 좋은 암소 한 마리 사다 놓은 것처럼 임이네를 몰아세워 고되게 부려먹었던 것이다. 임이네는 또 그악스럽게 일을 했고 먹성도 좋아서 해산하는 이외 자리에 눕는 일이 없었다. 임이네가 건강하고 일 잘하는 것에는 칠성이도 얼마간 흡족해하는 것 같았으나 입이 미어지게 밥을 끌어넣는 임이네를 볼 적에 까닭 없이 남들은 죽 먹는데 밥 먹느냐고 역정을 내곤 했다. 그럴 때면 여느 아낙들같이 서럽게 생각지 않는 것이 임이네였다. 눈을 흘기고 입을 비쭉거릴 뿐이었다. 서로가 다 우애를 지키는 처지에서는 남남이었고 실속을 차리는 데만은 일심동체였다고나 할까. 다음 날 해가 지기 전에 임이네는 보리방아를 찧고 칠성이는 장에 내갈 열무 단을 만들고 있는데 울타리 밖에서 평산이 부르는 소리가 났다. 칠성이는 열무를 내려다보며 망설이다가 나갔다.

"읍내에 가자."

"지금 말이오?"

"음."

"낼 장에 갈 긴데. 열무가."

"잔소리 말고 따라오게. 다 사는 수가 있네."

불러내어 함께 나갈 때마다 뇌는 말이었다. 칠성이 부리나케 나갈 차비를 차리고 쨍알거리는 임이네 말은 들은 척 않으며 쫓아 나왔다.

"아무래도 여시한테 홀낀 것 같소. 나가자고만 하믄 발부팀

제 먼지 나가니께 말임다."

불안이 맴도는 목소리였다.

"그게 다 그렇게 되기로 돼 있는 걸세."

칠성이는 걸으면서 칼끝으로 찢어놓은 것 같은 평산의 작은 눈을 살핀다. 언젠가 봉기에게 따지고 들었을 적에 제 스스로 말했듯이 칠성이는 단돈 한 푼 손해를 볼 위인이 아니다. 공것이라면 양잿물도 마다 안 할 사내지만 근자에 와서 번번이 술을 사고 노름 뒷돈을 대는 김평산이, 그러면서 속셈을 내놓지 않는 것이 궁금하고 꺼림칙하긴 했다.

'낸들 허수아비가? 주는 거 싫다는 덩신이 어디 있노. 설마 나중에 가서 묵은 거 내놔라 하겠나. 설사 그렇다 카더라도 개뿔이나 줄 기이 있어야제. 내가 언제 술 사라 했나 노름 뒷돈 대라 캤나.'

그들은 큰길 쪽으로 나갔다. 어둡기도 전에 반달이 나와 있었다. 들판이 꺼무꺼무하게 얼룩진 것같이 보인다. 멀리서는 벌써부터 여우 우는 소리가 났다.

"이 넓은 들판은 다 누구 거더라?"

평산이 히죽히죽 웃으며 물었다.

"최참판네 땅 아니오."

칠성이도 히죽히죽 웃으며 대꾸했다.

"이 중에서 절반만 가졌음 쓰겠나?"

"야?"

"왜, 안 갖고 싶은가?"

"마음대로 된다믄야 갖고 싶지 않을 사램이 어디 있겠소."

"흠…… 사람의 욕심이란 한량이 없지."

평산은 꺽쉰 목청으로 헛웃음을 웃는다. 칠성이는 손가락이 잘려진 쪽의 손바닥으로 얼굴을 문지르는데 침 넘어가는 소리가 들렸다.

가는 도중 나룻선을 만난 그들은 밤이 깊어지기 전에 읍내로 나갔다. 그들은 투전판에서 밤을 새웠다. 노름의 뒷돈은 물론 평산이 대었다. 강포수의 금가락지 한 짝을 농간질하여 남긴 돈이 적잖았고 세심하게 일을 계획했으므로 자신은 그다지 낭비를 하지 않았으며 한편 귀녀에게 남은 금가락지 한 짝을 자금으로 궁리해두었기 때문에 평산은 칠성이와 함께 어울릴 적에는 여유 있는 쓰임새를 보였다. 이날 밤 그들은 재미를 보았다. 칠성이가 더 재미를 보았다. 평산에게 밑천을 돌려준 뒤 적잖은 돈을 끈에 끼워 허리에 찰 수 있었다.

"술 한잔 해야지."

새벽녘에 노름판을 피해 나와 객줏집에서 한낮까지 잠을 자고 일어나 평산이 팔을 뻗고 늘어지게 하품을 한 뒤 중얼거렸다.

"월선이 집에 가입시다."

칠성이 후딱 일어나 나서며 말했다.

주막을 들어섰을 때 월선이는 부성부성 부은 얼굴을 내밀며 말했다.

"오늘은 가게 안 보요."

"가게를 안 보아? 손님이 찾아오면 오밤중이라도 술상을 차리는 게 주모의 법도이니라."

'곧 죽어도 양반이라고?'

칠성은 웃음을 참는다.

"가게 안 볼 기라고 아무 장만한 기이 없소. 다른 주막에 가시오."

"술도 없단 말가."

"술이사 조금 남았일 기요만 몸이 아파서."

"낯짝 보아하니 간밤에 어떤 놈 땀 많이 빼었구나. 흐흐흣……."

"멋이!"

순간 월선의 눈에서 파아란 불꽃이 튀었다. 마치 비 오는 날 묘지 근처에서 나는 시글이 불[燐光] 같은 빛, 얼굴은 백지장으로 변해 있었다.

"술 파는 계집이 그만한 말도 못 새겨서야. 자아 술이나 내놓게."

월선의 기세에 눌린 평산은 술청으로 올라서며 달래었다. 월선이 얼굴에 웃음이 지나갔다. 귀기(鬼氣)에 가득 찬 웃음이었다. 자리에 가 앉은 월선은 술을 부은 술잔을 평산 앞에 놓았다. 술은 술잔 밖으로 넘쳐서 흘렀다.

"장사는 오늘만 하고 말 것가?"

나무라듯 말하고 칠성이는 눈을 찡긋하며 월선에게 상대할 것 없다는 시늉을 했다.

그들은 각각 서너 잔 넘게 술잔을 비웠다. 술잔은 나올 때마다 여전히 넘쳐서 술상에 술이 쏟아졌다.

"아니 정말 안주는 안 주는 겐가?"

평산은 턱을 쳐들고 월선을 노려본다. 턱을 쳐든 바람에 목덜미는 혹처럼 살이 부풀어 올랐고 그것이 벌겋게 보였다. 파란 불을 뿜어내는 월선의 눈도 평산을 쏘아본다.

"아니 이게? 공술 먹으러 왔나? 왜 이리 풀 세게 나오누 응?"

평산은 주먹질이라도 할 듯 월선의 눈앞에다 삿대질을 한다.

"공술이오, 객구 물리는 공술이오."

"아아니 이년이, 응? 무당 년이 재수 없게시리, 술 사 먹으러 온 손한테 뭣이 우쩌고 우째?"

"이당초 잘못 오셨소. 서울 다방골에 갈 어른이."

"이년이!"

술판 너머 팔을 뻗쳐 월선의 가슴팍을 낚아채려 하는데,

"그만두소. 몸이 아픈께 그런갑소."

우선 칠성이는 평산이부터 잡아놓고,

"월선이도 아무보고나 함부로 말해 쓰겠는가? 우리네들 겉으믄 모르까. 김의관댁 나리보고 그럴 수 없다 말씸이야."

말씀이야 할 적에는 은근한 평산에의 희롱기가 있었다. 양반이라니까 덮어놓고 생원이라 부르던 강포수와는 달리 한마을에서 족보를 알고 있는 칠성은 김의관댁 나리라고 정확하게 존칭을 붙여주긴 했으나 아니꼬운 마음은 있었던 모양이다.

"무당은 백정네 집에 가서도 할머니 할아버지 넋을 부르고 정승 댁에 가서도 할머니 할아버질 찾소!"

"시끄럽다. 내 성미가 급해서 그랬느니라, 어하핫핫⋯⋯."

김의관댁 나리라는 말에 썩 기분이 좋아진 평산은 뻐드렁니를 벌리며 웃는데 『삼국지(三國志)』에 나옴 직한 변방 졸렬한 장수쯤의 호기는 있어 뵌다.

"자아 자아 술 부으라니."

월선의 팔을 잡아끌었다. 월선은 손을 뿌리치고 일어섰다. 마루를 질러 안방 문을 열어젖혔다. 큼지막하게 꾸린 보퉁이 하나가 얼핏 보였다. 월선이는 세차게 방문을 닫아부친다.

"전에 없이 와 저랄꼬?"

칠성이 고개를 갸우뚱거렸다. 평산은 공연히 체면치레하느라고 허세를 부렸다.

"허 참 고것, 그러니까 제법 감칠맛이 있군그래? 저런 줄 알았으면 어젯밤 내가 와서 엉덩일 뚜디려주는 건데. 하하핫⋯⋯."

"칼 맞아 죽을 인사! 잡귀가 되어 환생을 못할 기다!"

짐승 울음 같은 저주의 소리가 새어 나왔다. 칠성은 등골이

오싹했다. 평산도 기분이 언짢은 듯 얼굴빛이 조금 달라졌다. 월선의 목소리는 혼신을 부르듯 그만큼 처절했다. 전에 없었던 일이다.

"나갑시다. 나, 나가요."

칠성이 황급히 평산을 겨드랑에 끼고 일어섰다. 멀쩡했으면서도 일부러 곤드레가 된 시늉을 하며 어우러져 나오는데 술판에는 단 한 닢의 돈도 놓여 있질 않았다. 그것을 두 사내가 다 잘 알고 있었다. 그러했기 때문에 삼거리를 빠져나올 때까지 서로 모른 척 이리 비틀 저리 비틀 하며 치사하게 취한 시늉을 하는 것이다.

읍내를 벗어나자 어느새 그들은 껴 잡은 손도 풀고 멀쩡하게 걸어가는데 구두쇠 칠성이는 신이 떨어지지 않게 도랑물에다 짚세기 적시는 것도 잊지 않았다.

장정들이며 읍내 길이 발에 익은 그들은 해가 떨어지기 전에 마을 어귀 가까이까지 올 수 있었다. 주막 앞에서 평산은 걸음을 멈추었다.

"또 술 할라꼬요?"

아니라고 평산은 고개를 저으며 주막 맞은편에 있는 숲 쪽으로 걸음을 옮긴다.

"어, 머할꼬……."

따라가며 칠성이 묻는다.

"여기가 시원타. 땀 좀 식히면서."

평산은 소나무 밑동에 가로놓인 바위에 걸터앉았다. 칠성은 엉거주춤 그의 앞에 섰다. 소나무 사이에 주막이 보이고 길이 보인다.

"역시 여기가 젤 씨원하군그래."

잠자코 칠성이는 허리춤에서 곰방대를 뽑으며 돈 꾸러미를 만져본다. 그러다가 곰방대를 도로 찌른다.

"날씨 덥다. 모두 개미떼처럼 들판에서 일들 하고 있겠지?"

다시 평산이 말했다.

"그럴 기요. 나도 김을 매얄 긴데, 계집년이 지랄지랄할 거로."

무슨 얘기가 있다 생각한 칠성이는 얘기 내용에 따라 몸을 뺄 모양으로 슬그머니 임이네를 들먹여놓는다.

"자네 평생 땅만 파먹고 살 작정인가?"

"안 그르믄 우쩌겠소. 농사꾼이 땅 안 파고 달리 살 구멍이 있겠소."

"못난 소리."

"잘나도 별수 없지요. 농사꾼 땅 안 파믄, 등짐장사 말고 달리 머를 하겠소."

칠성이도 제 깐에는 단단하게, 그러면서 낚싯줄을 끌듯 힐끔 평산을 쳐다본다.

평산은 잠시 멍해 있더니,

"마음만 크게 먹으면, 시운만 잘 타면…… 이런다고 자네 그 초가삼칸 팔아서 노름 밑천 하자는 거는 아닐세."

낮은 소리로 중얼거렸다.

"까놓고 말씀해보소."

칠성이는 마음속으로 낚싯줄을 좀 많이 잡아끌었다.

"벌써 오래전에 개영한 일이네. 잘만 하면 자네나 내나, 아니 나보다 자네 신세가 확 필 걸세. 운이란 그리 쉽게 찾아오는 것도 아니고."

"……."

"하루 이틀에 될 일도 아니네만, 어쩌면 더 오랜 세월이 걸릴지도 모르는 일이네만, 하기는 십 년 땅을 파보아야 등 빠진 적삼 면하겠는가? 그렇게 생각하면, 긴 세월이라 할 수도 없지."

"무신 말씀인지."

"차차, 차차…… 급하게 서둘 거는 없고, 자네 아들만 삼형제던가?"

"아니오, 여식 하나하고 아들놈이 둘이오."

"내가 자네를 심중에 두고 생각해본 거는 아들 잘 낳고…… 그랬는데 여식이 하나라?…… 객지바람을 쐬었으니 분별도 있을 것 같고 해서."

"도무지 영문을 모르겠구마요."

그러나 칠성이 머릿속에 희미한 것이 떠올랐다.

"내가 명색은 양반이나 책을 덮은 지가 오래여서…… 이건

귀동냥한 거네만."

평산의 얼굴에 쓸쓸한 빛이 잠시 지나갔다.

"진나라의 진시황은 임금의 자식이 아니고 장사꾼의 자식
이었다더구먼."

"서천서역에 불로초 구하러 보냈다 카는."

칠성이 아는 체했으나 그 말 대꾸는 없이,

"그 진시황의 친아비 장사꾼은 꾀가 많고 배포가 크고 앞일
을 내다보는 눈이 있었던지 볼모로 잡아온 진나라의 왕자를
뒷구멍으로 많이 도우면서 지 자식을 밴 애첩을 왕자한테 바
쳤더라 그 말이지."

"예?"

"그래 별의별 놈의 계책을 써가지고 고국에 돌아간 왕자는
왕위에 올랐더란 말일세. 그러니 장사꾼이 바친 애첩이 낳은
자식을 제 자식으로만 믿었으니 자연 그 장사꾼의 아들놈이
왕자가 되었고 나중에는 진나라의 진시황이 되었다는 건데,"

"한마디로 말해서 씨를 속있다, 그 말씸이구머요."

"그렇지."

"그런데 그 친애비 장사꾼은 호강을 했이까요."

칠성이의 눈이 빛났다. 그리고 입술을 우물거리는 바람에
코 밑이 몹시 길어 보였다.

"했다 뿐인가? 지금으로 치면 정승 벼슬까지 했다더마."

"예―."

희미했던 것이 좀 확실하게 떠오르는 것을 칠성이 느낀다. 그러나 어쩌자는 것인지 김평산의 얼굴은 아리송하게 보이기만 했다. 무슨 궁리를 하는지 몰라, 주변에서만 뱅뱅이를 돌고 있는 것 같았다.

"가세."

칠성이는 서운한 얼굴로, 그러나 아주 공손해져서 평산의 뒤를 따른다. 주막을 지났다. 솔숲도 끝이 났다.

"참, 들판 넓기도 허다. 김매는 저 사람들 등에서 불이 나겠군. 한줄기 씨원하게 퍼부어주었으면 좋으련만, 평생 등 빠진 잠뱅이 입고 새벽 이슬 밟으며 보리죽 한 사발로 허기를 달래고 해가 꼴딱 넘어가야 마구간 같은 흙방에서 다리를 뻗게 되니 소 돼지 신세하고 뭐가 다를까. 조기 한 마리 제상에 올리려면 밤새도록 짚세기를 삼아야 하고 자식새끼 혼사가 있거나 초상이라도 생기면 도지 빚을 내야 하고 손톱이 빠지게 길쌈을 하건만 허리 펼 날 없으니, 개똥밭에 굴러도 날 데만 나라 했지만 재물 없는 양반 족보 삶아 먹겠나? 씨는 살진 땅에 떨어져야, 돈방석 위에 떨어져야."

"아, 암요. 그렇고말고요."

칠성이는 납작 엎드려버린 듯이 맞장구를 친다. 갑자기 평산의 뒷모습이 위대하게 보이기까지 했던 것이다. 개망나니로 치부했던 그에게는 남다른 면이 숨겨져 있었던 것 같았고 무슨 비상한 일을 해치울 수 있는 힘을 가진 것 같은 생각이 칠성이를 몹시 들뜨게 하였다.

"칠성이."

"예."

"자네 장가 늦게 갔지? 생산은 잦은 편인가."

"그, 그렇지요. 잦은 편이지요. 상투는 벌써부터 올렸지마는 예를 차리고 장가들기로는 육 년 남짓했으니께요."

"그렇군. 자넨 몸이 좋아."

"일 년 열두 달 무병이지요."

그들은 어느덧 마을 길로 올라가고 있었다. 저만큼 논둑길에서 마을 길을 향해 두만아비 이평이가 소를 몰고 온다. 논에서 물을 푸다 돌아오는 길에, 아이들이 매어놓고 잊어버린 채 있는 소를 몰고 오는 길인 것이다.

"이평이!"

평산은 평소 모습으로 돌아가며 두만아비를 불렀다. 들었는지 안 들었는지 그는 채찍으로 소를 갈겼다.

"여보게 이평이! 귀는 시집보냈는가?"

두만아비는 천천히 얼굴을 돌렸다. 그러나 걸음을 멈추지는 않았다. 이목구비가 모두 자그만자그만했다. 성질은 꼼꼼해 보였다.

"우리 집사람, 기동하던가?"

평산은 공연히 신들신들 웃는다.

"입 좀 오므리소. 허파에 바람 들겄거마는."

내뱉는다. 동년배로서 어릴 적에 함께 뒹굴며 자랐다고는 하나 두만아비가 평산을 보기를 이웃집 개똥이만큼도, 그러나 어쩐 일인지 평산은 화를 내기는커녕 오히려 헤헤 웃는다.

"아, 저 상놈이 양반보고 허파에 바람 들겠다구?"

"서천 쇠가 웃겠네. 양반 꼴 좋소. 아낙 치는 기이 양반이고 노름판에서 구전 묵는 기이 양반이고, 애 퇴퇴, 그런 양반 될까 무섭네. 초하루, 보름 다 보내고 연 띄우는 백정이 됐이믄 됐지."

두만아비는 침을 퇴퇴 뱉고 다시 소 등을 갈긴다. 요령 흔들리는 소리가 해 지는 무렵 풀냄새와 함께 울려왔다.

"허허 제에기…… 조상 묏구덕 판 원수가? 나만 보면 못 잡아먹어 앙앙거리니 볼기짝에 군살 좀 올려놔야지 안 되겠는걸."

두만아비는 들은 척 만 척 가다가,

"칠성이, 니 정신 똑똑히 채리라."

돌아보며 말했다.

"그 인사 따라댕기다가 패가망신할 기다. 약은 쥐가 밤눈 어둡더라고, 하기는 어지간히들 죽이 맞기는 맞다마는."

그러고서는 가버렸다.

19장 사자(使者)

엽총을 구입하는 데 부족하지 않게, 거기다 곤궁한 집안 형편을 감안하여 적잖은 금액을 받아낸 조준구는 얼굴 가득히 미소를 머금으며 나귀를 타고 답답하기만 했던 마을을 빠져나갔다. 그가 떠난 뒤 치수는 길상을 데리고 서고에 들어박혀 며칠을 먼지 냄새, 종이 썩는 냄새를 맡으며 책자 정리를 하더니 끝내 총기(銃器)에 관한 것을 찾아내지 못하고 화약에 관한, 약간의 책자를 꺼내어 요즘에는 그것을 읽는 모양이었다. 윤씨부인은 몸이 불편하다 하며 문밖 출입을 하지 않았으며 귀녀는 조준구가 서울로 떠나게 되고 치수가 서고에서 책을 챙겨 들어간, 모든 그런 연유를 알고 싶었던지 발톱을 오므린 살쾡이 모양으로 귀를 기울이며 집 안을 맴돌았다.

지금은 읍내의 이동진이 사랑에 와 있었다. 그는 침울해 보였다. 최치수는 맹맹하게 이동진의 침울함과는 상관이 없는 얼굴을 하고 있었다.

"서울의 그 신식 양반은 떠났는가?"

"음…… 다시 오겠지."

"뭐 하러?"

"엽총을 구해 오겠지."

"엽총을? 어디다 쓸려고?"

"사냥꾼이 될려네."

치수를 바라보는 이동진의 눈이 움직이지 않는다. 입맛을
다셨다.

"자넨 뭔가 늘 잘못 생각하고 있네."

그러나 이동진은 자기 한 말의 결과에 기대 같은 것은 갖지
않는다는 투였다.

"잘 생각하면 천하가 변하겠는가?"

"울타리 안만 생각하지 울타리 밖은 생각 안 하고 있네."

"울타리 안에 무진세계(無盡世界)가 있을 수 있고 울타리 밖
이라 할지라도 한 치 땅이 없을 수도 있네."

"또 억지를 쓸 텐가?"

"내 머리카락 하나 뽑아서 천하가 이롭다 한들 나는 그 짓
을 아니하겠네."

"죽일 놈!"

치수는 빙그레 웃었다. 중국 춘추시대의 철학자, 철저한 개
인주의와 쾌락설을 주장한 양자(楊子)의 말을 치수가 인용하였
기에 이동진은 양자에게 욕설을 퍼부었던 것이다.

안은 괴괴했다. 봉순네와 삼월이는 당산 개울로 목욕하러
가고 없었다. 하인들은 들판으로, 부엌의 드난꾼들은 들판에
서 일하는 사람들을 위해 점심을 날라 갔고 연이네만이 부엌
부뚜막에 걸터앉아 주걱으로 잣죽을 젓고 있었다.

"조밭 매기가 젤 어렵더마. 별수도 없는 과조밭 맬라 카믄
부애가 부굴부굴 끓어서."

내리막길 옆에 있는 채마밭에서 열무를 솎아내며 김서방 댁은 간난할멈을 상대로 시부렸다. 간난할멈은 밭둑에 오뚝이같이 앉아 있었다. 저녁 찬거리를 위해 가지랑 오이를 따며 연이와 남이는 저희끼리 시부리고 있었다.

"그래도 없는 사람한테는 과조가 살림 밑천이네라. 사돈 오는 거 보고 물 한 바가지 더 부우믄 밥 한 그릇이 불어난다 카는데 농사꾼이 무신 성시(분수)로 찰조 심어 묵겠노."

간난할멈 말에,

"내사 떨어진 옷 입었임 입었지, 임석은 설게 못 묵겄더마는."

"숭년(흉년) 들어보제? 쓰고 달고…… 사람도 잡아묵을라 칼 긴데,"

"숭년하고 무신 상관이오. 만 사램이 굶어 죽어도 우리는 안 굶을 긴께."

"속없는 소리 마라. 옆에 굶어 죽는 사람 보고 입에 밥이 들어가까?"

"숭년들믄 우리 상전댁 땅이 불어날 긴데 멋이 걱정이오."

"벼락 맞일 소리, 입도 도꾸날(도끼날) 겉다. 니도 거 주둥이 땜에 망할 기다."

"아따, 입 없이도 망합디다. 김진사댁 고치밭에 한분 가보지?"

"……"

"종놈이 달아나니 말이 있이까, 과부 씨엄씨는 웃방에, 과
부 며느리는 아랫방에 앉아서 마당에 매구(꽹과리)를 치니 말이
있이까, 굶어서 창자가 붙으니 말이 있이까, 고치밭은 소 멕
일라꼬 그러는지 풀이 우묵장성인데, 내 겉으믄 남 내어주겠
더마는, 어리 속의 햇병아리도 아니고 김훈장이 큰 업을 짊어
졌더마요. 어제도 보니께 김진사댁 논매준다고, 이녁 농사도
못 감당하믄서."

하다가 김서방댁은 흙 묻은 손으로 삼베 속곳을 걷어 올리더
니, 말라 뱀가죽같이 된 허벅지를 긁적긁적 긁는다.

별당 뜰에는 권태로운 한낮이 쭉 늘어져 있었다. 조그마한
머리통이 두 개, 갑사댕기도 두 개, 앙증스럽게 바라진 어깨
와 나무 그늘에서 비어져 나온 그림자도 두 개다. 연못가에
아이 둘이 오두머니 앉아 있었던 것이다. 갈맷빛 상침을 둔
모시 적삼과 양어깨에 분홍빛 꽃수를 놓은 생명주 적삼 위에
버드나무 그늘이 들숭날숭 걸려 있다. 푸른 대추만 한 참개구
리 한 놈이 연 이파리 위에 의젓하게 앉아서 하늘을 보고 있
다. 연잎이 뜸한 수면에서는 소금쟁이가 뱅뱅이를 돈다. 작은
꽃, 노랑 빛깔의 말꽃이 흔들린다.

"봉순아."

"예."

"저걸 왜 소금쟁이라 해?"

서희가 손가락질하며 물었다.

"모르겠소."

"왜 몰라. 말해봐."

"모른다 카이요."

"왜 몰라? 난 알아!"

빨딱 일어선다. 꽃신 콧등에 흙이 묻어 있다. 봉순이는 손바닥으로 서희 신발의 흙을 닦아준다.

"난 알어! 구천이, 중놈! 구천이가 소금장수야!"

"예?"

봉순이는 서희를 멍청하게 올려다본다.

"옛날에 소금장수가 예쁜 각실 데리고 달아났대. 개똥이네가 그러던걸?"

"소금장수 이바구…… 구천이는 소금장수가 아닌데,"

봉순이는 앉은뱅이처럼 엉금엉금 걸어서 버드나무 뒤켠으로 돌아간다. 화가 나고 답답했던 서희는 씩씩거리며 방금 흙을 닦아준 꽃신으로 땅을 연거푸 걷어찬다. 돌멩이가 연못으로 퐁당퐁당 뛰어든다. 연잎의 참개구리가 도망을 치고 소금쟁이는 뱅뱅이를 그만두고 몸을 움츠린다.

"애기씨! 애기씨!"

별안간 봉순이 소리를 질렀다.

"이리 와보시오!"

"……"

"여기 말입니다! 개미가 크다란 벌을,"

"……."

"조맨한 개미 놈들이 크다만 벌을 잡아묵을라 캅니다."

"어디, 어디!"

눈을 반짝반짝하며 서희는 달려간다.

"이거 보이소. 조맨한 놈들이!"

벌은 산 놈이었다. 날개가 상하였는지 날지 못한다. 엉금엉
금 기어가는 벌한테 개미 네댓 마리가 덤벼드는 것이다. 엉덩
이에 올라탄 놈, 등에 올라탄 놈, 다리를 물고 늘어진 놈, 벌
이 뒹군다. 사방에 나가떨어진 개미들은 미친 듯이 맴을 돌다
가 그악스럽게 다시 덤벼든다. 잔인하고 무서운 아귀다. 아이
들은 머리를 마주 대고 땅을 내려다본 채 꼼짝없이 곤충들의
격투를 지키고 있다.

"애기씨."

"……."

"요눔으 개미 새끼들 직이부립시다."

"안 돼."

응원의 전령을 받았음인지 더 많은 개미들이 달려왔다. 디
뚝디뚝 걷다가 뒹굴곤 하던 벌이 이젠 뒹굴기만 한다.

"애기씨."

"……."

"요눔으 개미, 나쁜 놈이오! 직입시다."

"아냐."

"불쌍하요."

봉순이 뒹구는 벌에게 손을 내민다. 서희는 봉순이를 떠밀었다. 뒤로 나자빠지면서,

"부, 불쌍치도 않소!"

"누가 이기는지 볼 테야."

"봉순아 머하노."

길상이 얼굴을 쑥 디밀었다.

"이기이 멋고?"

"개, 개미 놈들이 벌을 잡아묵을라 칸다. 죽지도 않았는데,"

길상의 손가락이 어느새 벌을 낚아챘다. 개미가 사방으로 흩어진다.

"머야앗!"

서희가 고함을 쳤다. 그러나 길상은 날개가 상하고 기진맥진한 벌을 소중하게 싸들고 가서 백일홍나무의 그 분홍 빛깔 꽃 속에다 넣어준다.

"꿀 묵고 정신 차리라."

발을 구르며 서희는 울부짖었다. 길상은 무정한 눈을 하고 울부짖는 서희를 쳐다본다.

"나쁜 놈! 중놈! 소금장수! 거짓말쟁이! 토끼도 못 잡는 덩신!"

"길상아!"

담장 밖에서 부르는 소리가 들려왔다.

"나으리께서 부르신다."

머리까지 감아 빗은 삼월이와 봉순네가 돌아왔다. 서희 울음소리, 봉순네가 달래는 소리를 들으며 길상은 사랑으로 달려간다.

이동진은 돌아갔는지 없었다. 마루 끝에 우뚝 서 있던 치수가 말했다.

"김서방 불러오너라."

"예."

늦은 점심을 먹던 김서방이 입가를 닦으며 왔다.

"소인 부르셨습니까."

"음."

"……."

"강포수라는 엽사가 있다면?"

"예."

"재간이 있다는 말을 들었는데."

"예 그렇습니다. 산에 들믄 귀신이 되고 마을에 내리오믄 덩신이 된다고들 합니다."

일러바치는 말에 치수는 피식 웃는다.

"거처를 알아볼 수 있겠느냐?"

어리둥절하다가 다음 김서방의 낯빛이 달라진다.

"그, 그거는, 마을에 내리오는 일이 좀체 없으니께,"

달라진 김서방 낯빛을 지켜보던 치수는,

"모르겠다 그 말이냐?"

"그, 그런 거는 아니옵고, 저 김의관 집의."

"김평산이?"

"예, 혹 강포수 거처를 알고 있일지 모르겠십니다."

"그래…… 가서 김평산이 그 사람을 내가 보잔다고 일러라."

"나리마님께서 말씸입니까."

"오냐."

김서방은 엉거주춤 서 있다.

"어려운 일이라도 있느냐?"

"아, 아니옵니다."

김서방은 급히 나간다.

'강포수는 와 찾으시까.'

조준구가 엽총을 구하려고 서울 올라간, 그 내력을 모르는 김서방은 지리산에 구천이가 있다는 마을의 소문이 마음에 께름했다.

'설마…… 그거는 그렇고 망나니 겉은 그 인사를 불러다가 우짜실라 카는지, 나도 양반입네 하믄서 고분고분하지도 않을 기고, 나으리는 나으리대로 성미에 하인 다루듯 하실 기고 시끄럽게 되지나 않을란가 모르겠네.'

평산의 집에 내려갔으나 집은 비어 있었다.

'당자를 못 만나믄 댁네라도 만나서 행처나 알아얄 긴데.'

아무도 돌아오는 기척이 없고 모이를 찾는 닭 한 마리 볼 수 없는 빈집에 무작정 기다리고 있을 수 없어서 김서방은 밖으로 나온다. 내려갈 적에는 못 보았던 함안댁이 개울가에 앉아 빨래를 하고 있었다.

"저 말씀 좀 묻겄심다."

빨래하던 동작은 멎었으나 돌아보지는 않는다.

"참판님댁의 개똥이애비올시다마는."

"말해보오."

새삼스럽게 내외를 하는가 함안댁은 여전히 돌아보지 않으며 말했다.

"우리 댁 나으리께서 김의관……."

다음 말은 슬쩍 빼어먹고,

"좀 보자 하시오."

처음으로 돌아보았다. 좁은 이마에 땀방울이 번들거리고 있었다. 양미간이 모여든다. 푸릇푸릇한 피멍이 돋아난 얼굴에.

'이놈, 김의관댁 나으리라 하면 혀가 동강이 나겠느냐?'

그러나,

"주막에나 가보지."

하고는 빨래를 개울에 점벙 넣어 흔들며 하던 일을 계속한다.

'허허 참 몹쓸 짓을 했구나.'

입 속에 소금을 머금은 듯 얼굴을 찡그리고 김서방은 주막을 향해 내려간다. 그는 평산을 대하기가 싫었다. 함안댁 얼굴의 푸른 멍을 생각하니 더욱 그를 만나는 일이 두려웠다.

옛날, 벌써 삼십 년이 넘어 지나갔는데 포졸들이 집 안으로 몰려들던 그 당시의 사건은 심약한 김서방에게 우둔증(무서워 가슴이 뛰는 증세)을 심었다. 그때 포졸들 속에 평산을 닮은 얼굴을 보았던가, 김서방은 웬일인지 평산을 보기만 하면 우둔증이 도졌다. 그럴 때마다,

'하 지금은 그런 세월이 아니지.'

하고 한참 후에야 마음을 가다듬곤 했다. 그도 그럴 것이 평산이도 김서방의 심정을 알고 천주학쟁이, 어쩌고 하며 놀려주기를 좋아했던 것이다.

주막 앞에까지 갔을 때 평산의 꺽쉰 목소리가 밖에까지 울려나왔다. 김서방은 기웃이 들여다본다. 짧고 퉁거운 목을 저으며 지껄이고 있는 평산의 뒷모습이 보였다. 마을에서 보지 못한 건달풍의 사내가 그의 말상대였다. 건달이풍의 사나이는 연신 술을 퍼마시고 안주를 질겅질겅 씹으며 맞장구를 치곤 한다.

"여보시오."

평산이 돌아보았다.

"저어,"

"……?"

"디릴 말씸이 있심다."

"그렇다면 썩 들어오게나."

"머 여기서, 잠시만."

"날더러 나오라 이 말이냐?"

"저."

"고얀 놈! 간밤에 다리몽댕이 뿌질러졌느냐!"

김서방의 얼굴이 하얗게 된다. 그는 비실비실 주막 안으로 들어왔다.

"원치 술을 못허니께 술독 옆에만 가도."

하얗게 된 얼굴에 억지웃음을 띤다.

"허 참 그렇지."

하더니 평산은 큰 소리를 내어 껄껄 웃는다.

"귀창 날러가겠소이. 하룻강아지 머 무슨 줄 모르더란께?"

빈정대는 주모의 말은 듣지도 않았다는 시늉으로,

"그렇지 그래, 그러고 보니 자네 천주학쟁인 것을 내가 몰랐구나. 아암 술독 옆엔 얼씬도 못하구말구."

"아, 아니 별소릴 다 듣겠소. 벼락 내릴 소리 마시오!"

김서방은 우짖듯이 소리를 내질렀다. 불끈 쥔 두 주먹도 부르릉 떨었다. 분명 그것은 김서방의 착각이다.

'천주학쟁이를 박대하던 세월은 가고 없는데, 서울서는 지금 종현 언덕에다 천주학쟁이 큰 집을 짓고 있다 카던데, 하참 지금은 그런 세월이 아니지.'

그 말을 뇐 연에 김서방은 비로소 마음을 놓는다.

본시 김서방은 최참판댁의 종은 아니었다. 남원의 윤씨부인 친정인 윤씨댁의 종이었다. 그가 열일곱 되던 해 천주교도들의 대학살이 시작되어 이듬해 윤씨 집안은 결딴이 났다. 이 무렵 병으로 누워 있던 윤씨부인의 부친은 기적으로 일가 몰살에서 살아남았다. 천성이 소심하면서도 충성을 목숨으로 아는 우직한 판술이(김서방)는 늙은 상전을 업고 최참판댁으로 도망쳐 왔던 것이다. 판술이는 천주교도가 아니었으나 그는 그때 당한 몸서리쳐지는 참상을 오래 잊지 못할 뿐만 아니라 언제 또 그런 환난이 닥쳐올지 모른다는 불안이 삼십 년 세월 동안 그를 괴롭혀왔었다.

"자네가 천주학쟁이건 동학군이건 내겐 상관이 없다."

"……."

"난쟁이건 키다리건 말이다. 그래 무슨 일로 나를 찾아왔느냐?"

"우리 나으리마님께서,"

"최치수가?"

목소리를 높였다.

'자아 나도 만석꾼네 최참판 자손을 마구잡이로 부를 수 있네!'

하듯이 건달풍의 사나이를 거들떠본다.

"우리 나리께서 좀 보자 하시오."

"나를?"

평산의 눈이 민첩하게 돈다.

"왜?"

"나는 모르겠소."

"무슨 일인지 알아야 갈 거 아닌가. 흥! 간밤에 꿈자리가 사나웠던가?"

떵떵 울렸으나 눈동자는 심각해졌다. 그러나 김서방은 제 상전의 분부가 거절당할까 겁내어,

"부, 부탁하실 일이 있는 모양인데."

평산의 기분을 상케 하지 않으려고 애쓴다.

"나한테 부탁할 일이 있다…… 노름 솜씨나 가르쳐달라면 모를까, 무슨 부탁인고?"

김서방의 얼굴이 벌게진다.

"흥 간덩이가 마구 부풀어 올라가요이."

주모 빈정거림에 용기를 얻은 김서방은,

"강약이 부동이더라고 범 겉은 종놈들은 치레로 둔 줄 아시요?"

역정을 버럭 낸다.

"우리 댁 나으리가 개똥이 쇠똥이오? 와 함부로 이름은 부르는 거요."

아까 못한 말까지 시원하게 내뱉는다. 김서방의 역정은 효력이 있었다. 그러나 옆에 있는 건달풍의 사내에게 체신머리를 세우려고 자리에서 일어서며 평산은 다시 뇌까렸다.

"이름은 부르라고 지은 것, 상전이면 네 상전이지. 아무튼 가기는 가야겠군. 사랑도 없는 내 집에 와서 부탁 말 하랄 수

도 없으니."

우둔한 몸집에 비하여 김평산은 재빠른 동작으로 밖에 나
왔다.

"김서방."

사뭇 목소리가 부드럽다. 대신 김서방 대답은 우악스러웠다.

"와 그러오."

곰곰이 생각하니 화가 난 것이다.

"그 양반이 멋 땜에 날 오라 하던가?"

"가보믄 알 거 아니오."

"나하고는 사이가 뜬데 무슨 일일까?"

"설마 나무에 매달고 몽둥이뜸질 하겠소."

"애키, 이 사람."

"씰데없이 뻣뻣하게 하지 마소. 우리 나으리 성미 모르시
오? 동네에서 쫓기 안 날라 카거든."

"누구 마음대로?"

"나으리 마음대로 아니오."

김서방은 은근히 압력을 주며 치수 앞에 가서 고분고분하
라는 암시를 준다.

마을에서 소매 통을 지고 가던 칠성이를 만났다. 칠성이는
김서방과 평산을 번갈아 쳐다보더니,

'무신 일이오?'

눈으로 평산에게 물었다.

'걱정 마라.'

평산은 씩 웃는다. 칠성이는 그들이 지나친 뒤 한참 만에 돌아본다.

사랑 뜨락에 들어간 김서방은,

"나으리마님."

"음."

방문에 친 발을 걷으며 치수가 내다본다. 눈 속의 빛을 죽이면서 김서방 뒤에 엉거주춤 서 있는 평산을 바라본다. 평산은 김서방 어깨 뒤에서 적당히 시치미를 떼고 있었다. 지체가 다르고 보잘것없는 무반의 후예이긴 하나 명색이 양반이니 의젓하게 대해야 할까, 아니면 전락하여 상사람과 다름없이 된 자기 본색을 드러내어 애당초부터 허릴 굽히고 들어가야 할까, 평산은 그것을 망설이고 있었다.

방에서 대청으로 나온 치수는 화문석을 깔아놓은 자리에 앉았다.

"올라오시오."

의외로 치수의 말씨는 정중했다.

"예."

평산은 절로 허리를 굽히며 조심스럽게 마루에 올랐다.

"안녕하시옵니까."

저도 모르게 평산은 굽실거리고 있었다.

"무슨 일로 보자 하시었는지요."

"김서방은 가게."

서성대는 김서방을 보고 치수가 말했다.

"예."

김서방은 물러가면서 불안스럽게 한 번 돌아보았다.

"강포수를 아시오?"

"예?"

평산의 얼굴빛이 싹 변한다. 강포수에게 부탁을 받아 금가락지 한 짝을 팔아준 일이 번개같이 머릿속을 지나갔고 다음은 귀녀를 불러내어 공모할 것을 위협한 일이 생각났다.

"강포수라면,"

"산에서는 귀신이요 마을에서는 덩신이라던가? 그 위인 말이오."

"아, 알기야 알지만 무슨 일로,"

"지금 어디 있는지 아시오?"

"산에 있겠지만 별안간 강포수를 무슨 연유로 그러시는지요."

평산은 자신을 가라앉히며 되물었다.

"산에 있는 줄은 나도 아오."

"예."

"사람을 보내면 찾아올 수 있겠소?"

"글쎄올시다. 못 찾을 것도 없지요."

"⋯⋯."

"정한 거처는 없으나 제가 나서면,"

하고 평산은 치수의 마음을 떠보고 눈빛을 살핀다.

"찾아보겠소?"

"어려운 일 아니지요. 강포수가 다니는 길목은 빤하니까요. 산중의 목기막이나 화전민들 움막을 뒤져나가면 행방은 알 수 있습니다. 전에도 한 번 그렇게 해서 찾아낸 일이 있었습지요."

"실은 사냥을 해볼 생각에서,"

"사냥을!"

놀랐다기보다 마음이 놓여 어성을 높였는데 치수는 의아하게 평산을 바라보다가 불쾌한 듯 눈길을 거두었다.

"예 사냥을."

"강포수를 선생으로 모실까 싶어서."

완연히 조롱하는 투였으나 평산의 기분은 흐려지지 않았다.

"그, 그렇습지요. 사냥이라면 문리가 난 강가 놈이야말로, 거 명포숩니다. 명포수지요. 그놈 발바닥이 안 닿은 곳이 없을 겝니다."

평산은 뻐드렁니를 드러내며 벌죽벌죽 웃는다. 그는 뜻밖에 일이 잘되어간다고 생각했다.

"말이 났으니, 그놈 눈독 딜인 짐승치고 총 끝에서 놓여난 일이라곤 없었지요. 그놈은 사냥에 미친 놈입니다. 집도 계집도 자식도 없지요. 혈혈단신, 총 한 자루 울러메고 발이 멎은 곳에서 잠을 자고 닥치는 대로 처먹으면서 천하태평, 그렇게 속 편한 놈은 아마 세상에는 없을 겝니다."

"홀가분하겠군."

"아암요. 계집을 얻어 살림을 안 차린 것도 아니었지만 사냥에 미친 놈이고 보니 계집이 붙어나야지요. 계집이란 근본부터 괭이 같은 것이라 잠시라도 쓰다듬어주지 않으면 달아나게 마련 아닙니까."

평산은 손짓 몸짓 해가면서 지껄이기를 멈추지 않았다. 본시 주접스러워 그렇기도 했으나 또 마음을 놓아 그렇기도 했으나 차츰 그는 그대로 울분이 치솟았던 것이다. 최치수의 지체, 최치수의 재물, 최치수의 학식, 최치수의 오만, 그런 것이 말할 수 없는 큰 덩어리가 되어 자신은 그 밑에 짓눌리어 자꾸 작아지는 것 같은 생각이 그를 슬프게 했고 걷잡을 수 없게 안정을 잃게 했던 것이다.

"언제 가겠소?"

평산은 지껄이던 입을 오므렸다. 저도 모르게 주책머리 없는 자기 군소리를 사과라도 하듯이 비죽이 웃는다.

"그, 그야 내일이라도 가라시면."

"누구 한 사람 따라가야겠소?"

"그, 그러면 더욱 좋겠지요."

"그럼 길 떠날 차비를 차려보시오."

평산은 최참판댁을 물러나왔다. 가래침을 돋우어 칵 뱉는다.

'내가? 음…….'

발부리 가까이 두꺼비가 엉금엉금 기어간다.

'내가…… 음,'

주모한테 수모를 당했을 때도 평산은 웃었다. 노름꾼 패거리한테 뭇매를 맞았을 때도 고래고래 소리를 지르다가 그만두었다. 마을에서 멸시의 눈초리를 받을 때도 평산은 흥! 하고 코웃음치고 말았다. 그러나 최참판댁에서 물러나는 평산의 눈에는 비애의 눈물이 글썬 돌았다.

"제기럴!"

엉금엉금 기어가는 누더기 꼴의 두꺼비를 걷어찬다. 누리팅팅한 배 바닥을 드러내고 저만큼 나가떨어졌던 두꺼비는 몸을 뒤집더니 다시 엉금엉금 기어간다.

사랑 담장 안에 심은 석류나무가 담장 밖으로 넘어져나와 그늘이 된 곳, 그 담벽에 귀녀가 바싹 붙어 서 있었다. 귀녀는 평산의 거동을 유심히 쳐다본다.

"여보시오."

평산이 성난 얼굴을 번쩍 쳐들었다.

"무슨 일로 오시었소."

담벽을 따라 다가서며 물었다. 크고 검은 눈동자는 미련하리만큼 평산의 표정 전부를 핥았다.

"요망 떨지 마라!"

"소리가 크시오."

"천둥만 하냐!"

"관에서 매 맞고 집에 와서 계집 친다 카더니마는 왜 이러시오."

"뭐?"

평산의 얼굴에 심술궂은 웃음이 떠올랐다. 그는 목소리를 낮추었다.

"강포수를 찾아오라누만, 최치수가."

"강포수를?"

귀녀의 얼굴이 굳어진다. 평산의 목소리는 더욱 낮았다.

"걱정 마라. 귀녀도 겁이 많군그래. 최치수의 계집은 죽은 목숨이나 다를 바 없네."

"……."

"죽은 사람은 말이 없느니라. 설마 가락지 일이 누설되겠느냐?"

"실없는 소리 마시오. 몇 분 말해야 알아듣겠소. 그것은 아씨가 나한테 주신 기요."

"그렇다면 여우 ×× 땜에 그러느냐?"

귀녀는 눈을 희뜨고 평산을 노려본다.

"아아, 노염 탈 것 없네. 귀녀 말마따나 그것은 다 실없는 소리고."

"……."

"내가 열이 좀 나서 그랬네."

"그런데 나으리는 왜 강포수를 찾아오라 하시오?"

"사냥을 하겠다는 건데, 짐승사냥을 할란지 사람사냥을 할란지 그것은 모르겠다만."

"야?"

"강포수를 선생님으로 뫼시겠다는 그 말이구먼."

평산이 목구멍을 굴리며 웃는다.

"하지만……."

"강포수가 걱정이다 그 말이냐?"

"개 모래 묵듯이 시부릴지 누가 알겠소."

"그 걱정은 안 하는 게 좋다. 내 일이자 귀녀 일이니 강포수 입을 초병 마개처럼 내가 꼭 틀어막아 놓겠다."

"사냥을 한다 카믄……."

귀녀는 잠시 생각에 잠긴다.

"일이 재미있게 되어갈 게다. 이런 일도 생각하면 좋은 징조 아닌가."

결심을 굳게 하는지 평산의 얼굴이 쌍그레졌다.

제 2 편

추적과 음모

1장 사라진 여자

물동이를 들고 안마당을 질러 길상이 달려가는데 뒤에서 불렀다. 윤씨부인의 목소리였다.

"예."

엉겁결에 물동이를 놓고 돌아본다. 윤씨부인은 대청에 앉아 있었다.

"예, 마님."

길상이 되풀이 대답한다.

"이리 오너라."

한집 안에 기거하면서도 길상은 좀체 윤씨부인을 보는 일이 없었다. 그를 친히 부르는 일도 거의 없었다.

길상이 어려워하며 부인 앞에 갔을 때,

"물동이는 왜 가져가느냐?"

하고 물었다.

"예, 별당 뜰에 물을 뿌리려고 가져갑니다."

"⋯⋯."

길상은 두 손을 맞잡고 고개를 숙인다. 댕강하게 짧아진 옷고름, 본시도 짧은데 옷고름에 끼워서 마디를 지워놓은 엽전한 닢이 눈에 보였다. 손님에게 얻은 엽전이지만 옷고름에 맺어둔 그것이 부끄럽고 꾸중들을까 봐 겁이 났다.

"글공부는 하느냐?"

"예?"

놀라며 길상이 얼굴을 쳐들었다.

"노스님께서 너에게 이른 말씀이 있었다 하시더군."

부드러운 목소리였다.

"예."

다시 고개를 숙이는데 목덜미에서 양쪽 뺨으로 핏기가 번져나간다. 지척에서도 노스님 목소리가 울리고 있었다.

'남과 같이 잠잘 생각 말고 읽었던 글 다시 읽고 썼던 글 다시 쓰고, 그러면 차츰 이치를 알게 되느니라.'

그러나 구천이 떠난 후 길상은 까마득히 글공부를 잊고 있었다.

"김서방한테 일러둘 터이니 너는 사랑의 잔심부름만 하면 된다."

윤씨부인은 가라는 말도 없이 가만히 있었다. 한참 만에,

"어디 얼굴 한번 들어보아라."

길상은 얼굴을 들었다. 입언저리가 파르르 떤다. 커다란 길상의 눈에 눈물이 넘쳐날 것 같다. 윤씨부인은 길상의 얼굴을 처음 대하는 것처럼 참참이 쳐다보았다.

"노스님 말씀이 옳으시다. 눈뜬장님이 되어서는 안 되느니라. 그럼 가보아라."

"예."

장석 걸음*을 옮겨놓는데 흥분과 긴장에서 눈앞이 캄캄하고, 뒤통수에 마님 눈길이 박혀 있는 듯하여 길상은 숨이 막히는 것 같았다. 가까스로 물동이를 든 그는 모퉁이를 돌아 윤씨부인의 시선에서 빠져나왔다 느끼는 순간 뛰기 시작했다. 한달음으로 우물가까지 와서 터질 것 같은 숨을 한꺼번에 토해내고 하늘을 올려다본다. 하늘은 푸르고 구름이 없었다. 고개를 떨구어 우물 속을 들여다본다. 푸른 하늘에 얼굴이 둥실 떠 있었다. 길상은 타래박을 풍덩 던진다. 얼굴이 부서져서 사방으로 퍼져나가고 푸른 하늘도 주굴주굴 구겨졌다.

까대기 옆에는 지게에다 등을 받치고 삼수가 낮잠을 자고 있었다. 개똥이 녀석이 살금살금 그 곁으로 다가간다.

윤씨부인이 불러다가 각별히 말을 했다는 것은 길상의 처지로서는 과거급제한 것만큼이나 기쁘고 영광스런 일이다. 그뿐

인가, 노스님이 아직 길상을 잊지 않고 윤씨부인에게 당부했다는 것은 외로운 길상에게는 더없는 애정이며 은혜였다.

지푸라기를 손에 들고 삼수 콧구멍을 노리면서 개똥이 녀석 침을 흘리며 혼자 웃는다. 웃느라고 콧구멍을 겨냥하기 어려운 모양이다.

'눈뜬장님이 되어서는 안 되느니라.'

저승꽃이라고들 하는, 꺼무꺼무한 점이 얼굴과 손등에 돋아났던 윤씨부인, 쏘는 듯한 눈빛.

'하겠십니다. 부지런히 글씨공부 하겠십니다!'

삼수는 입맛을 다시며 얼굴을 돌린다.

길상은 물통 가득히 물을 길어 별당 뜰로 날듯 달려간다. 재채기 소리, 다음은 삼수의 고함 소리, 얼굴을 쥐어박혔는지 개똥이 우는 소리가 났다.

나무그늘 밑에, 평상에 걸터앉은 봉순네는 씨를 걷어내며 서희에게 수박을 떠먹여주고 있었다. 시원하게 곤지머리를 한 서희는 제비 새끼처럼 작은 은숟가락의 수박을 받아먹는다. 먹으면서 불긋불긋하게 나돋은 이마빡의 땀띠를 긁적거린다.

"덧나믄 우짤라고? 긁지 마시오."

하고 봉순네는 눈살을 찌푸린다.

대개 여름이면 살이 빠진다고들 하는데 봉순네는 그늘에서 일만 하여 그랬던지 여름이 오면 도리어 몸이 붇는 편이다.

"허연 살이 박속 겉구마는. 과부 야빈 데 없다 카더니 참말이제, 우짤라꼬 삼복 더위에 살이 찌는지 모르겄네."

김서방댁이 부러워서 말하곤 했었다.

"이자 그만 잡사야겠소. 배탈이 나믄 안 되니께."

대접에 숟가락을 걸쳐, 평상 모서리에 놓은 봉순네는 땀에 홈빡 젖어 등에 달라붙은 안동포 적삼 뒷도련을 치켜들고 부채바람을 넣는다.

"날씨도 푹푹 찌는구나."

제 몸을 부치던 봉순네는 부채를 되돌려 서희에게 바람을 보내면서 햇볕이 튀는 마당에 물을 뿌리는 길상을 멀끄러미 바라본다.

"길상아!"

"야."

대답과 함께 물바가지를 든 채 쫓아왔다.

"아아니 야아가 불 끄러 오는 거맨치로 와 그리 쫓아오노."

"야?"

길상은 빙글빙글 웃는다.

"니 머가 그리 좋노. 무신 좋은 일이 있어서 그러노."

길상은 연신 웃는 낯이다.

"내가 니를 불렀는데 머를 시킬라 캤던고?"

"……."

"아 참 그렇제? 마을의 이서방한테 가서 말이다."

"야, 용이아재씨 말입니까?"

"으음 그래. 니 가서 말이다, 틈이 있이믄 잠시 다니가라고 일러라."

"야, 퍼떡 갔다 오겄심다."

"길상아."

"야?"

뛰다가 돌아본다.

"읍내 장날이 언제던고?"

"모레요."

"모레? 그렇겄네. 오늘이 보자…… 그라믄 가서 이르고 오니라."

"야."

길상이 행랑마당으로 돌아나왔을 때,

"으으윗윗 으으윗윗…… 으으으으."

개똥이 울음 섞인 기성이 들렸다. 허리끈이 풀어져 내려가려는 중의 말기를 붙잡으며, 나머지 손으로 삼수를 치려고 개똥이 주먹을 휘두르며 쫓아간다.

"와 건디리가지고 학을 떼요?"

연이 빈 삼태기를 들고 서서 구경을 하며 삼수를 힐난했다.

"내가 건디맀나! 저눔우 새끼가 내 콧구멍에!"

삼수는 개똥이를 밀쳐내며 버럭 소리를 질렀다.

"싸지, 남들은 일하는데 혼자 낮잠 잤이니께."

"머라꼬! 빌어묵을 년이."

삼수는 개똥이를 밀쳐내다가,

"이, 이기이? 뼈다귀가 성할 기라고?"

"와, 와 때, 때, 때이노오!"

개똥이는 어귀어귀 덤벼든다.

길상이 언덕에서 내려왔을 때 어디서였던지 팔랑개비같이 봉순이 날아왔다.

"어디 가노!"

"용이아재씨한테 간다."

"거긴 와 가노?"

"니 어매 심부름 간다."

"나도 갈란다."

봉순이는 따라붙었다.

봉순이 역시 시원한 곤지머리였다. 댕강하게 짧은 치마 밑의 종아리는 황새 다리 모양으로 가늘고 길었다. 크려고 그랬던지 더위 탓인지 털을 갈려는 중병아리같이 엉성해 보인다.

아이 둘은 마을을 향해 타둑타둑 걸어 내려간다. 나무 밑에서 풀을 뜯던 소가 꼬리질을 하며 엉덩이에 붙은 파리를 쫓다가 아이들을 보고 음매— 하며 한 가락 뽑는다. 하늘은 새파랗다, 강 건너 산허리에서 당산 산등성이까지. 길상은 줄을 끊고 떠내려가는 연을 따라가는가, 발부리에 생각이 없고 마냥 얼굴을 쳐들어 하늘만 보며 간다.

"길상아!"

"와."

"귀녀한테 구신이 붙었다 카더라."

"머?"

"구천이도 밤만 되믄 산에 갔다 카데."

"……."

"그것도 구신이 붙어서 그런 거라 하데. 이분에는 귀녀가 자꾸 산에 간다 안 카나."

"매욕하러 간다 카던데?"

"맨날?"

"더운께."

"아니다, 구신이 붙어 그렇다 카이. 또출네도 자꾸 산에 안 가더나? 구신이 불러쌓아서 간다 카더라."

"누가 그러더노?"

"김서방댁이."

"미쳤다."

아이들이 용이 집에 갔을 때 강청댁은 땀을 흘리며 보리방 아를 찧고 있었다.

"머하러 왔노!"

절굿공이를 절구통에 걸쳐놓고 주걱으로 보리를 모으며 아이들에게 눈을 흘겼다.

"아재씨 안 기시오?"

길상이 물었다.

"와? 논에 갔다, 와!"

화를 바락 낸다. 길상이 주춤한다.

"틈이 있이믄 오시라 캐서."

"누가?"

"우리 옴마가요."

길상을 거들어서 봉순이 말했다.

"머할라꼬, 상 줄라꼬? 그년 기둥서방됐다고 치사할라 카더나."

어른의 체면 같은 것 아예 생각지도 않는다.

'광대놀음하던 날 요눔우 새끼들이 와서 읍내에 갔지, 갔어.'

아이들이 눈엣가시처럼 밉다.

"흥! 초록은 동색이더라고 멋을 속닥거릴라꼬 오라 가라 하는고? 이서방이 동네 가매(가마)가?"

주걱으로 절구통 전을 치면서 다시 절굿공이를 치켜드는데 마침 점심을 먹으려고 용이 돌아왔다.

"너거들 머하러 왔노?"

아이들은 겨우 숨을 토해낸다.

"무신 일고?"

"틈 있이믄 한분 오라 합니다."

"누가?"

"봉순이 오매가요."

"무슨 일인고?"

강청댁은 점심 마련할 기색도 없이, 보리가 물을 먹었으니 망정이지 그러잖았으면 바스라졌을 것이다. 그만큼 절굿공이로 윽박지르고 있었다.

"점심 묵고 갈 기니."

용이는 펴놓은 멍석 위에 힘없이 주질러 앉는다.

얼마 후,

"무신 일로 불렀소?"

하며 용이 찾아왔다.

"이분 장날에 읍내 갈 기요?"

"⋯⋯갈 일은 없지마는,"

낯색이 어두웠다.

"월선이한테 머 좀 전할라 했더마는,"

"머길래 그러요?"

"모시적삼 두 개 해났는데 그거 좀 갖다 주었이믄 싶어서."

"가지요."

이튿날 논가에서 용두레로 물을 푸다 만 용이는 논둑에 걸터앉아 하염없이 담배만 피우고 있었다. 황새 한 마리가 멍청이같이 논가에 서 있었다. 졸고 있는지 생각을 하고 있는지 움직이지 않는다. 그림같이 외로워 보인다.

'내일이 장날인데 내일 간다믄 또 나를 피할 긴지 모르겠다.'

강청댁이 밤에 가서 소동을 벌인 일을 모르는 용이가 다음 장날에 월선이를 찾아갔었는데 주막 문은 쇠통이 채워져 있었다. 근심이 되어 밤까지 기다렸으나 월선이는 돌아오지 않았고, 이튿날 해거름에 마을을 떠나 어두워져서 다시 찾아갔을 때 월선이는 몸이 아프다면서 돌아누웠던 것이다. 용이를 피하는 태도였다. 왜 그리 피하느냐고 따지고 들 만큼 뱃심이 좋은 위인이 아니었으므로 그는 불안과 초조한 마음으로 돌아왔다. 돌아오는 밤길은 멀었고 집 마당에 들어섰을 때 용이는 집의 기둥이 모두 흔들리는 것 같은 절망을 느꼈던 것이다. 그런 일이 있은 요 며칠 동안,

"사람 이러다가는 미쳐나겄다! 미쳐나겄어!"

강청댁의 입버릇이 더 자주 나오게 되었고,

"차라리 죽어 없어져 주었이믄 과부거니 하고나 살제."

악담이 나왔다. 비위를 상하는 말이나마 걸어주었고 때론 측은해하는 눈빛으로 바라보다가 달래기도 했었던 용이가, 들일 집안일을 하기는 하지만 말이 없고 잠자리마저 누각이 아니면 마루 한 귀퉁이에서 돌아누우면 고만이었다. 강청댁은 지은 죄가 있어 용이의 우울증을 알았고 알고 있기 때문에 더 화가 났다.

'장날이 내일인데, 또 나를 피해서 가게를 닫아버리믄……
차라리 오늘 가는 기이 좋겠구나.'

봉순네가 전하는 모시 적삼은 월선이를 찾아가는 좋은 구실이 된다.

'우째 나를 피할꼬? 무신 일이 있었일꼬? 정이 떨어졌다 말가, 의지가 못 되는 사내라고 자파(단념)했다 말가, 누구 눈 맞인 사내가 생깄다 말이가.'

외곬로만 흐르는 월선이 성정을 알면서 그럴 리가 없고, 믿을 수 없고, 믿으려 하지도 않으면서 그러나 용이는 고통스런 망상을 떨쳐버릴 수가 없었다.

강청댁이 읍내로 가서 월선이를 두들겨준 일을 모르는 아낙은 별로 없다. 그러나 대개의 남자들은 그 일을 모르고 있었다. 가난한 농사꾼이 남의 여자 볼 새가 어디 있으며 개중에는 흉하게 생겨 눈먼 새도 찾아올 리 없는 그런 남편을 가진 여자도, 여자의 마음은 이상한 것이다. 바람난 여자의 얘기는 제 남편에게 하기를 좋아하지만 바람난 남자의 얘기는 여자들끼리 하고 그치는 묘한 공통점이 있다. 두만네가 강청댁의 행동을 마땅찮게 여겨 남편에게 말한 적은 있다. 그러나 남의 일에 간섭하길 좋아하지 않는 두만아비는 용이에게 귀띔해주지 않았다.

집에 돌아온 용이는 세수를 하고 옷을 갈아입으며 읍내에 갈 차비를 차렸다. 강청댁은 집 안을 어질러놓은 채 밖에 나가고 없었다.

용이는 날이 빠진 낫과 끝이 뭉크러진 도끼, 호미를 챙겨 들고 집을 나왔다.

"장날은 내일이라믄서요?"

바느질을 하고 있던 봉순네가 찾아간 용이를 보고 말했다.

"연장이 시원찮아서 성냥간(대장간)에 베리러 가는 길에,"

용이는 외면하며 뇌었다. 봉순네는 보자기에 싼 것을 장롱에서 꺼내어주며 말했다.

"한분 다니가라 카소. 참외도 묵고 수박도 묵고, 지금이 한창인데 와서 씨원하게 물도 맞고. 지 살기가 바빠서 그렇겠지마는 우찌 그리, 그리매(그림자)도 안 뵈는고."

"칠림 댈까 바서 그렇겠지요."

"칠림은 무슨? 묵으믄 얼매나 묵을 기라고? 잠은 나하고 자믄 될 기고, 마님께서도 한분인가 물어보시던데, 죽은 월선네 생각이 나서 그러시는지."

최참판댁에서 나온 용이는 곧장 읍내로 떠났다. 중도에서 나룻배를 탄 그는 일찍 읍내에 닿았다. 읍내에 내려서는 순간 용이는 까닭 없이 마음이 시끄러웠다. 무슨 일이 꼭 일어났을 것 같은 생각이 들었다.

'내가 못 볼 것을 보러 가는지 모르겠다.'

월선이 다른 남자의 차지가 됐을지 모른다는 환각이 눈앞을 막았다.

'천하없이도 그럴 리는 없다. 나는 월선이를 속속들이 알고 있으니께. 산천이 변했으믄 변했지…….'

마음속에 다져둔 생각, 월선이를 데리고 어디든 도망을 쳐야겠다는 생각이 풀쑥 솟았다.

'구천이는 상전아씨도 데리고 도망가지 않았나. 나 없다고 여편네가 못 사까.'

그러나 목에 가시처럼 걸리는 일이 있었다.

'예로 만난 가숙을 박대하믄 못쓰네라. 여자란 남자 하기 탓이다. 모르는 거는 가르쳐가믄서.'

강청댁에게 장가들어 정을 못 붙였을 때 모친이 타이른 말이었다. 숨을 거둘 때도 부모 멧상 들 가숙을 박대하지 말라는 것이 유언이었다.

'내가 떠나믄 부모 기일은 뉘가 모실 기며……'

용이 눈에 눈물이 글썬 돌았다.

주막에 못 미처, 외딴 길목에 대장간이 있었다. 장날이 아니어서 대장간은 한산하였다.

"오래간만이네."

대장간 주인 옥서방이 인사했다.

"일거리가 많소?"

"머 별로."

"연장 손 좀 봐주겠소?"

"그러지…… 금년에는 어떤가?"

"머 말이오?"

"시절 말이지."

"낫을 들고 논에 들어가봐야 장담 안 하겠소?"

"하기사 그렇지. 하느님의 마음씨를 누가 알겠노."

엉성한 수염 사이로 담배 연기를 뿜으며 옥서방은 흙먼지
이는 밖을 바라본다.

"나 다니올 데가 있어서 갔다 오겠소. 그새 손봐주소."

용이는 보자기를 들고 월선의 주막으로 갔다.

"……?"

저번 장날같이 문에 쇠통이 걸려 있었다.

'허행이구나. 어디 갔일꼬?'

사람이 있다면 쇠통이 걸렸을 리 만무다. 그러나 용이는 문
을 진득진득 흔들어본다. 쇠통만 찔렀으면 그럴 리 없겠는데
문은 고정되어 옴짝하지 않는다. 용이는 허리를 굽혀 살펴본
다. 못질을 해놓았던 것이다. 섬찟한 생각에서,

"월선아!"

불러본다. 대답이 있을 리 없다.

"월선아!"

소리를 질렀으나 장날이 아닌 한적한 거리에는 오가는 사
람조차 눈에 잘 띄질 않았다. 용이는 보자기를 든 채 어느 골
목길에서 월선이 서 있을 것 같고 찾으면 만날 것 같은 생각
이 들었다. 그는 읍내를 헤매기 시작했다. 몇 바퀴를 돌았는
지 모른다. 왔던 길을 다시 와서 지나가고, 기름집 앞에 우두
커니 서 있기를 여러 번 되풀이했다. 그러다가 그는 미친 듯
월선의 주막으로 되돌아왔다.

"월선아!"

못질한 문을 흔들어댄다. 흐려진 눈을 거리 쪽으로 돌린다.

"어디 갔으까, 절에 갔이까? 쇠통도 아니고 못질……."

방물장수 노파가 방물이 든 버들고리를 이고 걸어온다. 장날이면 나타나는 낯익은 얼굴, 평일에는 여염집을 돌아다니며 장사하는 노파다.

"할매!"

"와 그러노?"

"여기 주막 임자, 워, 월선이라는 여자 아시오?"

"얼굴이야 익지."

"그, 그라믄 어디 갔는지 모르요? 혹시 뉘한테 들은 말이라도."

"들은 말이사 있지. 강원도 삼장시를 따라갔다 카던가?"

"야?"

"강원도 삼장시하고 눈이 맞았다던가, 함께 갔다 카지, 아마."

"강원도 삼장시하고, 그럴 리가!"

"내사 강원도 삼장시가 누군지 모르지마는 그렇게들 말하더마."

노파는 초지장같이 변해가는 용이 얼굴을 유심히 쳐다본다.

"정말이까……."

"정말인지 거짓말인지 모두들 그러니께, 빚이라도 주었더나?"

세정에 빠른 방물장수 노파, 쓸개 빠진 놈아 남의 사내 따라간 계집 생각하면 뭘하나, 질금질금 눈물이 흐르는 늙은 눈이 말하고 있었다.

"빚…… 머 그런 것도 아니오."

억지웃음을 짜내는 얼굴은 그러나 일그러지기만 했다. 노파는 방물고리를 내려놓고 주막 앞에 앉았다. 곰방대를 꺼내었다.

"담배 있이믄 한 대 주게."

용이는 쌈지의 담배를 노파 손바닥에 부어준다. 손이 덜덜 떨고 있었다.

"그 계집이 자네를 버리고 갔구마."

침을 뱉어 담배를 축이면서 노파가 말했다.

"아, 아니오. 그것도 아니오."

하는데 용이 눈에 눈물이 가득 고인다.

"내가 다 알지러. 사나아대장부가 눈에 눈물이 나는데 아니라 카겠나?"

시체를 쪼아먹는 뫼까마귀같이 노파가 남의 슬픔을 쪼아먹듯 웃었다.

"정이란 더러운 게지."

담배에 불을 댕겨 뻑뻑 피운다. 합죽한 입 속에 이가 남아 있었던지 물부리에 이빨 부딪는 소리를 내며,

"잊어부리는 기이 상수네라. 또 세월이 가믄 잊어지는 기고. 그래저래 한세상을 살아보믄 눈앞에 보이는 거는 북망산

천, 죽네 사네 하는 것도 젊었일 적의 한때 얘기 아니가. 나도 젊은 시절에는 꼴값을 하노라 노류장*에서 구름겉이 놀았거마는, 더러운 정 땜에 내 신세가 요리 안 되었나. 어디 마음을 허리끈으로 매어두었나? 잊어부리는 기이 약이고 늙으믄 다 소용없네. 늙어 고생 안 할라 카믄 재물이 있이야제 계집도 사내도 다 소용없네라. 옛말에 자식은 앞세우고 가니 배가 고파도, 허리띠에 은전을 차고 가니께 배가 안 고프더라고 돈이 믄 틀어진 구신, 조상도 달랠 수 있지."

눈물을 질금질금 흘리며 시부리는 노파를 멀끄러미 바라보고 서 있던 용이는,

"그, 그, 그런 기이 아니라요."

하고는 급히 발길을 돌려놓는다. 걷는데 휘청거리는 아랫도리가 접혀서 땅바닥에 고꾸라질 것같이 보였다.

'몹쓸 년! 몹쓸 계집……'

간신히 대장간까지 갔다.

"다 됐소."

쇠붙이를 뚜드리고 있던 옥서방은 다시 그것을 불간 속에 집어넣고,

"한 분 더 뚜디리야겠네."

쇠붙이가 불에서 달아오르기를 기다리며 옥서방은 허리를 두드린다. 풀무 젓는 젊은이 얼굴에서 땀방울이 뚝뚝 떨어졌다.

"못 해묵겄다. 오뉴월에 윤구락(숯불)을 안고 살라니께,"

하다가 옥서방은 물었다.

"자네 얼굴이 와 그렇노?"

"와요?"

"토사곽란이라도 만난 사람맨치로 초지장이네. 어디 아프나? 아니믄 화적떼한테 날치기라도 당했나. 아까는 안 그렇더마는."

"날치기 당했소."

길을 내다보며 되는 대로 주워섬긴다. 방물고리를 인 노파가 산 밑 마을을 향해 가고 있는 모습이 보였다. 가문 날씨, 뿌연 흙먼지가 일고 있었다.

"얼매나?"

"천 냥이오."

"신소리 하는고나."

"값으로 치믄 만 냥 십만 냥……."

하다가 중도에서 목소리는 끊어졌다. 옥서방이 무슨 말을 하는지, 용이 귀에는 거리에 이는 바람 소리만 들리고 있었다. 실제 바람 소리는 나지도 않았지만 용이는 바람 소리를 듣고 있었다.

다 된 연장을 새끼줄로 엮어서 들고 대장간을 나온 용이는 한적한 장터를 되잡아 들어갔다. 그는 주막을 찾아 들어갔다. 놈팡이 같은 사내 둘이 마루에 늘어져 누워 있었다. 갈증 난 사람같이 주모가 따라주는 술을 단숨에 마시고 다시 한 잔을 청했을 때, 주모는 놈팡이 한 사람하고 얘기를 주고받고 있었다.

"별난 인물은 아니지마는 엔간히 쓸 만은 하지."

"삼장시라믄서?"

"그렇다더만. 해마다 오는 사램이믄 내가 모를 턱이 없겠는데 나이 지긋하다니께 어떨란가. 제집이 데면데면하고, 물에 물 탄 듯 술에 술 탄 듯 떠나주었으니 내 손해볼 거는 없지마는 우째 씨원섭섭하구마."

"허 참, 내가 눈독을 딜있는데 뛰는 놈 위에 나는 놈 있었구마."

놈팡이는 누운 채 눈을 치뜨고 웃었다.

"술 안 팔라요!"

용이 술판을 쳤다. 두 번째 술도 단숨에 들이켠 용이는 엽전을 술판에 던져놓고 주막 밖으로 나왔다.

마을에 돌아온 용이는 길에서 돌이를 만났다.

"봉순어매한테 부탁받은 긴데, 이거 못 전했다고."

보자기에 싼 것을 내어밀었다.

"머요?"

"가져가믄 알 기다. 가서 일러라. 문 잠가놓고 없더라고."

자기 집 방향으로 걸음을 옮긴다.

집에 돌아온 용이는 연장을 헛간에 던지고 방으로 들어갔다. 강청댁의 새된 소리가 쨍쨍 울렸으나 옷을 벗어 건 용이는 쓰러지듯 자리에 눕는다.

2장 윤씨의 비밀

　음울한 그늘을 상당한 둘레까지 드리운 팽나무 근처에 이르렀을 때 지대 높은 이곳을 지나가는 강바람은 한결 시원하였다.

　늙은이답지 않게 문의원은 가벼운 동작으로 나귀에서 내렸다. 이른 새벽에 출발했다고는 하나 한여름의 삼십 리 길은 모시옷의 등쪽을 젖게 했다.

　나귀를 매는 동안 김서방이 급히 마중을 나왔다.

　"날씨가 더워서."

　허리를 낮추며 인사한다.

　"대단하군."

　문의원이 안으로 들어섰을 때 육간 대청에 나앉아 있던 윤씨부인이 일어섰다. 안동포 적삼의 빛깔 탓인지 그의 얼굴은 누렇게 뜬 것 같고 부기도 있어 보였다. 윤씨부인은 문의원에게 오르기를 권하였다. 김서방은 벗은 문의원의 신발을 바깥쪽으로 돌려놓고 두 손을 맞잡아 물러가겠다는 말을 한 뒤 마당에서 떠났다.

　"그간 안녕하시었소. 문안드리오."

　어려웁게 인사를 올린 문의원은 생각 깊은 눈초리로 윤씨부인의 안색을 살핀다.

　"더운 날씨에 오시노라 수고가 많았소."

육간 대청은 시원했다. 터놓은 대청 뒷면에 후원이 내다보인다. 그곳은 가뭄을 모르는가, 수목으로부터 삽삽한 내음에 습기 실은 바람이 불어왔다. 문의원은 묵직한 합죽선을 펴들고 천천히 팔을 움직인다. 흰 수염과 갓끈이 부채바람에 흔들리었다. 오랜 침묵이 지나갔다.

"안색이 좋지 않으십니다."

부채를 접으며 문의원이 말했다.

"철기 탓인가 하오."

"안정하시야 합니다."

"……."

"하온데 무슨 일로 부르시었습니까?"

"예."

좀 있다가,

"연곡사에 오늘로 떠나시게 되는지요."

윤씨부인이 물었다.

"이곳에서 지체할 일이 없으면 곧 떠나려 합니다."

"하도 답답하여서……."

"답답하게 생각하신다면 한량이 없을 것이오. 지나간 고초는 다 꿈과 같고 당장의 고초 역시 보내버리고 나면 꿈이 될 것이외다. 참으시오."

"어른께서는 노상 그 말씀을 하시었소."

"내일인들 또다시 그 말을 못하겠소?"

윤씨부인은 눈을 들어 문의원을 쏘아본다. 적의에 가득 찬 눈이, 공손스럽던 눈이 원수를 대한 것처럼 푸른빛을 발한다.

'이미 공양(供養)으로 바쳐진 몸, 어찌 이다지도 세월이 길단 말이오? 내게 아직도 갚음이 남아 있단 말씀이오?'

'부인이 겪는 고초는 만인이 겪는 고초요. 부인 혼자만의 것 이겠소?'

문의원은 원수를 보는 것 같은 윤씨부인의 눈길을 조용히 받는다.

'당신네들은 내 목숨을 내 손이 닿지 않는 나무 위에 걸어 놓으셨소. 그리고 너의 죄는 너 스스로 사할 수밖에 없다 그렇게들 생각하시는 거요. 아직도 나는 내가 나를 벌주어야 한단 말씀이오?'

'부인, 부인의 죄목은 무엇이오? 부인이 죄라 생각하시기 때문에 죄가 되는 게 아니겠소? 허나 그것은 좋소이다. 다만 임의로 죽을 수 없는 게 사람의 목숨이란 말씀이오. 설령 삶이 죽음보다 고생스러울지라도 사람은 살아야 하는 게요. 제가 일개 의생으로 칠십 평생 얻은 것이라고는 사람의 목숨이 소중하다 그것이었소. 제 목숨뿐만 아니라 남의 목숨도, 죄가 있다면 사람마다 죄가 있을 것이요, 갚음이 있다면 사람마다 갚음이 있을 것이요, 살아야 할 사람이 죽는 것은 개죽음이요, 죽어야 할 사람이 살아 있다는 것은 짐승일 따름, 사람은 아닐 것이외다.'

'그렇소. 죽어야 마땅하거늘 이리 명이 붙어 있으니 나는 짐 승이오.'

'불쌍한 짐승은 갚음이 없는 생이오. 부인에게는 죄가 없소. 지나간 일은 환각이오. 참으시오. 지금을 참으셔야 하오.'

'내 마음에 죄가 있소. 내 마음은 사악하오. 이 세상에서의 갚음보다 더 큰 형벌을 받고 싶은 거요. 나는 죽었어야 할 사람이오. 지옥에 떨어져서 도현(倒懸)의 고통을 받아야 할 사람이오.'

문의원은 후원 쪽으로 얼굴을 돌리었다. 그리고 물었다.

"사랑에 계신 분은 별고 없으신지요."

"예."

윤씨부인의 얼굴에서 모든 표정은 사라졌다. 평지를 가듯이 그의 목소리가 다시 울리었다.

"사냥을 하겠다 하였소."

"사냥을?"

문의원의 얼굴이 돌아왔다.

"예, 철포를 구하려고 서울에 사람까지 보내었소."

매미가 울었다. 밍밍미미밍― 하고 더운 여름날을 찢어발기듯 울었다.

"가당치도 않은 생각이오."

"……."

"허한 신체에, 비상을 복용함이나 매일반 아니겠소."

삼월이 화채 그릇을 받쳐들고 왔기에 이야기는 중단되었다. 긴장한 분위기를 느낀 삼월은 쩔쩔매다시피 하다가 화채 그릇을 놓아두고 급히 나갔다.

"고집이,"

윤씨부인이 중얼거렸다.

"아무리 고집이기로 누가 그런 안을 내었습니까."

"서울서 온 그 사람 재종이 권한 모양이오."

"반갑지 않은 양반이 또 화근을 만들었구먼."

씹어뱉었다.

"남이 권한다고 할 위인이오? 달리 생각이 있는 모양이니."

순간 윤씨부인의 얼굴은 파아래졌고 경련을 일으켰다.

"그 아이를 찾아 나설 심산임에 틀림이 없소."

낮은 목소리였다. 문의원의 낯빛도 달라진다.

두 사람 사이에 무겁고 긴, 아득한 것 같은 침묵이 지나간다.

"설마 그럴 리가…… 근본이 지각 있는 선비로서 지금은 사사로운 일에 눈을 줄 시기가 아니외다."

그의 목소리도 낮았다. 그리고 약하였다.

"그럴 생각이라면 해를 넘겼겠소? 새삼스럽게 그럴 리 없을 것이오, 장암 선생이 용서치 못할 일이오."

되풀이 부정하였으나 문의원 얼굴에 근심이 실렸다.

"열 중의 하나는 나도 그렇게 생각하오. 허나 산에 밝은 강포수라는 엽사를 데려올 모양이며…… 그 사람은 그런 위인이오. 어릴 적부터 무슨 일을 할지 아무도 예측 못한 일을 하기 일쑤였소. 게다가 자신이 받은 수모는 아무리 작은 것일지라도 잊는 성미는 아니지요."

누가 파들파들 떨고 있는 윤씨부인의 얼굴을 상상할 수 있을까, 처참했다.

"지나간 일 탓한들 소용없는 일이지요만. 환이가 이 문전에 왔을 적에 부인께서는 잘못하셨습니다."

"그 아이는 내게 매질을 하기 위해 왔었소. 그때 나는 피해서는 안 된다고 생각했었소. 무슨 일이든 당하리라 마음먹었던 거요."

"그 애에게는 부인을 매질할 이유가 없소."

"……"

'삭발 안 한 비구요, 투구 없는 장수, 불민한 놈.'

우관선사의 탄식하며 하는 말이 생각난다.

'삭발 안 한 비구요, 투구 없는 장수라…… 무슨 뜻일꼬.'

잠시 생각에 잠겼다가 문의원은,

"여하간에 지금 연곡사에 가는 길이니 우관을 만나 환이 일에 대해서는 의논해보겠소이다. 너무 심려 마십시오."

윤씨부인은 끝내 눈물만은 보이지 않았다. 자리에서 일어설 때 문의원은 혼잣말같이 중얼거렸다.

"해월(海月)이 처형되었소."

411

윤씨부인은 아무런 변화도 나타내지 않았다. 그는 어느덧 여느 때와 마찬가지의 굳은 얼굴로 돌아가 있었다.

문의원은 잠시 사랑에 들러 최치수하고 인사를 나눈 뒤 대문을 나서려고 했다. 밖에서는 나귀에 안장 올려놓고 문의원이 나오기를 돌이 기다리고 있었다.

그랬는데,

"어르신,"

하며 안타깝게 불렀다.

"어르신!"

"아, 할멈이었구려. 요즘에는 좀 어떤가?"

그 말 대꾸는 없이,

"할 말씀이 있십니다."

간난할멈과 문의원은 다 같이 주변을 살핀다. 김서방은 벌써 나가 문의원을 전송키 위해 문밖에 서 있었으며 중문 밖 앞뜰을 지나는 사람이 없었다. 간난할멈은 목소리를 낮추었다.

"어르신, 환이도련님 말씀입니다."

"그래서?"

"별당아씰 업고 가시는 거를 본 사람이 있십니다."

"어디서?"

"어딘지는 모르겄고 함양 땅 강청에 갔다 오는 길에서 만났다 카니께요."

"어느 때 일인고?"

"지난봄인데 마님께 말씀디릴 수도 없고, 그 말 들으니께 가심이 찢어지는 거 겉애서, 거지 중의 상거지가 돼서 가시는 거를 보았다 안 캅니까."

"알았네."

문의원은 천천히 걸어서 문전에 나와 나귀에 오르고 김서방의 작별 인사를 받으며 길을 떠났다.

뜨거운 햇볕을 받으며 나귀 등에 흔들리며,

'오래 사는구나.'

문의원은 아까부터 그 말을 뇌고 있었다. 돌이는 빈 나룻배가 올라가지 않나 하며 강 쪽으로 시선을 보내며 말고삐를 잡고 간다.

지나간 고초는 다 꿈과 같고 당장의 고초 역시 보내고 나면 꿈이 될 것이외다, 참으시오, 하며 윤씨부인에게 말한 그 꿈, 지나간 칠십 년을 꿈으로 친다면 문의원은 참으로 긴 꿈속에 있었던 셈이다. 수많은 죽음을 지켜본 의생으로서의 칠십 평생, 아니 오십 평생, 약수(藥水)가 무효하여 죽은 생명이나 늙어서 가버린 생명, 액질에 넘어진 생명, 그 숱한 생명 말고도 흉년에 죽고 민란에 죽고 동학전쟁에다 서학교도들의 학살, 그 소용돌이 속에서 문의원은 무참한 죽음들을 목도했었다. 최참판댁과의, 아니 정확하게 말하여 윤씨부인과의 인연도 하나의 죽음을 지켜본 데서 시작되었던 것이다.

1866년 정월, 대원군의 독재가 그 지반을 굳혔던 고종 3년이었다. 병인양요의 원인이 된 불란서 국적의 신부 아홉 명과 몇 명의 신도들을 처형하는 회오리바람이 돌연 불어닥치었다. 그 바람은 전국을 휩쓸었다. 조대비(趙大妃)의 교명(敎命)으로 행해진 각 지방관아에서의 천주교도 학살은 그 수효가 팔천으로부터 이만으로 추산되는 대규모의 참혹하고 가차없는 유혈이었다. 보복을 위해 강화도에 침입한 불란서 군함 일곱 척이 엽호포수(獵虎砲手) 일대에 의해 퇴각한 병인양요는 민심을 척서(斥西)의 불길로 몰았고 대원군의 득의(得意)는 더욱 가혹한 천주교도 색출에 박차를 가했다. 유혈은 민중을 우중으로 만드는 생리를 지닌다. 사원(私怨)과 약탈은 상부의 명령을 빙자하고 혼란을 틈타 저지르는 죄악이다. 이때 역시 예외는 아니었던 모양으로 무고한 사람들도 수월찮게 목숨을 잃었던 것이다. 이듬해 윤씨부인의 친정, 남원의 윤씨 집안은 결딴이 났고 일가 몰살의 비극 속에 윤씨부인의 병든 부친 윤익로가 유일한 생존자로서 우직한 하인 판술이 등에 업혀 야밤을 타고 딸네 집까지 탈출해 왔다. 빈사의 늙은이는 마지막까지 배교(背敎)를 용납지 않았고, 자신을 업고 온 판술이를 원망하여 절식하다시피 과부가 된 딸과 문의원이 지켜보는 속에서 숨을 거두었다.

"어르신."

"으, 으음?"

문의원은 생각에서 깨어났다.

"우리 댁 마님께서는 영 편찮으십니까?"

"근심이 되느냐?"

"예, 근심이 됩니다. 마님 한 분이 기둥인데 오래 사시야지요."

"걱정 말게."

"안색이 영,"

"자네들보다 근심이 많아 그러시다."

"그, 그러기 말입니다. 금년 들어서 버썩 늙으시는 거 겉고, 그, 그놈이 그만 몹쓸 짓을 하고 갔으니."

"……."

"죽을 죄를 졌지요, 애기씨만 보믄."

문의원은 아무 말도 하지 않는다. 따라서 돌이도 입을 다물었다.

문의원은 오늘까지 이십여 년 전에 비수를 품었던 한 여인의 눈을 잊지 못한다. 여인의 눈은 정녕 칼날이었다. 제 목을 찌를 수도 있고 남의 목을 찌를 수도 있는. 어둠이 밀려오기 시작한 방에 여인은 죽은 듯이 눈을 감고 누워 있었다. 머리카락 하나 움직이는 것 같지 않았다. 모기 한 마리가 앵! 하며 귓전을 돌아갔다.

'태맥이구나!'

안색이 변하는 문의원을 여인의 시모가 근심스럽게 쳐다보고 있었다. 문의원은 앵! 하며 귓전을 도는 모깃소리를 다시 들었다.

"불을 켜라."

여인의 시모는 계집종에게 일렀다. 여인은 여전히 죽은 듯이 누워 있었다. 방 안에 불빛이 흔들리었다. 시모의 머리 그림자도 흔들리었다.

"더윌 마신 모양이며, 허나 그보다 신경이 허해 있소이다. 조용한 곳에서…… 조용한 곳에 가서 휴양하시는 게 어떨는지요."

순간 여인은 감은 눈을 크게 벌렸다. 비수를 품은 눈이 문의원 미간을 치듯이 쏟아져왔다. 문의원은 제 눈으로 그 눈을 덮쳐 씌웠다. 그러나 여인의 눈은 더욱더 날카롭게 문의원의 눈을 찌르고 들어왔다.

'어찌하여 거짓을 말씀하시오?'

시모는 신경이 허하다는 말에 충격을 몹시 받은 모양이다. 허둥대었다.

"절에 백일기도를 하고 온 뒤부터……."

절에 다녀온 후 노루고기를 먹은 아들의 죽음이 어쩔 수 없이 생각나는 모양이었고 불사(佛事) 뒤 모르게 저지른 일이나 없는지 생각해보는 모양이었고, 그러나 그보다 문의원의 심상찮은 낯빛이 그를 두렵게 했던 것 같다.

문의원이 별당 뜰에 내려섰을 때 김서방댁(간난할멈)이 주춤

주춤 뒤로 물러서며 질린 눈으로 문의원을 쳐다보았다. 조씨 부인이 까치걸음으로 쪼작쪼작 앞서 나가고 문의원이 뒤따라 별당 문을 나서려 하는데 김서방댁이 바싹 다가섰다가 흠칫 놀라 물러섰다. 그 기척을 느낀 문의원이 뒤돌아보았을 때 눈이, 애원하는 눈이 문의원을 뚫어져라 쳐다보는 것이었다.

'왜 그러느냐?'

눈빛으로 물었다. 순간 김서방댁 눈에서 눈물방울이 뚝뚝 떨어졌다.

"살려주시오. 우리 아씰 사, 살려주시오."

문의원은 땅 위에 시선을 떨구었다가 대답 없이 돌아섰다.

날이 저물어 읍내에는 돌아가지 못하고 문의원은 그날 밤 사랑에서 묵었다. 잠이 올 리가 없다.

'해괴한 일이로구나.'

사랑 마루 건넌방에서는 늦게까지 열두 살 된 치수 도령의 글 읽는 소리가 들려왔다. 밤은 소리 없이 지나가고 있었다.

'허 참, 그럴 수가.'

돌아누워 보았으나 여전히 잠은 오질 않고 비수를 품은 여인의 눈이 그의 망막을 어지럽혔다.

'대쪽 같은 성미를 내가 아는데.'

모기가 앵! 하고 지나갔다. 아까 별당에서의 그 무시무시한 긴장이 되살아났다. 어느덧 글 읽는 소리는 멎었고 세상이 없어진 것 같은 정적이, 그러나 멀리서 뻐꾸기 울음이 들려왔다.

'한데 그 김서방댁네는…… 울었지. 왜 울었는고?'

아무래도 문의원은 수수께끼를 풀 수 없었고 일의 뒷감당을 어떻게 해야 할지 막막하였다.

"어르신, 어르신."

누질러진 것 같은 사내 목소리가 들려왔다. 문의원은 벌떡 일어나 앉았다.

"누구냐!"

"소, 소인 바우올시다."

문의원은 발을 거두고 내다보았다. 김서방이 고개를 푹 숙이고 뜰 아래 서 있었다.

"야밤에 무슨 일이냐?"

"긴히 말씀디릴 일이 있어 왔습지요."

"들어오게."

"아, 아닙니다."

"들어오게. 모기가 많네."

"예, 예 갬히."

"허 이 사람아. 긴히 할 말이 있다 하지 않았느냐?"

김서방은 납작하게 기다시피 방 안으로 들어왔.

문의원은 일부러 불을 켜지 않았다. 김서방은 고개를 떨군 채 말이 없었다. 문의원도 말을 하라고 재촉하지 않았다.

"어르신,"

한참 만에 김서방은 떨리는 소리로 입을 열었다.

"우리 아씰 구해주시오."

"……."

"아씨께서 여차하시믄 이 집안은 망합니다."

"나도 그것을 생각하고 있네."

"누가 기십니까? 마님께선 연로하시고 도련님은 아직 어리
시니."

"알고 있네."

"아씨께서는 아무 죄가 없으십니다. 우리 아씨가 어떤 분이
신데 사, 산에서 목을 맬라고 하싰지요."

"……."

"우리 내외가 주야로 아씰 지킸십니다. 세상에 이리 억울한
데가 어디 있겄십니까."

김서방은 푹푹 울었다. 평소 말주변이 없고 말수도 적던 김
서방은 울다가 다시 입을 열었다.

"지 목심 내어놓고 아씨가 사실 수 있다믄, 이 목심 어디다
쓰겄십니까."

"어찌 되었는가 말을 허게."

"차마 지 입으로 우찌 말씸디리겄십니까? 우찌 갬히."

"……."

"천은사의 스님, 우, 우관스님……."

"뭐라구?"

문의원의 눈에 번쩍 불이 났다.

"우관이 어찌했단 말이냐?"

"아, 아니, 아닙니다. 우관스님한테 가시믄 지가 말씀 못 디리는 일을 어르신께서 아, 아실 수 있일 겁니다. 그 스님께서 아시고 계십니다. 이렇게 된 사정도 스님이 아시야겠고, 어르신은 스, 스님하고, 가까운 사이라고 소인이 들었습지요."

다음 날 문의원은 길을 떠나 그 당시 천은사에 있는 우관선사를 찾아갔다.

그곳에서 들은 이야기는 놀라운 것이었다.

백일기도를 하는 윤씨부인을 겁탈한 사람은 다름 아닌 우관선사의 실제(實弟) 김개주라는 것이었다. 중인 출신의 김개주는 야심만만한 청년으로서 문의원이 몹시 사랑했기 때문에 놀라움을 그 자신 감당할 수 없었다. 윤씨부인이 왔을 때 김개주도 공교롭게 형을 찾아 휴양 와 있었다는 것이다.

"죽일 놈! 그렇게 썩은 놈인 줄 몰랐구나."

우관은 눈을 감고 앉아 있었다.

"어디 갔어! 그놈이 어디 갔느냐 말이다!"

"죄를 범한 놈이 여기 남아 있겠는가?"

우관은 조용히 말했다.

어느덧 나귀는 화개장터를 지나가고 있었다. 장이 서지 않는 날의 장터는 쓸쓸하였다. 길가 주막도 휑하니 비어 있는 것 같았다.

"어르신!"

"왜 그러느냐?"

"이놈의 말 물 좀 얻어먹있이믄 싶습니다."

"그러게."

문의원은 주막 앞에서 내렸다.

자신도 목이 말랐으므로 주막에 냉수 한 그릇을 청했다. 돌이는 나무 그늘 밑으로 몰고 가서 매어놓고 물을 얻어서 나귀에게 먹인다.

주막에는 선비풍의 젊은이 두 사람이 점심 요기를 하고 있는 모양이었다. 문의원은 술을 하지 않기 때문에 주막 앞에 내어놓은 평상에 앉아서 합죽선을 펴들었다.

"이제는 별수 없네. 더러워서도 못 살겠다. 사당에 작별을 고하고 보따리를 싸야겠네. 이놈의 땅을 벗어나야지. 뙤놈의 땅에 가서 문전걸식을 하든 비럭질을 해먹든, 무슨 희망이 있을 거라고. 망하여도 이렇게 망할 수 있겠나."

나직한 목소리가 문의원 귓가에 흘러들어왔다.

"모두 제 목숨 하나 부지하기에 급급하고 의(義)를 위해 던지는 목숨 같은 것 새 발의 피도 안 되는 세상이 되었네. 생각 같아서는 광화문 거리에서 배를 가르고 창자를 찍어내어 죽고 싶더라마는."

"이미 너무 세월이 늦었네."

"늦었지 늦었어. 다리를 다 짤린 문어 꼴이지 뭐겠나. 이번 서울서 내려올 때 들었네만 안경수(安駉壽) 그놈, 일본으로 도

망갔다더군."

"왜?"

"임금을 물러나게 계책타가 발각됐다던가?"

"소인배!"

"왜놈의 첩자! 그놈이 지난날에 대궐로 월장 난입하는 일병들을 도와서 벼슬자리를 얻어먹더니 결국은 일본으로밖엔 갈 곳이 없었던 모양이야."

"그놈, 낯가죽도 뚜껍지. 이듬해[乙未事變]는 대궐 담장을 넘는 왜놈 흉도들을 막으려 했으니."

"그러니까 군부대신 감툴 쓰고도 달아났지 않았나. 간에 가 붙고 쓸개에 가 붙고, 하긴 그자 하나만 그랬던가? 나라 바로 잡는다고 대궐을 저희 사랑방으로 알았는지 걸핏하면 왜놈들을 끌어들이는 그놈의 개화파, 기껏해야 왜놈들 관제안(官制案)의 서사 노릇 한 것밖에, 뭘 했나? 갑오겡장? 허허헛헛……헛, 수구파가 백성들 고혈을 빨아먹은 살찐 돼지라면 개화파는 왜놈들 사냥개가 아니냐? 허허헛헛헛……."

"허허헛헛……."

두 젊은 선비의 허탈한 웃음이었다.

'내 나이 칠십이구나.'

문의원은 합죽선을 접고 평상에서 일어섰다.

3장 실패

남의 종이나마 조촐한 용모이며 대가댁 하인배로서의 품이 몸에 밴 삼수가 고삐를 잡은 나귀 등에 올라앉아 길 떠나는 평산의 기분이 나쁠 리 없었다. 노자는 두둑했다. 날이 가물어서 모래 실은 바람이 불어왔으나 하늘은 푸르고 구름 없는 청명한 날씨다. 말방울 소리가 짤랑짤랑 들판에 울렸다. 바람을 탄 강물은 물살을 일으키며 희번득이고 있었다.

최치수의 심부름 길이라는 생각은 문전을 떠나면서부터 팽개쳐버린 평산은 팔도강산 유람 길에 나온 풍류객같이 굵은 목을 뽑고 턱을 추켜들며 잃었던 존엄을 찾은 듯이 의젓한 태(態)를 과시했다.

'통감 권이나 읽었는데 그놈의 글같이 허무한 게 있을까. 근 이십 년 넘기 책을 덮어두었더니만 까막눈 진배없이 됐으니, 허 참.'

개다리출신이라 괄시받는 처지에 글 잘해서 과거할 것도 아닌데 나귀에 하인까지 거느리고 보니 유식이 양반으로서 갖추어야 할 구색임을 느낀 모양이다. 그는 자신의 무식을 한탄한 일은 별로 없었다. 마을에서는 글이 좋다는 평판이 있는 김훈장을 존경해본 일도 없었다.

'사대부댁 규수였었다 말씀인가? 요망한 계집년, 글은 무슨 놈의 글이야. 개 발에 달걀*이지, 달걀. 사람이 푼수를 잃으면

명대로 못 사는 게야.'

아들에게 글을 가르치는 함안댁을 보고 욕설을 퍼붓는 것도 아니었다. 중인 출신 주제에, 네 까짓 게 가소롭다는 기분에서였다.

중인과 양반이라는 신분의식은 평산에게 상당히 엄격했었고 아내에 대한 우월감 또한 집요한 것이었다. 그러니만큼 최치수 신분에 대한 열등감은 그만큼 강했었는지 모른다. 여하튼 지금 김평산의 기분은 매우 좋았다. 기분이 좋았기 때문에 옛날 어릴 적에 훈장 앞에서 상반신을 흔들며 글 읽던 일이 생각났고 통감 권이나 읽다 만 일이 아쉽기도 했던 것이다.

행로는 더디었다. 마을에 이르러 주막이 눈에 띄기만 하면 평산은 삼수에게 쉬어갈 것을 명령했다. 비대한 몸에 날씨가 더워서 견디기 어려웠을 거고 주막을 보고 그냥 지나가지 못하는 것도 역시 그의 술버릇인 듯했다. 길목 주막에 들를 때마다 평산은 노름꾼 아닌 양반으로서 깍듯한 대우를 받았다. 괴상한 상호이기는 하나 혈색이 좋고 노동한 일이 없는 몸집에 귀티는 조금 있었으며 꺽쉰 목소리가 디룩디룩 살찐 몸뚱이의 징그러운 인상을 많이 감해주었다.

자신은 그렇다 치고, 뭐니 해도 대가댁의 하인으로 보이는 삼수의 위력이 더 많이 미쳤음에 틀림이 없다. 양반들 대가리가 추풍에 낙엽 떨어지듯 떨어졌었다는 동학란이 휩쓸고 지나간 지역이지만 그러나 상민들에게는 거의 본능과도 같은 양반에 대한 외포의 감정이 있다. 떠나고 보면 평산의 괴상한 상판을 두고 어쩌니저쩌니 흥허물이 많을 테지만 주모는 은근하게 대해주었고 술꾼들도 곁눈질을 하며 자리를 비켜주기도 했었다.

'흥 사또 덕에 나팔 분다더니 자알 논다.'

길목버선의 흙을 털다가 삼수는 평산을 아니꼽게 바라보곤 했었다.

해가 거의거의 다 되어갈 무렵 평산은 삼수에게 구례 쪽으로 가자고 했다.

"머라꼬요?"

"허허 구례에 가자 했느니라."

"산에 안 가고 구례에 갑니까."

"구례에 가면 알 길이 있어 그러는 게야. 어쩌면 내일 구례 장에서 강포수를 만날지도 모르겠고 우선 거기 가서 작정을 하지."

석연찮은 얼굴이었으나 삼수는 시키는 대로 했다.

구례에 당도하자 평산은 장거리 객줏집에 들었다. 내일 장을 보기 위해 각처에서 모여든 장돌뱅이들이 와글거리는 객줏집이었다. 뚱뚱한 객줏집 안주인은 절구통 같은 허리에 커다란 주머니를 차고 있었다. 나귀를 맡겨놓고 겨우 다리를 뻗을 만큼 작은 방에 들어간 평산은 벽에 기대어 땀방울을 닦았다.

"저 들창 좀 열어라."

삼수는 화가 나서 얼룩이 진 뒷벽의 들창을 화닥닥 열어젖
혔다.

"삼수!"

"와 그러요."

"너 턱없이 어리석구나. 날을 약정한 것도 아니고 핑계가
좋지 않느냐? 쉬엄쉬엄 재미나 보고 돌아가는 게 나빠서 그러
느냐?"

"……."

"다 전정(前情)이 있어서 내가 이러는 게야."

"전정이라니요?"

"너 애비 말이다."

삼수의 낯빛이 변한다.

"너 애비를 잘 알지. 나이는 내가 너댓 살 떨어질 게다
만…… 최씨네 집을 위해 뼈 빠지게 일할 것 없다. 그런다고
뭐 어쩌라는 건 아니고 너 할애비만 해도 충직하기가 이를 데
없었건만 종내에 가선 목매 죽었고 너 애비는 설움 속에 살았
느니라."

삼수는 한마디 말대꾸도 없었다. 그 자신 이미 알고 있는
사실이었다.

문밖은 시끄러웠다. 주인 주객 간에 이럴 수가 있느냐고 떠
들어대는 목소리가 들려오고 밥상 나르는 심부름꾼 발소리가
들려왔다. 평산은 갓, 망건, 도포를 벗어 걸고 바깥 기척에 설

레는 듯 웃음을 머금었다.

"오늘 밤 여기서 재미나 보고 내일 설설 떠나면 된다. 산개
같이 돌아다니는 강포수를 단박에 데려올 거라고는 너 상전
도 생각지 않을 테니 말일세."

역시 잠자코 있었으나 삼수 얼굴에서 평산을 아니꼽게 보
는 기색은 먼저보다 덜했다.

저녁은 마다하고 술청에 나앉은 평산은 홀가분한 얼굴로
술을 마시고 있었다. 양반 행세도 좋기는 하지만 투전의 재미
는 더 버릴 수 없다. 투전판에서는 양반 상놈의 차별이 없다.
아니 양반의 의관이나 언동은 거추장스럽다. 김평산은 술잔
을 기울이며 투전판이 벌어질 시각을 위해 피곤을 풀고 있는
것이다. 한켠에서는 장돌뱅이들과 자작(自作) 전답을 가지고
있음 직한 농부 한 사람이 어우러져 입씨름을 벌이고 있었다.
처음에는 전라도 장돌뱅이와 경상도 장돌뱅이가 셈수 달라서
승강이를 하는가 했더니 그게 아니었다. 이제는 고인이 되어
버린 대원군과 민비를 두고 내가 옳다 네가 그르다 하며 시비
를 하고 있었던 것이다.

"하 참, 생각해보란께로. 여인네지마는 치매를 둘러 여인이
제 만만찮은께로. 하기사 안 그렇더라고? 사가에서 치자믄 시
아버님이제. 허나 집안일이 아니잖은개 비? 나랏일이라 나랏
일이란께, 그란디 노망이 든 늙은네가 왜눔 앞잽이 되어서 국
모를 직이야? 생각 좀 해보란께. 여인네 몸으로 예사 똑똑했

이먼 왜눔이 직이기까지 했이까. 왜눔이라먼 설설 기는 판국인디 얼매나 담대하얐이먼. 글씨 아무리 권세가 좋기로 아 금매 그 개쌍눔 왜눔들 등에 업히어 대궐로 들어간디야? 전사는 워띃든지 간에 사가에서도 며느리를 왜눔 손에 내맽기들 못헐 것인디 국모인 며느님을 그 지경으로 왜눔헌티 넘기준다냐. 입이 열 있이도 말 못헐 거구만. 나라 체통을 위해서라도 그럴 수 있더라고?"

사나이는 굵은 눈망울을 굴리며 시부렸다.

"흥, 시아부지를 대국 놈들한테 넘기준 거는 어느 누구던고?"

경상도 장돌뱅이가 응수했다.

"그란디 참말이제, 그거는 계제가 다르단께로. 청국으로 말허잘 거 겉으면 우리나라 큰집이 아니더라고. 옛적부터 큰집 아니던개 벼. 순 개쌍눔 왜눔에 비할 수 있간디. 그런께로 그 늙은네 청나라에 가서도 구겡 잘 허고 탈 없이 돌아오지 않았던개 비요? 옛적에는 우리 앞에서 무르팍을 꿇었던 왜눔들이 아 글씨 우리 상복(喪服) 얻어 가서 저희 눔들 옷이 된 연유를 생각해보더라도 월매나 본 바가 없이먼 상복을 얻어 간다디야? 우리 사명대사께서는 왜눔들한테 도술을 써가지고 아 암, 도술을 썼는디 고눔들 꼼짝없이 인피(人皮)를 바치게 했지라우. 씨를 말리부릴 요량이었제. 나막신에 연장만 가리갖고 벌거벗은 개쌍눔들, 가상 며느님이 백분을 잘못하얐다 허더라도 그런 법이 있을 수 있는 일이간디? 나라님이자 아드님이 기신 대궐 안을 나막신으로 짓밟을 수 있으며 며느님 직이는 디 합심할 수 있는 일인개 비요. 그거는 왜눔들한테 나라 팔 아묵은 기나 다를 바 없인께로, 아암 다를 바 없지라우."

"아무리 자네가 핏대로 올리서 개쌍눔이라 해도 별수 없네. 강약이 부동이더라고 대국한테 일본이 이긴 거로 우야노. 이 자 늙어서 헌 살간겉이 돼부린 대국 믿을 거 있나. 옛적부텀 암탉이 울믄 집안이 망하는 법이고 계집의 목소리가 울타리 밖에 나가믄 그 집구석은 볼장 다 본 기라."

"허 참, 딱하요. 나라 망해묵은 것이 중전이라 이 말이요 이? 가당키나 한 말이간디. 백성들 모아딜이서 대궐 짓는답시 고 세금은 세금대로 피가 나게 갈구리질허고 굶어 죽든가 얼 어 죽든가 상관 안 헌 사램이 지리산 중이디여? 세상은 날로 위급헌디 쌈할 병정들은 굶기놓고 말이여."

"허 누가 할 말인고 모르겄네. 병정 굶기놓고 바리바리 흰 밥 해가지고 물에 띄운 사램이 누고? 그래서 군졸들한테 쫓기 난 사램이 누고? 밤낮 치성디린다고 무당 년들 불러들이서 그 따우로 요망을 떨었으니 나라가 망했지."

술을 마시며 잠자코 듣고 있던 평산이 끼어들었다.

"이 사람들, 그게 그거고 그게 그거, 모두 한통속인데 뭘 그 리 야단인고."

"그렇더래도 지금 국모 원수를 갚을라고 곳곳이서 붓대만 쥐던 선비들이 들고 일어섰는디 답답헌 소리만 하고 있지라우."

"할 일이 없으면 누워서 서까래나 세게*. 무엇 때문에 핏대는 올리나. 죽은 자식 무엇 만지더라고 이미 눈언덕에 흙이 들어가서 썩고 있을 사람들을 두고 왈가왈부할 건 없네. 해는 길어서 엿가래같이 늘어졌다마는."

"그러나 나으리."

전라도 장돌뱅이 말을 할려고 입을 오므락거렸다.

"자네들 분해하고 억울해할 것 조금도 없네. 죽은 정승이 산 개 팔자보다 못하더라고 국모면 어떻고 대원군이면 대수냐? 남이야 떡을 치든 죽을 끓이든 어줍잖게 나라 걱정할 것 없네. 영의정이다 판서다 하는 인사들도 어제는 저기 붙고 오늘은 여기 붙는 세상인데 자네들 국록 먹었다고 남 안 하는 걱정인가?"

"그러매요. 허나 와 걱정이 안 될 깁니까. 우리는 나라님 땅을 부치묵고 사는 백성이 아닙니까요."

농부 차림의 사나이가 처음으로 말했다.

"나라님 땅? 땅이야 하늘에서 주신 거구 땅의 임자는 힘이 센 놈이지."

"우리 동네의 꺽쇠는 나락 한 섬을 한 손으로 드는 장사지마는 땅 한 마지기 없는 남으 집 머슴살이 신세 아니겠소."

"이 사람아, 힘세다는 게 어디 기운만을 말하는 겐가. 꾀가 있는 사람이 알짜 힘센 놈이란 말일세. 천하의 장수 항우는 천하를 못 가져도 꾀주머니 조조는 천하를 쥐었거든."

"그러나 나리, 우리네가 아무리 장비겉이 날쌔고 조조겉이 꾀가 많고 항우겉이 힘이 세어도 나랏님 땅은 나라님 땅이라 말씀이오."

"미련한 사람 다 보겠다. 누가 자네보고 어쩌라 했었나? 파던 땅이나 파고 국으로 먹으라 했지. 내 말은 중전이건 대원군이건, 청국이건 일본이건 어느 편의 편역을 들든 간에 자네들한테 밥 한 그릇 더 생기는 일이 아니라 그 말일세."

"그러나 나리, 나라 없는 백성이 어디 있으며 조상 없는 자손이 어디 있겠십니까. 뿌리 없는 나무는 없십니다. 우리네야 촌구석에서 땅이나 파묵고 사니께 세상이 옳게 돌아가는가 꺼꾸로 돌아가는가 모르겠소마는 소문을 들으니께 왜놈들이 우리 땅을 집어삼킬 기라 하니 근심 아니겠십니까. 대원군 대감이나 중전마마 이야기가 나오는 것도 그거 때문이 아니겠십니까. 곳곳에서 선비들이 의병을 일으키는 것도 그 탓이 아니겠십니까."

보아하니 상사람은 아닌 것 같은데 우리네 초개 인생만도 못한 이따위 양반 보았나 하는 눈초리로 농부는 김평산의 아래위를 훑어본다. 평산은 피식 웃었다.

"붓대만 들던 선비 놈들 새 다리 같은 뼉다구 가지고 뭣을 할 거라구, 어느 세상이 와도 미련한 놈은 창자 속에서 꾸럭꾸럭 소리가 날 게고 약은 놈은 배가 터질 게니 그건 자네들 재주 나름이네. 술청에서 거품을 문다고 천하가 오고 가겠는가."

"그만들 하시요이. 나랏일인디 임금님이 요량 알아 허실 것
인디 그리 싸워쌀 거 없지라우."

객줏집 주인이 손을 저으며 말리었다.

밤이 저물어서 평산은 기척도 없이 어디론가 빠져나가고
없었다. 칠성이와 달라서 젊은 삼수를 노름판에 끌고 가기는
역시 주저되었던지 혼자 가버린 것이다.

"제기럴, 가나오나 제 버릇 개 못 주는갑다."

어두운 등잔 밑에서 삼수는 담배를 붙여 문다.

"아니꼽고 같잖고나. 서방님이 아시믄 기가 맥힐 기다."

그러나 삼수는 치수에게 일러바칠 생각은 없었다.

'그래도 그놈이 염치는 있어서 몸값 하니라고 그랬는가? 제
핏덩이는 디밀어놓고 갔으니 가상타믄 가상한 일이다마는.'

어릴 적에 어른들이 달아난 삼수아비를 비꼬아서 늘 하던
말을 삼수는 기억하고 있다. 할아비와 아비의 죗값으로 이 구
석 저 구석 굴러다니며 강아지보다 못하게 자란 자신을 생각
할 때마다 저 혼자 달아난 아비에 대한 증오심이 불타던 삼수
였었다. 그러한 아비를 평산이 들먹였다고 해서 고마울 것도
없고 반가울 것도 없건만, 그러나 조금은 평산을 두둔하고 싶
어지는 마음, 허물을 숨겨주고 싶은 마음은 무슨 까닭인지 삼
수 자신도 알 수 없었다. 낯선 객줏집, 어두운 등잔 밑에 혼자
앉은 신세가 서글퍼서 그랬는지, 서럽게 자란 내력 때문에 최

참판댁이 원망스러워서 그랬는지 모를 일이다.

구례 객줏집에서 이틀 밤을 묵었다. 하룻밤도 아니고 이틀이나 지체가 되어 부아통이 터지고 걱정이 되었는데 그러면서도 삼수는 한편 자유스러운 즐거움을 느껴보는 것이었다. 하인 노릇 하기는 매일반이지만 자기 상전이 아니어서 마음 쓰일 곳이 없고 신분이 다르기 때문에 두려울 게 없고 노름을 하면서부터 개차반으로 노는 꼴을 업신여겨 보는 것도 과히 불쾌한 것은 아니었다. 그는 술도 얻어 마셨고 낮잠도 실컷 잘 수 있었으며 용돈이랍시고 몇 푼 쥐여주는 돈을 들고 장이 선 구례 장바닥을 쏘다니는 것도 재미가 있었다. 게다가 평산은 산에 갔다 돌아오는 길에 삼수한테 여자를 사주겠다는 말을 했다. 이틀 밤을 묵고 이른 아침 그들은 객줏집을 하직했다. 구례장터를 지나 들판 길로 나섰다.

말고삐를 잡고 가다가 삼수는 힐끔 돌아보았다.

"와 그리 웃고 기시오."

평산은 나귀 등에서 혼자 빙글빙글 웃고 있었다.

"음, 음, 이른 아침이라 과히 덥지 않군. 바람도 오고."

하며 딴전을 피웠다.

"오늘 안으로 강포수는 만날 수 있겠십니까?"

"이 사람아, 누가 메 지어놓고 기다리나."

"우리 댁 서방님 성미가 여간해야제요."

"그렇다고 달 안 찬 아이가 나올까. 기어가나 뛰어가나 가기만 가면 될 것 아니겠느냐."

"역정을 내시믄 우짤 깁니까."

"뉘한테?"

"……."

"최치수한테 내 몸이 매인 줄 아느냐? 역정을 내긴 뉘한테
내!"

"그도 그렇겄소마는……."

"너무 두려워 마라. 달도 차면 기우는 법, 서울 대궐 안에서
조차 주먹은 가깝고 법은 먼 판국인데 하물며 시골 세도가들
뭐가 대단하다고. 동학당이 한창 날뛸 때 그놈들이 무서워서
내통하고 뒷바라지해준 양반 놈들이 있었다는 것을 나는 알
고 있지."

동학당에 최참판댁이 관련되었었다는 풍문을 들추어 말하
는 모양이지만 그럴 만한 근거가 없으므로 최참판댁이라고
점을 찍고 말하지는 않았으나, 별안간 평산은 까닭 없이 웃어
젖혔다. 삼수는 또 돌아보았다.

"고양이란 놈이 말일세."

"……?"

"고양이란 놈, 그놈 쥐한테는 염라대왕이거든."

당연한 말을 해놓고 다시 껄껄 웃는다.

"읍내에 내가 아는 늙은 내외가 살고 있었지. 그 늙은 내외
는 고양이 한 마리를 자식같이 기르고 있었단 말일세. 그래

설 명절이 되어서 주책없는 늙은이들이 인절미를 먹었는데 그놈이 그만 체했던 모양이라, 이놈이 죽는다구 야단이 났단 말이야. 이때 쥐 한 마리가 보르르 기어나왔거든. 고양이 옆을 겁도 없이 맴도는데 하 참 나 우스워서, 할망구는 작대기로 휘두르면서, 이놈 숭악한 놈아 아직 명이 붙어 있는데! 하고 소리치면서 쥐를 쫓더구먼. 아 지당한 일 아닌가? 원수가 맥을 못 추는데 왜 신이 나지 않겠느냐."

삼수는 픽 웃는다.

"짐승만 그렇겠느냐. 사람의 경우는 더 말할 것도 없지. 지금 세도 부리는 양반 놈들 꼴이 바로 그 고양이 꼴이며, 쥐 새끼들 고양이를 겁내고만 살라는 법도 없지."

"서울나으리도 그런 말씸을 하시더마요. 개멩하믄 상전이나 노비들 차별이 없어지고 운만 잘 타믄 상사람도 벼슬할 수 있다 하시더마요."

"시국 돌아가는 거야 그 양반이 더 잘 알 테지. 자네 상전보담은 관이 트인 사람이니."

"그런데 말입니다."

"……."

"그런데 말입니다. 우리네하고는 다를 긴데 와 우리네 편역을 드는지 모르겠구마요."

우둔한 척하며 묻는다.

"그거? 까닭이 있지."

"무신 까닭입니까."

"허허헛, 그거는 말일세, 서울 그 양반은 최참판댁에 구걸하러 왔을 테니까 그럴 게고, 나로 말할 것 같으면 최참판댁 나귀랑 하인을 빌릴 처지니까 그렇지."

평산이 웃고 삼수도 따라 웃는다.

"헌데 자네는 세상이 달라지면 뭣이 소원인가?"

"지사 머…… 눈뜬장님이 멋을 하겠십니까."

"평생 고공살이나 하겠다 그 요량인가?"

"그때가 돼봐야제요. 될 수 있다믄 저 그, 그 순검."

"허 그거 조옿지."

그저께 평사리에서 떠나올 때와 마찬가지로 이들의 행로는 여전히 더디었다. 비대하고 살이 무른 평산은 더위에 이기질 못했다. 그의 말대로 놀면가면, 하긴 그래서 나귀도 편하고 삼수도 편했다.

산에 이르자 이들은 마을 농가에 나귀를 맡기고 점심 요기를 끝낸 뒤 도보로 떠났다. 필요한 물건을 넣은 망태를 짊어지고 삼수는 앞장서 간다.

"첩첩이 산인데 어디로 우찌 갑니까, 통 모르겠구마요."

삼수가 말했다.

"자네 여기 와본 일이 없었던가?"

"예."

"겹산이라 초행자에겐 난감하지. 내가 이 산의 지리를 좀 알고 있으니, 서울 가서 김서방도 찾는다는데 지리산에 사는 인종치고 강포수 모르는 놈 없지. 도처에 화전민들이 박혀 있으니 너무 걱정 말게."

"오늘 밤은 산에서 자야겠지요."

"자다 뿐인가, 재수가 없으면 며칠을 묵게 될지, 강포수가 길목에서 우릴 기다리고 있을 리 만무고 날씨라도 궂으면 그게 탈이지."

하늘이 보이지 않는 짙은 숲으로 덮인 산속에서는 온갖 새들이 우짖었다. 가까스로 비집고 스며든 흐미한 햇빛에 독기를 뿜는 옻나무가 짙붉게 타고 있었다.

해가 한 뼘이나 남았을 무렵 그들은 화전민의 오두막을 찾아 들어갔다. 수건을 쓴 아낙이 혼자 앉아서 풋콩을 까고 있었다.

"여보시오, 말 한마디 묻겠소."

삼수가 말을 걸었다.

"야. 말해보소."

여자는 얼굴을 들었다. 젊은 여자였다.

"강포수를 아시오?"

"알지요."

"지금 어디 있소?"

"한 보름 전에 구례에 나갔다 온다믄서 우리 집에 하루 묵고 갔소."

"그럼 지금은 어디 있는지 모른단 말인가?"

하고 평산이 말을 걸었다.

"지금쯤은…… 글씨요, 대성 근방이나 아니믄 세석쯤 가 있을란가, 세석에 가시서 춘매 집에 물어보믄 더 잘 아실 기요."

"얼굴이 시퍼런 그 계집 말인가?"

"야, 하지마는 지금 가실라 카믄 안 될 깁니다. 여간만 험해야제요."

"아, 거기라면 어림도 없지. 오늘 밤은 여기서 묵을 터이니 저녁이나 해주게."

"그러시오."

아낙은 강포수를 찾기 때문에 그랬던지 경계하는 기색 없이 응했다. 그들은 습기에 젖은 모시옷을 베옷으로 갈아입고 감자를 섞어 지은 수수밥으로 저녁을 치르었다. 어두워지기가 바쁘게 아낙의 남자가 돌아온 기척이 있었으나 그들은 이내 곯아떨어졌다.

밤중에 눈을 뜬 삼수는 용변을 보려고 밖으로 나갔다. 짐승 우는 소리가 들려왔다. 수숫대로 이리저리 얽어놓은 뒷간에서 용변을 끝내고 바짓말을 추키며 삼수는 적막하기가 한이 없는 하늘을 올려다본다. 이지러진 달이 멍청히 떠 있었다. 나무 그림자가 흔들리었다. 평산의 코 고는 소리가 들려온다. 삼수는 저녁때 본 이 산막의 아낙 얼굴을 눈앞에 떠올려본다. 젊은 여자라는 것 이외 별로 두드러진 얼굴은 아니었는데 삼수의 가슴이 뛰었다. 여자 구경을 못한 처지도 아니며 최참판 댁에는 과년한 계집종들이 몇씩이나 된다. 그러나 엄한 계율 속에서의 그곳과 이곳은 마음가짐을 다르게 했다. 야심한 산중의 적막과 짝을 찾는 듯한 짐승 울음과 자기 자신의 숨결은 타는 듯한 욕망을 몰고 왔다. 삼수는 수수깡으로 얽어맨 방문 앞에까지 슬금슬금 걸어간다. 수수깡 사이에다 눈을 갖다 댄다. 처음에는 방 안이 잘 보이질 않았다. 한참 동안 어둠에 익은 눈에 모습이 드러났다. 남자와 여자의 흩어진 모습, 서로 껴안은 채 잠든 모습이 보였다. 눈에 불이 번쩍 난다. 전신이 불에 덴 것처럼 뜨거워진다. 여자 머리채를 휘감아 끌어내고 싶은 충동, 여자를 죽여주고 싶게 치미는 욕망, 삼수는 숨을 허덕이며 전신을 떤다.

'제기! 화전 놈도 계집이 있는데.'

누구든 눈앞에 보이면 도끼로 찍어주고 싶은 울분이 지글지글 솟는다.

물귀신이 물속으로 잡아끄는 것 같은 무시무시한 힘을 간신히 뿌리치고 땀에 흠뻑 젖어서 방으로 돌아온 삼수는 목침을 괴고 누웠다. 잠이 올 리가 없었다. 사내와 계집이 서로 껴안고 자는 광경이 마치 주술(呪術)같이 눈앞에 나타나 그를 못 견디게 했다. 평산은 천하가 태평한 듯이 코를 골며, 풀무 불듯 입을 불며 깊이 잠들어 있었다.

'망할 놈의 세상! 차라리 천지개벽이라도 있었이믄 좋겠다!

죽는 마당에서는 천한 놈 귀한 놈이 따로 없일 기니.'

해 뜨기 전에 산막을 나선 평산과 삼수가 얼마만큼 길을 재촉했을 때 해는 솟기 시작했다. 동편 산봉우리는 화려한 진홍빛으로 물들었다. 구름바다 틈새로 빛줄기가 뻗는다. 불덩이 같은 해가 용솟음치듯이 불끈 솟는다. 장엄하고 아름다운 해 돋는 광경을 평산은 뒤돌아보고 뒤돌아보곤 했으나 삼수는 핏물이 괸 시뻘건 눈을 하고서 미친 듯이 앞서 걷고 있었다. 그들은 산죽(山竹)을 헤치며 나간다. 숲이 우묵하게 쌓인 곳을 뚫으며 나간다. 어느덧 그들이 갈아입은 무명옷이 젖었다. 한기가 드는가 하면 한편 땀이 나고, 숲속에서는 습기와 냉기를 끊임없이 뿜어내고 있었다. 발밑에 수백 년을 썩어가며 쌓여가는 낙엽 더미와 암석에 두툼하게 눌어붙은 이끼에서도 습기와 냉기를 내어뿜었다. 머루덩굴이 뱀같이 휘감은 잡목, 보이지 않는 새들의 아침 노랫소리는 자유롭고 풍요하며 생명의 즐거움에 가득 차 있었다.

암벽을 산양들이 떼를 지어 지나간다. 평산과 삼수는 걸음을 멈추고 바라보다가 다시 걷기 시작한다. 그들은 다 같이 말을 하지 않았다.

'산신이 노하면 횡액을 당하요. 산이 우떤 데라고, 산은 정(淨)한 곳이라는 거를 노상 생각해야제.'

언젠가 강포수가 하던 말을 기억하고 있는 평산은 진중한 마음씨로 걷고 있었으며 삼수는 제 몸에 넘치는 정기(精氣)를 매질하느라고 정신없이 걷고 있는 것이다. 마침내 그들은 사람을 만났다. 숯 굽는 노인이었다.

"늙은이!"

평산이 먼저 말문을 열었다.

"왜 그러시오?"

늙은이는 눈을 부릅떴다. 반백의 머리였으나 골격은 장대하였다.

"혹 강포수를 아시오?"

"더 가보시오. 집이 하나 나타날 게요. 거기 가서 물어보시오."

"역시 춘매 집에 있나 보군."

그들은 다시 걷기 시작했다.

"숯 굽는 늙은이치고는,"

삼수가 중얼거렸다. 평산이 받아서 말했다.

"이 산중에는 별의별 사람들이 다 있지."

"별의별 사람이라믄,"

"별의별 죄인이 다 있단 말일세. 사람 사는 평지에서 볕 바르게 살 수 없는 사람들이지."

"구천이도 이 산중에 있다는 소문을 들었소."

평산은 빙긋이 웃었다.

"아까 그 늙은이는 옛날 행세깨나 하던 인물일세."

"그, 그런 것 같더마요."

"동학당 천주학쟁이들도 적잖이 들어백혀 있을 게고 역적

의 자손들, 모두 사람이 싫고 무서운 인종들이 숨어들 살고
있는 게야."

해나절이 훨씬 지나, 전에 강포수를 찾아온 일이 있는 춘매
라는 여자의 산막에 당도했다.

"한분 본 양반이네."

젊은 시절 사당패를 따라다닌 춘매는 푸릇푸릇하게 납독이
오른 얼굴을 기우뚱거렸다.

"강포수를 찾아왔는데,"

"오늘쯤 올지 모르겠구마요."

"여기 없다 말인가?"

"그저께 구례장에 내리갔는데 하마 오늘쯤 올 거로요. 노름
판에 얼리지 않았이믄."

"구례장에…… 못 봤는데."

"오기는 올 기요."

강포수는 다음 날 저녁에 돌아왔다.

"아이고 돈 생긴 김에 또 계집질했구마."

정한 남편이 있는데도 춘매는 강포수에게 강짜를 부린다.

"제기랄, 네 서방이라서 참견이가."

망태를 집어던지며 강포수는 투덜거렸다.

"손님이 찾아왔인께."

"머 손님이라꼬? 헛소리 마라."

"익은 밥 묵고 선소리하까."

"별소리를 다 듣겠다. 조상이 있나 자손이 있나, 누가 찾아 왔이꼬?"

하자 평산이 뒤꼍에서 씩 웃으며 나타났다.

"아니 김생원?"

강포수의 눈이 휘둥그레진다.

"우찌 오싰소?"

"최참판댁 부탁을 받고 왔네."

"야?"

얼굴빛이 변한다.

"최참판댁 사랑양반이 자넬 급히 보자고 해서 왔네."

평산은 죄인을 잡으러 온 사령과 같이 무정한 표정을 짓는 다.

"나, 나를 와요? 내, 내가 무신 죄 졌다고."

"그야 가보면 알 게고."

하다가 돌아본다. 사람을 기다리며 오두막에 있기가 답답하 였던지 삼수는 개울가에 나가고 없었다.

"내, 내가 무신 상관이기요. 내사 안 갈 기구마. 금가락지 일이라믄 김생원이……."

평산은 바싹 다가섰다.

"이 춘풍아, 긁어 부스럼 되겠다. 호랭이하고 딩구는 강포 수도 알고 보니 간이 콩알만 하군."

웃어젖힌다. 강포수는 수염에 묻힌 입을 벌리고 씩 웃었다.

443

그러나 역시 불안했던지,

"그라믄 머할라꼬 나를 보자 하는고요?"

"사냥에서는 선생님이거든."

"……?"

"수가 난 셈이지."

"겉돌리지 말고 한마디로 말해보소."

"실은 그 댁 사랑양반이 사냥을 해볼 모양이라."

"그렇다믄 흥으로 하는 기니 몰이꾼 데리고 하시믄 될 거로, 나 겉은 거사 혼자내긴데 무신 소용이오."

"자네 말마따나 혼자내기로 할 양인가 보더군. 총사냥을 하겠다고, 벌써 서울로 사람을 보내서 총포를 구해오게 한 모양이야."

"총을!"

"음."

"하, 총을."

총이라는 말에는 귀를 바싹 세운다.

"거 들으니께 왜놈들, 저 그리고 양놈들의 총은,"

하는데 평산이 말을 막았다.

"그렇지 그래. 그 총을 구해다가 사냥을 해보겠다 그 말이지. 그래서 자네를 마을로 모셔다가 사냥 솜씨 아니 총 솜씨를 배워가지고 다음에는 사냥터 길잡이로 삼겠다 그 요량이야. 혼자 고생할 거 없이 이 기회 돈 좀 뜯어내서 장가도 가고."

"쓸데없는 소리 마소."

"뭐?"

"싫구마요."

"싫다니!"

"나는 강포수지 최참판댁 종놈 아니구마요."

뜻하지 않은 반응에 평산이 당황한다.

"아아니 자네, 최참판댁에서 공으로 부려먹자는 줄 아나?"

"공이고 아니고 간에 매이 사는 거는 싫소."

"매이 살다니, 자네 내 말 못 알아듣는 모양인데 최참판댁 그 사람 지금 맘이 잔뜩 들떠 있단 말일세. 그러니 자네가 수고하는 삯은 후히 줄 거란 말이야."

"삯이고 돈이고 간에 나는 매이는 기이 싫소."

"평생 매여 살라는 것도 아니고 한두 달, 그것도 매여 사는 게 아니란 말일세. 자네는 사냥 솜씨 본때를 뵈주고 요량을 가르쳐주면 될 거 아닌가."

"은금보화를 준다 캐도 싫구마요. 내 편한 대로 살라누마요."

"이런 답답하고 어리석은 위인을 봤나."

평산은 밤새껏 설득하였으나 강포수는 고집을 풀지 않았다. 화가 난 평산은 삼수가 뒷간에 가고 없는 사이 귀녀의 금가락지를 들먹이며 협박까지 했으나 강포수는 요지부동이었다.

어쩌면 그는 그 일 때문에도 가는 것을 꺼리는지 모를 일이었다.

"잘못된 일이라믄 그 가시나가 저지른 일이지 내가 무신 죄 있소. 내 물건 주고 값으로 받은 긴데."

4장 하늘과 숲이

자고 일어나서 빗질을 안 했던 모양이다. 헝클어진 머리에, 말려 올라가서 댕강하게 짧아진 삼베 치마, 너절한 꼴을 하고 강청댁은 두만네 사립문을 들어선다.

"두만아부지 기시오!"

마루에서 아침을 먹으며,

"복 받게 밥도 묵는다. 턱이 없나 우찌 그리 밥을 칠칠 흘리노."

아이들을 나무라던 두만네,

"어서 오니라. 아침부텀 무신 일고."

했다.

"벌써 아침이오?"

"서느름*에 묵니라고, 아침이 늦으믄 하루 일에 매착(매듭)이 있이야제."

밥그릇에 주둥이를 처박고 누룽지를 먹던 복실이 우우 하고 짖다가 다시 주둥이를 밥그릇에 처박는다.

마당은 깨끗하게 쓸어놓았으며 외양간에서는 소가 새김질

하는 소리가 들려왔다. 가족들과 떨어져서 따로 밥상을 받고
있던 두만아비가 뒤늦게,

"무신 일이오?"

하고 물었다.

"오늘 장에 가실란가 싶어서."

"가야제요. 아침은 잡샀십니까?"

"아침이고 머고 액운이 많아서, 남은 하루 사는데 나는 백
년 살 긴가."

두만네,

"또 쌈했는가 배. 선아!"

"야."

"정기에 가서 숟가락 하나 가지오니라."

선이는 먹던 밥숟가락을 놓고 부엌으로 쫓아간다.

"아, 아니오. 그럴 새가 없소."

강청댁이 손을 젓는다.

"한술 같이 뜨자. 밥이 꼽꼽해서 묵을 만하다."

"그럴 정신도 없고 가서 묵든 안 묵든 아침은 해야겠고."

숟가락을 가져온 선이는,

"아지매, 밥 좀 잡수이소."

"아침이사 가서 해묵지."

"장에 무신 부탁할 일이라도 있어서 그러나?"

두만네는 더 권하지 않고 물었다.

"약 좀 지었이믄 싶어서."

"약은 와?"

"서방인가 남방인가 며칠째 누워서 사람 간장을 안 태웁니까."

"……."

"어디가 우찌 아픈지 말이라도 해주었이믄 좋겠는데 입 딱 다물고 식음을 전폐하니, 나를 못 잡아묵어서 그러는가 참말 간장이 썩어서 못 살겄소."

"건장한 사램이 어디가 아파서 그러는고?"

두만아비가 말했다.

"펭생 드러눕는 일이라고는 좀체 없는데 들일이랑 집일이랑 얼상*겉이 해놓고 내 혼자 줄지갈지 할라니께, 남 안 사는 세상을 사는가."

"푸심(학질) 아니까?"

두만네가 넋두리를 잘라버린다.

"그것도 아니고 어디가 아픈지 말이나 해야, 죽물이라도 묵거나 했이믄 좋겠는데…… 생각다 못해 약첩이나 써보까 싶어서, 두만아부지, 미안스럽지마는 장에 가는 길에 수고 좀 해주소. 이원한테 연유를 말씸하시고."

"그거사 어렵잖은 일이요마는 아픈 사램이 가서 진맥을 하고 약을 지어도 지어얄 긴데요."

"와 아니라요. 이원한테 가서 진맥이라도 해보라고 실이 노

448

이 되도록* 말했지마는 코대답이나 해야제요. 당초 말을 안하니께 사람이 기가 넘어서, 참말이제 오장육부가 썩소. 보고 접은 년을 못 보아서 벵이 났는가, 나하고 상충이 져서 벵이 났는가, 있고 없고 간에 집안이 편해얄 긴데 사시장철 좋은 날 한 분 없이 이래 살아 머하겠소."

두 내외는 잠자코 있었다.

"혼자서 밭 매랴 풀 비랴 살림 사랴 속은 속대로 부글부글 끓어서 일이 손에 잽히야제요."

역시 두 내외는 말이 없다가,

"밥이나 한술 떠보라모."

두만네가 말머리를 돌리려는 듯 다시 권해본다.

"아니오."

상을 물린 두만아비는 숭늉을 마시면서 헝클어진 강청댁 매무새를 힐끔힐끔 쳐다보며 이맛살을 찌푸린다.

"영만아, 이 밥 묵으라."

쌀알이 한두 개씩 보이는, 남은 밥을 막내한테 주고 두만아비는 일어섰다. 겨우 넋두리를 멈춘 강청댁은 꽁지에 꿴 엽전을 내어놓았다.

"그람 수고스럽지마는 두만아부지가 약 좀 지어다 주소."

집에 돌아온 강청댁은 그릇들을 거칠게 부딪쳐가며 밥을 안쳐놓고 불을 지핀다.

"성한 꼴을 보아도 부아통이 터져 죽겠는데 일은 얼상 겉고 장골이 해장작*맨치로 방구석에 나자빠져 있으니 농사는 누가 지으며 내가 멋이 좋다고 논매고 밭매고 길쌈할꼬. 사램이 사는 낙이 있이야 일을 해도 신이 나제. 품에 기어드는 자식 새끼가 있나, 내가 이런다고 가련케 생각는 사램이 있나, 주야로 그년 생각에 벵까지 났이니."

부지깽이로 불을 헤집으며 시부린다.

"흥 그년을 못 보아서 벵이 나아? 제발 나만 죽으라고 축원을 해라, 축원을 해. 그라믄 제집 사나아 외고 펴고(당당하게) 살 거 아니가."

밥이 끓어오른다. 강청댁의 마음도 부굴부굴 끓어오른다. 용이 아파 누워 있는 것을 생각하여 참아온 신경질이지만 월선이를 못 보아 병이 났을 거라는 짐작은 눈앞이 캄캄해지게 분노를 끌고 왔다.

"아이고, 내 정신 좀 봐라. 된장도 안 었고 밥을 안쳤네."

강청댁은 뚝배기를 들고 부리나케 장독으로 쫓아간다. 된장 항아리 뚜껑을 열다 말고,

"아니 보소."

용이 마루에 나와 앉아 있었던 것이다.

"이자 좀 낫소?"

빛 잃은 눈이 강청댁을 멍하니 쳐다본다.

"이자 좀 나았일 만하요?"

"……"

"죽이라도 좀 잡사볼라요?"

"……."

"사람이 말을 하는데 우찌 그리 모질고 독한고."

"……."

"두만아배한테 약 지어오라고 돈 주고 왔소. 두만아배는 벵
자가 가서 진맥을 하고 약을 지어와도 지어와야 기라고 하더
마요. 아 사람 애 그만 태우고 머라꼬 말 좀 하소!"

"약 묵는다고 나을 벵가."

처음으로 대꾸했다.

"그라믄 우찌하믄 나을 벵이오?"

"……."

"무당 불러 굿하믄 낫겠소?"

"……."

"절에 가서 치성드리믄 나을 벵이오?"

"……."

"상사바우에 가서 상사굿을 하믄 쓰겠소?"

용이는 그냥 말이 없다.

"음, 그라믄 보고 접은 년을 못 보아서 난 벵이다 그 말이
오? 읍내에 가서 그년 데리고 오믄 벵이 나을 기라 그 말이
오?"

"시끄럽다!"

"……."

"더 시부리믄 기둥뿌리를 파부릴 기다!"

마치 맹수가 포효하는 것 같았다. 창백했던 얼굴에 피가 모여들고 이마에 굵은 핏줄이 부풀어 올랐다.

"흥 그년 말을 하니께 붙었던 입이 떨어지누마. 데리올 것도 없이 가지, 가아. 가란 말이오! 가서 영 오지 마소! 그래야 내가 과부팔잘 멘하제. 나 잡지 않을 기니."

부엌의 밥이 숯덩이가 되어도 아랑곳없다. 된장 뚝배기를 손에 든 채 강청댁은 악을 썼다.

"그 계집 말을 더 입 밖에 내었다만 봐라! 집구석에 불을 싸질러버릴 기다!"

강청댁은 뚝배기를 항아리 뚜껑 위에 내동댕이치고 삿대질을 하며 용이 앞으로 달려간다.

"멋이 우짜고 우째요? 그년 말을 와 내가 못할 기요! 옥황상제 딸이라서 말 못하겄소? 임금님 딸이라서 말 못하겄소! 헤치구덕(시궁창)에 꾸중물 겉은 더러운 년! 똥파리겉이 아무 데나 붙어 엉기는 더러운 년을! 잡신이 붙어서 만나는 쪽쪽 사나아 간을 끄내묵는 구미호 겉은 년! 그년 말을 머가 무섭아서 내가 말 못할 기요! 초가삼간 불 지르소! 나도 살기 싫으니께 싹 질러부리고 끝판!"

입에 거품을 물고 병든 남편에게 달려들어 쥐어뜯을 기세를 보인다. 용이는 이를 갈았다. 이마에 기름땀이 배어난다. 강청댁은 마루까지는 올라가지 못하고 땅바닥에 펄쩍 주질러 앉는다. 두 다리를 뻗더니 기어이 울음을 터뜨렸다.

"아이고오 아이고오! 내 팔자야!"

얼굴이 붉다 못해 검푸르게 되어 부들부들 떨고 있는 용이 눈이 잔인스럽게 번득였다.

"그만 그년을 직이고 나도 죽을 긴데, 아이고 분하고 원통해라! 내가 머할라고 오밤중에 거까지 갔었던고! 오고 가고 육십 리 길을 그년 낯짝 보러 갔었던가, 그년을 못 직이고 와서 이리 한이 된다! 이리 한이!"

강청댁은 제 가슴에 주먹질을 한다.

"그년 입술 끝에 붙은 말을 곧이듣고 내가 속았고나! 갈갈이 찢어 직일 긴데, 이 실개 빠진 년이 육십 리 길을 그냥 가서 돌아왔단 말가! 아이고 분하고 원통해라! 남우 서방 뺏는 년을 다리몽댕이 하나라도 와 못 뿌질렀던고!"

용이 일어섰다.

"니, 니."

"아이고오! 분하고 원통하고오!"

"거, 거기 갔고나."

"갔소! 가고말고! 와! 내가 못 갈 데 갔소? 그년 머리끄덩이 잡고 복날 개 패듯이 패주었소! 불쌍하겄고나! 아깝고 간장이 녹겄고나! 우떤 년은 팔자가 좋아서, 아깝고 불쌍하겄고나!"

용이 얼굴은 백지장이 되었다.

마루에서 내려섰다. 강청댁 곁으로 다가간다. 강청댁의 악다구니가 멎었다. 용이는 강청댁의 머리채를 낚아챘다.

"아이구우—."

용이는 머리채를 휘감아 강청댁을 질질 끌고 간다. 까대기 앞에까지 가서 발길로 걷어찬다.

"아이구우— 나 죽네!"

"불가사리 겉은 년!"

한마디 내뱉고 짚세기를 찾아 신은 용이는 사립문 밖으로 휑하니 나간다.

햇빛은 물방울같이 공중에서 번득이고 있었다. 바라다보이는 읍내 길에는 장을 보러 가는 장꾼들의 모습이 드문드문 보였다. 강가 둑에 소를 내버려두고 목동들은 물장구를 치며 여름을 즐기고 있었다.

'그랬고나, 그랬고나!'

휘청휘청 걸어간다.

"아프다 카더마는 얼굴이 영 상했구마요."

물동이를 이고 오던 임이네가 반색을 했다. 한창 더위에 땀을 많이 흘려 그랬던지 여자의 얼굴은 오히려 뽀오얗고 씻긴 듯이 매끈했다. 용이는 여자의 얼굴이 보이지 않았을 뿐만 아니라 목소리도 들리지 않았던지 서로 엇갈릴 적에 몸이 부딪쳤다.

"아이그마!"

휘청거리다가 임이네는 잽싸게 몸을 바로잡으며 물동이의

양 귀를 붙잡는다. 그러나 동이의 물이 넘쳐서 옷이 젖고 얼굴에 물을 뒤집어썼다.

"아아니 사람을 헛것으로 보았나?"

화가 나서 투덜거렸으나 용이는 이미 저만큼 돌아보지도 않고 간다.

"사람도 별스럽게 변했구마. 참말이제 상사바위 굿감이네. 강청댁이 지랄할 만도 하다."

임이네는 가슴이 좀 아팠다. 임자 있는 몸으로 남의 남편을 생각하는 처지가 늘 답답했으면서도 강청댁에게만은 자신도 있었고 우월한 즐거움을 느꼈었는데 그것을 월선이 앗아갔다.

"흥 그년 볼 데라고는 한 구석도 없는데 멋이 좋아서 이서방이 미쳐났는고. 눈에다가 명태 껍디기 붙있는갑다."

발길이 가는 대로 당산으로 올라간 용이는 누각 앞에서 또 출네가 시부리는 소리를 귓가에 흘리며 더욱더 깊은 숲속으로 찾아 들어간다. 삼신당 쪽으로 꺾이는 길을 지나쳐서 골짜기로 올라간다. 물소리 새소리 재잘거리는 것 같고 속삭이는 것 같은 그 소리들을 가로지르며 소쩍새 울음이 간간이 들려온다. 나뭇잎에 찢겨진 조각난 하늘은 새파랗게 보였다.

깊은 골짜기 서늘한 곳으로 들어간 용이는 바위 아래 펑퍼짐한 자리에 가서 드러눕는다. 삽삽한 나뭇잎 썩은 내음이 물기를 머금고 콧가에 와닿았다.

'와 이리 심이 빠지노. 죽을 것만 같고나.'

용이는 흙 속으로 자기 몸뚱어리가 빠져 들어가는 것 같았다. 어둠이 덮쳐 씌우듯이 내려왔다. 그 어둠 속으로 흐미한 아주 흐미한 빛이 한 줄기, 그것은 광명이기보다 슬픔과 원한의 파아란 빛줄기였다.

'불쌍한 것!'

두 번이나 고향을 등지고 떠나야만 했던 여자, 누구를 따라 갔건 강원도 삼장수를 따라갔건 돈 많은 늙은이를 따라갔건 그것은 이미 따져볼 성질의 것이 아니었다.

'어디로 갔노.'

용이는 흙 속으로 빠져들어가는 착각 속에서 팔을 내저었다. 월선이가 바로 지척에서 웃고 서 있는 것 같았다.

'천 리 밖이라도 있는 곳만 알믄 찾아갈란다.'

나긋한 월선의 팔이 용이 몸에 감겨왔다. 월선의 냄새가 풍겨왔다. 불꽃이 튀는 것 같은 열렬한 욕망이 쇠잔해진 육체를 일깨운다. 환영(幻影)과의 교접인가, 아니 망자(亡者)와의 교접인가, 하늘과 숲이 눈부시게 돌고 있었다.

용이는 몸을 심하게 흔들었다. 아물아물 멀어져가는 의식의 줄을 꽉 잡아당겼다.

'내가 내가 죽을 것 같다. 몹쓸 계집, 지가 가믄 나를 잊을 기든가, 아아.'

용이는 몸을 덮쳐 엎드렸다. 흙의 찬 기운이 얼굴에 닿았다.

'용아, 나는 죽어도 무당은 안 될 기다. 용이가 다른 각시

얻어서 살아도 나는 무당 안 될 기다.'

계집애는 해죽이 웃었다. 아니 고달프게 웃었다. 신이 오르면 넉살 좋게 목을 뽑고 초혼가에 자지러지며, 천대에 대항하여 사내같이 굵게 놀던 월선네하고는 달리 말이 없고 또 말재주라고는 없던 월선이가 그런 말을 했다는 것은 그로서는 힘껏 제 마음을 표시한 셈이다. 그러나 삼신당 뒷벽에 붙어서서 용이는 월선이 한 말에 아무 대꾸도 하지 않았다.

'나 시집간다. 신랑은 봇짐장수라 카더라. 나보다 스무 살이나 더 묵고 다리가 벵신이고.'

물방앗간 옆에 쌓아올려 놓은 보릿대에 기대서서 월선이는 남의 애기처럼 말했다.

'아무 데 가믄 우떻노. 나는 아무렇지도 않다. 어매는 한탄하지마는.'

남의 말같이 하는데 월선의 눈에서 눈물방울이 떨어졌다.

'어매는 젊은 남자한테 가서 무당 딸이라고 천대받는 것보다 늙고 벵신이믄 니를 버리지는 않을 기다 하믄서…… 아무 데 가믄 어떻노. 나는 아무렇지도 않다.'

만일 월선이가,

'잘생기고 돈도 많고 호강시키줄 남자라 카더라.'
했더라면 용이는 함께 도망가자고 했을지도 모른다. 홀어머니를 버리고 끝내는 도망치지 못했겠지만 그 순간만은 도망치자고 했을 것이다. 이번, 따라간 강원도 삼장수는 어떤 남자인지 모른다. 나이 많고 곰보인지도 모를 일이다. 애꾸눈인지 절름발이인지 그것도 알 수 없다.

'아무 데 가믄 우떻노. 나는 아무렇지도 않다.'

십여 년 전에 듣던 월선의 말이 귓가에서 맴을 돈다.

용이하고 살 수 없다면 애꾸눈이건 절름발이이건 월선에게는 상관이 없었을 것이다. 누구를 따라가든지 그는 제집 없는 뜨내기의 신세인 것이다.

한나절이 훨씬 지난 뒤 용이 겨우 골짜기에서 내려왔다. 삼신당으로 꺾어지는 길에서 얼마간 지나왔을 때 기진한 용이는 오리나무 밑에 쓰러졌다. 산개미들이 무리를 지어 기어올라왔으나 털어낼 기운을 잃은 용이는 간신히 몸을 일으켜 오리나무 밑둥에 기대어 앉는다.

"봉순네! 저기 딸기가 있어! 따주어."

숲속에서 또랑또랑하게 맑은 아이 목소리가 들려왔다.

"예, 따디리겠십니다. 그 대신 애기씨는 거기 가만히 기시이소. 이끼가 끼어서 미끄럽소. 넘어지믄 큰일 납니다. 봉순아, 니 애기씨 손목 꼭 잡고 있거라."

봉순네의 목소리였다. 용이는 그 소리를 들으면서도 일어설 수가 없었다. 내려가야지, 내려가야지, 이러고 있이믄 안될 긴데 하면서도 나뭇잎에 찢겨진 하늘을 아까하고는 달리 휘뿌윰하다 생각했고 자신을 둘러싸고 있는 나무숲이랑 바위는 눈앞에서 멀어지는가 하면 가까이 오곤 했다. 개울물 소리

새소리 매미 소리가 다 함께 귀청을 울리는 듯하더니 갑자기 멀리 멀리서 들려오곤 한다.

"이서방 아니오."

개울에서 목욕을 시킨 아이들을 앞세우고 내려오던 봉순네는 나무 밑둥에 기대어 앉아 있는 용이를 보고 놀란다.

"야."

"여기서 뭐 하고 있소?"

"몸이 아파서…… 바람 쏘이러 나왔더마는 어지럽어서 이러고 있소."

"그러고 본께 얼굴이 못쓰게 됐네. 어디가 아팠소?"

"……."

"문이원한테 가서 한분 뵈보았소?"

"있이믄 차차 괜찮아지겠지요."

"얼굴이 말이 아니오."

"……."

"참, 일전에 돌이가 적삼을 가지왔던데 월선이가 없더라고요?"

"야."

서희는 나뭇잎에 담은 산딸기를 냉큼냉큼 먹고 있었다. 봉순이도 먹으며 용이와 제 어미가 주고받는 말에 귀를 기울인다.

"어디 갔던고요?"

"……."

"갈 데도 없일 긴데 어디 갔던고?"

"아주 갔소."

"아주라니?"

"종적도 없이 갔소."

봉순네의 눈이 휘둥그레진다.

"주막에는 못질을 해놓고……."

용이의 목소리는 갈라져서 나왔다. 봉순네는 입을 다물어 버린다. 용이가 왜 혼자서 골짜기에 왔으며 병이 어째서 났는지 깨달았던 것이다. 봉순네는 그들의 과거사를 알고 있었다. 그러나 한편 괘씸한 생각이 든다.

"그래 온다간다 말 한마디 없이 월선이가 갔다 말이오?"

"……."

"죽은 지 어미를 생각해서 마님께서는 주막까지 차리게 보아주싰는데 인사 한마디 없이 가다니."

"인사할 처지라믄 갔겄십니까."

"처지라니?"

"……."

"어디로 갔다 합디까?"

"강원도 삼장시 따라갔다 하더마는 그걸 누가 알겄십니까."

"그럴 계집은 아닐 긴데?"

"다 내 죄지요."

용이 눈에 눈물이 핑 돈다.

"옴마, 누구 말고, 월선이아지매가 어디 갔다 카나?"

봉순이 물었다.

"아니다."

얼버무려 놓고 혼자 중얼거린다.

"우찌 그리 복도 없는고. 태일 곳에 태이났이믄 팔자 치레하고 살 계집이…… 어지가지(의지)할 곳 없는, 하기사 오죽하믄 말 한마디 없이 갔이까. 염치 바르고 욕심 없는 계집이. 그거는 그렇고 이서방은 여기서 이러고 있이믄 되겄소."

"일어서서 가볼라고 하는데…… 영, 발이 떨어지지 않소."

"그리기 세상일이 다 뜻대로 안 된다 카이…… 간 사람은 간 사람이고, 이서방이 이러믄, 인연이 없어 그런 거를 생각하믄 머할 기요."

"……"

"정 못 걷겄소? 그라믄 내리가서 누구 올려보낼 기니."

봉순네는 아이들을 데리고 내려갔다.

얼마 후, 봉순네가 시키는 대로 용이를 부축해 가려고 돌이 올라왔다. 용이는 오리나무 밑에 정신을 잃고 쓰러져 있었다.

"이서방! 이서방!"

겁을 먹은 돌이는 와락 달려들어 용이를 흔들었다.

"그리, 그리 흔들지 말게. 기력이 없일 뿐이다."

실눈을 뜨는데 입술이 하얗다.

"우찌나 놀랬던지 나는 그만, 여기는 머할라고 왔십디까?"

돌이는 용이 팔을 끌어당겼다.

"자아 나한테 업히소."

용이의 팔을 제 어깨에다 걸치며,

"윽!"

용이를 업고 일어선다. 용이는 늘씬하게 몸집이 컸으며 돌이는 땅땅했다.

업힌 용이는 다리가 길어 발이 땅에 닿을 지경이었으나 그러나 힘이 좋은 돌이는 휘청거리지도 않고 언덕을 내려온다.

"이 오뉴월에 성한 사람도 맥시 빠지는데 아픈 사램이 산에는 머할라꼬 왔십디까?"

"……."

"이원을 불러야지 이래 되겠소."

"걱정 말게."

"그럴 기이 아니라요, 벵이란."

"오장육부는 성하니께 밥 묵으면 낫겠지."

눈을 감고 용이 중얼거렸다. 집 앞이 가까워졌을 때,

"내가 여기를 와 돌아오노. 천지간에 내 갈 곳은 여기뿐이라 말가."

"야? 머라 캤소?"

돌이 되물었다.

"계집 치고 나와가지고 업히서 들어가는 사내 꼴이 우습아서."

462

농지거리를 하며 용이는 희미하게 웃었다.

"쌈했구마요."

논에서 돌아오다가 돌이 등에 업혀가는 용이를 본 영팔이 쫓아왔다.

"용아! 와 이러노."

"산에서 기절을 했구마요."

돌이 대꾸했다.

"기절을 하다니."

하면서 용이를 업은 돌이와 함께 영팔이 삽짝을 들어섰다.

방문을 열어젖혀 놓고 강청댁은 누워 있었다. 빈 뚝배기는 항아리 위에 그대로 놓여 있었다.

"아지마씨!"

영팔이 소리쳤다. 강청댁은 이마에 팔을 얹으며 못 들은 척했다.

"아지마씨! 일어나소 사램이, 이 지경이 됐는데."

"사램이고 머고 나보고 그런 소리 하지 마소."

강청댁은 돌아눕는 시늉을 하며 밖을 힐끔 쳐다본다. 업혀서 돌아오는 용이 모습을 보고 당황해하면서 그러나 돌아눕는다.

"아지마씨!"

영팔의 얼굴이 벌게졌다. 돌이는 마루에 용이를 내려놓고 손등으로 땀을 닦는다.

"보자 보자 하니 너무 안 하요! 이런 벱(법)이 어디 있소? 하늘 겉은 가장을!"

영팔은 노발대발하며 방을 향해 삿대질을 했고 돌이는,

"이서방이 산에서 기절했다 말이오. 어서 자리 깔고 눕히야 겠소."

말했다. 강청댁은 못 이긴 척 일어나 앉더니 머리채를 걷어 올린다.

"흥, 읍내 그년한테나 업고 가지."

〈2권으로 이어집니다〉

가속: 가속(家屬). 한집안에 딸린 구성원.

개다리출신: 총 쏘는 기술로 무과에 급제한 사람을 낮잡는 뜻으로 이르던 말.

개 발에 달걀: 옷차림 혹은 지닌 물건 등이 격에 맞지 않음을 비유적으로 이르는 말.

기들다: 어이없다.

기즉부 하며, 포즉양 하며, 욱즉추 하며, 한즉기는 인정통환야라: 굶주리면 달라붙으며, 배부르면 떠나가며, 따뜻하면 몰려들며, 추우면 버리는 것이 바로 사람들의 한결같은 마음의 병폐다.(『채근담』)

낭당: 실속 없는 사람들의 무리.

낭태질: 물건이나 상태를 몹시 망가뜨리는 행위.

노류장: 노류장화. 아무나 쉽게 꺾을 수 있는 길가의 버들과 담 밑의 꽃이라는 뜻으로, 창녀나 기생, 혹은 그들이 있는 공간을 비유적으로 이르는 말.

대금산: 경남 거제시 연초면에 위치한 진달래가 유명한 산으로, 여기에서는 '무엇보다 훨씬 나은 것'이라는 뜻으로 쓰임.

도지 빚: 소작의 대가로 내야 할 곡식을 내지 못해 진 빚.

도투마리 잘라서 넉가래 만들기: 만들기 아주 쉬운 일을 빗대어 이르는 말.

등 빠진 적삼에 보리죽: 매우 곤궁하여 어려운 처지를 빗대어 이르는 말.

발씨가 상그럽다: 발걸음이 사납다.

부처가 까꾸로 섰다: 눈에 맺히는 영상이 거꾸로 섰다는 말로, 실성했다는 뜻.

비리갱이: 비루 오른 강아지.

서느름: 서늘할 때. 즉, 아침 일찍.

손가락에 불을 키고 등천을 하겠다: 손가락에 불을 붙이고 하늘에 오르겠다는 뜻으로, 상대편이 어떤 일을 하는 것에 대하여 도저히 할 수가 없을 것이라고 장담할 때 하는 말.

솔밋하다: 아주 작게 쏠리다.

쉰대부채: 무당이 굿할 때 사용하는 부채.

시사니: 주책바가지. '시사니 나흘장 간다'는 잘난 척하지만 사실은 세상 물정 모르고 주책을 떤다는 의미.

시장스럽다: 시들하다. 내키지 않다.

신둥껑둥: 건둥건둥. 대충대충.

실이 노이 되다: 실이 노끈이 되다. 즉, 오랜 기간 동안 반복하다.

양밥: 양법(禳法). 신에게 기도하여 재앙을 물리치는, 혹은 저주하는 주술적 행위.

양새 낀 나무: 오도 가도 못하는 곤란한 상태를 빗대어 이르는 말.

얼상: 마구 어질려져 잔뜩 쌓여 있는 모양.

오복같이 쪼우다: 심히 조르다.

우묵장성: 풀이 우거진 모양.

육경신(六庚申): 일 년에 여섯 번 찾아오는 경신일을 놓치지 않고 그때마다 한 숨도 자지 않고 하는 수련.

인병(人病): 사람에 인한 마음의 병.

일색 소박은 있어도 박색 소박은 없다: 아름다운 여자는 흔히 잘난 체하므로 남편에게 소박을 당하여도, 못생긴 여자는 다소곳하므로 소박을 당하는 일이 적다는 뜻의 속담.

일질: 일하는 행위.

장석 걸음: 느리게 걷는 걸음.

전: 물건의 위쪽 가장자리가 조금 넓적하게 된 부분.

정상(경상)감사도 지 하기 싫으면 그만: 아무리 좋은 일이라도 당사자의 마음이 내키지 않으면 억지로 시킬 수 없음을 비유적으로 이르는 말. '평안감사도 저 싫으면 그만이다'라는 속담의 변형.

제후답: 제위답(祭位畓). 추수한 것을 조상의 제사 비용으로 쓰기 위하여 마련한 논.

주랫통: 주라통(朱螺筒). 소의 목구멍에서 밥통[胃]에 이르는 길.

주하고 사하다: 토하고 설사하다.

지붕땅 모랭이: 용마루. 지붕 가운데 부분에 있는 가장 높은 수평 마루.

쪽담알: 죽담알. 아무렇게나 생긴 쓸모없는 돌.

하늘을 이고 도리질을 하다: 터무니없는 것을 믿는 어리석음을 조롱하는 말.

할 일 없으면 누워서 서까래나 세계: 자신과 상관없는 일에 쓸데없이 참견

하는 경우를 비꼬는 말.

해장작: 갓 패어서 마련한 장작.

허추하다: 허출하다. 허기가 지고 출출하다.

부부 관계
····· 형제 관계
═══ 혼외 관계

최참판댁 일가

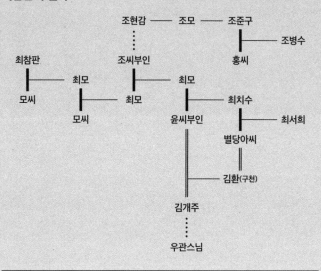

조현감 ─── 조모 ─── 조준구
                        └─── 조병수
                    홍씨

최참판   조씨부인   최모
    └─── 최모   └─── 최모   └─── 최치수
모씨   └─── 최모   윤씨부인   └─── 최서희
        모씨   별당아씨

                                김환(구천)

                        김개주
                        ·····
                        우관스님

최참판댁 노비

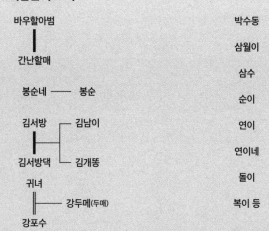

바우할아범

간난할매

봉순네 ─── 봉순

김서방 ─┬─ 김남이
김서방댁 └─ 김개똥

귀녀
    ├─── 강두메(두매)
강포수

박수동

삼월이

삼수

순이

연이

연이네

돌이

복이 등

평사리 작인

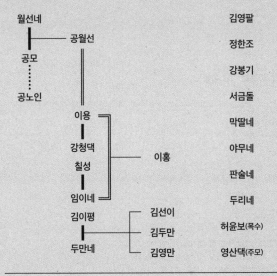

월선네		김영팔
	공월선	정한조
공모		강봉기
공노인		서금돌
이용		막딸네
강청댁	이홍	야무네
칠성		판술네
임이네		두리네
김이평	김선이	
	김두만	허윤보(목수)
두만네	김영만	영산댁(주모)

하동·평사리 향반

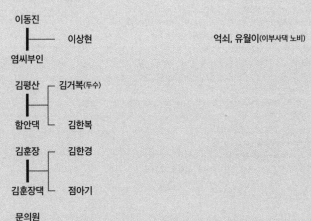

이동진
이상현
염씨부인

김평산 ─ 김거복(두수)
함안댁 ─ 김한복

김훈장 ─ 김한경
김훈장댁 ─ 점아기
문의원

억쇠, 유월이(이부사댁 노비)

토지 1 완간 30주년 기념 특별판
1부 1권

특별판 1쇄 인쇄 2024년 6월 14일
특별판 1쇄 발행 2024년 6월 26일

지은이 박경리
펴낸이 김선식

부사장 김은영
콘텐츠사업2본부장 박현미
디자인 정명희
콘텐츠사업6팀장 임경섭 **콘텐츠사업6팀** 정지혜, 곽수빈, 정명희
마케팅본부장 권장규 **마케팅1팀** 최혜령, 오서영, 문서희 **채널1팀** 박태준
미디어홍보본부장 정명찬 **브랜드관리팀** 안지혜, 오수미, 김은지, 이소영
뉴미디어팀 김민정, 이지은, 홍수경, 서가을, 문윤정, 이예주
크리에이티브팀 임유나, 변승주, 김화정, 장세진, 박장미, 박주현
지식교양팀 이수인, 염아라, 석찬미, 김혜원, 백지은
편집관리팀 조세현, 김호주, 백설희 **저작권팀** 한승빈, 이슬, 윤제희
재무관리팀 하미선, 윤이경, 김재경, 임혜정, 이슬기
인사총무팀 강미숙, 지석배, 김혜진, 황종원
제작관리팀 이소현, 김소영, 김진경, 최완규, 이지우, 박예찬
물류관리팀 김형기, 김선민, 주정훈, 김선진, 한유현, 전태연, 양문현, 이민운

펴낸곳 다산북스 **출판등록** 2005년 12월 23일 제313-2005-00277호
주소 경기도 파주시 회동길 490
전화 02-704-1724 **팩스** 02-703-2219
이메일 dasanbooks@dasanbooks.com
홈페이지 www.dasan.group **블로그** blog.naver.com/dasan_books
용지 스마일몬스터피앤엠 **인쇄** 상지사피앤비 **코팅 및 후가공** 제이오엘앤피 **제본** 국일문화사

ISBN 979-11-306-9945-5 (세트)